# SONDERBARE WIDRIGKEITEN

## SOPHIE FEEGLE BAND 4

GWEN DEMARCO

# KAPITEL 1

Sophie wusste, dass die zwei festen Klopfzeichen an ihrer Wohnungstür von Mac stammten, ohne nachsehen zu müssen. Wie jemandes Persönlichkeit durch ein bloßes Klopfen durchscheinen konnte, war Sophie ein Rätsel, aber ihr Freund klopfte so unverwechselbar, wie er selbst war. Es waren immer zwei solide, gemessene Klopfzeichen; nicht so hart, dass es klang, als würde jemand an die Tür hämmern, aber hart genug, um sicher gehört zu werden. Pragmatisch und zielstrebig – ganz wie Mac.

»Komm rein«, rief Sophie.

Mac trug noch seine Arbeitskleidung – einen grauen Anzug mit roter Krawatte. Sophie stürzte sich praktisch auf ihn, bereit für eine ordentliche Begrüßung. Es war eine arbeitsreiche Woche für sie beide gewesen, und sie hatte ihn nicht so oft sehen können, wie sie gewollt hätte. Die 'Begrüßung' bestand aus mehreren Minuten langer, berauschender Küsse und wandernder Hände. Als sie sich schließlich voneinander lösten, hatte Sophie Schwierigkeiten, wieder zu Atem zu kommen. Sie war versucht, Ruby anzurufen und ihr zu sagen, sie solle zu Hause bleiben.

Stattdessen zwang sich Sophie, sich aus Macs Armen zu lösen und in die Küche zu gehen, um sich eine Limonade zu holen.

Sophie nahm sich eine Diät-Limonade, die sie angefangen hatte, in ihrer Küche für Mac zu lagern. »Hast du daran gedacht, Popcorn zu kaufen?«

Mac hielt die Schachtel mit Mikrowellenpopcorn für Sophies Inspektion hoch.

Als er ihr die Schachtel reichte, zog Mac sein Jackett und seine Krawatte aus. Er warf beide über einen Stuhl und begann, seine Hemdsärmel hochzukrempeln, was Sophie ablenkend fand. Sie hatte eine Schwäche für seine Unterarme. Die Art, wie sich die Muskeln unter seiner Haut bewegten. Die leichte Behaarung. Es war ein Fest für ihre Augen.

»Wann kommt Ruby?« fragte Mac und riss Sophie aus ihren lüsternen Gedanken.

Sophie sah auf die Uhr am Herd. »In etwa fünfzehn Minuten oder so.«

»Ich finde das immer noch seltsam.«

Sophie warf ihm einen trockenen Blick zu. »Welchen Teil? Den Teil, wo Ruby es geschafft hat, sich trotz meiner besten Bemühungen, sie fernzuhalten, in mein Leben zu drängen? Oder die Tatsache, dass Ruby Film noir fast genauso liebt wie du?«

»Alles davon«, antwortete Mac mit einem Grinsen.

Es waren mehrere Wochen vergangen, seit sie entdeckt hatten, dass Sophie und Ruby keine Zwillinge waren, sondern zerbrochene Teile einer Person – irgendeiner unbekannten Fee. Die Dinge waren seltsam zwischen ihnen gewesen, als sie zum ersten Mal aus Cascadia zurückgekehrt waren. Sophie hatte sich unglaublich unwohl in Rubys Nähe gefühlt. Alles, was sie tat, von ihrem Lachen bis zu ihren Eigenarten und ihrem Temperament, ärgerte Sophie. Nichts an Ruby fühlte sich vertraut an. Sollte jemand, der einmal dieselbe Person war wie du, nicht vertraut wirken? Sollte ihre Persönlichkeit nicht wenigstens entfernt ähnlich sein? Aber Ruby hatte sich fremd angefühlt – sogar falsch für Sophie.

Sophie hatte zuerst versucht, Abstand zu halten, aber Ruby schaffte es, sich durch schiere Hartnäckigkeit in Sophies Leben zu drängen. Wenn Sophie zu The Little Thumb ging, würde Ruby sie dort finden. Wenn Sophie mit Birdie abhängte, würde Ruby vorbeikommen. Sie schrieb mehrmals am Tag SMS und würde weiterschreiben, bis Sophie antwortete. Anfangs fand Sophie es nervig und aufdringlich, aber Rubys unendliche Freude und ihr Optimismus drängten sich in die Landschaft von Sophies Alltag. Ruby packte das Leben beim Schopfe und entschuldigte sich nicht dafür. Langsam ertappte sich Sophie dabei, dass sie sich auf jeden verrückten Gedanken freute, den Ruby zu sagen hatte. Rubys Beharrlichkeit zahlte sich aus, denn eines Tages schrieb sie nicht, und Sophie bemerkte, dass sie sie vermisste.

Sie waren in eine Routine verfallen, ein paar Mal pro Woche zusammen abzuhängen, hauptsächlich auf Rubys Drängen hin. Ihre Mauern um Ruby hochzuhalten, hatte sich als unmöglich erwiesen. Rubys Persönlichkeit war so anders als Sophies, dass sie so tat, als wäre Ruby nur eine nervige, immer fröhliche kleine Schwester – so munter, dass es Sophies Zähne schmerzen ließ. Es hatte ein paar Wochen gedauert, aber Ruby begann sich schließlich wie eine echte Schwester für Sophie anzufühlen. Sie hatte sogar angefangen, sich auf das gemeinsame Abhängen zu freuen.

Als sie zum ersten Mal nach San Francisco zurückkehrten, hatte Marcella geschworen, herauszufinden, wer sie einst waren. Aber als die Tage zu Wochen wurden, war sie nicht imstande gewesen, irgendwelche Hinweise zu finden – nicht einmal ein Flüstern darüber, wer die Schwestern einst gewesen waren. Sophie hatte angefangen, die Hoffnung aufzugeben. Und ehrlich gesagt, wollte ein großer Teil von ihr es gar nicht wissen. Sie mochte ihr Leben und wer sie war und wollte nicht, dass ihre unbekannte Vergangenheit etwas änderte.

Dennoch traf es Sophie manchmal (wieder), dass sie und Ruby

3

einst eine Person gewesen waren. Der Gedanke irritierte sie jedes Mal. Es fühlte sich an wie ein seltsamer Fiebertraum. Wie ein zu enger Handschuh, passte die Vorstellung einfach nicht. Also, wann immer das Gefühl sie unvorbereitet traf, schob Sophie es beiseite und beschloss, die unbequeme Tatsache zu ignorieren. Sie war nicht die Art von Person, die bei Problemen ohne Lösung verweilte.

»Welchen Film hast du ausgesucht?« fragte Sophie und wechselte das Thema.

»*Gangster in Key Largo*. Mit Humphrey Bogart und Lauren Bacall. Du wirst ihn mögen, das verspreche ich.«

* * *

»HALT DIE KLAPPE, alter Mann! Ich warne dich.«

»Hör mich an«, betete der alte Mann, seine Hände unter seinem Kinn gefaltet. »Hör mich!«

»Ich bringe dich um!«

Ein leises Geräusch der Beunruhigung kam vom anderen Ende der Couch, als Rocco den Abzug der Pistole betätigte, die er Frank in den Bauch drückte. Als die Waffe nutzlos klickte, ließ sich Ruby erleichtert gegen die Kissen fallen. Sophie blickte zu ihrer 'Schwester' hinüber und unterdrückte ein Lachen darüber, wie vertieft Ruby in den Film war.

Nachdem sie herausgefunden hatte, dass Ruby alte Schwarz-Weiß-Filme fast genauso gerne mochte wie Mac, hatte Sophie schließlich nachgegeben und einen kleinen Fernseher für ihre Wohnung gekauft, zu Macs Schock und Freude.

Sophie wandte ihre Aufmerksamkeit von ihrer Schwester ab und ließ sich wieder in die Geschichte hineinziehen. Die temporeiche Action des Films sog Sophie ein. Sie konnte sich nicht vorstellen, in einem Hotel mit gefährlichen Gangstern gefangen zu sein, während draußen ein Hurrikan tobte. Sophie entschied, dass sie Erdbeben jederzeit Hurrikanen vorzog.

Ein atemloses Seufzen von Ruby ließ Sophie wieder den Kopf von Macs Brust heben, um zu ihrer Schwester zu blicken. Als Ruby Sophie ansehen sah, zuckte sie entschuldigungslos mit den Schultern. »Humphrey Bogart ist einfach so heiß. Es ergibt keinen Sinn. Er ist nicht so gut aussehend, objektiv betrachtet. Aber Mann, irgendwie ist er einfach knallheiß.«

»Charisma«, antwortete Sophie. Sie wollte gerade argumentieren, dass Lauren Bacall in *Gangster in Key Largo* heißer war als Bogart, aber Mac legte seine Handfläche über ihren Mund. Sie warf ihm einen entschuldigenden Blick zu; sie wusste, wie sehr er es hasste, wenn Leute während Filmen redeten. Als er jedoch seine Hand nicht wegnahm, kniff Sophie in den fleischigen Teil seiner Handfläche als Vergeltung.

»Du hast mich gebissen!« knurrte er und riss seine Hand weg, als wäre sie verbrannt worden. Er warf ihr einen bösen Blick zu und grub seine Finger in ihre Seite, kitzelte sie zur Rache. Quietschend versuchte Sophie, seinem Griff zu entkommen. Als das nicht funktionierte, drehte sie sich um und versuchte, sich rittlings auf Macs Beine zu setzen, um die Oberhand zu gewinnen. Das Grinsen auf Macs Gesicht sagte ihr, dass ihm das Manöver überhaupt nichts ausmachte.

»Sucht euch ein Zimmer«, jammerte Ruby laut über Sophies Kichern. Das ließ Sophie gegen Macs Brust zusammensacken. Für einen Moment hatte sie vergessen, dass sie Gesellschaft hatten.

Sich auf Macs Schoß drehend, lehnte sich Sophie hinüber, schnappte sich ein Stück Popcorn aus der größtenteils leeren Schüssel auf dem Couchtisch und warf es in Rubys Richtung. »Das ist meine Wohnung. Du weißt, wo die Tür ist, wenn es dir nicht gefällt.«

Ruby hob das geworfene Popcorn von ihrem Pullover und aß es, streckte Sophie die Zunge heraus.

Auf dem Fernseher krachte laut ein Baum durch ein Fenster und lenkte die Schwestern von ihrem aufkeimenden Streit ab.

Der Regensturm vor Sophies Wohnungsfenster spiegelte den Sturm wider, der im Film tobte. Mit jedem Tag verwandelte sich der Herbst in San Francisco mehr in die regnerische Wintersaison.

Als die Abspanntitel des Films liefen, protestierte Sophies Magen lautstark über seinen leeren Zustand. Das Popcorn, das sie während des Films gegessen hatte, hatte das Loch in ihrem Bauch nicht gefüllt.

Sophie sah auf die Zeit auf ihrem Handy und schlug vor: »Hey, ich muss gleich zur Arbeit, aber wollt ihr vorher zu The Little Thumb essen gehen?«

»Ich schau mal, ob Birdie mitkommen kann«, verkündete Ruby und hüpfte aus der Wohnung.

Als sie hinausgingen und Sophie ihre Tür abschloss, fragte Mac, was sie von *Gangster in Key Largo* hielt.

»Er war gut. Der Typ, der Rocco gespielt hat, war so perfekt gruselig.«

Birdie kam mit Ruby im Schlepptau aus ihrer Wohnung. Das war eine weitere seltsame, langsame Veränderung, die seit Cascadia passiert war: Birdie und Ruby waren dicke Freundinnen geworden. In wenigen Wochen hatte sich Ruby mit ihrer verrückten, fröhlichen Art in Sophie und ihre Freunde gedrängt, als wäre sie schon immer ein Teil der Sonderlinge gewesen.

Sophie drängte sich nah an Mac und teilte seinen Regenschirm, als ein Regenguss die Straße durchnässte. Regen prasselte um sie herum, die dunkelgrauen Wolken drückten auf die Gruppe herab. Hinter ihnen hielt Ruby einen Regenschirm über Birdie. Zum Glück war The Little Thumb direkt neben Streuselkuchen, also war es ein kurzer Spaziergang.

Als Mac die Eingangstür für die Gruppe aufhielt, wehte der Duft von Bier, überlagert mit dem Geruch von etwas Fleischigem und Herzhaftem, heraus. Es ließ Sophie das Wasser im Mund zusammenlaufen.

Nachdem er Zeit im örtlichen Stammhaus des irischen Wolfs-
hundclans verbracht hatte, war Benno schließlich von Fergal,
dem Clanführer und Bennos neuem Busenfreund, überzeugt
worden, Essen zu seinem Menü hinzuzufügen. Seit der Einstel-
lung eines Kochs hatte The Little Thumb langsam einen Ruf für
herzhafte Pub-Kost zu vernünftigen Preisen aufgebaut.

Mac schüttelte die Regenschirme draußen ab, bevor er sie in
einen Eimer neben der Tür stellte, der bereits zur Hälfte mit der
Regenausrüstung anderer Gäste gefüllt war.

Ein breites Grinsen teilte Bennos Gesicht, als er die Gruppe
in die Kneipe eintreten sah. Er eilte um die Ecke und schwang
Sophie in eine kurze, rippenquetschende Umarmung. Er hielt sie
auf Armeslänge und musterte sie, als würde er nach Fehlern
suchen. Sie musste die Inspektion wohl nicht bestanden haben,
denn Benno schnalzte missbilligend mit der Zunge. »Du musst
etwas Herzhaftes zum Abendessen essen. Du wirst wegfliegen,
wenn du nicht anfängst, besser auf dich aufzupassen«, befahl er.

Sophie schaffte es schließlich, sich aus seinem Griff zu
befreien und erwiderte, dass sie in perfekter Gesundheit sei und
er ein Sorgenkind sei. Sie fanden beide Ruby vor, die ihre Arme
für eine eigene Umarmung ausstreckte, wie ein Kleinkind, das
einen Elternteil bittet, es hochzuheben. Zu Bennos Ehre hob er
Ruby hoch und gab ihr ebenfalls eine knochenquetschende
Umarmung.

Der Regen bedeutete, dass die Kneipe nicht so überfüllt war
wie sonst, also fand die Gruppe schnell einen leeren Tisch hinten.
Sophie fröstelte, als die Klimaanlage über ihrem Kopf kalte Luft
in ihren Nacken blies.

Einen Moment später kam Benno herüber, sein buschiger
Schnurrbart über ein breites, fröhliches Lächeln gespannt. »Was
wollt ihr trinken?«

Er gab jedem von ihnen eine kleine, laminierte Speisekarte
mit Abendoptionen. »Wir haben Shepherd's Pie zur Speisekarte

7

hinzugefügt. Ihr solltet es probieren«, schlug Benno vor. »Marty ist ein Zauberer in der Küche.«

Marty war ein Kobold, der selbst in menschlicher Gestalt die prominenteste Hakennase hatte, die Sophie je außerhalb einer Cartoon-Hexe gesehen hatte. Als Sophie ihn zum ersten Mal getroffen hatte, hatte er ihr gutmütig mitgeteilt, dass seine große Nase ihm einen überlegenen Geruchssinn verlieh, der ihn zu einem ausgezeichneten Koch machte. Sophie war entsetzt gewesen, dass sie beim Starren erwischt worden war, und war so hellrot geworden, dass sie von Sausalito aus hätte gesehen werden können.

Sophie bestellte Limonade, während der Rest des Tisches Bier und Wein bekam. Es hatte nicht lange gedauert, bis Sophie erkannt hatte, dass das passiert, wenn man Nachtschicht arbeitet: Sie würde oft nach der Arbeit nach Hause kommen und sich zur Frühstückszeit nach einem Bier sehnen. Es spielte keine Rolle, wie oft sie Ruby erklärte, dass neun Uhr morgens für Sophie Abendessenszeit war; es ekelte ihre Schwester immer noch an. Jetzt, wann immer Ruby sich beschwerte, antwortete Sophie, dass Zeit ein Konstrukt sei, und so auch die Idee, dass bestimmte Lebensmittel nur für bestimmte Mahlzeiten seien. Ruby würde normalerweise die Augen verdrehen und antworten, dass Sophie ein Konstrukt sei, in einer Drittklässler-ähnlichen Erwiderung.

Ein paar Minuten später kehrte Benno zum Tisch zurück und balancierte ein Tablett mit allen Getränken. Nachdem er die Krüge auf dem Tisch abgestellt hatte, begann Benno, die Abendbestellungen aller aufzunehmen. Als Mac seine Wahl mitteilte, bemerkte Sophie einen tränenförmigen Edelstein in der Farbe von Wein, der an der Basis von Birdies Hals ruhte.

»Ist das neu?« fragte Sophie und zeigte auf die Halskette.

»Oh, das?« antwortete Birdie und legte eine sittsame Hand unter den Edelstein, offensichtlich erfreut, dass Sophie den Schmuck bemerkt hatte. »Milton hat herausgefunden, dass mein

Geburtsstein Granat ist, also wollte er mir etwas Besonderes schenken.«

»Oh wow! Es ist so hübsch«, rief Ruby aus und lehnte sich nah heran, um die Halskette zu betrachten. »Es klingt, als würden die Dinge ziemlich ernst zwischen euch beiden.« Sie saß auf der anderen Seite von Birdie als Sophie. Birdie drehte sich in ihrem Stuhl, damit Ruby sich satt sehen konnte. Birdie strahlte, als Ruby anerkennend über das Geschenk gurrte.

»Du musst seine Welt erschüttert haben, um ein teures Schmuckstück zu bekommen«, neckte Sophie.

»Eine Dame erzählt nie«, antwortete Birdie spröde und steckte die Nase in die Luft, aber Sophie konnte das Glitzern in ihren Augen sehen.

»Nun, wenn ich bald eine echte Dame treffe, werde ich versuchen, mich daran zu erinnern«, spottete Sophie und brachte Birdie dazu, die falsche steife Haltung zu verlieren und zu lachen.

Sophie war zur Hälfte durch ihren Shepherd's Pie, als Benno sich mit seinem eigenen Bierkrug zu ihnen an den Tisch setzte. Der Abendansturm war längst vorbei, und nur ein paar Nachzügler waren übrig – hauptsächlich die nächtlichen Stammgäste der Kneipe. Er erzählte der Gruppe schüchtern, dass er daran dachte, die Bar in das leere Ladenlokal nebenan zu erweitern. Alle hoben ihre Gläser auf Bennos neuen Erfolg.

Als sie ihr Essen beendet hatten, waren alle Straßenlaternen draußen angegangen und beleuchteten die dicken Regentropfen, die fielen. Mit einem letzten Abschied von allen gingen Mac und Sophie zur Bushaltestelle. Mac begleitete sie in der U-Bahn, bis sie sein Viertel erreichten, danach setzte Sophie den Rest des Weges zur Arbeit allein fort. Obwohl der Regen von dem Sturm früher zu einem kalten Nieselregen abgeschwächt hatte, klappte Sophie trotzdem den Kragen ihres Mantels hoch, um ihren Nacken vor dem eisigen Regen zu schützen.

Sophie hätte gerne bei einem Kuss verweilt, als sie Macs

Haltestelle erreichten, aber U-Bahn-Fahrer warteten auf niemanden. Wenn du nicht eiltest, ließen sie dich gerne zurück. Mehr als einmal hatte Sophie einen der U-Bahn-Fahrer grinsen sehen, als sie einen Pendler zwangen, einem abfahrenden Bus hinterherzurennen.

# KAPITEL 2

*A*ls Sophie das Gebäude des Gerichtsmedizinischen Instituts betrat, wollte sie gerade Frau Zhao begrüßen, als sie von Marcellas Erscheinen abgelenkt wurde. Marcella hielt die Tür zu den Autopsieräumen offen, damit ein Mann und eine Frau wieder in die Lobby kommen konnten. Beide waren aufgewühlt und weinten. Der Mann kam ihr vage bekannt vor, aber Sophie konnte ihn nicht zuordnen.

Da sie das Trio nicht stören wollte, wich Sophie zur Seite und stellte sich in die Nähe des Sitzbereichs neben Frau Zhaos Schreibtisch. Der Mann und die Frau bemerkten Sophie nicht einmal, als sie vorbeigingen. Sophie war sich nicht sicher, ob sie ihre Umgebung überhaupt wahrnahmen.

Marcella legte ihren Arm um die Schulter des Mannes und führte ihn zum Ausgang.

»Ich verspreche dir, Ziad, ich werde herausfinden, was mit Cooper passiert ist.«

Ziad. Dieser Name war vertraut.

»Das machen Sie auch«, schluchzte der Mann. »Und Sie sorgen dafür, dass die Bastarde, die ihm das angetan haben, leiden.«

Marcella murmelte etwas, das Sophie nicht hören konnte.

Es traf Sophie wie ein Blitz: Ziad war dieser Kerl vom Conclave, der in Murias aufgetaucht war, um Macs Vater aus dem Druiden-Menschenopfer-Fall zu verdrängen. Der Mann war unhöflich und herablassend gewesen und hatte es geschafft, Carson, Grady und Reggie in weniger als drei Minuten auf die Palme zu bringen – was eine beachtliche Leistung war.

Dieser Ziad war fast nicht wiederzuerkennen. Die selbstgefällige Arroganz war von roher, zerreißender Trauer verdrängt worden. Seine Augen waren blutunterlaufen, und seine Haare wirkten verfilzt und ungewaschen. Er sah aus, als wäre er in den wenigen Wochen seit ihrem letzten Treffen um zehn Jahre gealtert.

Sophie beobachtete, wie der Mann durch den Ausgang trat und die Frau – von der Sophie annahm, dass es seine Ehefrau war – am Ellbogen führte. Als die Türen begannen zu schließen, während das Trio draußen war, hörte Sophie, wie die Frau einen klagenden Schrei ausstieß, der wie ein verwundetes Tier klang. Sie begann, aus dem Griff ihres Mannes zu gleiten, als ob ihre Knie unter ihr nachgegeben hätten. Beide stolperten und sahen aus, als würden sie gleich umfallen. Mit Marcellas Hilfe kam die Frau wieder auf die Beine, aber sie konnte kaum einen Fuß vor den anderen setzen.

Sophie beobachtete verstohlen, wie Marcella das Paar zu einem eleganten silbernen Fahrzeug auf dem Parkplatz führte und Ziad dabei half, die Frau auf den Beifahrersitz zu setzen. Ziad ging steif um das Auto herum und setzte sich ans Steuer. Sophie dachte, dass er vielleicht nicht in der Verfassung war, Auto zu fahren, besonders bei diesem schrecklichen Wetter. Marcella lehnte sich ans Autofenster des Mannes und sprach noch ein paar Minuten mit Ziad, während sie den Regen ignorierte, der ihr graues Haar plattdrückte. Sophie entschied, dass es nicht ihre Angelegenheit war; er war erwachsen und konnte selbst entscheiden, ob er fahrtüchtig war. Sie hatte genug gesehen und fühlte sich wie eine Voyeurin fremden Traumas, also wandte sie sich ab und ging zur Umkleide.

Nachdem sie frische Kittel angezogen hatte, ging sie zum Kartensystem an der Wand und blickte weg, als der Türsummer ertönte. Als Marcella um die Ecke bog und in ihre Richtung kam, war Sophie nicht überrascht.

»Sophie, ich brauche Ihre Hilfe bei einem Lesen. Sie haben sicher das Paar in der Lobby gesehen. Der Mann ist ein wichtiges Mitglied des Conclave, und die Leiche seines Sohnes wurde heute Morgen vor Las Vegas gefunden. Wir müssen die Schuldigen finden, die Cooper ermordet haben«, erklärte Marcella in ihrer sachlichen Art. Selbst in einem regennassen Hosenanzug mit nassem, zerzaustem Haar hatte sie eine befehlshaberische Ausstrahlung, die Sophie dazu brachte, sich aufzurichten und alle Fragen oder Beschwerden hinunterzuschlucken.

»Natürlich. Ist der Körper schon hier?«

»Ja, wir haben ihn heute Früh einfliegen lassen.« Marcella drehte sich auf dem Absatz um und ging zum Hauptautopsieraum. Sophie musste hinter ihr her eilen. »Er wurde extra aus Nevada gebracht, damit Sie ein Lesen machen können. Ich werde heute Abend beim Lesen dabei sein, damit wir wissen, womit wir es zu tun haben. Ich nehme an, das ist in Ordnung für Sie«, sagte Marcella über die Schulter, bevor sie den Raum betrat.

Sophie war damit nicht ganz einverstanden. Sie mochte es nicht, sich wie ein wissenschaftliches Experiment beobachtet zu fühlen. Aber Marcella war die Chefin.

»Ja, das ist in Ordnung«, antwortete Sophie. Was sollte sie denn sagen – 'Nein, habe ich keine Lust darauf? Es spielte keine Rolle, ob sie keine Beobachter wollte. Das war ihr Job, und ehrlich gesagt, wenn die Chefin ihrer Chefin zuschauen wollte, hatte sie das Recht dazu.

Nach all den Lesungen, die Sophie in Cascadia vor Publikum gemacht hatte, gewöhnte sie sich langsam daran, bei der Arbeit beobachtet zu werden.

13

»Ausgezeichnet. Ich wollte schon länger eines Ihrer Lesungen persönlich sehen. Ich bin neugierig, wie Ihre Gabe funktioniert.«

Als sie den Raum betrat, entdeckte Sophie sofort Reggie, der neben einer Bahre mit einem schwarzen Leichensack darauf stand.

»Ich werde mich nie daran gewöhnen, Familienmitglieder dabei zu sehen, wie sie eine Leiche identifizieren«, sagte Reggie mit einem leichten Schaudern, während Sophie sich die Hände wusch und frische Nitrilhandschuhe anzog. Er wirkte ziemlich mitgenommen – nicht so schwer wie Ziad und seine Frau – aber dennoch, als wäre er durch eine emotionale Mangel gedreht worden. Sophie stellte sich vor, dass es schrecklich sein musste, zuzusehen, wie eine Familie durch den Tod eines geliebten Menschen zerrissen wird.

Sophie näherte sich dem Leichensack und blickte hinein. Der Sack war gerade so weit geöffnet, dass nur das Gesicht des jungen Mannes zu sehen ist. Trotz der Prellungen und Schnitte sah er Ziad ähnlich genug, dass es offensichtlich war, dass sie verwandt waren. Sein linkes Auge war zugeschwollen, und es gab eine rote Wunde durch seine Augenbraue.

Er hatte das gleiche hellbraune Haar wie sein Vater, nur etwas mehr davon, obwohl es Anzeichen einer zurückweichenden Haarlinie gab. Sophie schätzte, dass er Mitte zwanzig war, also nur ein paar Jahre jünger als sie. Er hatte auch einen dünnen braunen Schnurrbart, den sie wenig schmeichelhaft fand.

Reggie öffnete den Sack weiter und zeigte den Oberkörper des Mannes. Seine Brust und Arme waren übersät mit Schnitten, Prellungen und Risswunden.

»Verdammt«, flüsterte Sophie.

»Bereit?«, fragte Reggie und stellte sein Telefon zum Aufnehmen auf.

Sophie nickte wortlos und legte dann eine Hand auf Coopers Schulter.

Sie schloss die Augen und konzentrierte sich auf die Vision, die vor ihrem inneren Auge erschien.

»Er wird von zwei Männern eine Treppe hinuntergezerrt. Er hat Schmerzen – ich glaube, er wurde zu diesem Zeitpunkt bereits verprügelt. Sie haben seine Arme hinter dem Rücken verdreht und schleppen ihn die breiten Treppenstufen hinunter. Ich glaube nicht, dass sie in einem Wohnhaus sind. Die Treppen sind so, wie man sie in einem Bürogebäude sieht: Betontreppen, weiße Wände, Stahlgeländer, rechteckige Neonlichter an der Decke. Unten öffnet sich ein langer, weißer Flur. Vorne ist eine Doppeltür. Ich kann Rufe und Jubel von der anderen Seite hören. Der Mann rechts von Cooper beschwert sich, dass es Verschwendung ist. Dass niemand auf den Jungen setzen wird und es in weniger als einer Minute vorbei sein wird. Eine Stimme hinter ihnen sagt: 'Betrachte ihn einfach als Köderhund. Er wird ein Aufwärmen für Abanish sein, wie eine Vorspeise. Er wird die Menge in Stimmung für mehr bringen.' Cooper sagt, dass seine Eltern zahlen werden, um ihn zurückzubekommen. Dass sie Geld haben und dass das alles nur ein Missverständnis war. Die Stimme hinter ihm schnaubt und schlägt Cooper an den Hinterkopf. Er fragt: 'Weiß dein Vater, dass du hier bist?' Cooper sagt nein. Die Stimme sagt dann: 'Du hättest Papa Liebster wissen lassen sollen, was du vorhast. Jetzt wird niemand auch nur wissen, was mit dir passiert ist.' Der Junge versucht flehend, zu dem Mann zurückzublicken, aber die Männer, die Cooper festhalten, haben ihn fest im Griff. Sie stoßen durch die Doppeltüren und zerren ihn trotz seines Tretens und Zappelns am Eingang vorbei. Cooper kämpft und versucht, ihrem Griff zu entkommen, aber es ist sinnlos. Er ist ihnen nicht gewachsen.

»Da sind Tribünen voller Leute, wie in einem Hallenfußball-stadion, aber es sieht aus wie ein alter Keller. Mein Gott, da ist ein riesiger Käfig in der Mitte des Raums. Sie schleudern Cooper in den Käfig und schließen die Tür ab. Der Junge greift die Tür und versucht, sie aufzuziehen. Er blickt sich nach Hilfe um, aber alle schreien und jubeln nur. Es gibt ein klirrendes Geräusch, also dreht er sich um. Eine Tür öffnet sich auf der anderen Seite des Käfigs, und ein Mann kommt herein. Er ist riesig. Ein echtes Ungetüm. Sie sperren diesen neuen Mann mit Cooper ein. Er trägt eine abgeschnittene Jogginghose und sonst nichts. Nicht einmal Schuhe. Schwarze Haare, einen Bart und Schnurrbart, dunkle Augen und einen dunklen Hautton. Der Mann rollt seine Schultern und schwingt seine Arme, als würde er sich aufwärmen. Cooper fleht den Mann an, ihm nicht wehzutun. Der Mann zuckt mit den Schultern und sagt: 'Tut mir leid. Kann dir nicht helfen, Junge.' Eine Stimme kommt über den Lautsprecher. 'In einer Ecke haben wir unseren unbesiegten Champion Abanish, den König des Rings. In der anderen Ecke haben wir einen Idioten, der dachte, er wäre ein Held. Geben wir ihm einen großen Applaus. Vielleicht kämpft er gut. Wir haben ihn mit hundert zu eins Quoten. Ihr habt eine Minute, um eure Wetten zu platzieren.' Cooper bittet die Menge erneut um Hilfe, aber niemand beachtet ihn. Die Minute vergeht in panischer Unschärfe, dann läutet eine laute Glocke und lässt ihn zusammenzucken. Oh.« Sophie pausierte für eine Sekunde und schluckte schwer.

»Geht es dir gut? Brauchst du einen Moment?«, fragte Reggie leise.

»Nein. Nein, mir geht es gut. Entschuldige«, sagte Sophie und schüttelte dann den Kopf. »Okay. Oh, wow, der neue Mann verwandelt sich in einen Halb-Mensch, Halb-Tiger. Er muss fast zwei Meter groß in dieser Form sein. Riesige schwarze Krallen, gestreiftes orange-schwarzes Fell, Reißzähne. Er lässt ein ohrenbetäubendes Brüllen los. Das bringt die Menge zum Ausrasten. Er macht eine Show für die Menge, läuft herum, zeigt seine Muskeln und posiert. Cooper ist verängstigt. Er flüstert: 'Wenn Roebling die Brooklyn Bridge fertigstellen kann...' Äh, das ist alles, was er sagt. Ich habe keine Ahnung, was das bedeutet. Oh, warte, der Tigermann klettert zur oberen Ecke des Käfigs. Er klammert sich an die Stahlstäbe der Struktur wie einer dieser

Typen von WrestleMania. Er springt plötzlich hinunter und stürzt sich auf Cooper. Er schlägt ihm direkt ins Gesicht. Verdammt. Es schlägt ihn von den Füßen, aber Cooper bleibt irgendwie bei Bewusstsein. Seine Ohren klingeln, und seine Sicht ist ziemlich verschwommen geworden. Hm.

»Ich bin mir nicht sicher, was Cooper macht. Es ist, als würde er Feuchtigkeit aus der Luft ziehen und eine Wasserkugel in seiner Hand formen. Der Tiger spielt mit ihm, schlägt ihn und reißt ihn mit seinen Krallen auf. Aber man sieht, dass er sich zurückhält und Cooper leiden lässt. Er spielt mit ihm wie die Katze mit der Maus. Cooper krabbelt weg und kauert sich in der Ecke des Käfigs zusammen, mit dem Rücken zum Tigermann. Der Tigerwandler nähert sich und ruft Spott und Beleidigungen. Plötzlich springt Cooper auf und wirbelt zu seinem Angreifer herum. Er verwandelt die Wasserkugel gleichzeitig, zieht sie in die Länge und formt daraus einen festen Speer. Mit einem Schrei wirft er ihn auf den Tiger. Cooper überrascht ihn völlig, und der Speer trifft den Tiger in die Seite. Oh, er hat ihn erwischt. Der Speer steckt in der Seite des Mannes. Als der Tiger versucht, den Speer herauszuziehen, löst er sich wieder zu Wasser auf. Der Tigerwandler sagt zu Cooper, dass er das bereuen wird.

»Er verprügelt ihn dann ordentlich. Cooper versucht es. Er versucht es wirklich, aber ich glaube nicht, dass er auch nur die Chance bekommt, einen Schlag zu landen. Als eine Glocke läutet, ist Cooper nur noch ein Häufchen Elend am Boden, das in einer Pfütze seines eigenen Blutes liegt. Sie zerren ihn an den Füßen aus dem Käfig und durch andere Türen, als sie hereingekommen sind. Als sie gehen, kann Cooper den Ansager verkünden hören, dass als nächstes jemand namens Bayou Bruiser gegen Abanish kämpft. Sie entsorgen ihn irgendwo draußen, in dem, was wie eine Gasse aussieht. Cooper hört die gleiche Stimme von früher, die jemandem sagt, er solle seinen Körper entsorgen. Obwohl er Schwierigkeiten hat, seine Augen zu fokussieren, sieht er eine Straßenlaterne zu seiner Rechten. Cooper versucht, sich wegzuschleppen. Er ist fast an der Ecke des Gebäudes, als ein Ruf hinter ihm ihn wissen lässt, dass sie bemerkt haben, dass er zu fliehen versucht. 'Er lebt noch', ruft einer von ihnen überrascht. Hände greifen ihn und beginnen, ihn zurückzuzerren. Unten am Ende der Gasse sieht er ein Gemälde. Nein, es ist ein Wandbild – ein Frauengesicht, das auf eine Backsteinwand gemalt ist und, ich glaube, Blumen? Sie zerren Cooper zurück in die Gasse. Sie werfen ihn mit dem Gesicht nach unten vor die Füße des anderen Mannes. Alles, was Cooper sehen kann, sind dessen Schuhe. Sie sehen teuer aus – glänzendes schwarzes Leder. 'Gib mir das', sagt er. 'Hast du, Boss', antwortet ein anderer Mann. Das Geräusch einer entsicherten Pistole klingt übermäßig laut, und Cooper versucht aufzustehen, um einen weiteren Fluchtversuch zu machen, aber er erstarrt, als er den Lauf der Pistole an seinem Hinterkopf spürt. 'Es ist fast schade. Er ist ein zäher kleiner Scheißer', sagt der Mann. Das Letzte, was Cooper hört, ist ein lauter Schuss.«

Sophie öffnete die Augen und blickte auf Coopers Gesicht hinunter. Es war wirklich schade. Er hatte so verdammt hart gekämpft.

»Haben Sie das Gesicht des Mannes gesehen? Den, der ihn erschossen hat?«, fragte Marcella und lenkte Sophies Aufmerksamkeit von Cooper weg.

Sophie schüttelte entschuldigend den Kopf. »Nein, ich habe nicht einmal einen Blick auf ihn erhascht.«

»Verdammt«, knurrte Marcella und schüttelte enttäuscht den Kopf.

»Aber ich habe einen guten Blick auf einen der Handlanger bekommen. Und auf Abanish«, bot Sophie an.

»Nun, das ist etwas. Vielleicht können wir aus diesen beiden Hinweise bekommen. Ich möchte einen Zeichner hierher schicken, um zu versuchen, eine Darstellung des Tigerwandlers zu bekommen. Und von allen anderen, die Sie gesehen haben.«

Sophie stimmte sofort zu, bereit zu helfen, wo sie konnte.

»Ich kann nicht glauben, dass sie Gestaltwandler-Käfig-kämpfe abhalten«, murmelte Marcella. »Ziad erzählte mir, dass Cooper einige Gerüchte über Vegas-Kampfclubs gehört hatte und sie überprüfen wollte. Ziad befahl ihm, es dem Conclave dort zu überlassen. Zugegeben, dieses Conclave steht unter dem Daumen vieler mächtiger Leute, die nicht gerade ehrlich sind. Aber ich kann mir nicht vorstellen, dass sie wegsehen würden, wenn sie von den Kämpfen wüssten.« Marcella blickte mit einem undurchdringlichen Ausdruck auf den Leichensack zurück. »Cooper war immer so eifrig, die Anerkennung seines Vaters zu bekommen. Schau, wohin ihn das gebracht hat. Wir mussten seine Mutter wegen ihrer überwältigenden Trauer sedieren. Ich kenne Cooper, seit er ein Baby war. Ich kann nicht glauben, dass es so weit gekommen ist.«

Sophie hatte nie viel an Marcella erkennen können. Sie war normalerweise völlig beherrscht und steinern, selbst mitten in einer Schlacht. Diesmal konnte sie den Herzschmerz in Marcellas Augen sehen. Es war mehr Emotion, als Sophie je zuvor von ihr gesehen hatte. Sophie blickte auf Coopers kalte, stille Gestalt zurück und konnte nicht anders, als Mitgefühl zu empfinden.

»Was für monströse Idioten denken, dass Käfigkämpfe mit Gestaltwandlern eine gute Idee sind? Wir haben Glück, dass niemand die Kämpfe gefilmt und ins Internet gestellt hat.« Marcellas Finger krümmten sich zu Fäusten, als würde sie sich vorstellen, jeden zu erwürgen, der die Kämpfe organisiert hatte. »Glauben Sie, der Tigerwandler kämpfte gegen seinen Willen?«

»Ich glaube nicht. Er schien ziemlich gleichgültig gegenüber der ganzen Sache. Es ist möglich, dass er nicht dort sein wollte, aber seine Haltung und die Art, wie er mit Cooper spielte, lassen mich denken, dass er bereit war. Oder abgestumpft dagegen, nehme ich an.«

Marcella machte ein nachdenkliches Geräusch und blickte gedankenverloren in die Ferne.

»Was war das für ein magischer Wasserspeer, den Cooper erschaffen hat?«, fragte Sophie, als Marcella sich zum Gehen wandte.

Marcella pausierte an der Tür zum Autopsieraum und drehte sich um, um Sophie anzusehen. »Die gesamte Voss-Familie hat eine Affinität zu Wasser. Coopers Fähigkeit, es zu einer Waffe zu formen, war bemerkenswert. Schade, dass es nicht genug war, um ihn zu retten.«

Ohne ein weiteres Wort wirbelte Marcella aus dem Raum, ihr verbliebener Duft das einzige Zeichen, dass sie da gewesen war.

# KAPITEL 3

»Käfigkämpfe für Gestaltwandler... Wo soll das noch hinführen?«, beklagte sich Fitz, während sein Salat vergessen vor ihm lag.

»Diesen armen Jungen – ein Feenwesen gegen einen Tigerwandler antreten zu lassen. Es ist einfach so schrecklich«, stimmte Amira zu und stocherte bedrückt in ihrem Thunfisch-Sandwich herum. »Gestaltwandler für Käfigkämpfe zu benutzen ... Das klingt wie aus dem alten Rom. Was für ein schrecklicher Weg zu sterben.«

Reggie nickte. »Nun, da das Conclave davon weiß, können sie dem vielleicht ein Ende setzen. Die Voss-Familie hat eine Menge Macht, und sie werden das nicht auf sich beruhen lassen.«

»Vielleicht, aber ich kann mir vorstellen, dass gerne ein anderer Kampfring an dessen Stelle treten wird. Wenn man sich auf etwas verlassen kann, dann darauf, dass Menschen furchtbar zueinander sind«, antwortete Ace und stopfte sich einen weiteren großen Bissen in den Mund.

Sophie war amüsiert zu sehen, dass von all ihren Freunden nur Aces Appetit nicht von der Geschichte beeinträchtigt worden war. Nicht viel würde ihren Freund, den Waschbärenwandler, vom Essen abhalten. Selbst als letzte Woche ein Beutel mit Flüssigkeiten im Flur geplatzt war und das ganze Gebäude verpestete, blieb er unbeeindruckt. Alle anderen hatten beschlossen, ihre Mittagspausen draußen zu verbringen, während Ace sie mit vollem Mund einen Apfel aß und sie Weicheier nannte. Amira war so schwer betroffen gewesen, dass sie sich für den Rest ihrer Schicht krankmelden musste. Der faulige Geruch war so durchdringend gewesen, dass alle in der U-Bahn Sophie auf ihrem Heimweg gemieden hatten, sogar der übelriechende Obdachlose.

»Verdammt, Herr Sonnenschein. Mach langsam. Du überwältigst uns mit deiner Positivität«, neckte Sophie und bekam von Ace ein verschämtes Grinsen und ein Achselzucken. Er begann, seinen Müll zusammenzupacken. Sophie wusste, dass eine Menge Arbeit an seinem Schreibtisch auf ihn wartete; er hatte die ersten zwanzig Minuten ihrer Mittagspause damit verbracht, sich darüber zu beschweren.

»Wie schlimm war die Verletzung, die Cooper dem Tigerwandler zugefügt hat? War sie so schwer, dass er medizinische Hilfe suchen musste?«, fragte Fitz.

Sophie schloss die Augen und versuchte sich genau vorzustellen, wie die Verletzung ausgesehen hatte. Sie schüttelte den Kopf. »Ich glaube nicht. Sie war nicht schlimmer als damals, als Mac angeschossen wurde, und er war am Morgen wieder in Ordnung. Außerdem haben diese Typen, nach all den Mafiafilmen, die ich gesehen habe, ihre eigenen Ärzte.«

Ace schnaubte amüsiert, als er zur Tür hinausging, um zur Arbeit zurückzukehren.

»Schade. Wir hätten jemanden in den Krankenhäusern von Las Vegas nach ihm suchen lassen können. Ich habe einen Kollegen, der in der Gegend arbeitet. Ich wette, ich könnte ihn dazu bringen, nach Einlieferungen zu suchen, die auf unseren Kerl passen«, bot Reggie an.

»Warum nicht? Obwohl du das wahrscheinlich zuerst mit

dem Conclave absprechen musst«, antwortete Sophie mit einem Achselzucken.

»Und, gibt es Neuigkeiten vom Conclave über die Suche nach den anderen Scherben?«, fragte Amira, ihre Augen leuchteten auf. Sie hatte sich sehr dafür eingesetzt, Sophies »Schwestern« zu finden. Amira verstand sich so gut mit Ruby, dass Sophie vermutete, sie suchte nach neuen Freundinnen auf Anhieb. Allerdings würde Amira, basierend auf Sophies früheren Träumen mit dem Firmendrachen, mächtig enttäuscht werden.

»Nicht wirklich. Wir sind ziemlich sicher, dass der Firmendrachen irgendwo an der Ostküste ansässig ist. Ich denke, sie ist in der Führungsetage eines großen Unternehmens. Und wir wissen, dass sie kürzlich einen Kerl namens Gabriel Cortez gefeuert hat. Larry hat die Liste der Gabriel Cortezes an der Ostküste auf *nur* dreitausend Namen eingegrenzt. Das Einzige, was ich tun kann, ist, auf einen neuen Traum zu hoffen, der mehr Details über eine der Scherben liefert.«

»Du hattest doch diesen einen Traum im Flugzeug, oder? Den mit den Katzen?«

»Ja, aber ich habe nicht viel gesehen. Alles, was wir wissen, ist, dass sie zwei Katzen namens Obie und Titania hatte. Und dass es Palmen vor ihrem Haus gab. Also ist es irgendwo tropisch genug für Palmen, was einfach nicht genug ist, um überhaupt eine Vermutung anzustellen.«

»Die Katzen hießen Obie und Titania? Vielleicht ist sie ein Fan von *Ein Sommernachtstraum*. Ugh, ich liebe dieses Geheimnis«, schwärmte Amira. »Es wird so aufregend sein, wenn du die anderen Scherben findest.«

»Ich weiß nicht. Der Firmendrachen scheint schrecklich zu sein. Sie genoss es regelrecht, Cortez zu verletzen, als sie ihn feuerte, und sorgte dafür, dass es für ihn möglichst demütigend war. Sie ließ ihn praktisch vom Sicherheitsdienst hinausschleifen, damit jeder im Büro es sehen würde. Jeder Traum, den ich je von ihr hatte, war sie einfach eine gemeine Schlampe darin. Ich freue mich überhaupt nicht darauf, sie zu treffen. Aber ich habe das Gefühl, dass ich es allen Scherben schulde, sogar ihr, sie zu finden und es ihnen mitzuteilen, was sie sind. Hoffentlich sind die anderen netter als sie.«

»Ja, du hast erwähnt, dass sie gewartet hat, bis Cortez seine Wachsamkeit fallen ließ, bevor sie zuschlug. Sie klingt grausam«, stimmte Fitz zu.

»Und sie hat ihn auf spektakuläre Weise gefeuert«, sagte Sophie mit einem Lachen und schüttelte mitfühlend den Kopf, da sie selbst schon von einer Reihe von Jobs gefeuert worden war. Es ließ sie daran denken, wie niedergeschlagen sie sich gefühlt hatte, als sie Reggie zum ersten Mal traf. Sie hatte in Bennos Pub gesessen und online nach Stellenausschreibungen gesucht, voller Sorge, am Ende obdachlos zu werden.

Eine Idee kam so plötzlich in Sophies Kopf, dass sie überrascht war, dass nicht eine Glühbirne über ihrem Kopf leuchtete. »Warte mal... Ich frage mich, ob Larry online nach neu veröffentlichten Lebensläufen mit Gabriels Namen gesucht hat. Ich kann mir vorstellen, dass Cortez gerade jetzt nach einem Job suchen würde...«

»Oh, ich liebe diese Idee«, jubelte Amira. »Lass uns schauen, was wir finden können!«

»Wir müssen bald wieder an die Arbeit. Außerdem hat Larry das wahrscheinlich schon versucht«, protestierte Sophie halbherzig.

»Was kann es schaden, wenn wir schauen? Und wir schauen wirklich nur ein paar Minuten, nur um zu sehen«, flehte Amira und klimperte mit ihren lächerlich langen, dunklen Wimpern zu Sophie. Sophie schüttelte den Kopf, stimmte aber zu, dass eine schnelle Online-Suche nicht schaden würde.

Der Rest des Teams folgte Amira, als sie aus dem Pausenraum hüpfte und zu dem Büro ging, das sie sich mit Ace und Fitz teilte. Ihre Begeisterung amüsierte Sophie. Sie dachte, Amira hatte recht – wer mochte nicht ein gutes Geheimnis?

Ace grummelte, als alle den Raum betraten, und sagte, er brauche Ruhe, um sich auf seine Laborarbeit zu konzentrieren.

»Wir werden super leise sein«, versprach Amira und verdrehte die Augen. Sophie war froh, dass Amira diesmal darauf verzichtete, Ace zu ärgern. Sie war zu nervös wegen der Suche nach Cortez, um ihr Gezänk zu ertragen.

Amira weckte ihren Computer auf und öffnete ein Browser-Fenster. Sophie erwartete fast, dass sie ihre Knöchel knacken würde wie ein Hacker im Fernsehen.

»Warte, lass mich«, unterbrach Reggie. »Ich habe einen Arbeitgeberstatus auf mehreren Jobsuchseiten.«

Amira stand auf und bot Reggie ihren Stuhl an. Er rief eine Website auf, die Sophie schon einige Male benutzt hatte, bevor sie endlich einen Job fand. Er tippte den Namen Gabriel Cortez in das Suchfeld. Sophie stöhnte fast auf, als sie sah, dass über zweitausend Namen in den Ergebnissen erschienen.

»Mach dir noch keine Sorgen«, versicherte Reggie ihr. »Das ist für das ganze Land. Lass uns versuchen, es einzugrenzen. Wir können nicht nach der gesamten Ostküste suchen, aber wir können einige der größeren Städte versuchen. Lass uns zuerst New York versuchen.«

Sophie zuckte mit den Schultern, hatte keine Präferenz und dachte, die Chancen, Cortez zu finden, seien winzig. Es war, als würde man die sprichwörtliche Nadel im Heuhaufen suchen. Aber es konnte nicht schaden zu versuchen. Wenn sie nicht erwartete, dass es funktionierte, würde sie nicht enttäuscht sein, wenn sie versagten, ihn zu finden.

Die Suche nach New York brachte knapp unter hundert Männer mit demselben Namen hervor. Reggie stand vom Stuhl auf, damit Sophie näher an den Bildschirm herantreten und die Ergebnisse betrachten konnte. Sie scrollte langsam durch die Liste der Namen. Viele Namen hatten kleine Vorschaubilder neben sich, aber nicht alle. Sie konzentrierte sich auf die Einträge mit Foto, ignorierte die anderen und beugte sich näher an den Bildschirm.

Als sie niemanden erkannten, beschlossen sie, Philadelphia zu versuchen. Es gab weniger Ergebnisse für den Namen in dieser Stadt, aber mehr, als Sophie erwartet hätte. Allerdings war keiner der Gabriels, die sie fanden, derjenige, nach dem sie suchten.

»Lass uns noch einmal versuchen, bevor wir wieder an die Arbeit gehen«, schlug Reggie vor. »Wie wäre es mit Boston?«

Mit wenig Hoffnung änderte Sophie den Suchort auf Boston. Auf halbem Weg durch das Scrollen der Seite begannen ihre Augen bei all den winzigen Fotos von meist dunkelhaarigen Männern zu verschwimmen, als eines ihr ins Auge sprang. Sie wäre fast daran vorbeigescrollt und hätte es verpasst.

Als sie bemerkten, dass sie angehalten hatte, konnte Sophie alle kollektiv nach Luft schnappen hören. Sophie zögerte, auf den Link zur Biografie des Mannes zu klicken, als sie die Maus über das Vorschaubild bewegte. Sie hatte keine Ahnung, warum sie zögerte.

»Ist das er?«, keuchte Amira aufgeregt.

»Ich weiß nicht. Vielleicht.« Sie schluckte nervös trocken, bevor sie auf sein Bild klickte und einen winzigen Atemzug nahm.

Ein Geräusch, das halb Überraschung, halb Fassungslosigkeit war, entwich ihrem Mund.

»Auf. Keinen. Fall«, war das Einzige, was Sophie sagen konnte. »Ich kann es nicht fassen.«

Er war es. Auf dem Bildschirm erschien das lächelnde Gesicht von Gabriel Cortez, der viel glücklicher aussah als beim letzten Mal, als Sophie ihn in einem Traum gesehen hatte. Unter seinem Foto stand der Titel Verkaufsanalyst und dann Absolvent des Boston College. Sophie scrollte weiter nach unten und suchte nach mehr Informationen über ihn. Unter »Erfahrung« aufgelistet, zeigte es, dass er gerade einen neuen Job bei Fontaine Wealth Services begonnen hatte. Aber noch wichtiger, darunter stand, dass er zuvor zwei Jahre bei einer Firma namens Dolus Investments gearbeitet hatte.

»Das muss der Ort sein, von dem er gefeuert wurde, oder? Das bedeutet, dass der Firmendrachen dort arbeiten muss«, rief Fitz aus und faltete seine langen, eleganten Finger aufgeregt unter seinem spitzen Kinn.

Sophie klickte auf den Namen des Unternehmens. Dieser Link führte sie zu einer generischen Landingpage, die das Unternehmen als »führendes Fondsverwaltungsunternehmen, das sich auf den Aufbau von Vermögen für exklusive Kunden spezialisiert hat« beschrieb – was auch immer das bedeutete. Sie vermutete, es hatte etwas mit dem Aktienmarkt zu tun. Sophie klickte sich durch die Website und hoffte, eine Liste der Mitarbeiter zu finden. Sie war nicht überrascht, dass nichts auftauchte. Das wäre wohl zu viel verlangt gewesen.

Sophie kehrte zur Jobsuchseite zurück und überprüfte Gabriels Profil erneut. Sie zog ihr Telefon heraus und schrieb Larry rasch alle entdeckten Informationen.

»Ich kann nicht glauben, dass du so nah dran bist, den Firmendrachen zu finden. Wenn du diesen Traum von ihr nicht gesehen hättest, wie sie ihn feuerte, hättest du sie nie gefunden. Das war echt Glück«, verkündete Ace. Sophie blickte zu ihm, ein wenig amüsiert zu sehen, dass er trotz seines 'großen Arbeitspensums' in Sophies seltsames Drama hineingezogen worden war.

»Ach was, ich bin sicher, dass Sophie und Ruby schließlich genug von den Leben der anderen Scherben sehen werden, um sie zu finden. Es ist nur eine Frage der Zeit«, widersprach Fitz.

Obwohl es sich etwas antiklimaktisch anfühlte, schloss Sophie das Browser-Fenster und ging zum Kühlraum der Gerichtsmedizin, um die nächste Leiche zu holen.

# KAPITEL 4

Sophie durchquerte die Lobby und winkte Frau Zhao zum Abschied zu. Sie hielt dem Phantombildzeichner die Tür auf, damit er hinter ihr hinausgehen konnte. Der Mann wünschte Sophie einen schönen Tag und schlenderte in Richtung Parkplatz, seine Künstlermappe unter dem Arm eingeklemmt. Sophie schauderte, als sie sich Handschuhe über die Hände zog. Die Luft hatte diesen scharfen, schneidenden Wind, der von einem frühen Winter sprach. Sie wickelte ihren Schal mit kältesteifen Fingern enger um ihren Hals und hoffte, dass er den Wind daran hindern würde, durch die Vorderseite ihrer Jacke zu tunneln.

»Hey, heiße Sache, ich habe gehört, du bist gut mit Leichen«, rief Macs Stimme. Sophies Kopf wirbelte in Richtung der Stimme herum und fand ihn neben seinem Auto stehen, mit einem riesigen, selbstzufriedenen Grinsen im Gesicht.

»Was—«

»Ich sag's ja nur, weil du so heiß aussiehst, dass es mich *umbringt!*«

Mac lehnte an der Motorhaube seines Autos und trug einen schwarzen Wollmantel, der ihn ziemlich schneidig aussehen ließ, wie einen Geschäftsmogul. Der ältere Camry, an dem er lehnte, zerstörte die Fantasie für Sophie. Vielleicht machte der Geschäftstycoon gerade auf 'Undercover-Arm'?

Sophie stöhnte angewidert. »Ich kenne diesen Mann nicht«, verkündete sie laut, damit auch die Umstehenden merkten, dass sie so ein Verhalten nicht gutheißen konnte.

Macs freches, selbstzufriedenes Grinsen zeigte ihr, dass er es bemerkte und es ihm egal war. »Ich habe gehört, du hattest eine interessante Nacht. Du hast eine Lesung bei Cooper Voss gemacht, oder?«

»Hab ich. Wandler-Käfigkämpfe… Wer hätte gedacht, dass es so etwas gibt? Marcella sah aus, als wäre sie bereit, mit einem einzigen Blick eine ganze Stadt dem Erdboden gleichzumachen«, erzählte Sophie ihm. »Und es wurde sogar noch interessanter nach der Lesung.«

Macs Augen glänzten vor Interesse. »Ach ja? Nun, lass mich nicht hängen. Was ist passiert?«

»Ich glaube, ich habe Gabriel Cortez aufgespürt.«

Wenn sie ihm gesagt hätte, dass sie die Toten auferwecken könnte, hätte Mac nicht überraschter aussehen können.

»Im Ernst? Wie?«

Sophie sonnte sich in Macs bewunderndem Blick, während sie erklärte, wie sie ihn gefunden hatten.

»Larry wird so sauer sein«, krähte Mac mit alarmierender Freude. »Wenn ich ins Revier komme, werde ich ihn damit so richtig aufziehen.«

»Moment mal. Solltest du nicht schon bei der Arbeit sein? Du bist zu spät. Und du hasst es, zu spät zu kommen.« Sophie warf ihm einen misstrauischen Blick zu und fragte sich plötzlich, warum Mac bei ihr war und nicht an seinem Schreibtisch.

»Das Conclave hat noch einen Auftrag für dich, Soph. Dunham und Marcella wollen ein Treffen mit dir. Ich soll dich aufs Revier bringen, falls du bereit bist.« Mac sah sie besorgt an. »Du hast gerade eine ganze Schicht beendet, also solltest du ihnen sagen, sie sollen das Treffen verschieben, bis du eine ganze Nacht geschlafen hast.«

Sophie schnaubte. Als ob sie Marcella verärgern würde. Besonders nicht nach der Stimmung, in der sie die Leichenhalle am Vorabend verlassen hatte.

»Nein, wir sollten gehen.«

Mac warf ihr einen skeptischen Blick zu.

»Mir geht's gut«, versicherte Sophie ihm.

Er seufzte ergeben und schüttelte den Kopf über Sophie, als verstünde er sie nicht, bevor er ihr einen Kuss gab. »Na gut. Wir sollten aufs Revier. Willst du unterwegs noch was zu essen holen?«

»Ich hätte nichts gegen ein Bear Claw einzuwenden.«

»Ein Bear Claw, kommt sofort.« Mac verschränkte seine Finger mit ihren und geleitete sie zum Beifahrersitz.

»Es geht um Cooper Voss, nicht wahr?« fragte Sophie, als Mac sich auf dem Fahrersitz niederließ, obwohl sie die Antwort bereits kannte.

* * *

»Wir werden Sie natürlich für Ihre Zeit entschädigen. Der gleiche Satz wie beim letzten Mal.«

Sophie hatte vor, das Angebot sowieso anzunehmen, aber das besiegelte den Deal. Als sie nach der Murias-Reise ihre Gefahrenzulage bekommen hatte, konnte sie die letzten ihrer ausstehenden Schulden abbezahlen und hatte sogar genug übrig, um sich einen Flachbildfernseher zu kaufen, auch wenn es nur ein kleiner war. Und sie konnte Birdie zu einem schicken Brunch in Noe Valley einladen. Sie hatten Gurkensandwiches gegessen und Tee aus zierlichen Tassen getrunken, dabei den kleinen Finger gekünstelt abstehend. Die beiden hätten kaum fehlplatzierter wirken können: eine kleine alte Dame im feinsten Sonntagskleid und Sophie mit Springerstiefeln und Tattoos. Birdie hatte sich an den schockierten Gesichtern der anderen hochnäsigen alten Damen erfreut, die ihren Tee schlürften, ihre Nasen so hoch in der Luft, dass Sophie annahm, sie würden ertrinken, wenn es regnete.

»Wir machen es«, verkündete Ruby von Sophies linker Seite.

*Ach, »wir« also, ja?* wollte Sophie sarkastisch fragen. Ein verärgertes Schnauben kam von der Stelle, wo Mac zu ihrer Rechten saß und Sophies Gedanken widerspiegelte. Aber die Wahrheit war, sie waren alle dabei, einschließlich Mac, was Sophie sehr freute.

Das Conclave hatte beschlossen, die drei nach Las Vegas zu schicken, um zu versuchen, den Wandler-Kampfring und die Leute, die ihn betrieben, zu lokalisieren. Es gab ein paar von Wandlern betriebene Kasinos, Bars und Restaurants in Las Vegas, also würden sie ihre Suche an diesen Orten beginnen. Während Ruby ihre Gabe nutzen würde, um den Mann zu finden, der Cooper ermordet hatte, würde Sophie versuchen, das Gebäude ausfindig zu machen, in dem der Mord stattgefunden hatte. Alles, was sie hatte, waren ein paar Gesichter und eine dunkle Gasse, von der aus man ein buntes Wandbild einer Frau sehen konnte. Es war... nicht viel, womit man arbeiten konnte. Aber die Wahrheit war, es war alles, was sie hatten, abgesehen von den Skizzen des Phantombildzeichners des Tigerwandlers und der zwei Handlanger, die Sophie in Coopers letzten Momenten gesehen hatte. Diese Bilder und der Name Abanish waren Larry gegeben worden, um zu sehen, ob er Übereinstimmungen in der Datenbank des Conclaves finden konnte.

»Eure Tarngeschichte für diese Mission ist, dass ihr drei Großspieler seid, die in der Stadt sind, um zu spielen und die Sehenswürdigkeiten zu sehen. Diese Tarnung verschafft euch Zugang zu den VIP-Bereichen, wo sich unser Ziel höchstwahrscheinlich aufhält. Außerdem sagt unsere Forschungsabteilung, dass der Kunstbezirk in Las Vegas für Straßenwandgemälde berühmt ist. Ich habe ihnen eure Beschreibung gegeben, aber sie

31

konnten keine finden, die passten. Allerdings wurde mir mitgeteilt, dass die Wandgemälde häufig gewechselt werden.«

Sie hatten Sophie ein paar Fotos der wenigen Las Vegas-Wandgemälde gezeigt, die eine Frau zeigten, aber keines war das gewesen, das sie gesehen hatte.

Sophie blickte besorgt auf ihre Kleidung hinab. »Ähm... Ich glaube nicht, dass mir jemand abkaufen wird, dass ich eine Großspielerin bin.« Rubys unterdrücktes Lachen tat nichts, um Sophies Unsicherheit zu lindern.

»Mach dir darüber keine Sorgen. Wir werden dir alles zur Verfügung stellen, was du brauchst, um deine Tarngeschichte zu vervollständigen«, versicherte Marcella ihr. Sophie nickte, dachte aber insgeheim, dass sie niemanden täuschen können würde. Selbst mit schicker Kleidung dachte sie, dass sie ernsthafte Schauspielstunden bräuchte, um das durchzuziehen. Echte reiche Leute würden sie sofort entlarven. Sie würden ihr die Armut wahrscheinlich sofort anmerken.

»Glauben Sie, dass Sie die Stimme des Mannes erkennen würden, der Cooper Voss erschossen hat?« fragte Polizeichef Dunham, sein wie eine Bulldogge dreinschauendes Gesicht voller Zweifel, und unterbrach Sophies unsichere Gedanken.

»Ich denke schon. Alles, was ich tun kann, ist es zu versuchen.«

Dunham schnaufte durch seinen Salz-und-Pfeffer-Schnurrbart, als ob Sophies bester Versuch nicht ausreichen würde. Ein scharfer Blick von Marcella ließ ihn verstummen, bevor er weitere Kritik von sich geben konnte.

*Sieht so aus, als hätte die Bulldogge eine Leine. Oder besser gesagt, den Bären,* dachte Sophie und verbarg ihre spöttischen Gedanken hinter einem ruhigen Gesicht. Was Chefs anging, war Dunham in Ordnung. Er war schroff, zynisch und ergebnisorientiert. Sophie hatte viel schlechtere Chefs gehabt, als Dunham je hätte sein können. Sie wusste, dass er sich wegen ihrer mangelnden Erfahrung mit verdeckten Operationen Sorgen machte – eine berechtigte Sorge, ehrlich gesagt.

Allerdings begann Sophie zu vermuten, dass sie und ihre Schwester Marcellas Lieblingswerkzeuge in ihrem wahrscheinlich riesigen Arsenal wurden. Es war ein beunruhigender Gedanke, wenn sie ihm Aufmerksamkeit schenkte. Nicht, dass sie ihre aktuelle Richtung ändern würde. Helfen zu können – Morde zu lösen – erfüllte sie mit einem Sinn; etwas, das sie nie zuvor gehabt hatte.

»Ich möchte, dass ihr noch heute aufbrecht«, verkündete Marcella. »Je früher wir euch vor Ort bekommen, desto wahrscheinlicher ist es, dass die Mörder noch in der Stadt sind und dass die Kämpfe am selben Ort abgehalten werden. Mir wurde gesagt, dass illegale Kampfringe wie dieser oft den Veranstaltungsort wechseln, um nicht entdeckt zu werden. Wir können den Jet und eure Tarngeschichte bis Mittag bereit haben. Alles, was ihr braucht, wird im Flugzeug auf euch warten.«

»Das wird nicht funktionieren. Sophie hat die ganze Nacht gearbeitet. Du kannst nicht von ihr verlangen, das ohne Schlaf zu machen«, argumentierte Mac.

Sophie legte ihre Hand über Macs, besorgt, dass er gleich den Stift in seiner Hand zerbrechen würde. Seine Knöchel waren weiß geworden, und der Stift nahm eine deutliche Halbmondform an. »Mac, es ist in Ordnung. Ich werde im Flugzeug ein Nickerchen machen und Zeit zum Schlafen finden, sobald wir in Vegas ankommen. Mir wird es gut gehen. Das ist wichtiger, als eine Nacht Schlaf zu bekommen.«

Mac warf ihr einen frustrierten Blick zu, sagte aber nichts mehr dazu. Sophie war immer froh, dass er sie mit Respekt behandelte und ihr erlaubte, ihren eigenen Weg zu wählen, auch wenn alles, was er tun wollte, war, sie in Watte zu packen. Jemanden wie Mac in ihrer Ecke zu haben, gab ihr das Gefühl, dass sie jedem Hindernis begegnen konnte, das ihr in den Weg geworfen wurde.

Sie verbrachten den Rest des Treffens damit, die Einzelheiten der Mission zu besprechen. Sie hatten einen groben Zeitplan der Orte, die sie erkunden mussten. Tagsüber würde das Trio systematisch durch den Kunstbezirk fahren und nach dem mysteriösen Wandgemälde suchen. Nachts würden sie jedes der von Wandlern betriebenen Geschäfte besuchen, die aufs Nachtleben ausgerichtet waren. Wenn sie in drei Tagen nichts fanden, würden sie sich mit Marcella abstimmen, um die nächsten Schritte zu bestimmen. Sophie hoffte verzweifelt, dass sie den Mord früher lösen würden.

Als sie anfingen, den Konferenzraum zu verlassen, warf Sophie Marcella einen bedeutungsvollen Blick zu. »Bevor wir aufbrechen, kann ich kurz mit dir sprechen?«

»Natürlich, lass mich dich zum Aufzug begleiten«, antwortete Marcella und erhob sich geschmeidig von ihrem Stuhl.

Sobald sich die Tür hinter ihnen schloss, stellte Sophie die Frage, die ihr auf der Seele brannte. »Weiß Dunham über alles Bescheid, was in Murias passiert ist? Weiß er über die Informationen, die wir über meine Vergangenheit herausgefunden haben?« fragte Sophie und achtete darauf, nichts über Scherben, Bramwell oder Sigilltätowierungen laut zu sagen.

»Nein, die einzigen Leute, die über irgendetwas davon wissen, waren zu der Zeit anwesend. Ich werde niemandem etwas sagen, bis wir mehr über die ganze Situation wissen. Nicht dem Conclave oder jemandem außerhalb. Sehr wenige Leute wissen über dich Bescheid, und denen, die es wissen, wurde gesagt, dass du ein Mensch mit der Fähigkeit bist, Todesvisionen zu haben. Mein Elite-Team weiß über deine Fähigkeiten Bescheid, aber nichts anderes.«

Sophie dankte Marcella. Sie konnte nicht mehr verlangen als das. Sie alle taten ihr Bestes, um die Geheimnisse der Schwestern zu bewahren. Obwohl Sophie dachte, dass es unvermeidlich war, dass irgendwann herauskommen würde, wer und was sie waren.

# KAPITEL 5

*A*ls sie das Bürogebäude des Conclaves im Finanzbezirk verließen, hüpfte Ruby vor Mac und Sophie her und wirbelte wie ein Kind herum. Die Leute mussten fast vom belebten Gehweg springen, um nicht von Sophies überdrehter Schwester niedergewalzt zu werden.

»Vegas, Babyyyy!« krähte Ruby und riss beide Arme wie eine siegreiche Preisboxerin in die Luft. *Wenn sie jetzt auch noch mit Schattenboxen anfängt, gehe ich einfach weiter und tue so, als würde ich sie nicht kennen.* Das war zwar nicht einfach, wenn sie identisch aussahen, aber das hielt Sophie nicht davon ab, so zu tun, als hätte sie Ruby noch nie zuvor gesehen.

Ruby zählte all die Orte auf, die sie in Las Vegas besuchen wollte; es war eine lange Liste. Sie schmollte, als Sophie darauf hinwies, dass ihr Zeitplan vollgepackt war, sodass es schwierig werden würde, viel Zeit für Besichtigungen zu finden.

»Liegt der Hoover Dam nicht etwa eine Stunde außerhalb der Stadt? Ich glaube nicht, dass wir Zeit finden werden, ihn zu besichtigen,« warnte Sophie sie.

»Schön. Aber ich muss wenigstens einmal einen Spielautomaten ausprobieren. Ich will mal so richtig abräumen. Oh! Und

35

wir müssen unbedingt Zeit finden, mindestens eine Show zu sehen. Das ist quasi Gesetz, wenn man Sin City besucht. Meine Freundin Moreen ist in einer Show direkt am Strip.«

»Du hast Freunde?« neckte Sophie.

»Ha-ha. Ja, ich habe Freunde. Obwohl die meisten von ihnen noch in LA leben. Aber Moreen und ihre Truppe haben einen Vertrag für einen sechsmonatigen Auftritt in einem Veranstaltungsort neben dem Strip. Ich frage sie, ob sie uns ein paar Karten besorgen kann.«

»Moment mal. Hast du Moreen gesagt? Du hast sie schon mal erwähnt,« sagte Mac langsam und runzelte die Stirn vor Konzentration. »Wenn ich mich recht erinnere, hast du gesagt, sie war die Leiterin der Akrobatiktruppe, in der du ein paar Jahre warst. Waren deine ersten klaren Erinnerungen nicht aus dieser Zeit?«

»Sie war Künstlerin und Chefin. Und du hast recht; die Auftritte bei der Freier-Fall-Truppe sind meine ersten klaren Erinnerungen. Ich habe versucht, mich an mein Leben vor dem Beitritt zur Gruppe zu erinnern, aber da ist nur eine große Leere. Ich habe noch meine implantierten Erinnerungen, aber die werden immer verschwommener. Wenn ich mich darauf konzentriere, merke ich, dass sie keinerlei Details enthalten.«

Das Gleiche passierte mit Sophies implantierten Erinnerungen. Jetzt, da der Geistesbann, der sie dazu gebracht hatte, ihre Vergangenheit nicht zu hinterfragen, entfernt worden war, stellte Sophie fest, dass die Erinnerungen umso substanzloser wurden, je mehr sie sich darauf konzentrierte. Sie waren jetzt wie Nebelschwaden im Wind. Alles, was länger als fünf Jahre zurücklag, war nur noch eine leere Leere.

»Wie bist du damals zur Truppe gekommen? Hast du ein Vorsprechen gemacht oder hat dich jemand empfohlen?«

»Ich... erinnere mich nicht,« antwortete Ruby und sah erschrocken aus angesichts dieser Erkenntnis.

»Dann sollten wir auf jeden Fall versuchen, Zeit zu finden, Moreen zu besuchen. Vielleicht erinnert sie sich besser daran, wie du zur Truppe gekommen bist. Sie könnte wissen, ob es damals etwas Ungewöhnliches gab oder merkwürdige Leute in deinem Leben. Vielleicht ist Moreen der Schlüssel, um etwas aus deiner Vergangenheit zu entschlüsseln. Vielleicht hat sie sogar Hinweise, die uns helfen, herauszufinden, wer ihr früher wart.«

»Ich bezweifle es, aber ich schreibe ihr eine SMS und frage, wann wir uns treffen können. Aber —« Ruby hob einen drohenden Finger in Richtung Mac — »du wirst sie nicht verschrecken. Und du wirst sie nicht verhören. Sie ist meine Freundin und Mentorin. Sie hat mir geholfen, als ich noch nicht wusste, wo mein Platz in der Welt war.«

Sophie verzichtete darauf, darauf hinzuweisen, dass Ruby damals wahrscheinlich unsicher war, weil sie eigentlich ganz neu in der Welt gewesen war. Ruby war vielleicht ein bisschen verrückt, aber dumm war sie keineswegs.

Ein Fahrdienst würde sie in etwas mehr als einer Stunde an ihren Wohnungen abholen und zum Flughafen bringen. Nachdem Mac sie vor dem Streuselkuchen abgesetzt hatte, sah Sophie noch einen Moment zu, wie Ruby über die Straße zu ihrem Zuhause hüpfte. Sie war sich immer noch nicht sicher, wie sie sich damit fühlte, dass Ruby so nah wohnte.

Die Treppe hinauf trottend, hielt Sophie bei Birdies Wohnung an und hoffte, sie war zu Hause. Aus der Wohnung drang das Geräusch von Tagesfernsehen, was Hoffnung machte. Nach dem Klopfen hörte Sophie ein gedämpftes Gespräch, bevor jemand zur Tür schlurfte.

Das leise Klirren einer Sicherheitskette war die einzige Warnung, bevor sich die Tür einen Spalt öffnete und ein misstrauisches blaues Auge hervorblinzelte. Eine Sekunde später riss Birdie die Tür ganz auf und schlang ihre knochigen Arme um Sophies Taille. Mit einem zufriedenen Seufzer schloss Sophie sie ebenfalls in die Arme. Nach einem Moment zog Birdie Sophie in ihre Wohnung. Sophie entdeckte sofort Milton, Birdies 'Toyboy' – einen halbtauben Mann Mitte achtzig, der orthopädische Schuhe mit fünf Zentimeter dicken Sohlen trug – auf ihrem orange geblümten Sofa sitzend. Ginsberg, der sich in Miltons Schoß zusammengerollt hatte, hob den Kopf, öffnete ein Auge, sah Sophie an und schlief dann wieder ein.

»Guten Morgen, Sophie,« rief Milton freundlich von der Couch. Er kniff die Augen zusammen. »Du bist doch Sophie, oder? Nicht etwa die andere?«

»Ja, ich bin's. Guten Morgen, Milton,« antwortete Sophie.

»Ich werde immer besser darin, euch beide zu unterscheiden.« Milton schien sehr zufrieden mit sich selbst. »Ihr seht gleich aus, aber eure Persönlichkeiten sind völlig verschieden. So sind Schwestern eben. Ich erinnere mich, wie meine Töchter als Kinder wie Zwillinge aussahen, aber sie hätten charakterlich nicht unterschiedlicher sein können. Oh, sie haben sich als Teenager wie Hund und Katze gestritten. Sie haben ihre Mutter zur Verzweiflung getrieben.«

Sophie lächelte bei dem Gedanken, wie Milton mit Teenager-Töchtern klarkommen musste.

»Ich hoffe, ich habe euch beide nicht gestört, ihr Turteltäubchen. Ich wollte dich nur vorwarnen, dass ich für ein paar Tage weg bin,« sagte Sophie zu Birdie.

Birdies fröhliche Stimmung verschwand sofort. Sie legte eine arthritische Hand besorgt auf Sophies Arm. »Ist alles in Ordnung?«

»Alles ist in Ordnung,« versicherte Sophie ihr. »Es ist eine Geschäftsreise. Ich fliege nach Las Vegas.«

»Eine Geschäftsreise?« wiederholte Birdie. Birdie wusste alles über Sophie, ihre Kräfte und ihren Status als Scherbe. Sophie behielt keine Geheimnisse vor ihrer besten Freundin – was bedeutete, dass Birdie wusste, dass dies keine gewöhnliche Dienstreise war. »Wie lange bist du weg?«

»Mindestens ein paar Tage. Es hängt davon ab, wie schnell wir dieses Projekt abschließen können. Ich wollte dir nur

Bescheid geben, damit du nicht überrascht bist, wenn du mich nicht siehst.«

»Wann fährst du los?« fragte Birdie.

»In etwa einer Stunde. Ich muss noch meinen Koffer packen.«

»Dann begleite ich dich zu deiner Wohnung,« sagte Birdie.

»Ich komme auch mit,« bot Milton an und wollte von der Couch aufstehen, doch er wusste nichts von Sophies Geheimnissen.

»Das ist nicht nötig, Schätzchen, du bleibst hier und hältst das Sofa für mich warm,« antwortete Birdie und klimperte mit den Wimpern zu Milton. Der verliebte Mann errötete wie ein Schuljunge und versprach, auf sie zu warten.

»Weiß er, dass du eine unanständige alte Dame bist?« neckte Sophie.

»Aber sicher. Wie glaubst du, halte ich ihn so interessiert?« konterte Birdie mit einem Grinsen, als Sophie sie entsetzt ansah.

»Das will ich gar nicht hören!«

»Das hast du verdient. Du solltest deine Nase nicht in Dinge stecken, die du nicht wissen willst. Außerdem, so ist das Leben nun mal. Älter zu sein, heißt nicht, keine Bedürfnisse mehr zu haben.«

»Gütiger Gott. Nein. Ich will nie wieder etwas über deine 'Bedürfnisse' hören. Ich verspreche, dich nicht mehr wegen Milton zu necken, wenn du versprichst, niemals Details über dein Liebesleben preiszugeben.«

»Ich weiß nicht,« antwortete Birdie langsam. »Vielleicht brauchst du mal ein paar Tipps, wie du Mac bei Laune hältst.«

»Ich komme schon alleine klar, danke.« Sophie versuchte, streng zu schauen, musste aber lachen.

»Du bist so prüde,« murmelte Birdie spöttisch, aber laut genug, dass Sophie es hörte. Sophie beschloss, den Spott ihrer Freundin zu ignorieren.

Als sie vor Sophies Wohnung stehen blieben, nur wenige Meter von Birdies entfernt, fragte Birdie, was wirklich los sei.

Sophie erzählte ihr so schnell wie möglich vom Tod von Cooper Voss und der Entdeckung des Käfigkampf-Rings für Gestaltwandler. Birdie stieß einen bewundernden Pfiff aus, als Sophie ihre Geschichte beendet hatte.

»Verdammt, Mädchen, du wirst ja richtig zur Superheldin. Ich muss meinen Nähkreis dazu bringen, dir einen Umhang zu nähen.«

Sophie schüttelte vehement den Kopf. »Ich bin keine Superheldin. Nicht mal annähernd. Ich habe nur mit Toten zu tun. Ich habe nicht vor, gegen irgendwen zu kämpfen.«

»Pass auf dich auf. Diese Vegas-Gangster sind sehr, sehr gefährlich, besonders die mythischen. Lass Mac sich um die Bösen kümmern, damit du von den Verbrechern fernbleibst.«

Sophie versprach, vorsichtig zu sein und Mac als Schutzschild zu benutzen, falls etwas Gefährliches passieren sollte. Sie verabschiedete sich von Birdie mit einer Umarmung und ging in ihre Wohnung.

Kaum in der Wohnung, blickte Sophie sich im Wohnzimmer um und überlegte, was sie für die Reise einpacken sollte. Was packt man, wenn man einen ganzen Verbrecherring zu Fall bringen will? Schlagringe? Giftpillen? Da sie beides nicht besaß, entschied sich Sophie für ein paar Bücher, etwas Kleidung und ihre Lieblingsstiefel.

Während Sophie ihre Tasche packte, rief sie Reggie an.

»Hey, Boss,« begrüßte Sophie ihn, als er ans Telefon ging. Er klang wach, was Sophie erleichterte, weil sie ihn nicht geweckt hatte.

»Hey, Soph. Ich habe schon mit deinem Anruf gerechnet. Marcella hat mir eine E-Mail geschickt, in der sie erklärte, dass du heute Nachmittag nach Las Vegas aufbrichst. Ich nehme an, es geht um den Voss-Jungen?«

»Genau. Sie schicken mich, Mac und Ruby, um denjenigen zu finden, der Cooper getötet hat, und hoffentlich den Kampfring zu schließen. Warst du schon mal in Vegas?«

»Nein. Ich bin kein großer Spieler, also wäre das nichts für mich. Ich habe gehört, dass dort die größte Basilisken-Population der Vereinigten Staaten lebt.«

»Basilisk? Ist das so etwas wie eine Schlange?« fragte Sophie.

»Irgendwie, aber nicht wirklich. Sie sind eher mit Drachenwandlern verwandt als mit Schlangen. Sie haben einen langen schlangenartigen Körper und Gift, aber im Gegensatz zu Schlangen haben sie Beine und Flügel. Basilisken sind Wüstenbewohner, darum leben so viele von ihnen im Südwesten.«

»Na, hoffentlich muss ich mir keine Sorgen machen, irgendwelchen Schlangendrachen zu begegnen. Ich habe schon genug zu tun.«

Reggies Lachen brachte Sophie zum Grinsen. »Ich weiß nicht, wie lange das dauern wird,« sagte sie. »Ich hoffe, wir schaffen das schnell. Ich hasse es, dich im Leichenschauhaus hängen zu lassen.«

»Ach, mach dir keine Sorgen. Ihr kümmert euch um die Dinge in Las Vegas, und wir kommen schon zurecht. Aber... ich möchte, dass du mich täglich anrufst und auf dem Laufenden hältst, okay?«

Sophie versprach, sich zu melden, und legte auf. Sie blickte kurz auf den Inhalt ihrer Reisetasche und zuckte mit den Schultern. Marcella hatte gesagt, sie bekomme alles, was sie für ihre Tarnung brauchte, also mussten die paar Sachen reichen, die sie eingepackt hatte.

Sie schloss ihre Wohnung ab und ging die Treppe hinunter, um draußen auf das Auto zu warten.

Wie üblich steckte Moe seinen Kopf aus dem Fenster seiner Erdgeschosswohnung, als sie die Treppe hinabging. Sie war sich sicher, dass er den ganzen Tag an der Tür lauerte, nur um sie beim Vorbeigehen schief anzugucken. Sophie ignorierte ihn, trat hinaus und wartete auf den Fahrer des Conclave, der sie abholen sollte.

# KAPITEL 6

*W*ährend sie über das Rollfeld ging, verlagerte Sophie ihren Seesack von der rechten auf die linke Schulter. Ein bitterkalter Wind fegte über den Asphalt, ließ ihre Augen tränen und zerrte ihr Haar aus der Mütze.

Die Wärme im Jet war eine himmlische Erleichterung und empfing sie wie eine tröstende Umarmung. Sophie war zuvor erst einmal geflogen – auf dem Rückflug von Murias – und sie hatte damals wegen ihrer ausgerenkten Schulter Schmerzmittel genommen, sodass sie sich kaum an etwas erinnern konnte.

Mit klarem Kopf auf dieser Reise begannen sich Nerven einzuschleichen. Die Vorstellung, durch den Himmel in einer riesigen Metallröhre zu reisen, machte ihr höllische Angst. Sie hatte das Gefühl, dass ein Flugzeug aus Millionen Teilen bestand, die alle voneinander abhängig waren und jederzeit ausfallen konnten. Wenn das Flugzeug dann irgendwann mal versagen würde, würde es sie direkt in einen schmerzhaften, feurigen Tod schicken. Sie wusste, dass sie nicht logisch dachte, aber sie würde jederzeit lieber mit dem Auto fahren als mit einem Jet fliegen.

Da sie nicht zur Närrin werden wollte, indem sie mitten im Gang einen Nervenzusammenbruch bekam, beobachtete Sophie

Mac wie ein Habicht und folgte seinem Beispiel. Sie wollte nicht, dass alle wussten, wie unerfahren sie im Reisen war. Die einzigen Fahrzeuge, in denen sie je gereist war, waren die U-Bahn von San Francisco, Autos, die Fähre nach Alcatraz und eine Flugreise, an die sie sich kaum erinnern konnte. Sophie verstaute ihre Tasche neben Macs, setzte sich und schnallte sich an, als er es tat. Sie atmete langsam und gleichmäßig durch die Nase, lehnte sich in den cremefarbenen Ledersitz zurück und zählte jeden Atemzug in Gedanken, um ihre Nerven zu beruhigen.

Das Geräusch nahender Schritte, kaum mehr als ein sanftes Wischen gegen den plüschigen Teppich, ließ Sophie aufschrecken. Ein Mann Anfang Dreißig näherte sich ihr. Er trug ein frisch gebügeltes Hemd und eine ebenso ordentlich gebügelte Hose, und Sophie dachte, er sei ein äußerst gut gekleideter Flugbegleiter. *Nur das Feinste für die Conclave-Mitglieder, die den Luxus eines Privatjets nutzen*, nahm Sophie an, sie rümpfte die Nase. Das dunkelbraune Haar des Mannes war zu einem tiefen Pferdeschwanz gebunden und zeigte ein schmales, hübsches Gesicht.

»Hallo, ich bin Mimir Verrat. Du kannst mich Mim nennen – so nennen mich alle meine Freunde. Ich bin hier, um euer Verbindungsmann zum Conclave zu sein und in jeder Weise zu helfen, wie ich kann. Betrachtet mich als euren Concierge für die Dauer dieser Mission. Und... wenn ihr mit meinen Diensten zufrieden seid, könnt ihr mich in Zukunft anfordern. Ich wäre begeistert, wenn ich der ständige Assistent eures Teams werden könnte. Ich verspreche, dass ich mein Äußerstes geben werde, um all eure Bedürfnisse zu antizipieren und zu erfüllen.«

Sophie verbarg ein Grinsen, als sie Birdies Stimme in ihrem Kopf hörte, wie sie über ihre »Bedürfnisse« sprach. Wenn Mim Sophies Gedanken lesen könnte, würde sie auf der Stelle sterben. Und er wahrscheinlich auch. Der fein gekleidete Mann erweckte bei Sophie den Eindruck einer zarten Konstitution und tadelloser Manieren.

»Hallo, Mim,« sagte Ruby, während sie dem Mann zuwinkte. »Ich bin Ruby.«

Als sie Mims ausgestreckte Hand schüttelte, spürte Sophie eine Energie in der Luft, die sie mit Feen zu verbinden gelernt hatte. Es war so subtil, dass es kaum aufgetaucht, schon wieder verschwunden war. Als Sophie zum ersten Mal Marcella traf, die erste Fee, der sie je begegnet war, hatte sie angenommen, das Knistern um die Frau sei die Aura der Autorität, die sie ausstrahlte. Jetzt, nachdem sie mehrere andere Feen getroffen hatte, hauptsächlich während der Murias-Reise, erkannte Sophie, dass Feen ein deutliches Gefühl abgaben, nicht unähnlich einem gedämpften Ozongeruch in der Luft. Sie hatte sich gefragt, wie viele Mythische Wesen automatisch spüren konnten, wenn jemand nicht menschlich war. Wandler hatten ihren Geruchssinn, der ihnen half – aber wie machten das die anderen Mythischen Wesen ohne übermenschlichen Geruchssinn, um herauszufinden, wer ein Mythisches Wesen war und wer nicht? Larry erklärte, dass Sophie – und Ruby – Feen waren, deren Magie begann, an den Sigillätowierungen vorbeizusickern, die ihre Fähigkeiten unterdrücken sollten, sie konnten andere Mythische Wesen spüren, wenn sie wussten, worauf sie achten mussten.

»Kann ich euch etwas zu essen oder zu trinken bringen?« fragte Mim.

»Oh, bekomme ich Champagner?« fragte Ruby und jubelte, als Mim sagte: »Natürlich.« Sowohl Sophie als auch Mac lehnten sein Angebot ab. Obwohl Sophie sich fragte, ob sie Mims Angebot eines Drinks annehmen sollte – vielleicht würde etwas Alkohol ihre Nerven beruhigen.

»Für so ein Leben bin ich gemacht,« seufzte Ruby ein paar Minuten später gegenüber von Sophie. Als sie hinübersah, verdrehte Sophie die Augen, während sie ihre Schwester beobachtete, wie sie sich luxuriös in ihrem zurückgelehnten Sitz streckte, aus ihrer Champagnerflöte nippte und vor Vergnügen schnurrte wie eine verwöhnte Katze.

Momente nachdem Mim Ruby ihr Glas Champagner gebracht hatte, begann der Jet sich zu bewegen und zur Startbahn zu rollen. Sophie hatte gedacht, sie hätte mehr Zeit, sich mental vorzubereiten. Als sie rollten, ließ jeder Stoß und jedes Ruckeln ihr Herz in ihrer Brust galoppieren.

»Müssen sie nicht so etwas wie eine Start-Checkliste machen oder so? Dauert das normalerweise nicht viel länger?« fragte Sophie, ihre Stimme höher als gewöhnlich.

»Das ist normal für einen Privatjet. Teil des Luxus ist es, die langen Schlangen, das Warten auf dem Rollfeld und die Sicherheitskontrolle zu überspringen,« antwortete Mac. Er verband seine Hand mit Sophies klammen, schwitzigen. Er drückte ihre Hand ermutigend und ließ Sophie wissen, dass ihr Versuch, ihre Nerven zu verbergen, nicht besonders effektiv war. Aber glücklicherweise kommentierte er es nicht.

Sophies Magen machte einen tapferen Versuch, ihre Kehle hochzuklettern, als das Flugzeug begann, die Startbahn hinunterzurasen, die G-Kraft drückte sie in ihren Sitz. Sie keuchte, als es in die Luft abhob und sie für einen erschreckenden, atemlosen Moment schwerelos machte. Luft zischte zwischen Sophies zusammengebissenen Zähnen hindurch, als ihr Magen gefährlich in ihrem Bauch schwappte. Sie konnte das Aufblitzen von Bäumen und Gebäuden sehen, die an ihrem Fenster vorbeirasten, also kniff sie die Augen zusammen und wartete darauf, dass das schreckliche schwebende Gefühl sie verließ. Schließlich richtete sich das Flugzeug aus, und die Schwerkraft kehrte zur Normalität zurück, ihr Hintern setzte sich wieder in ihren Sitz.

Als sie erkannte, dass die Hand, die Macs umklammerte, schmerzte, verzog sie das Gesicht entschuldigend, als er seine Finger wackelte, um das Gefühl in sie zurückzubringen.

»Entschuldigung,« flüsterte Sophie. »Fliegen macht mich echt fertig.«

»Das habe ich mitbekommen,« antwortete Mac und strich mit einem Daumen über Sophies Kieferlinie. »Viele Menschen haben Angst vor dem Fliegen. Das ist völlig normal.«

»Jetzt, wo das Flugzeug stabil zu fliegen scheint, ist es nicht so schlimm. Ich denke, ich werde in Ordnung sein.« Sophie verzog wieder das Gesicht. »Nun, bis wir anfangen zu landen, stelle ich mir vor.«

Sophie nahm schließlich ihre Umgebung wahr. Das Innere des Flugzeugs war in Weiß- und Grautönen gehalten und wirkte modern und luxuriös. Mac und Sophie saßen in zwei weichen weißen Ledersthühlen mit einem Tisch zwischen ihnen und zwei identischen leeren Sitzen. Über einen kleinen Gang hinweg saß Ruby in einem einzelnen zurückgelehnten Stuhl mit einem kleinen Beistelltisch. Weiter vorne konnte Sophie einen Lounge-bereich mit einer geschwungenen Couch und weiteren Sitzgele-genheiten sehen.

Jetzt, wo ihr donnernder Puls nicht das Einzige war, was sie hören konnte, begann Sophie, dem Gespräch zwischen Ruby und Mim zu lauschen.

»Wenn ihr mit eurem Drink fertig seid, möchtet ihr, dass ich eure Unterlagen und Dossiers für diese Mission bringe?«

Ruby begann vorzuschlagen, dass er ihr stattdessen ein zweites Glas Sekt bringen sollte anstatt »Arbeitsmüll«, aber Mac unterbrach sie. »Kein Alkohol mehr, vorerst, Ruby. Wir sind im Dienst. Mim, wir würden es schätzen, wenn du uns alles bringen könntest.«

Ruby schmollte, aber sowohl Mac als auch Sophie ignorierten sie.

Einen Moment später kehrte Mim zurück und trug drei Ordner, die er ihnen reichte. Als sie das dicke Paket öffnete, sah Sophie, dass ein Reiseplan für die nächsten zwei Tage oben lag. Als sie diese Seite umblätterte, begann Sophie, die Details ihrer Tarngeschichte und erfundenen Hintergründe zu lesen. »Mein Name ist Sadie.«

»Meiner ist Riley,« antwortete Ruby. »Ich wette, sie haben Namen gewählt, die unseren echten ähnlich sind, damit wir sie weniger wahrscheinlich durcheinanderbringen.«

Sophie nickte. »Wie ist dein falscher Name?« fragte sie Mac.

»Marcus Vaughn,« antwortete er und bestätigte Rubys Theorie. Marcus Vaughn war Malcolm Volpes ähnlich genug, dass Sophie sicher war, sie würde sich an den falschen Namen erinnern. Außerdem, wenn sie ihn falsch sagte, würden die meisten Leute es wahrscheinlich nicht einmal bemerken.

Sophie las das Dokument, als Macs Hand auf einen Satz in der Mitte der Seite zeigte. »Du bist mein Augenschmaus,« neckte er und erntete einen bösen Blick von Sophie. Sie kehrte zu der Tarngeschichte zurück, die sie auswendig lernen musste, und ignorierte ihren nervigen Freund.

»Oh. Mein. Gott,« keuchte Sophie. »Wir sollen beide dein Augenschmaus sein. Bäh. Das gefällt mir überhaupt nicht.« Sie griff hinüber und zeigte auf die Passage in dem Dokument in Macs Händen, um den Gefallen von vor einem Moment zu erwidern.

»Warte. Was?« Ruby kicherte vor Vergnügen.

Mac überflog das Dokument, während Ruby sich in ihrem Sitz vor Lachen krümmte. Seine Augen weiteten sich komisch, bevor er besiegt stöhnte. »Nun, es macht Sinn, nehme ich an. Wir müssen die Aufmerksamkeit der Bosse erregen, die die Kampfringe leiten. Sie denken lassen, dass wir interessant und es wert sind, gekannt zu werden. Was gibt es Besseres, als mit identischen Zwillingen als meinen 'Freundinnen' aufzutauchen? Wir werden wahrscheinlich überall, wo wir hingehen, für Aufsehen sorgen.«

Sophie verdrehte die Augen, konnte aber seine Argumentation nicht widerlegen.

Mim brachte drei Kleidersäcke heraus, was Sophie von ihrem Studium ablenkte.

»Was ist das?« fragte Sophie, als er zwei Säcke auf die Sitze gegenüber von ihren legte. Bevor Mim überhaupt antworten konnte, sprang Ruby von ihrem Stuhl auf. »Sind das unsere Kleider für diese Reise?« quietschte sie. Nickend mit einem fast selbstgefälligen Lächeln reichte Mim Ruby ihren Kleidersack.

»Das sind die Kleider für die heutige Ankunft,« erklärte Mim. »Ich habe weitere Kombinationen für verschiedene Aktivitäten, je nach euren Bedürfnissen. Ich habe eure Maße erhalten, also sollten alle Kleider perfekt passen. Wenn etwas geändert oder angepasst werden muss, lasst es mich einfach wissen. Da wir in etwas mehr als einer Stunde landen sollen, schlage ich vor, dass ihr euch bald umzieht,« riet Mim. »Lasst mich eure Schuhe und Make-up holen. Ich bin gleich zurück.«

Sophie konnte Mims Worte kaum über Rubys Quietschen vor Aufregung hören, als sie den Sack öffnete und begann, seinen Inhalt zu untersuchen.

*Woher hat er unsere Maße?* fragte sich Sophie stumm.

Mit einem Gefühl der Resignation griff Sophie nach den Säcken und reichte den mit Macs Namen auf einem kleinen Etikett an ihn weiter. Sie setzte sich wieder hin und legte den Sack auf den Tisch, öffnete ihn und schaute hinein. Ein metallisches Schimmern fing sofort ihre Augen. Als sie die beiden Klappen öffnete, sah sie ein goldenes Kleid oben. Sie war nicht überrascht zu sehen, dass es ein enges, viel zu kurzes Kleid war. Sie schaffte es, sich zu beherrschen und nicht zu fragen, wo der Rest des Kleides geblieben ist – Sophie wusste, dass sie die Rolle einer Tussi eines Bösewichts spielen musste.

»Ein Bandagenkleid,« schnurrte Ruby. »Schau dir den Ausschnitt an diesem Dekolleté an. Wir werden so heiß aussehen!«

Die Kleider waren aus sich kreuzenden Streifen aus dehnbarem metallischem Material in Gold-, Bronze- und Kupfertönen gemacht. Als sie an dem Material zog, war Sophie erleichtert zu sehen, dass es etwas nachgab. Wenigstens würde sie darin atmen können.

Ein besorgter Ausdruck huschte über Rubys Gesicht.

»Was ist los?« fragte Sophie.

Ruby zuckte mit den Schultern. »Ich weiß nicht, wo ich meine Waffen verstecken soll.«

Sophie hatte ihr Messer am Knöchel unter ihren Jeans geschnallt und ihren Taser in der Tasche. Sie blickte zurück auf das Kleid und stimmte Ruby stumm zu. Sie könnte nicht einmal ein Päckchen Kaugummi in der Kleidung verstecken, geschweige denn ihre Waffen. Hoffentlich hatte Mim eine Handtasche oder so etwas beigelegt.

»Ich behalte all diese Sachen,« verkündete Ruby und streichelte das Kleid begehrlich. »Es gehört jetzt mir.«

Sophie wartete darauf, dass Ruby anfängt, das Kleid als 'mein Schatz' zu bezeichnen und jeden anzufauchen, der sich nähert.

Am Boden des Sacks war ein Etui mit etwas Schmuck – lange baumelnde Ohrringe, Armbänder, eine Halskette und eine funkelnde schwarze Clutch. Sophie war erleichtert, dass die Handtasche groß genug wäre, um ihr Messer und ihren Taser zu beherbergen, aber nicht viel mehr. Als sie zu Ruby hinübersah, bemerkte Sophie, dass alles, was sie bekommen hatte, perfekt zu ihrem passte. Sie würden wirklich den Zwillingsaspekt ausspielen.

Als sie das Kleid beiseiteschob, erkannte Sophie, dass ein weiterer Gegenstand unter dem Bügel war. »Was zum Teufel ist das?« rief Sophie und hielt etwas hoch, das aussah, als wäre es für eine Puppe dimensioniert. Es war fleischfarben, hatte eine steife, dehnbare Haptik und sah vage aus wie etwas, das ein olympischer Ringer tragen würde.

»Das ist Formwäsche. Du willst keine unschönen Wülste unter deinem Kleid,« erklärte Mim und sah leicht skandalisiert aus, als Sophie das Unterkleid herumwedelte.

»Es ist ein Folterinstrument,« beschwerte sich Sophie genervt.

»Oh mein Gott, du Weichei. Geh und zieh es an! Und schau,

ob du deine Erwachsenenhose findest,« stichelte Ruby und ging zum Flugzeugbad, um sich umzuziehen. »Was für eine Memme,« hörte Sophie Ruby unter ihrem Atem murmeln, kurz bevor sie die Toilette betrat.

Mac zeigte bemerkenswerte Zurückhaltung und blieb zu dem Thema sowohl des Kleides als auch von Sophies offensichtlicher Weicheihaftigkeit stumm. Sie sah hinüber, um zu sehen, welche Kleider Mac zur Verfügung gestellt worden waren: Ein teuer aussehender schwarzer Anzug mit einem weißen Hemd und einer königsblauen Krawatte war in seinem Sack. Mac ignorierte die Kleider und fuhr mit einem bewundernden Daumen über das Glasgesicht einer schwer aussehenden Uhr. Der habgierige Glanz in seinen Augen ließ Sophie denken, dass Mac vielleicht Rubys Beispiel folgen und das teuer aussehende Accessoire nicht zurückgeben würde, wenn ihre Mission vorbei ist.

»Hast du schon mal Absätze getragen?« näherte sich Mim vorsichtig und hielt Sophie eine Schuhschachtel hin, als erwartete er, dass sie ausschlagen würde.

»Ja,« antwortete Sophie und versuchte, nicht von Mims Frage genervt zu sein. Es war wahrscheinlich eine berechtigte Sorge. Sie nahm die Schuhschachtel. Als sie den Deckel öffnete, sah sie, dass die Schuhe ein glänzender schwarzer Stiletto mit vielen kleinen Riemen und einem einschüchternd hohen, bleistift-dünnen Absatz waren. Als sie die Schuhe betrachtete, wusste Sophie, dass ihre Füße schmerzen würden, bevor der Tag zu Ende war.

Eine Minute später kam Ruby aus dem Badezimmer. Sie drehte sich in dem goldenen Kleid und bekam Applaus von Mim. »Oh, es passt perfekt. Habe ich ein gutes Auge oder nicht?« fragte er niemand Bestimmtes.

Als sie an dem glücklichen Duo vorbeiging, während sie über die »Drapierung des Kleides« schwärmten, ging Sophie zum Badezimmer und umklammerte ihre neuen Kleider.

Das Badezimmer war schöner und etwas geräumiger, als sie es sich vorgestellt hatte. Es war jedoch immer noch kleiner als ihr Badezimmer im Streuselkuchen. Das Anziehen der figurformenden Unterwäsche wurde zu einem unerwarteten Kampf. Sie schlug fast ihren Kopf gegen das Waschbecken, als sie sich bückte, um ihre Füße in die Beinlöcher zu stecken, dann stieß sie ihren Ellbogen gegen die Tür und versuchte, Satans Unterwäsche über ihren Hintern zu ziehen. Sie schwitzte und war außer Atem, als sie es schaffte, die Träger über ihre Schultern zu bekommen. Sophie verstand plötzlich, wie sich eine Wurst fühlen musste, wenn sie in ihre Hülle gestopft wurde.

Das Kleid glitt viel leichter an als die figurformende Unterwäsche und rutschte mit Leichtigkeit über ihre Kurven. Als sie sich einen Blick in den Spiegel gab, musste Sophie zugeben, dass das Kleid schmeichelhaft war, auch wenn es sie wie eine Hochstaplerin fühlen ließ. Jeder würde mit nur einem Blick erkennen können, dass sie nicht dazugehörte. Sie war immer stolz darauf gewesen, eine taffe, kompromisslose Frau zu sein, und jetzt glaubte sie nicht, dass sie es schaffen würde, sich als dummes, hohles Püppchen auszugeben.

Sie stützte beide Hände auf die Waschbeckenplatte und lehnte sich näher an den Spiegel, starrte in ihre braunen Augen. Ihr Ausdruck sah angespannt und unsicher aus. »Reiß dich zusammen. Sie brauchen dich.« Sie streckte sich selbst die Zunge heraus, atmete tief durch und schlüpfte in die Stilettos.

Sophie verließ das Badezimmer und versuchte, ihr Zickengesicht zu verbergen. Sie wollte Mims Gefühle nicht verletzen – er tat nur seinen Job.

»Du siehst wunderschön aus,« lobte Mim, der vermutlich ihre Nervosität spürte.

»Außer dem Ausdruck auf ihrem Gesicht,« neckte Ruby. »Du siehst aus wie diese wütende Katze in dem Video, die jemand gebadet hat.«

Sophie hatte das Bedürfnis, wie ein trotziges Kind mit den Füßen aufzustampfen, aber sie hatte Angst, sich den Knöchel zu brechen.

»Ich kann mich in diesem Kleid nicht einmal bücken, ohne der Welt meine Waren zu zeigen,« beschwerte sich Sophie.

»Dann bück dich halt nicht,« entgegnete Ruby scharf, die von Sophies Haltung genervt aussah.

Sophie versuchte, an Mim vorbeizugehen und ihre Schwester zu ignorieren, aber er hielt sie auf. »Darf ich deine Hände sehen?«

Sophie wartete auf Mims Untersuchung. Als er ihre Hände sanft in seine nahm, drehte er sie um, damit er ihre Nägel betrachten konnte. Er schnalzte missbilligend über ihren zerfetzten Zustand. »Du bist eine Nägelkauerin. Naja, dafür bleibt jetzt keine Zeit mehr.«

»Niemand wird auf meine Hände schauen,« knurrte Sophie, riss ihre Hände aus Mims und deutete auf ihre kleidbedeckte Gestalt.

»Stimmt,« räumte er ein, bevor er seine Aufmerksamkeit wieder Ruby zuwandte.

Als sie sich ihrem Sitz näherte, blickte Mac von seinem Dossier auf. Seine Augen wanderten bewundernd über ihre Gestalt, Hitze in seinem Blick. Sophies Herz sank. Natürlich würde er diesen Look bevorzugen. Welcher Mann würde das nicht? Aber das war nicht jemand, der Sophie jemals sein würde. Sie hatte es nicht in sich, so zu tun. Nimm sie, wie sie war, oder gar nicht.

Mac fing ihre Hand und führte sie zu seinen Lippen. »Du siehst wunderschön aus, Höllenstifter. Aber ich vermisse jetzt schon die Kampfstiefel.«

Macs Aussage beruhigte ihre Nerven besser als alles andere – er mochte sie genau so, wie sie war. Er würde sie nicht plötzlich als Sexbombe bevorzugen.

»Ich nehme an, dass wir unser Make-up auch aufeinander abstimmen sollen,« sagte Ruby und zeigte auf den rosa Koffer, der auf dem Tisch aufgetaucht war, während Sophie im Badezimmer war.

»Ja,« bestätigte Mim. »Welche Art von Look seid ihr gewohnt? Ich möchte einen Look, den ihr selbst nachmachen könnt.«

Sophie pflegte ihr Make-up dezent zu halten, obwohl sie einen guten Katzenaugen-Lidstrich mochte. Sie betete inständig, dass sie sich für etwas entschieden, das nicht Stunden dauerte zu kreieren. Sie plante, vehement zu protestieren, wenn Mim oder Ruby das vorschlagen würden.

Mit einem nachdenklichen Geräusch begann Ruby auf ihrem Handy nach Inspiration zu suchen.

»Was hältst du von diesem Look?« fragte Ruby ein paar Minuten später und zeigte Mim ihr Handy. Er betrachtete den Bildschirm lange und aufmerksam, dann wandte er seine Aufmerksamkeit Sophie zu und hielt das Handy hoch, um das Bild mit Sophies Gesicht zu vergleichen.

»Ich mag es, aber ich denke nicht, dass es funktionieren würde. Es ist zu weich. Schau sie dir an,« sagte er und zeigte auf Sophie. »Sie sieht aus, als wäre sie bereit, Kugeln zu kauen. Lass uns das ausspielen. Such nach etwas Starkem, fast Aggressivem.«

Eine Minute später machte Ruby ein triumphierendes Geräusch, bevor sie ihr Handy wieder an Mim weitergab. Er nickte ihr zustimmend zu. »Ja. Das ist perfekt. Der rote Lippenstift und das rauchige Auge... Es wird euch beide unnahbar aussehen lassen. Das wird gut zu euren Personas passen.«

Ruby sonnte sich in Mims Lob.

Er schlug vor, dass die Schwestern ihre schwarzen Haare zu passenden, glatten Pferdeschwänzen zurückbinden sollten, aber Ruby wies das schnell zurück. Ihr Haar war nach der Rasur eines Abschnitts in Murias noch nicht vollständig nachgewachsen. Die

Tätowierung war unter dem schwarzen Flaum noch sichtbar. Das Letzte, was sie brauchten, war, dass jemand die Sigilltätowierung auf ihrem Kopf sah.

Während Mac sich umziehen ging, rutschte Ruby in seinen leeren Stuhl und machte sich an die Arbeit an Sophies Gesicht. Sophie grinste, als sie Ruby dabei zusah, wie sie eine Fülle von Pinseln in einer ordentlichen Reihe auf dem Tisch aufstellte, wie eine zwanghafte Künstlerin, die sich darauf vorbereitete, ein Meisterwerk zu schaffen.

Während Ruby Sophies Make-up auftrug, rollte Mim mehrere glänzende, schick aussehende Koffer herein.

»Mehr Kleider für die Reise?« vermutete Sophie.

»Ja, ich muss auch eure vorhandenen Kleider in diese Koffer umpacken. Ein Großspieler hätte passendes Gepäck, nicht das,« antwortete Mim und zeigte mit einem Ausdruck des Ekels auf Sophies Seesack. Sein Gesicht war sorgfältig ausdruckslos, als er Sophies T-Shirts und Jeans zu den neuen schicken Kleidern legte, die er zur Verfügung gestellt hatte. Sophie verbarg ihre Belustigung über sein offensichtliches Unbehagen.

Fünfzehn Minuten später hielt Ruby einen Spiegel hoch, damit Sophie ihren neuen Look sehen konnte. Als sie in den kleinen Kompaktspiegel blickte, konnte Sophie nicht umhin, beeindruckt zu sein. Sie sah... furchteinflößend aus, wie eine Mischung aus einer Domina und einer dunklen Königin aus einer Fantasiewelt. Jetzt musste sie sich daran erinnern, ihr Gesicht nicht zu berühren, etwas, das leichter gesagt als getan war. Ruby besprühte sie mit einem Fixierspray und schickte sie auf den Weg.

Mac hatte einen Platz gegenüber von ihnen am Tisch eingenommen, also rutschte Sophie aus ihrem Stuhl, um sich ihm auf der anderen Seite des Tisches von Ruby anzuschließen.

»Du siehst aus wie die Art von Frau, die einem Mann gerne eine verpassen würde. Das gefällt mir.«

Sophie erwiderte sein Grinsen mit einem eigenen. »Ich werde

das als Kompliment auffassen. Apropos Komplimente – du siehst ziemlich gut aus, Detective Schnösel.« Sie warf ihm einen anzüglichen Blick zu, um ihre Worte zu unterstreichen.

Mim schnalzte missbilligend über den Zustand von Macs Haar. »Ich wünschte, wir hätten Zeit für einen Haarschnitt. Ich würde vorschlagen, es mit Gel zurückzukämmen. Dieser zerzauste Look passt nicht zu dem Image, das wir zu projizieren versuchen.«

Sophie warf Mim einen harten Blick zu. Sie würde ein Wörtchen mit ihm reden, wenn er versuchte, Macs Haar zu verändern, das sie liebte.

Mim gab allen seine Visitenkarte mit Kontaktinformationen für den Fall, dass sie etwas zur Unterstützung ihrer Mission benötigen. Dann ging er den Reiseplan noch einmal durch.

»Ich werde als euer Kammerdiener und persönlicher Assistent posieren, aber ich werde nicht aktiv im Feld teilnehmen. Ich bin nur hier, um euch die Unterstützung zu geben, die ihr braucht. Ein Fahrdienst wird auf euch warten, wenn wir landen. Ich habe es geschafft, euch eine Mittagsreservierung im Sköll zu besorgen. Das Vargr-Wolfsrudel betreibt dieses Restaurant. Sorgt dafür, dass ihr ein lächerlich hohes Trinkgeld hinterlasst. Wir wollen, dass ihr auf euch aufmerksam macht,« schlug Mim vor und reichte Mac eine glänzende schwarze Kreditkarte. »Der Conclave glaubt, dass es eine gute Chance gibt, dass das Rudel hinter den Käfigkämpfen steckt, also ist es ein guter Ort, um zuerst gesehen zu werden. Nach dem Mittagessen bringt euch das Auto zu eurem Hotel. Ich treffe euch dort. Ich werde alles, was ihr für diese Reise braucht, in eure Zimmer liefern lassen. Nachdem ihr zum Hotel zurückgekehrt seid, habt ihr den Rest des Nachmittags, um nach dem Wandgemälde zu suchen. Ihr müsst spätestens um halb sechs zurück im Hotel sein, damit wir euch für das Abendessen fertig machen können. Ihr werdet in einem Lokal essen, das einem Bärenclan gehört, der Verbindungen zur örtlichen Mafia hat. Danach geht ihr in ein Kasino, das den Basilisken gehört. Alle diese Pläne sind etwas flexibel, abhängig von Hinweisen, die ihr aufdeckt oder Spuren, die ihr findet. Ich habe die Regeln für Blackjack und Roulette beigelegt, also schlage ich vor, dass ihr euch damit vertraut macht und bei diesen Tischen bleibt. Es sind nicht komplizierte Spiele, daher könnt ihr euch problemlos unter die anderen Großspieler mischen.«

Während Mim sprach, packte Sophie ihre Waffen und den blutroten Lippenstift in ihre Clutch.

»Was könnt ihr uns über das Vargr-Rudel erzählen?« fragte Mac.

»Ich habe einige Informationen über sie beigefügt, aber ich gebe euch einen schnellen Überblick. Der Alpha des Rudels ist ein Wolfsgestaltwandler namens Aksel Johansen. Er ist unvermählt und hat keine Kinder. Er hat noch keinen Erben benannt, was alle im Rudel dazu bringt, um seine Gunst zu kämpfen, aber historisch hat das einige Unruhen in den Reihen verursacht. Aksel regiert jedoch mit eiserner Faust und zerquetscht Widerstand mit entscheidender Brutalität. Unsere Informationen besagen, dass er arrogant, berechnend und intelligent ist. Das Rudel führt seine Wurzeln auf die skandinavische Region zurück, hauptsächlich Norwegen, und sie nehmen dieses Erbe sehr ernst. Der Name Vargr bedeutet buchstäblich 'Wolf'. Sie glauben, dass sie direkte Nachkommen von Fenrir sind – nicht dass es irgendeinen Beweis dafür gibt, dass Fenrir wirklich existiert hat, aber sie sind fest in diesem Glauben. Sogar der Name ihres Restaurants, Sköll, ist der Name eines von Fenrirs Kindern.«

»Verstanden,« antwortete Mac und blätterte zu der Seite in seinem Paket über das Wolfsrudel. »Seinem Ego über das Wikingererbe des Rudels schmeicheln, wenn wir eine Chance bekommen.«

In dem Paket war ein Foto des Alphas und mehrerer seiner Top-Rudelmitglieder. Sophie nahm sich einen Moment, um jedes Bild anzustarren und ihre Gesichter auswendig zu lernen.

Als Mims Vortrag zu Ende ging, zog Sophie ihre Absätze aus und legte ihren Sitz so weit wie möglich zurück. Sie dachte nicht, dass sie schlafen könnte, angesichts dessen, wie eng sie in ihre Kleider gebunden war, aber wenigstens konnte sie ihre Augen ausruhen. Jetzt wusste sie, wie sich eine Mumie fühlen musste.

# KAPITEL 7

*E*s fühlte sich an, als hätte Sophie kaum die Augen geschlossen, als jemand sie wachrüttelte. Sie war ein wenig verärgert; sie hatte einen wunderbaren Traum gehabt, in dem sie ein Buch auf ihrer Veranda las, eine orangefarbene Katze zusammengerollt in ihrem Schoß. Ausnahmsweise gab es keinen Mord oder Chaos in ihren Träumen. Sophie öffnete die Augen und blickte benommen um sich. Ein Stich der Angst ließ Sophies Herz rasen, bis sie sich daran erinnerte, wo sie war.

»Wir werden bald landen,« erklärte Mac.

»Wie lange habe ich geschlafen?«

»Etwas über dreißig Minuten. Entschuldigung.«

»Nein. Das ist gut. Mehr, als ich gedacht hätte. Ich habe wieder von der anderen Scherbe geträumt.«

»Welche?« fragte Mac.

»Nicht die Firmendrachen – die andere. Ich habe keine Hinweise bekommen, wer sie war. Sie las und hatte eine Katze im Schoß.«

»Du solltest es trotzdem aufschreiben. Nur für den Fall,« schlug Mac vor.

Sophie richtete ihren Sitz wieder auf und blickte sich im Jet um. Es fühlte sich an, als sollte es dunkel sein, aber der Himmel war hell und blau vor dem Fenster. Sie griff nach ihrer Tasche, zog ihr Traumtagebuch heraus und schrieb schnell die Details auf.

»Hast du genug Schlaf bekommen? Ich habe Mim bereits gesagt, dass es nicht zur Diskussion steht, dass du nach dem Mittagessen ein Nickerchen machst,« sagte Mac.

»Mac,« sagte Sophie langsam, eine Warnung in ihrer Stimme. »Ich bin erwachsen und weiß selbst, wie viel ich verkrafte. Ich schätze deine Sorge, aber mir wird es gut gehen. Außerdem wissen wir nicht, was das Mittagessen bringen könnte. Wir haben vielleicht keine Wahl, ob ich ein Nickerchen machen kann oder nicht. Ich werde genügend Zeit finden, um meinen Schlaf nachzuholen, auch wenn ich zwischendurch kleine Nickerchen machen muss.«

An der störrischen Haltung seines Kiefers erkannte Sophie, dass ihre Worte bei Mac keinen Eindruck hinterlassen hatten. Solange er es nicht zu weit trieb und versuchte, ihr Leben zu kontrollieren, würde Sophie ihm diese Beschützerrolle erlauben.

Der Jet neigte sich scharf, was Sophie nach Luft schnappen ließ und sie klammerte sich im Todesgriff an die Armlehnen. Mac legte seine Hand auf Sophies. »Es ist okay, Soph. Der Pilot richtet das Flugzeug nur auf die Landebahn aus. Das wird alles in nur wenigen Minuten vorbei sein.«

Sophie dachte nicht, dass es möglich war, aber die Landung war schlimmer als der Start. Druck baute sich in ihren Ohren auf, bis Mac ihr zeigte, wie sie ihre Trommelfelle zum Knacken bringen konnte, indem sie ihre Nasenlöcher zuhielt und pustete. Sie stieß einen peinlichen Quietscher aus, als die Räder des Jets die Landebahn berührten und für einen atemlosen, erschreckenden Moment hüpften, bevor sie wieder aufsetzten und dort blieben. Dann bremste das Flugzeug so hart und schnell, dass Sophie nach vorne geschleudert wurde, dann zurück in ihren Sitz.

Als der Jet schließlich vor einem großen Hangar stoppte, schmerzten Sophies Hände von ihrem Todesgriff um die Armlehne und Macs Hand.

»Entschuldigung,« sagte Sophie, als sie sah, wie Mac diskret versuchte, seine Finger auszuschütteln.

»Es ist nichts. Allerdings, nur damit du es weißt, bist du jetzt offiziell fürs Spinnenentfernen zuständig. Wir kümmern uns umeinander, und als meine Freundin musst du jetzt alle Spinnen entfernen.«

»Du hast Angst vor Spinnen?« fragte Sophie, ihr Gehirn unfähig zu begreifen, dass Mac – den sie gesehen hatte, wie er gegen Gestaltwandler kämpfte, die viel größer waren als er selbst, ohne zu zögern – sich vor winzigen kleinen Spinnen fürchtete.

»Ich habe keine Angst vor Spinnen. Ich finde sie nur gruselig... haarige kleine Beine und unheimliche Augen. Und die Art, wie sie herumhuschen,« argumentierte Mac und schauderte leicht.

Sophie öffnete den Mund, um Mac zu verspotten, aber änderte ihre Meinung. Er hatte sich schließlich nicht über ihre Angst während des Flugs lustig gemacht. »In Ordnung, du hast einen Deal. Du musst meine Hand in Flugzeugen halten, und ich werde mich um das Entfernen der Spinnen kümmern.«

Mac grinste sie an und schüttelte ihre Hand, um den Deal zu besiegeln.

Der Jet kam langsam zum Stehen. Sophie sah aus dem Fenster einen schwarzen SUV, der im hellen Sonnenschein vor dem Flugzeug auf sie wartete. Als Mim vom hinteren Teil des Flugzeugs herbeeilte, öffnete Sophie ihre Kleidertasche und legte ihren Schmuck an. Mit einem innerlichen Seufzer schlüpfte sie wieder in die hohen Absätze und war angenehm überrascht, dass die Schuhe ihre Zehen nicht drückten. Aber sie wusste, dass ihre Füße bis zum Ende des Tages wahrscheinlich höllisch weh tun würden.

»Habt ihr alles, was ihr braucht?« fragte Mim. Als alle nickten, führte er sie zum Ausgang. »Ihr habt meine Nummer. Ruft an, wenn ihr etwas braucht. Ansonsten sehe ich euch im Hotel, wenn ihr mit dem Mittagessen fertig seid. Ich habe das Zimmer gegenüber eurer Suite. Klopft einfach an meine Tür, wenn ihr zurückkommt.«

Damit öffnete er die Ausgangstür und die Wüstenhitze traf sie wie eine Wand. Es fühlte sich an, als hätte sie ihren Kopf in einen Grill gesteckt. Sophie verzog das Gesicht, als sich sofort Schweiß ihr den Rücken hinunterlief. Ihr Kleid klebte an ihrer Haut, und sie hatte das Flugzeug noch nicht einmal verlassen.

Sophie eilte die Treppe hinunter, so schnell ihre Absätze es erlaubten, und wollte in das klimatisierte Auto, bevor ihr Makeup anfing, von ihrem Gesicht zu verlaufen. Hitzewellen schimmerten über dem Rollfeld und ließen den gesamten Boden flimmern, als wäre er in Bewegung.

Mac und Ruby glitten ins Auto, direkt hinter ihr, und schlugen die Autotür hinter sich zu. Mac zog sein Jackett aus, und Ruby wedelte mit ihren Händen vor ihrem Gesicht, um sich abzukühlen.

»Oh Mann, wir waren nur eine Minute da draußen,« klagte Ruby. »Wie kann jemand hier leben?«

»Ich nehme an, man gewöhnt sich daran. Ich habe gehört, dass Las Vegas in den letzten Jahren einen riesigen Bevölkerungszuwachs hatte,« antwortete Mac.

Ruby antwortete nicht; sie war zu sehr damit beschäftigt, einen Lüftungsauslass direkt in ihr Gesicht zu richten.

Eine glänzende schwarze Trennwand zwischen den Rücksitzen und dem Fahrer glitt herunter und enthüllte einen älteren Mann in einer klassischen Chauffeursmütze. »Ich bin Ihr Fahrer während Ihres Aufenthalts in der Stadt. Mein Name ist Harvey. Mir wurde gesagt, dass Sie zum Mittagessen ins Sköll fahren. Ist das richtig?«

»Ja, das stimmt, Harvey. Ich bin Ru-Riley,« verbesserte sich

Ruby elegant. »Das ist meine Schwester Sadie. Und das ist Marcus.«

»Freut mich, Sie kennenzulernen, Harvey. Das wird alles sein,« sagte Mac mit abwesendem Gesichtsausdruck.

Harvey nickte, dann rollte er die Trennwand ohne ein weiteres Wort hoch. Das Auto startete mit einem leisen Summen und fuhr vom Hangar weg in Richtung ihres Ziels.

»Das war ziemlich unhöflich,« beschwerte sich Ruby und stieß Mac in die Schulter.

»Wir müssen eine Rolle spielen. Ich glaube nicht, dass Groß-spieler sich mit ihren Fahrern anfreunden,« erinnerte Mac Ruby sanft.

»Oh Gott, du hast recht. Ich habe es schon vergessen. Wie sollten wir unsere Rollen spielen?« fragte Ruby und wandte sich Sophie zu, rieb ihre Hände zusammen wie ein Bösewicht aus einem Comic. »Ich spiele die 'femme fatale'.« Ruby warf ihr Haar über die Schulter und versuchte, Sophie einen tödlichen Blick zuzuwerfen, brach aber in Kichern aus.

»Du wirst es besser machen müssen,« sagte Sophie mit einem Kichern. »Ich werde so tun, als wäre ich Amira, nachdem ihr Date versucht hat, ihr Abendessen für sie zu bestellen, anstatt sie zu fragen, was sie wollte.«

Ruby kicherte. »Das ist perfekt. Sie kann einen Mann mit nur einem Blick vernichten. Immer wenn wir uns unsicher sind, was wir tun sollen, denken wir einfach: WWAS – Was würde Amira tun?«

Sophie prustete los und verschluckte sich fast an ihrer eigenen Luft. Das müsste sie sich für Amira merken.

»Mein Plan ist auch, so wenig wie möglich zu sagen. Das reduziert die Chancen, dass ich etwas Dummes sage. Eigentlich gehöre ich nicht in solche Kreise, da ich mehr Zeit mit Toten als mit Lebenden verbringe.«

»Du solltest wirklich öfter ausgehen,« neckte Ruby.

Das Gespräch verstummte, als die Schwestern aus dem Auto-fenster blickten und die Stadtstraßen aufmerksam beobachteten.

Sophie war überrascht, dass es kaum zwanzig Minuten dauerte, bis sie auf den Las Vegas Strip abbogen. Sie fuhren an Kasino nach Kasino auf der belebten Straße vorbei, jedes Gebäude größer und prächtiger als das letzte. Nur das Bellagio sah Sophie vertraut aus, aber sie hatte die Namen der meisten anderen Hotel-Kasinos gehört: Caesars Palace, Luxor, Planet Hollywood... Das Auto verlangsamte sich, bog aus dem Verkehr ab und hielt vor einem Glas- und Chromgebäude, das mit einem Kasino verbunden zu sein schien.

Sophie beobachtete, wie ein Mann in einem gestärkten schwarzen Anzug von hinter einem kleinen Podium herauskam und sich ihrer Autotür näherte, um ihr die Tür zu öffnen.

»In Ordnung, lasst uns das machen. Setzt euer Bitchface auf,« sagte Sophie zu einer grinsenden Ruby und dachte wieder an Amira.

Ruby grinste sie an, als könnte sie es kaum erwarten, anzufan-gen. Sophie fühlte sich nicht so selbstbewusst. Mac hatte ihr mehr-mals gesagt, dass sie ein schreckliches Pokerface hatte. Ihre Gefühle waren normalerweise deutlich in ihrem Gesichtsausdruck zu sehen.

»Lasst uns das machen. Warte. Habe ich Lippenstift an den Zähnen?« fragte Ruby und entblößte ihre Zähne vor Sophie.

»Nein, du siehst gut aus.«

Mac stieg zuerst aus und wartete mit einem arroganten, aber gelangweilten Blick, während der Parkplatzbedienstete den Schwestern aus dem Auto half. Als der Angestellte zum Podium zurückkehrte, hielt Mac ihn auf und schob diskret einen Schein in die Hand des Mannes.

Sophie bemerkte, dass der Angestellte auf den Schein blickte, dann Mac ein breites Grinsen schenkte. Er eilte dann zur Glastür und hielt sie für sie offen, damit sie eintreten konnten.

Das Trio fegte in den Empfangsbereich des glänzenden

Restaurants und benahm sich, als wären sie die Besitzer. Mac legte einen Arm um jede Schwester und hielt sie fest zwischen sich.

»Name?« erkundigte sich die Empfangsdame und blickte kaum von ihrem Computermonitor zu Mac auf, bevor sie Ruby und Sophie bemerkte. Die Augen der Frau weiteten sich komisch, bevor sie auf Macs Händen verweilten, die auf jeder Schwester Hüfte ruhten. Sophie tat so, als würde sie das Starren der Frau nicht bemerken oder als würde es ihr nichts ausmachen.

»Marcus Vaughn,« antwortete Mac.

Die Empfangsdame blickte Mac an, dann zurück auf ihren Computerbildschirm. »Ja, wir haben Ihre Reservierung. Ihr Tisch ist bereit, Sir.« Sie winkte einen anderen Mann in einem Anzug herbei, der zu dem des Parkplatzbegleiters passte. Der Mann näherte sich und verbeugte sich, dann bat er sie, ihm zu ihrem Tisch zu folgen.

Sophie starrte geradeaus, als sie durch das Restaurant gingen und das leise Gemurmel der Gäste ignorierten. Innerlich wollte sie das glitzernde Dekor anstarren, aber Sophie legte einen Ausdruck von Gleichgültigkeit auf.

Das Restaurant war in einzelne Bereiche unterteilt, um den Gästen ein Gefühl von Privatsphäre zu geben. Jeder »Raum« war mit vier bis fünf runden Tischen gefüllt, die mit einem strahlend weißen Tischtuch bedeckt waren. Die Trennwände waren aus hellem blondem Holz gefertigt, was dem Restaurant ein minimalistisches skandinavisches Gefühl verlieh. An allen Wänden hingen hochwertige Kunstwerke; mehrere Wände schienen sogar antike Relikte und Artefakte zu präsentieren. Als sie an einer massiven Steinplatte vorbeigingen, die mit einfachen Schnitzereien bedeckt war, wünschte sich Sophie verzweifelt, sie müsste nicht so tun, als sei sie eine Eiskönigin, damit sie jedes Kunstwerk ausgiebig betrachten könnte.

Die meisten Tische im Restaurant waren von Männern in scharfen Anzügen und Frauen in Kleidern besetzt, die ihrem nicht unähnlich waren. Als sie vorbeigingen, konnte Sophie hören, wie die Gespräche um sie herum leiser wurden. *Nun, wir wollten einen Eindruck machen*, dachte Sophie säuerlich. *Mission erfüllt.*

Ihr Begleiter hielt neben einem Tisch in einer Nische an, die immer noch einen Blick auf viel vom Restaurant bot. Der Tisch gab seinen Bewohnern gleichzeitig Raum und Privatsphäre von den anderen Gästen, stellte sie aber immer noch zur Schau. Es war der Platz, wo jemand saß, der angeben wollte, was perfekt war.

»Unser bester Tisch,« erklärte der Gastgeber stolz in seiner Stimme.

Er versuchte, Macs Stuhl herauszuziehen, aber Mac winkte ihn ab. Der Mann eilte dann um den Tisch zu Ruby und zog ihren Stuhl heraus. Ruby nahm den Stuhl und setzte sich mit einem steifen Rücken, ohne den Mann auch nur zu beachten. Sophie folgte ihrem Beispiel und fühlte sich schrecklich wegen ihrer Unhöflichkeit, aber entschlossen, ihre Rolle als distanzierte Verführerin zu meistern.

Mit einer eleganten Geste überreichte der Mann jedem von ihnen eine Speisekarte. Es war ein einzelnes Blatt dicken, eleganten Papiers, das an einem ledergebundenen Halter befestigt war.

Sophie blickte auf die Speisekarte, die ihr überreicht worden war. Sophie machte sich Sorgen, was sie bestellen sollte, bis sie erkannte, dass die Speisekarte keine Auswahl bot; sie listete einfach auf, welche Gänge sie bekommen würden. Es war eine kleine Erleichterung. Ihre Augen weiteten sich, als sie erkannte, dass sieben Gänge – plus Dessert – auf dem schweren Papierstück aufgelistet waren. Diese Mahlzeit würde die Zugfestigkeit ihrer figurformende Unterwäsche testen. Als sie ihre Augen nach unten wandern ließ, bemerkte sie mehrere vertraute Optionen, wie Filet Mignon und Jakobsmuscheln, aber dann gab es andere Dinge, wie Gravlax und Rugbrød, die unbekannt waren.

Ein paar Minuten nachdem der erste Mann, der sie gesetzt hatte, verschwunden war, näherte sich ein neuer Mann in einem weiteren schwarzen Anzug dem Tisch, eine dicke Ledermappe in seinen Händen.

»Unsere Weinkarte, Sir,« erklärte er ehrerbietig und öffnete die Mappe für Mac.

Mac blätterte durch ein paar Seiten und sah aus, als wüsste er, was er tat. Da Sophie mit Sicherheit wusste, dass Mac eher der Bier-Typ war, dachte sie, dass er überzeugend bluffte. Er winkte den Sommelier näher und bat um eine Empfehlung.

»Etwas, das zur Mahlzeit passt,« sagte Mac.

»Natürlich,« antwortete der Mann. Sie beugten ihre Köpfe über die Liste und debattierten die Optionen, diskutierten Dinge wie Anklänge von Johannisbeeren und »Mundgefühl«. Als Mac eine Wahl traf, ließ der gierige Glanz in den Augen des Sommeliers Sophie denken, dass Mac etwas verrückt Teures gewählt hatte.

Der Sommelier kehrte schnell zurück, eine Flasche Wein in einer Hand und ein weißes Handtuch über dem anderen Arm drapiert. Der Mann und Mac gingen dann durch die Zeremonie, den Korken zu prüfen und das winzige bisschen Rotwein in seinem Glas herumzuwirbeln. Nachdem er die dunkelrote Flüssigkeit gerochen und einen Schluck genommen hatte, nickte Mac dem Mann zu. Er schenkte ihnen allen ein Glas ein.

Sophie griff nach ihrem Weinglas und nahm einen kleinen Schluck davon. Es schmeckte nach... Wein. Guter Wein, aber sie hätte lieber einen teuren Whiskey, wenn sie die Wahl gehabt hätte. Der hätte mehr Wumms fürs Geld.

Sophie wusste nicht, was sie erwartet hatte, aber es war größtenteils wie jeder Rotwein, den sie zuvor gehabt hatte. Sie hatte auf etwas Transformatives gehofft. Das Getränk war gut, aber es war nur Wein. Sie hatte wahrscheinlich den Gaumen eines Straßenhundes. Vielleicht hatte Ruby einen raffinierten Gaumen und konnte ihn mehr schätzen. Sie machte sich eine mentale Notiz, sie später zu fragen.

Ein Kellner hielt am Tisch an und erklärte, dass die Speisekarte eine Fusion aus skandinavischen Einflüssen und gehobener französischer Küche war. Er ließ sie wissen, dass ihr erster Gang gleich herauskommen würde.

Ein kleiner Schwarm von Kellnern näherte sich dem Tisch, jeder hielt einen Teller, der von einer silbernen Kuppel bedeckt war. Die drei Kellner schoben die Teller mit Essen in einer koordinierten, geübten Bewegung vor sie. Zwei der Kellner gingen, während einer blieb, um das Gericht zu erklären. Sophie formte ihren Ausdruck zu einem vagen Langeweile und betete, dass niemand ihren Magen knurren hörte. Sie behielt Mac aus dem Augenwinkel im Blick und folgte seiner Führung.

Als Mac eine Gabel aufhob, tat Sophie dasselbe und blickte schließlich auf das Essen vor ihr. In der Mitte des Tellers war ein kleines Stück geräucherter Lachs auf einem Kartoffelpfannkuchen, mit einem kleinen Wirbel von Mikrogrün oben auf dem Fisch. Um das einzelne Häppchen war ein Preiselbeer-Schaum angerichtet.

Obwohl sie am Verhungern war und das Gericht kaum mehr als ein einziger Bissen war, schnitt Sophie es in winzig kleine Stücke. Vorsichtig balancierte sie einen kleinen Bissen auf ihrer Gabel und nahm einen langsamen, zarten Bissen. Geschmack explodierte auf Sophies Zunge: rauchig, salzig und cremig mit einem Hauch süßer Beere. Sophie unterdrückte ein wohliges Stöhnen, während sie das Essen hinunterschluckte.

In langsamen, gemessenen Bissen beendete Sophie das erste Gericht. Fast sobald sie ihre Gabel hinlegte, erschien ein Kellner an ihrem Ellbogen und fegte den nun leeren Teller weg.

Die folgenden sechs Gänge verliefen in ähnlicher Weise. Die meisten Gerichte schienen auf Meeresfrüchten zu basieren. Jedes Gericht bestand aus einem winzigen Bissen Essen, der auf einem Teller oder in einer Schüssel saß und wie ein kleines Stück pretentiöser Kunst aussah. Alles war farbenfroh und köstlich, nur leider sehr klein. Es kostete Sophie beträchtliche Anstrengung, nicht zu fragen, wo der Rest ihrer Mahlzeit war.

Die Mahlzeit war größtenteils still für das Trio, außer dass Mac gelegentlich Sophie und Ruby fragte, was sie von einem Gericht hielten.

Als die Kellner ihre Desserts vor sie stellten, entdeckte Sophie ein Gesicht, das vertraut schien. Es dauerte einen Moment, bis sie herausfand, dass der Mann einer von Aksels Rudelmitgliedern aus dem Dossier war. Sie räusperte sich zart und stellte sicher, dass sie Macs Aufmerksamkeit bekam. Sie nickte subtil zu dem Wolfsgestaltwandler, der vorbeiging.

»Wollt ihr Mädchen heute Abend ins Kasino? Wir könnten unser Glück beim Craps versuchen,« fragte Mac laut genug, dass der Gestaltwandler ihn überhören konnte.

»Schon wieder?« jammerte Sophie mit einem übertriebenen Schmollen. Sie war massiv verlegen von ihrem aufgesetzten Ton, aber Sophie hatte eine Rolle zu spielen. »Können wir nicht etwas Aufregenderes machen? Wir haben schon gespielt. Ich will etwas Neues.« Vielleicht würde dieser Gestaltwandler ihr Gespräch überhören und etwas Neues, noch nie Dagewesenes anbieten, wie das Zuschauen bei einem Gestaltwandler-Käfigkampf. Es war zwar ziemlich unwahrscheinlich, aber was konnte es schaden?

Mac griff ihre Absicht sofort auf. »Was willst du machen, Schatz?«

»Ich weiß nicht. Etwas Neues. Mir ist laaaaangweilig.« antwortete Sophie, ihr Ton jammernd und zickig, bewegte ihre Gabel um ihr Dessert, ohne einen Bissen zu nehmen.

Sophie beobachtete aus dem Augenwinkel, wie der Wolfsgestaltwandler zu ihrem Tisch herüberkam. Sie tat so, als würde sie Mac anstarren und ihn anbetend anblicken. Das winzigste Kräuseln eines Lächelns in Macs Mundwinkel sagte Sophie, dass ihr Schauspiel ihn amüsierte.

Der Gestaltwandler hielt an ihrem Tisch an, sein scharfer Blick nahm Sophie und Ruby auf, bevor er seine bernsteinfarbenen Augen Mac zuwandte. »Entschuldigung für die Störung, aber ich konnte nicht umhin, euer Gespräch zu überhören. Ich wollte mich vorstellen. Mein Name ist Lars Pedersen. Ich bin der Geschäftsführer dieses Restaurants.« Lars streckte seine Hand aus, um Macs zu schütteln.

»Das Essen war köstlich,« antwortete Mac und schüttelte Lars' Hand. »Sie müssen sehr stolz auf dieses Etablissement sein.«

Sophie betrachtete den Wolfsgestaltwandler und schätzte ihn ab. Er war eine hulkige Gestalt in seinem teuer aussehenden Anzug. Die Schultern seines Jacketts sahen aus, als würden sie sich anstrengen, seine Masse zu enthalten. Für Sophies ungeübte Augen sah er wie ein Mobster aus. Andererseits kam all ihre Erfahrung mit der Mafia vom Anschauen von Film Noir mit Mac.

Während die beiden Männer Höflichkeiten austauschten, streckte Ruby ihre Hand für einen Händedruck aus, aber Lars tat so, als würde er sie nicht sehen und ignorierte Rubys ausgestreckte Hand. Nach einem peinlichen Moment ließ Ruby ihre Hand zurück in ihren Schoß fallen. Wie sollte sie etwas von ihm ablesen, wenn er Rubys Hand nicht schüttelte?

Sophie konnte nicht entscheiden, ob Lars nur ein sexistischer Idiot war oder ob es ein seltsames Nicht-Macs-»Eigentum«-Berühren-Problem war. So oder so, Sophie mochte es nicht.

*Arschloch*, dachte Sophie und hielt ihre Abneigung gegen Lars völlig aus ihrem Gesicht heraus.

Sophie musste etwas tun und stand plötzlich auf, wodurch Mac und Lars ihre Aufmerksamkeit auf sie richteten. »Oh, entschuldigt, meine Herren. Ich muss die Damentoilette benutzen. Riley, komm mit mir.«

Vielleicht würde der unhöfliche Gestaltwandler offener reden, wenn die »Menschen« den Raum verlassen hatten. Sophie begann wegzugehen, in die Richtung, wo sie dachte, dass die Toiletten sein könnten. Ruby stand auf, um zu folgen, ging an Lars vorbei. Als sie anfing, an ihm vorbeizufegen, tat sie so, als würde sie stolpern und stieß gegen den Mann.

Lars fing Ruby am Ellbogen auf. Sie dankte dem Mann in kokettem Ton und benutzte ihre Hand auf seiner Schulter, um ihr Gleichgewicht wiederzuerlangen. Nahe der Lobby entdeckte Sophie ein diskretes Schild für die Toiletten. Als sie das marmorbedeckte Badezimmer betraten, überprüfte Sophie schnell die Kabinen, um sicherzugehen, dass sie ungestört waren.

»Wir sind allein,« informierte Sophie Ruby. »Hast du eine Lesung von diesem Arschloch bekommen?«

»Ich weiß, oder? Unhöflich oder was?« Ruby schüttelte den Kopf angewidert. »Hast du gesehen, wie er mich einfach meine Hand da draußen halten ließ wie eine Verrückte und meinen Händedruck ignorierte?«

»Äh, ja. Es war ziemlich schwer zu übersehen. Aber hast du etwas gesehen?«

»Ich habe einiges gesehen, aber nicht das, was wir gesucht haben,« antwortete Ruby.

»Verdammt, schade. Okay, wir können den Rest im Auto oder im Hotel besprechen. Ich glaube nicht, dass wir das hier besprechen sollten,« schlug Sophie vor und blickte misstrauisch im Badezimmer umher.

Als sie zum Tisch zurückkehrten, war Lars bereits verschwunden.

Mac wartete, bis die Schwestern wieder Platz genommen hatten. »Lars hat uns in einen der VIP-Pokersalons seines Rudel-Kasinos heute Abend eingeladen. Es könnte sich lohnen zu gehen.«

* * *

»Wie teuer war diese Mahlzeit?« fragte Sophie Mac, als sie wieder im Auto waren.

»Sehr,« antwortete er. Die Speisekarte hatte keine Preise aufgelistet, also konnte Sophie sich nur die Endrechnung vorstellen. »Glücklicherweise übernimmt das Conclave alle unsere Ausgaben auf dieser Reise.«

»Das Blöde daran ist, dass ich immer noch hungrig bin,« klagte Ruby und rieb ihren Bauch. Sophie nickte zustimmend.

»Ich auch! Und Wolfsgestaltwandler führen diesen Laden. Ich kann diese Portionen kaum fassen. Lächerlich,« knurrte Mac. Er ließ die Trennwand herunter und bat den Fahrer, sie zu einem Fast-Food-Restaurant zu fahren, damit sie sich Burger holen konnten. Als sie zum ersten Mal anfingen sich zu treffen, war Sophie schockiert zu sehen, wie viel Essen Mac in einer Sitzung verzehren konnte. Er hatte erklärt, dass Gestaltwandler einen extrem hohen Stoffwechsel haben und eine kalorienreiche Ernährung brauchen, um ihre Verwandlungen zu unterstützen.

Mac bat den Fahrer, sie zurück zu ihrem Hotel zu fahren, sobald sie ihre Burger in der Hand hatten.

»Gute Arbeit, dass du deine Hände auf Lars bekommen hast,« lobte Mac Ruby. »Hast du etwas gesehen?«

»Nichts über Käfigkämpfe oder Cooper Voss.«

»Es wäre zu viel zu hoffen gewesen. Aber lasst uns sie noch nicht ausschließen. Du hättest nichts über die Käfigkämpfe gesehen, es sei denn, er hätte jemanden auf eine Weise getötet, die ihn mit ihnen verbindet. Hast du etwas anderes Erwähnenswertes gesehen?« fragte Mac.

»Er hat hauptsächlich während Dominanzkämpfen getötet. Ich werde alles aufschreiben, wenn wir zurück zum Hotel kommen, und es an Marcella schicken. Aber keiner der Todesfälle war etwas, womit wir uns beschäftigen müssen, während wir hier sind. Marcella kann entscheiden, was, wenn überhaupt, wegen ihnen zu unternehmen ist. Ihre Politik bei Rudel-internen Angelegenheiten ist normalerweise, sich herauszuhalten, es sei denn, der Alpha missbraucht seine Macht oder ihre Handlungen riskieren, die Mythischen vor der Menschheit zu enthüllen.«

Mac tippte Mim mit einer Hand eine SMS, um ihm mitzuteilen, dass sie auf dem Rückweg zum Hotel waren, während er mit der anderen Hand den Burger in seinen Mund schob.

Als Sophie ihren Imbiss nach dem Essen beendet hatte, begann der Schlafmangel sie einzuholen. Mac bemerkte, wie sie in ihrem Sitz einschlief, und versprach ihr ein Nickerchen, sobald sie in ihrem Zimmer waren.

# KAPITEL 8

Das Nickerchen wirkte Wunder bei Sophie und ließ die Kopfschmerzen verschwinden, die sich an ihren Schläfen gebildet hatten. Sie fühlte sich etwas lebendiger, obwohl sie eine ganze Nacht Schlaf bräuchte, um sich wieder vollkommen menschlich zu fühlen.

Als sie aus dem Zimmer kam, das sie und Mac teilten, geriet sie mitten in eine hitzige Diskussion zwischen Mac und Mim.

»Was ist los?«, fragte Sophie.

»Wir überlegen, ob wir heute Abend die Einladung in den Vargr-VIP-Pokerraum annehmen oder wie ursprünglich geplant ins Kasino der Basilisken gehen sollen«, erklärte Mim. »Ich finde, ihr solltet ins Vargr-Kasino gehen.«

»Aber wir sind ziemlich sicher, dass das Vargr-Rudel nicht hinter den Käfigkämpfen steckt«, argumentierte Mac. Sophie, Ruby und Mac waren sich auf der Autofahrt zum Hotel einig gewesen, dass die Wahrscheinlichkeit hoch gewesen wäre, dass Ruby mindestens eine Vision mit den Kämpfen gehabt hätte, wenn das Wolfsrudel in die Käfigkämpfe verwickelt gewesen wäre. »Was denkst du, Sophie?«

Sophie überlegte einen Moment.

»Ich denke, wir können in den Pokerraum gehen und schauen, ob der Alpha da ist. Wir müssen nicht viel Zeit dort verbringen – Ruby sieht sich dort um. Dann können wir zu den Basilisken ins Kasino gehen, falls die Wölfe nicht die Informationen liefern, nach denen wir suchen.«

Das Basiliskengelege von Las Vegas besaß das Viper-Kasino – der Name passt perfekt. Der Plan war ursprünglich gewesen, nach dem Abendessen in einem Restaurant namens Das Bärengarten-Steakhaus zu diesem Kasino zu gehen, einem Lokal, das einem Bärenwandler-Clan gehörte, von dem Marcella vermutete, dass er in viele illegale Aktivitäten verwickelt war. Als Sophie bei dem Gedanken an eine weitere überkandidelte Mahlzeit die Nase rümpfte, versicherte ihr Mim, dass das Steakhaus nicht so steif sei wie Sköll. Mac verkündete, dass er erleichtert war, endlich eine richtige Mahlzeit zu bekommen, statt nur feiner, wenn auch köstlicher Appetithappen.

»Wie wird Ruby Informationen vom Vargr-Rudel-Alpha extrahieren?«, fragte Mim neugierig.

»Berufsgeheimnis«, rief Ruby vom anderen Ende des Raumes, wo sie auf einem der Sofas der Suite lag und in einer Zeitschrift blätterte. Als Mim ihr einen verdutzten Blick zuwarf, erwiderte sie ihn mit einem verschlagenen Grinsen.

»Wenn sie es dir verraten würde, müsste sie dich umbringen«, neckte Sophie und zwinkerte Mim zu.

»Konntest du ein Fahrzeug für uns mieten, das wir heute Nachmittag benutzen können?«, fragte Mac und lenkte Mim ab. »Ich will keinen Fahrer für unsere Suche engagieren. Das würde zu viele Fragen aufwerfen, warum wir jede Straße im Kunstbezirk rauf und runter fahren.«

»Ja, hier sind die Schlüssel und eine Karte. Die Fenster sind dunkel getönt, damit ihr unauffällig bleibt, wie gewünscht«, antwortete Mim und gab Mac die Schlüssel.

Ruby sprang vom Sofa auf und schnappte sich die Karte aus

Mims Fingern. »Ich navigiere. Mac, du fährst. Und Sophie, du hältst Ausschau nach dem Wandgemälde, das wir suchen. Mim, kannst du mir einen Textmarker besorgen?«

Sophie ging sich umziehen, aus ihrem Pyjama in Alltagskleidung. Als sie in ihrer Alltagskleidung aus dem Schlafzimmer kam, dachte sie, Mim würde eine Krise bekommen.

»Wir fahren doch nur herum. Niemand wird uns sehen.«

»Ach so? Und wie genau planst du zum Auto zu kommen? Teleportieren? Und was, wenn du aus irgendeinem Grund aus dem Auto aussteigen musst? Du hast eine Legende; du kannst nicht aus der Rolle fallen!«, verlangte Mim. Sophie gab nach und stampfte zurück in ihr Zimmer, um sich in ein »angemesseneres« Outfit zu verwandeln – aber erst, nachdem Mim gedroht hatte, Sophies Kampfstiefel zu verbrennen, wenn sie versuchen würde, sie zu tragen.

Sophie ließ Mim ein paar Minuten lang an ihr herumzupfen, um sein Bedürfnis zu befriedigen, sie herauszuputzen, bevor sie erklärte, dass sie losmüssen.

Wieder einmal in einem Outfit, das zu dem ihrer Schwester passte, folgte Sophie Mac und Ruby aus der Hotelsuite und ignorierte Mim. Sie wusste, dass sie etwas kindisch war, und Mim hatte ja auch nicht ganz Unrecht, aber sie war nicht in der Stimmung, vernünftig zu sein. Mim würde sich davon erholen, drei ganze Minuten lang von ihr ignoriert zu werden.

Vom Rücksitz aus dirigierte Ruby Mac in Richtung Kunstbezirk. Mit einem Textmarker markierte sie die gefahrene Strecke, damit sie keine Straße verpassten.

Während Mac fuhr, hielt Sophie ihre Augen nach draußen gerichtet und suchte nach dem Wandbild mit dem Frauengesicht. Cooper hatte das Kunstwerk gut gesehen, also war Sophie sicher, es sofort zu erkennen.

»Wir werden heute Nachmittag nicht das ganze Gebiet absuchen können«, warnte Mac. »Wir haben etwas mehr als eine

Stunde, bevor wir laut Mim zum Hotel zurückkehren und uns fürs Abendessen fertig machen müssen.«

Anderthalb Stunden später war sich Sophie viel weniger sicher, das Wandgemälde zu finden. Sie waren langsam in einem Gittermuster gefahren und hatten mehr als die Hälfte des Kunstbezirks durchquert, wobei sie darauf achteten, kein einziges Wandgemälde zu übersehen, auch nicht die winzigen. Sophie hatte auf mehrere Dutzend Gemälde gestarrt – an Gebäudeseiten, in Gassen und auf Zäunen. Sie waren sogar an einem Straßenkünstler vorbeigefahren, der ein vorhandenes Wandgemälde mit neuer, frischer Kunst übermalte.

»Was, wenn es schon übermalt wurde?«, fragte sich Sophie und starrte den Künstler an, der in farbspritzbefleckter Arbeitskleidung arbeitete.

»Die Wahrscheinlichkeit, dass es in den letzten achtundvierzig Stunden übermalt wurde, ist ziemlich gering. Ich würde nicht auf diese Chancen setzen«, beruhigte Mac Sophie. Sie nickte und wusste, dass sie paranoid war.

Als Mac das Auto wendete und zurück zum Hotel fuhr, jubelte Ruby plötzlich.

Als Sophie sich in ihrem Sitz umdrehte, um ihre Schwester anzusehen und sich fragte, was sie so aufgeregt hatte, erklärte Ruby: »Moreen hat mir gerade geantwortet. Sie hat uns Karten für die frühe Show heute Abend besorgt. Wir sollten nach dem Abendessen und bevor wir zu den Kasinos gehen, gehen können.«

Sophie sah Mac an. »Haben wir genug Zeit, um eine Show einzubauen?«

»Sie ist ziemlich gut vernetzt in der Unterhaltungsbranche hier in Vegas«, fuhr Ruby fort. »Sie könnte etwas gehört haben. Außerdem ist die Show nicht so lang. Können wir bitte gehen?«, flehte Ruby und setzte ihren besten Dackelblick auf.

»Heb dir diesen Blick für jemanden auf, bei dem er zieht. Wie

Larry«, neckte Sophie. »Was denkst du, Mac? Können wir Zeit für die Show schaffen?«

»Ja, ich denke, wir sollten gehen. Ich möchte Moreen ein paar Fragen darüber stellen, wann Ruby zum ersten Mal ihrer Wandertruppe beigetreten ist«, antwortete Mac.

»Hey, sorge nur dafür, dass du nicht den Detektiv bei meiner Freundin raushängen lässt und anfängst, sie zu verhören«, stellte Ruby klar.

\* \* \*

MIM SCHICKTE SIE ALLE LOS, um sich fürs Abendessen fertigzumachen, als sie zum Hotel zurückkehrten. Er warnte sie, nicht zu lange zu duschen, und gab Mac und Sophie einen warnenden Blick, als könnten sie sich nicht beherrschen.

Als Sophie aus der Dusche kam, fand sie ein weiteres hautenges Kleid auf ihrer Bettdecke liegen; dieses war ganz schwarz statt golden. Als sie das Kleid aufhob, fand sie die passende figurformende Unterwäsche darunter. Sophie verbarg ihr Zusammenzucken und akzeptierte ihr Schicksal mit stiller Würde – *wie ein Modemärtyrer*, dachte sie belustigt – und zog die Kleidung an, die Mim bereitgestellt hatte, ohne sich zu beschweren. Nachdem sie in ihre Formwäsche geschlüpft war und dabei aussah wie eine Hula-Tänzerin mit einem Muskelkrampf, glitt das Kleid über Sophies Körper wie schimmernde schwarze Flüssigkeit über ihre Kurven.

Mim schien etwas beleidigt zu sein, dass sie nicht begeistert von Sköll und der Mahlzeit gewesen waren, die sie im Restaurant erhalten hatten, aber er versicherte ihnen, dass sie das Abendessen im Steakhaus des Bärenclans genießen würden. Sophie war das ziemlich egal. Sie war in Vegas, um einen Mörder zu finden, nicht um sich vom Conclave verwöhnen zu lassen.

Als sie das Mim sagte, meinte er, sie müsse lernen, die schöneren Dinge des Lebens zu schätzen. Da sie erkannte, dass sie sich nie einig werden würden, schmeichelte Sophie Mim, indem sie ihm sagte, dass er einen tadellosen Geschmack für Mode habe. Danach wurde er ruhiger und sah selbstgefällig und zufrieden aus.

Nachdem sie sich fertig gemacht hatten, wünschte ihnen Mim gute Nacht. Sie gingen zu ihrem wartenden Auto und setzten ihre arroganten Masken auf.

Als das Auto auf den Hauptstreifen von Vegas fuhr, beobachtete Sophie, wie die hellen Lichter draußen am Autofenster vorbeizogen. Während sie am Bellagio vorbeifuhren, staunte Ruby über die Wasserfontänenshow. »Hübsch«, flüsterte sie, und das lebendige Leuchten des Las Vegas Strip spiegelte sich in ihren Augen wider und ließ ihre Augen funkeln.

Das Restaurant war weiter vom Hauptstreifen entfernt als Sköll gewesen war. Es lag eingebettet auf einem von Palmen gesäumten Grundstück in der nördlichen Hälfte von Vegas, draußen in den Vororten der Stadt. Dieses Restaurant war immer noch elegant, hatte aber eine viel entspanntere Atmosphäre als der Ort der Wolfsgestaltwandler. Es fühlte sich an wie eine gehobene Jagdhütte mit ihrer dunklen, rauen Holzverkleidung und der gedämpften Beleuchtung. Die Landschaft außerhalb des Restaurants tendierte zu Kies und wüstentauglichen Sukkulenten statt zu hoch aufragenden Kiefern, die sich zwischen den Bergen drängten. Trotzdem funktionierte die Dichotomie einer Berghütte, die in eine Wüstenlandschaft gesetzt wurde, irgendwie ästhetisch. Sophie verstand nicht, wie man eine Jagdhütte sophisticated wirken lassen konnte, aber die Bärenwandler hatten es geschafft.

Die Hostess begrüßte sie und führte sie zu einem weiteren mit weißem Tischtuch bedeckten Tisch. Sophie stellte fest, dass es ihr leichter fiel, die Blicke und das Geflüster zu ignorieren, während die Leute sie beobachteten, wie Mac seine Arme um ihre und Rubys Taille gelegt hatte.

Diesmal, als ihnen Speisekarten gereicht wurden, gab es

tatsächlich eine Auswahl zu treffen. Nachdem sie ihre Getränke-bestellungen aufgegeben hatten, blickte Mac enttäuscht im Restaurant umher.

»Was ist los? Nicht schick genug für dich, jetzt wo du das süße Leben kennengelernt hast?«, neckte Sophie leise.

»Alle Angestellten sind nur Menschen, keine Gestaltwandler«, flüsterte Mac zurück. Sophie konnte sehen, wie sich seine Nasenlöcher weiteten, als er die Luft witterte. »Ich kann einige Bärenwandler riechen, aber der Geruch ist mindestens einen Tag alt. Sie sind nicht hier.«

»Willst du einfach gehen?«, fragte Sophie. »Wir können woanders weitersuchen.«

»Nein, lass uns bleiben. Wir müssen sowieso essen. Und vielleicht haben wir Glück und einige von ihnen tauchen auf, während wir hier sind«, antwortete Mac, während er sein Besteck auswickelte und seine Stoffserviette auf seinen Schoß legte.

Als sie ihre Steaks beendet hatten, wussten sie, dass es nutzlos war. Keine Gestaltwandler waren im Restaurant aufgetaucht. Was auch immer die Bärenwandler vorhaben mochten, es geschah nicht im Steakhaus des Clans. Sophie, Ruby und Mac spielten immer noch ihre Rollen als Großspieler, die Geld ausgaben, als wäre es kostenlos – was es technisch gesehen auch war. Sie hielten die Scharade nur für den Fall aufrecht. Hoffentlich würde sich die Mundpropaganda über die Neuankömmlinge in der Stadt verbreiten, und das würde die Bösen zu ihnen treiben, so unwahrscheinlich das auch war. Sophie hätte fast ihre Rolle gebrochen und ein Lachen geschluckt bei ihren lächerlichen Gedanken. Las Vegas war voller Großspieler; niemand, der einen verrückten Gestaltwandler-Kampfring betrieb, würde sie bemerken. Sie wären zu beschäftigt damit, ihr Mafia-Imperium oder so etwas zu führen.

Nachdem Mac für das Essen bezahlt hatte, standen sie auf und spazierten hinaus, die Blicke ignorierend, die ihnen folgten.

Während sie auf ihren Fahrer warteten, der vor dem Vordach des Restaurants vorfahren sollte, begann Sophie in ihrem kleinen schwarzen Kleid zu zittern. Es war nur wenige Stunden zuvor draußen glühend heiß gewesen, aber jetzt musste es um die zehn Grad Celsius haben. Der Temperaturschwung fühlte sich unwirklich an.

»Warum hat uns Mim keine Mäntel gegeben?«, jammerte Sophie leise. Ruby und Sophie drängten sich dicht an Mac, um seine Wärme zu stehlen.

»Er denkt wahrscheinlich, dass das unser Aussehen ruinieren würde. Wir müssen es einfach durchstehen. Aber wir werden ihn dazu bringen, uns zu versprechen, dass er uns morgen Mäntel besorgt«, schwor Ruby. Mim schien Ruby zu lieben, also wenn jemand ihn überzeugen konnte, dann sie.

Als sie ins Auto stiegen, drehte Sophie die Heizung auf. Ein erleichterter Seufzer entwich ihrem Mund, als Wärme über sie hinwegwusch.

»Wohin?«, fragte Harvey höflich und zurückhaltend.

Mac gab dem Fahrer die Adresse des Veranstaltungsorts, wo Moreen und ihre Truppe auftreten würden.

Der SUV fuhr nach einer kurzen Fahrt auf einen Parkplatz. Als Sophie umherblickte, entdeckte sie ein weißes Gebäude mit Körperschüsse in riesigen, leuchtend pinken Neonbuchstaben über dem Eingang.

»Ich habe Moreen gerade geschrieben – die Abendkasse hat unsere Karten. Sie kann nicht vor der Show rauskommen und uns sehen, aber sie sagte, wir sollen danach bleiben, damit sie vorbeikommen und hallo sagen kann.«

Mac ging voraus zum Kartenschalter. Nachdem er der Angestellten Rubys Namen gegeben hatte, schob sie ihm drei Karten zu.

Rechts von der Abendkasse wartete eine Schlange von Leuten vor der Eingangstür. Sie reihten sich in die Schlange hinter einer Gruppe von Frauen ein, die offenbar eine Junggesellinnenabschiedsparty zu sein schienen, wenn man den Schärpen glauben konnte, die sie trugen und die sie als »Braut« und »Brautjungfern« auswiesen. Basierend auf dem Kichern und der verwaschenen Sprache hatte ihre Nacht früh begonnen.

Die Schlange bewegte sich langsam, eine Gruppe nach der anderen wurde ins Gebäude gelassen. Sophie drückte sich an Macs Wärme und wünschte sich, sie würden sich beeilen.

Endlich erreichten sie den Haupteingang. Mac gab dem Mann an der Tür ihre Karten, der eine Hostess herüberwinkte, um sie zu ihrem Tisch zu führen. Das Innere des Gebäudes fühlte sich an wie eine Mischung aus Stripclub und einer Vintage-Vegas-Lounge, wo ein blauäugiger Schlagersänger Liebeslieder gesungen hätte. Der Veranstaltungsort war ein massiver ovaler Raum mit einer langen Bar, die die Rückseite dominierte. Vorne fiel der Raum in breiten terrassenförmigen Stufen ab, die an einer Bühne endeten, die in Scheinwerferlicht getaucht und von langen roten Samtvorhängen vom Boden bis zur Decke eingerahmt war. An der langen, glänzenden Bar huschten Barkeeper hin und her und mischten Cocktails so schnell sie konnten. Der Rest des Raums war wie ein Kolosseum mit gestaffelten Sitzbereichen. Hochrückige, runde Nischen säumten die Stufen, alle zur Bühne ausgerichtet. Der Kreis der Nische bedeutete, dass jede Gruppe die anderen Gäste, die im ganzen Gebäude saßen, nicht sehen konnte. Es gab jeder Gruppe ein Gefühl von Intimität, besonders mit dem gedämpften und rauchigen Licht.

Die Atmosphäre in Körperschüsse fühlte sich an wie eine Verführung, ein Ort voller leisem Lachen und Rendezvous, die in den verdunkelten Nischen versteckt waren. Die Dunkelheit war ein Kuss auf die Wange, ein sanftes Ausatmen gegen die Haut. Der Raum war nicht für helle Romantik geschaffen; es war eine dunkle Verführung. Für gesenkte Hemmungen.

Sophie rutschte in die halbkreisförmige Bank aus gepolstertem burgunderfarbenem Leder mit Ruby auf einer Seite und Mac auf der anderen. Sie war erleichtert, dass sie die ganze Zeit so tun mussten, als wären sie zu dritt ein Paar während der Show nicht aufrechterhalten mussten. Sie wusste, dass Ruby in Larry den Hexenmeister verliebt war, aber ihr dabei zuzusehen, wie sie den ganzen Tag über Mac hing, war schnell alt geworden. Sie teilte Mac nicht gern, auch wenn es nur eine Scharade war.

Wie sie vorausgesagt hatte, schmerzten Sophies Füße heftig. Sie trat ihre Schuhe unter dem Tisch aus und seufzte erleichtert. Sie wusste, dass sie sie wieder anziehen musste, sobald die Show vorbei war, aber sie war glücklich, ihren Zehen eine Stunde Pause zu gönnen.

Eine Frau in einem knappen Clownskostüm stolzierte zu ihrem Tisch und nahm ihre Getränkebestellungen auf. Sie trug ein gerüschtes Tutu in Regenbogenfarben, hohe Absätze und ein leuchendes, polka-dot-bedecktes Neckholder-Top. Sie hatte das Outfit mit einer roten Clownsnase abgerundet. Das lächerliche Aufzug brachte Sophie zum Grinsen. Ein paar Minuten später kehrte die Frau mit einem Tablett mit ihren Getränken zurück. Sophie entspannte sich in der Nische und nippte an ihrem Glas Wein, während sich der Veranstaltungsort langsam füllte.

Ein tiefer, verführerischer Beat beruhigte den Raum und lenkte die Aufmerksamkeit der Gäste auf die leere Bühne. Eine Frau in einem stilisierten Zirkusdirektorkostüm stolzierte heraus, schwarze kniehohe Stiefel glänzten im Scheinwerferlicht. Die Schöße ihres roten Mantels schlugen gegen die Rückseite ihrer netzstrumpfbedeckten Beine, als sie ins Blickfeld schritt.

»Guten Abend, meine Damen und Herren«, sagte die Zeremonienmeisterin in ihr Mikrofon. »Willkommen bei Körperschüsse! Ich bin Herrin Minerva, eure Zeremonienmeisterin für heute Abend. Ich hoffe, ihr seid alle bereit für einen Abend voller wundersamer Kunststücke... Von Aufführungen, die euren Verstand wegblasen werden... Von prickelnden Akten, die eure Sinne kitzeln werden... die auch eure Libido anregen werden.«

Mit jedem Versprechen jubelte die Menge lauter und lauter, von der Ansprache der Zirkusdirektorin mitgerissen. Die Frau hielt eine dramatische Pose auf der Bühne, dann hielt sie ihre Hand hinter ihr Ohr, ihren Zylinder schief auf ihrem Kopf. »Entschuldigung, ich kann euch nicht hören. Seid ihr bereit, erregt zu werden? Zu sehen, wie Fantasie zum Leben erwacht?!«

Als das Jubeln zu ohrenbetäubenden Pegeln anstieg, klatschte die Zeremonienmeisterin in die Hände. »Dann klatscht für unseren ersten Akt des Abends, Angelica und Klaus!«

Die Zirkusdirektorin zog sich von der Bühne zurück und winkte mit einer Hand, als sie durch die sich teilenden Vorhänge ging. Ein großer Stahlwürfel mit einem Seil an einer Ecke hing von der Decke. In dem Würfel saßen ein Mann und eine Frau. Die Frau war über eine der Stangen des Würfels in einem tiefen Bogen drapiert, Hände und Füße wiesen fast direkt zum Boden. Die Frau trug ein langes, flatterndes schalartiges Kleid, das fast den Bühnenboden ein Dutzend Fuß unter ihr berührte. Der Mann hatte seine Füße über eine obere Stange gehakt, seine Arme um die Taille der Frau in einer intim aussehenden Umarmung geschlungen.

In einer fantastischen Kraftdemonstration zog er sie in seine Arme, wobei er nur seine Füße benutzte, um sie in der Luft zu halten. Der Würfel begann sich zu drehen, während sich das Paar langsam umeinander wand, jede Pose intimer als die letzte. Jedes Manöver war darauf ausgelegt, die Schals des Frauenkleids langsam zu entwirren und mehr und mehr Haut freizulegen, bis die Frau am Ende des Akts nur noch ein spitzenbesetztes Outfit trug, das mehr Unterwäsche als Bühnenkostüm war.

Der Würfel senkte sich zu Boden und ermöglichte es dem Paar, leicht auf den Bühnenboden zu springen. Die Menge schrie und pfiff, als die Darsteller sich verbeugten und von der Bühne hüpften.

Am Ende des zweiten Akts erkannte Sophie, dass es eine Kabarett-Show war. Sie fühlte sich etwas naiv – der Name des Veranstaltungsorts war schließlich Körperschüsse. Es war eine zirkusthematische Kabarett-Show mit Akrobaten, Trapezkünstlern und Schlangenmensch, die alle in immer winzigeren Outfits über die Bühne wirbelten und sprangen. Zwischen den Akten hüpfte eine Feuerschluckerin in nichts als schwarzen Bikini-Höschen und elektrischem Klebeband in strategischen X-en über ihren Brustwarzen auf die Bühne. Sie lenkte die Menge mit Feuertanz und Schwertverschlucken ab, während die Bühnenarbeiter die Ausrüstung wechselten.

Während eines seltenen ruhigen Moments lenkte Sophie Rubys aufmerksame Aufmerksamkeit von der Bühne ab. »Ist das, was du früher gemacht hast? Ein erotischer Zirkusakt?«

»Manchmal. Wir haben auch viele Firmenveranstaltungen gemacht, das war also immer jugendfrei. Unsere Aufführungen wurden normalerweise darauf zugeschnitten, was der Kunde wollte. Wir haben fast sechs Monate lang mit einem Wanderzirkus gearbeitet, und das war mehr wie eine normale Zirkusshow, weil immer Kinder im Publikum waren.«

»Jetzt verstehe ich, wie du in meine Wohnung kommen konntest«, murmelte Sophie und beobachtete einen Darsteller, der nur mit seinen Armen einen Seidenvorhang bis fast zur Spitze der Aufhängung hinaufkletterte.

Bei mehr als einer Gelegenheit hatte Ruby es irgendwie geschafft, durch das Schlafzimmerfenster von Sophies Wohnung im dritten Stock zu schleichen. Sie hatte oft die Seite von Streuselkuchen betrachtet, wo ihr Fenster war, und sich gefragt, wie Ruby es schaffte, das flachseitige Gebäude zu erklettern. Es gab keine Bäume in der Nähe und sehr wenige Haltegriffe. Nicht, dass sie sich beschwerte, da Ruby sie tatsächlich vor einem angreifenden Wolfsgestaltwandler gerettet hatte, als sie einmal kam.

Als Ruby allen erzählt hatte, dass sie in einer Akrobatentruppe gewesen war, hatte Sophie sich das eher wie eine Tanzgruppe vorgestellt, die Saltos und koordinierte Tanzbewegungen machte. Was Sophie auf der Bühne miterlebte, erforderte immense Kraft, Flexibilität und körperliche Kondition. Ehrlich gesagt war sie wahnsinnig beeindruckt, dass Ruby so etwas machen konnte.

Nachdem der letzte Akt der Show beendet war, rief Herrin Minerva jeden Darsteller zurück auf die Bühne, um sich zu verbeugen. Ruby, Sophie und Mac schrien und jubelten so laut wie alle anderen. Mac gab einen durchdringenden Pfiff von sich, auf den Sophie neidisch war. Als sie versucht hatte zu lernen, mit ihren Fingern zu pfeifen, hatte sie nur einen harten zischenden Atemzug zustande gebracht.

Als sich die Vorhänge schlossen und die Lichter angingen, blieben Sophie, Mac und Ruby in ihrer Nische und beobachteten, wie die Menge aus dem Gebäude strömte.

Etwa fünfzehn Minuten nachdem der letzte Gast den Veranstaltungsort verlassen hatte, lehnte sich Ruby nach vorne und begann aufgeregt jemandem zu winken. Sophie folgte Rubys Blick und entdeckte die Schwertverschluckerin von früher – glücklicherweise mit einem T-Shirt über ihrem Kostüm.

Ruby sprang mit einem Quietschen aus ihrem Sitz und umarmte die Frau fest.

Nachdem sie losgelassen hatte, drehte sich Ruby zu Mac und Sophie um. »Hey Leute, das ist meine Freundin Moreen. Moreen, das ist meine Schwester Sophie und ihr Freund Mac.«

»Du hast eine Schwester?«, fragte Moreen und gab Ruby einen ungläubigen Blick. »Du hast nie über Familie gesprochen, als wir gemeinsam auf Tour waren.«

»Ja, wir wussten bis vor ein paar Monaten nichts voneinander – haben uns zufällig gefunden. Ich wusste nicht einmal, dass ich adoptiert war!«

»Das ist verrückt. So etwas sieht man in Seifenopern oder Talkshows«, antwortete Moreen und gab Sophie einen spekulativen Blick.

Sophie und Mac rutschten aus der Nische und schüttelten beide Moreen die Hand.

»Also, was führt euch alle nach Las Vegas?«, fragte Moreen.

»Da wir unsere Kindheit verpasst haben, machen wir nur eine Nachholungs-Familienreise. Wir hatten alle etwas Urlaub verfügbar, also als Sophie es vorschlug, dachte ich 'Warum nicht?' Also, hier sind wir! Wie geht es dir? Die Show war übrigens großartig.«

Mac und Sophie murmelten ihre Zustimmung über die Show.

»Du musst alle begrüßen«, sagte Moreen. »Einige der alten Crew sind noch bei der Truppe. Ich weiß, sie würden sich freuen, dich zu sehen.«

Moreen führte die Gruppe die Stufen hinunter durch eine Seitentür links von der Bühne in eine Szene organisierten Chaos. Darsteller rannten herum, meist halb angezogen, schleppten Ausrüstung und wechselten Kleidung in dem überfüllten Raum.

»Wir haben heute Abend eine zweite Show, also müssen wir alles neu aufbauen«, erklärte Moreen Sophie und Mac, als sie überrascht umherblickten.

»Ruby!«, rief eine männliche Stimme mit deutschem Akzent.

»Klaus!«, schrie Ruby zurück, als der Mann vom ersten Akt um die Ecke kam, Ruby vom Boden aufhob und sie herum-wirbelte.

»Ich habe dich vermisst, meine verrückte Frau. Angelica wird so aufgeregt sein, dich zu sehen!« Er stieß einen leisen Pfiff aus und betrachtete Rubys Kleid. »Verdammt heiß. Du siehst umwer-fend aus.«

Ruby posierte für den Mann, stützte eine Hand auf eine ausgestreckte Hüfte und lachte über sein gespieltes Ohnmachts-anfall. Der Mund des Mannes fiel von einem breiten, glücklichen Grinsen zu einem komischen O, als er Sophie in der Nähe von Moreens Schulter entdeckte. »Ach, Mist! Was ist das? Du hast eine Schwester und hast es mir nie gesagt?«

»Wir wurden bei der Geburt getrennt. Wir haben uns erst vor kurzem gefunden«, erklärte Ruby.

Der erstaunte Mann blickte zwischen Ruby und Sophie hin und her. »Ja? Das ist außergewöhnlich. Ist sie verrückt wie du?«, neckte Klaus, woraufhin Ruby ihr charakteristisches verrücktes Grinsen zeigte. Dieses Lächeln kündigte normalerweise an, dass Sophie mit einem Haufen Schwierigkeiten fertig werden musste.

Sophie bot Klaus ihre Hand an. »Nein, Ruby hat das ganze Verrückte abbekommen. Ich bin die Normale.« Klaus gab ihrer Hand einen kräftigen Händedruck, während Ruby schnaubte und die Augen verdrehte.

Klaus begann, Mitglieder der Truppe herüberzurufen, und bald umgab sie eine plaudernde Gruppe. Sophie hatte keine Hoffnung, sich an ihre Namen zu erinnern, also schüttelte sie nur Hände und begrüßte die Darsteller, wobei sie jeden für seinen Akt vom frühen Abend komplimentierte.

Moreen klatschte laut in die Hände und rief, dass alle zurück an die Arbeit mussten. »Die nächste Show ist in weniger als einer Stunde. Hopp, hopp!«

Sie drehte sich zu Ruby um. »Wir müssen uns fertig machen, oder ich würde gerne mehr Zeit mit Aufholen verbringen. Lass mich euch rausbegleiten. Werdet ihr lange in der Stadt sein? Vielleicht könnten wir zu Mittag essen, während ihr alle hier seid.«

»Das wäre toll. Schreib mir, an welchen Tagen du diese Woche verfügbar bist, und wir schauen, ob wir Zeit finden können, uns zu treffen«, antwortete Ruby.

Die Gruppe ging zurück in den zentralen Bereich des Veranstaltungsorts und kletterte die terrassenförmigen Stufen zum Ausgang hinauf. Ein kleiner Schwarm von Arbeitern war damit beschäftigt, die Tische in Vorbereitung auf die nächste Show zu reinigen.

»Hey, Moreen, ich habe eine Frage«, sagte Ruby und legte einen Arm um Moreens Schulter. »Ich überlege, einer kleinen Truppe beizutreten, die in San Francisco auftritt. Eine lokale Truppe – ziemlich exklusiv und schwer reinzukommen. Also muss ich meinen Lebenslauf aktualisieren. Ich glaube, mein Gedächtnis lässt mich im Stich, denn ich kann mich beim besten

Willen nicht erinnern, wie ich überhaupt in deine Truppe gekommen bin.«

»Oh mein Gott, das ist so lange her, ich bin mir nicht sicher, ob ich mich auch erinnere. Lass mich nachdenken«, antwortete Moreen und überlegte einen Moment. »Ich hatte diese Anzeige für Vorsprechen geschaltet, und du bist einfach aufgetaucht, wenn ich mich richtig erinnere. Ich suchte nach einer Luftakrobatin, und da warst du.«

»Erinnerst du dich, ob ich dir Referenzen gegeben habe? Ich würde gerne meinen Lebenslauf aufpeppen und habe viele meiner Informationen verloren, als mein letzter Computer gestorben ist. Das wird mich lehren, meine Daten nicht zu sichern.«

»Ich erinnere mich nicht an Referenzen, aber ich könnte deinen Lebenslauf irgendwo gespeichert haben. Ich schaue später heute Abend nach, ob ich ihn finden kann.«

»Ich kann nicht glauben, dass ich den Namen der Truppe vergessen habe, bei der ich vor deiner war. Es liegt mir auf der Zunge.«

Moreen bekam einen nachdenklichen Ausdruck im Gesicht. »Ich denke, du warst in dieser winzigen Wanderzirkusgruppe, die von einem Typ namens George geleitet wurde... Oder war es Harold? Es war etwas Schlichtes und Langweiliges. Ich denke, diese Truppe hat sich vor ein paar Jahren aufgelöst. Und ich bin mir nicht ganz sicher, wo er gelandet ist. Aber ich glaube, ich habe gehört, dass er irgendwo in den Süden gegangen ist. Vielleicht Tennessee.«

Moreen zuckte entschuldigend mit den Schultern. »Tut mir leid, ich erinnere mich nicht an mehr.«

»Nein, ich bin froh, dass du dich an so viel erinnert hast. Ich denke, es spielt sowieso keine große Rolle. Sie werden wahrscheinlich nicht verlangen, dass mein Lebenslauf so weit zurückgeht.«

»Wie war Ruby damals?«, fragte Sophie.

»Wenn du es glauben kannst, war sie anfangs sehr ruhig. Sie schien etwas verloren und manchmal verwirrt; sie hatte nicht lange vorher beide Eltern verloren, also nahmen Klaus und ich sie unter unsere Fittiche. Ich bin so stolz zu sehen, wie du dich entwickelt hast«, sagte Moreen mit tränenfeuchten Augen.

»Ach, Moreen. Du bringst mich zum Erröten«, neckte Ruby und brachte Moreen dazu, die Augen zu verdrehen und mit der Zunge zu schnalzen wie eine Mutter mit einem ungezogenen Teenager.

»Hey, Moreen«, fragte Mac. »Ich habe eine seltsame Frage.«

Moreen hob neugierig die Augenbrauen, also fuhr Mac fort: »Ich bin Detektiv aus San Francisco und mein Chef bat mich, die Ohren offen zu halten für Gerüchte über einen illegalen Kampfclub hier in der Stadt. Der Chief sagte, es sei ein ungewöhnlicher, dass sie manchmal Tiere benutzen und verrückte, blutige Veranstaltungen haben. Ruby sagte, du bist immer gut informiert, also wollte ich nur sehen, ob du so etwas gehört hast.«

Moreen schüttelte den Kopf mit einem Ausdruck des Abscheus im Gesicht. »Nein, ich habe nichts derartiges gehört. Wie schrecklich.«

Moreen verließ sie am Eingang, nachdem sie alle umarmt hatte.

»Das hat uns nicht viel gebracht. Ein Typ namens George oder Harold, der vielleicht in Tennessee lebt oder auch nicht«, meinte Ruby genervt.

»Es war wahrscheinlich ein Schuss ins Blaue«, stimmte Mac zu. »Als du deine alten Freunde begrüßt hast, habe ich Moreen gefragt, ob dir etwas Seltsames passiert ist, als du der Truppe zum ersten Mal beigetreten bist. Ich sagte ihr, ich sei besorgt, dass etwas Schlimmes passiert sei, weil du Schwierigkeiten hattest, über diese Zeit zu sprechen. Sie sagte, das Einzige, was sie über den Tod deiner Eltern wusste.«

Sophie war beeindruckt von Macs Fähigkeit, einen plausiblen

Grund zu finden, nach Rubys Vergangenheit zu fragen. Schade, dass es nichts ergeben hatte.

Bevor die Kälte zu viel für Sophie und Ruby werden konnte, fuhr ihr Auto vor und hielt nur wenige Meter entfernt. Als der Fahrer sie zum Kasino des Vargr-Rudels brachte, besserten Sophie und Ruby ihr Make-up und ihre Haare nach.

Als sie das Kasino betraten, das an Sköll angeschlossen war, führte Mac sie zum Concierge-Schalter. Er informierte den Mann hinter dem Tresen, dass er in den VIP-Raum eingeladen worden war. Als Mac den Namen Marcus Vaughn nannte, rief der Concierge jemanden herbei, um sie zu ihrem Ziel zu eskortieren.

Nach dem Betreten des Raums entdeckte Sophie fast sofort den Alpha des Vargr-Rudels, der an einer Bar lehnte. Zu beiden Seiten von ihm standen andere Wolfsgestaltwandler, die Sophie aus dem Dossier erkannte, das Mim bereitgestellt hatte. Aksel sah genauso aus wie auf seinem Foto: gut aussehend, aber kalt und arrogant. Das Dossier sagte, er sei neunundfünfzig, aber er sah mindestens ein Jahrzehnt jünger aus. Sein blondes Haar mit grauen Strähnen war von seinem Gesicht zurückgekämmt und zeigte eisige blaue Augen, die den Raum mit einem scharfen Blick musterten.

»Lass uns mischen«, schlug Mac vor.

Sie schlenderten durch den Raum und betrachteten jeden Tisch, bevor sie zum nächsten wechselten. Schließlich setzte sich Mac an einen leeren Platz an einem Blackjack-Tisch. Sophie und Ruby standen jeweils an einer seiner Schultern wie Wächter.

Ein Jubel vom Craps-Tisch ließ Sophie in diese Richtung blicken. Als sie ihre Aufmerksamkeit zurück zum Blackjack-Tisch wandte, fing sie versehentlich Aksels Blick auf. Sie hielt seinen Blick einen Moment lang, hielt ihr Gesicht gelassen und hoffte, dass sie eine Aura verführerischer Geheimnisse ausstrahlte. Als sie den Blickkontakt abbrach, drehte sich der Alpha zu dem Mann zu seiner Rechten und sagte leise etwas, während er seine Augen über Sophie, Mac und Ruby schweifen ließ. Sophie wandte sich ab und konzentrierte ihre Aufmerksamkeit wieder auf Mac, aber sie spürte eine Vibration der Aufmerksamkeit, als sie spürte, wie der Alpha sie beobachtete.

Sie sah schweigend zu, wie Mac mehrere Hände Blackjack spielte, bevor sie eine Präsenz an ihrer Seite spürte. Sie wusste, dass es der Alpha war, bevor sie hinübersah. Sophie hatte eine Hand auf Macs Schulter, also spürte sie die momentane Anspannung in seinen Muskeln, die ihr mitteilte, dass er sich auch Aksels Ankunft bewusst war.

Der Mann räusperte sich. Als Mac hinübersah, streckte er eine Hand aus. »Aksel Johansen. Ich bin der Eigentümer dieser Einrichtung. Ich hoffe, Sie genießen Ihren Abend.«

Der Mann sprach mit einer glatten, akzentfreien Stimme. Aus irgendeinem Grund hatte Sophie einen norwegischen Akzent erwartet, wahrscheinlich wegen Mims früherer Notiz über die starke Betonung des Vargr-Rudels auf ihr Wikinger- und skandinavisches Erbe.

»Marcus Vaughn«, antwortete Mac. Er schüttelte dem Alpha die Hand und komplimentierte ihn zu seiner Einrichtung. Die beiden Männer plauderten über die Strapazen des Kasinobetriebs.

Mac drehte sich zu Ruby um. »Schatz, würdest du mir einen Wodka Tonic von der Bar holen?« Als Ruby nickte, klopfte Mac Aksel auf die Schulter, als wären sie alte Freunde. »Möchten Sie etwas, Aksel? Sie holt gerne etwas für uns.«

Als Aksel Macs Bestellung unterstützte, drehte sich Ruby zur Bar um, ohne zu kommentieren. Der Alpha sah Ruby einen Moment lang beim Weggehen zu, bevor er seine Aufmerksamkeit wieder Mac zuwandte.

»Menschen? Wirklich?«, flüsterte der Mann aus dem Mundwinkel, als könnte Sophie ihn nicht hören, während er sie anlüsterte.

»Sie kennen ihren Platz«, antwortete Mac und ließ eine Hand

besitzergreifend über Sophies Schulter gleiten, als wäre sie sein Haustier. Oh, wie sie es ihm zurückzahlen würde.

Als Ruby mit den Getränken zurückkehrte, reichte sie Mac zuerst seinen Wodka Tonic, bevor sie sich umdrehte und Aksel sein Getränk überreichte. Sophie beobachtete aus dem Augenwinkel, wie Ruby ihre Hand über die des Alphas streifte, als er das Getränk nahm.

Die beiden Männer stießen ihre Gläser zusammen und prosteten sich zu. Mac nahm einen großen Schluck seines Cocktails und beobachtete den Alpha über den Rand seines Glases. Als er seinen Mundvoll beendete, seufzte er genießerisch. »Ausgezeichnetes Getränk. Dieser Ort ist fantastisch. Sie müssen sehr stolz sein.«

»Bin ich. Danke.« Aksel hielt inne, als er sein Glas wieder zu seinen Lippen führte. Sophie folgte seinem Blick und fand den Wolfsgestaltwandler, mit dem er ursprünglich gesprochen hatte, winkend und den Alpha zurückrief.

»Meine Arbeit ist nie zu Ende«, sagte Aksel mit einem Seufzer, halb Resignation, halb gute Laune. »Bitte, genießen Sie Ihr Spiel. Es war schön, Sie kennenzulernen.«

Mac schüttelte ihm wieder die Hand, bevor er sich zurück zum Blackjack-Tisch drehte. Mac spielte noch ein paar Hände, bevor er sich zu Sophie und Ruby umdrehte. »Seid ihr bereit, hier rauszugehen?«

Sophie warf Mac einen neutralen Blick zu. »Wann immer du bereit bist zu gehen. Wir machen gerne, was du willst.«

Macs Grinsen war als Antwort geradezu teuflisch. »Dann lass uns hier raus.«

Als sie in die Privatsphäre ihres Autos stiegen, drehte sich Mac erwartungsvoll zu Ruby um. »Nun? Hast du etwas bekommen?«

»Er ist kein guter Mensch, aber er ist nicht der, den wir suchen.«

»Wir wussten, dass es ein Schuss ins Blaue war. Hoffentlich haben wir mehr Glück im Viper-Kasino«, sagte Sophie.

Das Auto bahnte sich langsam seinen Weg den Hauptstreifen hinauf, die Straße verstopft mit Leuten, die zu dem einen oder anderen Kasino gingen. Das Viper-Kasino war auf der anderen Seite des Strips.

Während sie fuhren, tippte Ruby eine kurze Nachricht an Marcella und ließ sie wissen, dass das Vargr-Rudel offiziell davon freigesprochen war, für den Kampfring verantwortlich zu sein.

Dann rief Ruby Larry an. Während sie mit dem Hexenmeister plauderte und flirtete, lehnte sich Mac nah an Sophies Ohr. »Wie geht es dir, Höllenstifter? Hältst du okay durch?«

»Ja. Ich bin müde, aber ich werde überleben. Alles, was ich tun muss, ist an deinem Arm zu hängen, während Ruby die echte Arbeit macht. Kinderspiel«, scherzte Sophie.

Das Auto bog schließlich in eine geschwungene Auffahrt ein, die von Fahrzeugen gesäumt war, jedes auffälliger als das letzte. Als Harvey sie langsam zum Kasinoeingang brachte, starrte Sophie ehrfürchtig auf das Gebäude. Es war ein glänzender Glasturm, ein Speer, der den Nachthimmel durchbohrte. Die hellen Lichter des restlichen Las Vegas spiegelten sich auf seiner dunklen, glänzenden Oberfläche. Es sah aus, als hätte jemand einen monolithischen Wolkenkratzer aus einer futuristischen Stadt genommen und ihn in die Wüste gesetzt.

Schließlich fuhr ihr Auto an die Spitze der Schlange und setzte sie vor einem Set enormer rauchiger Glastüren ab, die bereits aufgestützt und für die Öffentlichkeit geöffnet waren. Zu beiden Seiten des Eingangs standen glänzende Statuen von Kobras in Angriffsstellung, golden lackiert und mindestens sechs Meter hoch.

Sie betraten das Kasino in ihrer Standardkonfiguration, mit Mac in der Mitte, Ruby zu seiner Linken und Sophie zu seiner Rechten. Eine Wand aus Lärm begrüßte sie. Klingelnde Glocken, heulende Sirenen, Schreie manischer Freude und betrunkenes

Gebrüll griffen Sophies Ohren an. Es brachte sie dazu, die Zähne zusammenzubeißen, um ein Zusammenzucken zu verbergen.

»Lass uns eine Runde drehen und schauen, ob wir bekannte Gesichter entdecken können«, schlug Mac vor. Sie hatten ihre Dossiers auf der Fahrt noch einmal konsultiert, um sicherzustellen, dass sie alle Gesichter des Basiliskengeleges auswendig kannten.

Ein Schlangenmotiv bedeckte fast jede verfügbare Oberfläche im Gebäude. Schlangen waren an die Decken gemalt; ihre gewundenen, schuppigen Körper waren in den Teppich eingewebt. Große Säulen, die zur hohen Decke reichten, waren stilisiert, als hätten sie Schlangen, die sich ihre Länge hinaufwanden.

Sophie lehnte sich nah an Macs Ohr und flüsterte: »Subtil.« Sie nickte zu einer fernen Wand, die bemalt war, um wie ein Regenbogen schimmernder Schuppen auszusehen, der ihre zweistöckige Höhe hinauflief.

Mac gab ihr ein teuflisches Grinsen, antwortete aber nicht weiter.

Die Außenseite des Kasinos hatte Sophie glauben lassen, dass das Innere schick und sophisticated sein würde, aber es war ein aufdringlicher Karneval aus Lärm und stroboskopischer Farbe – ein Angriff auf die Sinne.

Als sie an Reihe um Reihe von Spielautomaten vorbeigingen, wurde Sophie fast von einer jubelnden, spindeldürren älteren Frau umgestoßen, deren wasserstoffblondes Haar zu einer flauschigen Wolke um ihren Kopf toupiert war. Als die Frau sprang und kreischte, blies ihr Spielautomat eine klirrende Sirene aus, mit blitzenden Lichtern, die die Frau als Jackpot-Gewinnerin ankündigten. Mac, Sophie und Ruby lenkten um die Frau herum, als sie vor manischer Freude heulte.

»Mein Gott. Dieser Ort ist...«, Sophies Stimme erstarb, als sie versuchte, ein Wort zu finden, um ihre Abneigung zu beschreiben. Fast jeder Spielautomat hatte eine Person davor sitzen, die den Hebel an den Geräten wie roboterhafte Zombies zog, ihre

Augen leer, als sie auf die hellen Bildschirme starrten. »Ich werde Aspirin brauchen, bis wir hier fertig sind.«

Sie machten eine Runde durch das Erdgeschoss, das den Hauptkasinobereich ausmachte; die oberen Stockwerke waren uninteressant, hauptsächlich Hotelzimmern und einem Konferenzzentrum gewidmet. Nachdem sie eine Weile zirkuliert waren und keinen der Basiliskenwandler entdeckt hatten, die sie suchten – sie waren sogar durch das gewundene, riesige Buffet gelaufen – steuerte Mac sie zu den High-Limit-Tischen.

»Lass uns sehen, ob wir etwas Aufmerksamkeit für uns generieren können«, schlug er vor.

Diesmal ließen sie sich neben einem Roulette-Rad nieder. Als Mac anfing, Einsätze zu platzieren, stand Sophie neben ihm, achtete kaum auf das Geschehen, ein Schmerz bildete sich an ihren Schläfen und Müdigkeit lastete auf ihren Schultern. Als Ruby jubelte, folgte Sophie ihrem Beispiel und benutzte Ruby als Vorbild. Das Lächeln auf Sophies Gesicht fühlte sich gefroren und starr an, aber sie war zu müde, um sich darum zu kümmern. Ein Gähnen versuchte zu entkommen, aber sie presste den Kiefer zusammen gegen die überwältigende Müdigkeit und zeigte eine Miene hochmütiger Verachtung.

Nach was sich wie eine endlose Zeit anfühlte, aber wahrscheinlich nicht viel mehr als eine Stunde war, näherte sich ein großer, dünner Mann mit schwarzem Haar, das zu einer glänzenden Schale zurückgegelt war, Mac. Er blieb stehen und stellte sich als Ammon vor, der Pit Boss des Kasinos.

Nachdem Ammon ein paar Minuten mit Mac gesprochen hatte, bot er ihnen einige Getränkegutscheine an. Mac dankte dem Mann mit einem Händedruck. Als Ammon anfing, sich umzudrehen und wegzugehen, bewegte sich Ruby so, dass der Mann in sie hineinlaufen würde.

Sie machte eine kleine Vorstellung daraus, zu stolpern und auf ihren Hintern zu fallen. Sophie eilte zu ihrer Seite. »Bist du okay?«, rief sie besorgt aus. Der nun verwirrte Mann hockte sich neben Sophie und versuchte zu helfen, Ruby wieder auf die Beine zu bringen.

Nach mehreren überschwänglichen Entschuldigungen, während Mac den Mann anstarrte, fragte Ammon schließlich: »Was kann ich tun, um diese Situation zu bereinigen? Ich habe ein paar Karten für unseren Haupt-Headliner. In Cindy Novaks Shows zu kommen ist unmöglich, also sollte es ein ziemlicher Leckerbissen für Sie alle sein.«

Mac sah unbeeindruckt aus. »Ich stehe nicht wirklich auf Musik. Ich bevorzuge etwas Handfesteres. Gibt es Karten für den UFC-Kampf morgen?«

»Es tut mir leid, Sir. Dieser Kampf ist komplett ausverkauft, und ich habe keine Verbindungen zum Palms Casino. Es gibt keine Möglichkeit, dass ich Karten beschaffen könnte, selbst wenn es welche gäbe.«

»Das ist schade. Ich genieße einen guten Kampf. Ich habe auf McIntyre gesetzt. Ich hätte gerne das Match persönlich gesehen.« Mac drehte sich zu Ruby um und musterte sie. »Wie ist dein Knöchel, Schatz? Kannst du darauf laufen?«

»Ich denke, ich bin okay«, antwortete Ruby demütig. »Aber ich würde nichts dagegen haben, mein Gewicht davon zu nehmen. Gibt es irgendwo, wo ich mich hinsetzen kann, während du spielst?«

Ammon blickte im Raum umher und erkannte, dass die Leute das Drama beobachteten. »Ähm, ja«, stammelte er. »Hier, lass mich dir helfen aufzustehen. Ich habe einen Ort, wo du dich ausruhen kannst.«

Ammon half Ruby auf die Beine, während sie zusammenzuckte und dramatisch so tat, als würde ihr Knöchel so sehr schmerzen, dass sie den größten Teil ihres Gewichts auf Ammon stützen musste. Ruby humpelte zu einem Sitzbereich hinüber und klammerte sich die ganze Zeit an Ammon.

Nachdem er sie in einen Sessel gesetzt hatte, zog Ammon einen weiteren Stuhl heran, um Rubys »verletztes« Bein hochzulegen. Ruby klimperte mit den Wimpern zu Ammon und bat ihn um einen Eisbeutel. »Ich denke, ich könnte ihn verstaucht haben«, verkündete sie, während Sophie beschützend an ihrer Seite schwebte. Mac starrte Ammon an, als dächte er, der Mann sei gefährlich und hätte Rubys Verletzung absichtlich verursacht.

»Natürlich«, antwortete Ammon und warf Mac einen nervösen Blick zu. Er zog ein Telefon aus seiner Tasche. »Lass mich sehen, ob ich jemanden von unserer Erste-Hilfe-Station bekommen kann, um nach dir zu sehen.«

»Oh nein«, rief Ruby aus, Sorge in ihrer Stimme. »Ich will kein Problem verursachen. Ich bin sicher, mir wird es gut gehen. Ich will keine Unannehmlichkeiten sein.«

Ammon versicherte Ruby, dass sie keine Mühe sei, und rief dann die Erste-Hilfe-Station an und bat jemanden zu kommen, um einen verletzten Gast zu untersuchen. Sophie hoffte, dass Ruby eine geschickte genug Schauspielerin war, um die Erste-Hilfe-Person zu täuschen.

Ein paar Minuten später eilte eine Frau in weißer Krankenschwesteruniform in den Raum, ein Mann in dunklem Anzug folgte ihr. Sophie dachte, er könnte einer der Basiliskenwandler aus dem Dossier gewesen sein, aber sie war sich nicht sicher.

Während die Krankenschwester Rubys Knöchel untersuchte und den Bereich abtastete, näherte sich der Mann Mac zum Gespräch. Sophie schlich näher zu dem Mann, hoffend, dass er nicht auf sie achtete, als sie versuchte, lässig auszusehen, während sie lauschte.

»Drake Vasuki. Ich bin einer der Stockwerksmanager hier im Viper-Kasino. Ich hörte, es gab einen Zwischenfall hier mit Ammon?«, sagte der Mann und gab ein öliges Lächeln, als er Macs Hand schüttelte.

»Marcus Vaughn. Ihr Mann Ammon hier ist in meine Freundin hineingelaufen und hat sie zu Boden gestoßen. Ich denke, sie könnte sich den Knöchel verstaucht haben.«

»Es tut mir so leid. Ich bin sicher, es war ein Unfall.« Drake blickte zu Ruby hinüber, als die Krankenschwester einen Eisbeutel aufbrach und ihn über Rubys Knöchel legte.

»Ich weiß, dass es ein Unfall war«, antwortete Mac, Ärger ließ seine Stimme lauter werden und veranlasste mehrere Leute in der Nähe, sich in ihre Richtung zu drehen. »Das ändert nichts an der Tatsache, dass er hätte aufpassen sollen, wohin er geht.«

»Natürlich, Sir. Was kann das Viper-Kasino tun, um diese Situation zu bereinigen? Ich möchte nicht, dass Sie Las Vegas mit schlechten Erinnerungen an unsere Einrichtung verlassen.«

Mac bekam einen verschlagenen Blick in die Augen. »Nun... Ich hatte gehofft, Karten für den McIntyre gegen Savea Kampf zu bekommen, aber Ammon sagte, das sei nicht möglich. Ich sehe gerne Kämpfe.« Mac ließ seine Aussage hängen und überließ es Drake zu entscheiden, was er mit dieser Information anfangen sollte.

»Unsere Organisation hat jemanden, der sich um Karten für exklusive Veranstaltungen kümmert. Lass mich deine Nummer nehmen, und ich schaue, was sie finden können«, bot Drake an.

Nachdem er die Nummer für das Telefon aufgeschrieben hatte, das Mac für den Auftrag erhalten hatte, begann Drake zu gehen, also sprang Ruby von ihrem Stuhl auf und schob die protestierende Krankenschwester beiseite. Sie humpelte zu Drake hinüber und hielt ihm ihre Hand hin, offensichtlich um einen Händedruck von dem verdutzten Mann bittend.

»Gnädige Frau. Gnädige Frau, Sie sollten wirklich nicht aufstehen«, protestierte die Krankenschwester, aber Ruby ignorierte sie.

Als Drake widerwillig Rubys Hand schüttelte, gab sie ihm ein warmes Lächeln. »Ich wollte mich nur dafür bedanken, dass Sie dafür gesorgt haben, dass ich versorgt wurde. Sie sind einfach ein Schatz, nicht wahr?«

»Äh, ähm, gern geschehen«, antwortete Drake, offensichtlich unbehaglich mit Rubys Flirterei. Mit dem Griff, den Ruby an seiner Hand hatte, steuerte er sie zurück zu der irritierten Krankenschwester. »Sie sollten wirklich von diesem Knöchel fernbleiben.«

Als Ruby wieder Platz nahm, schritt Drake schnell davon, seine glänzenden Loafer quietschten über den Boden.

Mac und Sophie näherten sich Ruby, als die Krankenschwester sie dafür tadelte, dass sie Gewicht auf ihren Knöchel gelegt hatte.

»Bist du okay, Schatz?«, fragte Mac Ruby.

»Mir geht es gut. Es ist nicht so schlimm, wie sie es darstellt«, antwortete Ruby und brachte die Krankenschwester dazu, empört zu schnauben. »Warum geht ihr zwei nicht und habt etwas Spaß? Ich setze mich hier hin und ruhe mich aus.«

Mac schüttelte den Kopf. »Ich denke, wir haben genug gesehen. Hoffentlich kommen sie für uns mit einigen Karten für einen Kampf durch. Nicht, dass ich den Atem anhalten würde. Lass mich den Fahrer benachrichtigen, dass wir bereit sind zu gehen.«

Mac schrieb Harvey eine SMS und half dann Ruby auf die Beine. Das Trio bahnte sich seinen langsamen Weg durch das Kasino und zielte auf den Ausgang. Mac hatte einen Arm um Rubys Taille, als sie sich ihren Weg aus dem Gebäude humpelte.

Harvey fuhr glatt vor den Eingang, genau als sie hinausgingen. Mac half Ruby zuerst in den Rücksitz, dann Sophie.

Als er einstieg und die Tür schloss, drehte sich Mac zu Ruby um. »Wie ist dein Knöchel?«

»Er ist in Ordnung. Ich habe geschauspielert.« Ruby gab ihnen ein selbstgefälliges Grinsen und drehte ihren Knöchel, um zu zeigen, dass er völlig unverletzt war.

»Schnelles Denken, einen verstauchten Knöchel vorzutäuschen. Du warst sehr überzeugend«, komplimentierte Sophie Ruby, die sich wie eine Schauspielerin benahm, die kurz davor stand, einen Preis zu erhalten, und ihren verehrenden Fans zuwinkte. Sophie schnaubte über ihre Mätzchen.

»Hast du etwas gesehen, als du Drake berührt hast?«

»Nichts. Ich denke nicht, dass Drake sehr hoch in der Organisation steht.«

»Wirklich? Ich dachte, er sah vertraut aus«, antwortete Sophie. Die Liste der Spitzenmitglieder des Basiliskengeleges war noch im Auto, also nahm Sophie sie und suchte nach Drakes Gesicht.

Sie hielt bei einem Mann an, dessen Name Kai Vasuki war. Er hatte ähnliche Gesichtszüge wie Drake, war aber mehrere Jahre älter. »Vergiss es. Anderer Typ. Obwohl sie aussehen, als könnten sie verwandt sein.«

Mac sah auf das Blatt, das Sophie hochhielt. »Ja, ich wette, Drake ist der kleine Bruder.«

Mac öffnete ein Fach, das Sophie zuvor nicht bemerkt hatte. Darin standen ein paar Flaschen. Er zog ein Kristallglas und eine bernsteinfarbene Flasche heraus und goss Sophie einen Fingerbreit teuren Whiskey ein.

»Für die Kopfschmerzen«, bot er an.

Sophie nahm das Glas und trank das Getränk in einem Zug. Der Whiskey milderte sofort die Kanten von Lärm und Licht, die an den Fenstern des Fahrzeugs vorbeiblitzten.

* * *

SOPHIE TRAT IN DIE GLASDUSCHKABINE, die fast so groß war wie ihre Küche zu Hause. Sie drehte das Wasser auf ein paar Grad unter dem Siedepunkt und ließ die mehreren Düsen etwas von ihrer Erschöpfung wegspülen. Sie stand unter der Regenbrause und ließ das Wasser auf ihre Kopfhaut prasseln.

Ein leichtes Kratzen der sich öffnenden Duschtür erregte Sophies Aufmerksamkeit. Sie lächelte willkommen, als Mac sich zu ihr unter den Strahl gesellte.

»Bist du fertig damit, Mim über unsere Nacht zu informieren?«

»Ja, ich gehöre jetzt ganz dir«, antwortete Mac.

Das Wasser glättete Macs welliges blondes Haar zurück zu seiner Kopfhaut und ließ es dunkel und zum ersten Mal aus seinen Augen heraus. Sophie beobachtete das Wasser mit gierigen Augen, wie es Rinnsale über seine Schultern laufen ließ und einen Pfad über Macs Körper verfolgte. Sophie hob ihre Hand und berührte fast Macs Brust. Bevor sie Kontakt aufnehmen konnte, lehnte sich Mac vor und drückte sich gegen ihre Handfläche. Langsam ließ sie ihre Hand das Tal hinuntergleiten, das von seinen Brustmuskeln gebildet wurde. Das Wasser ließ ihre Finger durch die knackigen Haare auf seiner Brust haken und ziehen. Sie wollte ihre Wange gegen seine Muskeln reiben und das Wasser von seiner Haut schmecken.

Ein tiefes Grollen ließ Sophie ihre Augen zu seinen schnappen. Eisblaue Augen loderten sie an, konzentriert auf ihr Gesicht. Mac umfasste ihr Kinn mit beiden Händen, lehnte sich vor und gab ihr einen sengenden Kuss. Die besitzergreifende Hitze seiner Lippen ließ Sophies Kopf schwimmen. Ihre Augenlider flatterten zu, als Macs Mund sich über ihren neigte. Wasser regnete auf sie beide herab und glitt über ihre Körper, als sie sich näher drängten. Sie klammerte sich an Mac, grub ihre Finger in seinen muskulösen Rücken.

Sophie zog sich schließlich zurück und versuchte, zu Atem zu kommen. Er schenkte ihr einen liebevollen Blick, als wäre sie das Beste, was er je gesehen hatte. Sophie wusste nicht, was sie damit anfangen sollte. Niemand hatte sie je so angesehen wie Mac.

Mit konzentriertem Blick träufelte Mac eine lange Linie Shampoo in eine seiner Handflächen. Er ließ sie ihren Kopf zurücklehnen und rieb Sophies Haar und Kopfhaut, was sie vor Vergnügen stöhnen ließ. Er ließ sich Zeit beim Waschen von Sophie, seine Hände verfehlten keinen Zentimeter von ihr. Nachdem sie sauber war, hielt Mac inne, umfasste ihr Kinn in seiner Handfläche und schenkte ihr einen langen, prüfenden Blick, als wolle er sich vergewissern, dass es ihr gut ging.

»Ich bin dran«, bestand Sophie. Das beharrliche Pochen zwischen ihren Schenkeln machte sich bemerkbar.

Sophie erwiderte Macs Gefallen und rieb ihn von Kopf bis Fuß ab. Sie wusch sogar zwischen seinen Zehen und kicherte, als er bei der zarten Berührung zuckte. Jedes Stöhnen und harte Ausatmen ließ ihren Kopf schwirren. Sie keuchten beide vor Verlangen, als sie damit fertig war, ihn sauber zu bekommen.

Mac drehte das Wasser ab, griff nach einem flauschigen Handtuch und trocknete Sophie ab, bevor er sich selbst abtrocknete.

Als sie aus der Dusche kamen, glitt er mit seinen Händen über Sophies Hüften und umfasste dann ihren Hintern. Mac hob sie in seine Arme und schritt zielstrebig zum Bett, legte sich mit Sophie unter die Decken.

Unter dem Kokon ihrer Laken berührten und streichelten Mac und Sophie einander. Sie genossen die Körper und Reaktionen des anderen. Als Mac sich zwischen ihre Beine schob, zitterte Sophie vor Verlangen, verzweifelt nach ihm. Sie rollte ihre Hüften gegen ihn, ihr Blut loderte höher bei Macs tiefem Knurren.

Über Sophie gestützt, sie in seinen Armen einkäfernd, küsste Mac sich ihren Kiefer hinauf und leckte ihre Haut mit seiner Zunge. Sie machte ein tierisches Geräusch des Vergnügens. Ihre Hände fanden ihren Weg zu Macs Schultern und griffen ihn fest.

»Oh, Gott, Mac«, schrie Sophie, ohne jede Hemmung. »Ich liebe dich.«

Macs Augen loderten, als er auf Sophie hinunterstarrte. Er öffnete seinen Mund, um zu antworten, aber ein lauter Schrei von Sophie übertönte seine Worte. Sie bog sich auf und küsste ihn, als seine Bewegungen sich beschleunigten.

Ein roher, gezackter Schrei entfuhr Sophies Lippen, als sie von einem Orgasmus erfasst wurde, der ihr aus jedem Muskel Lust entlockte. Als Sophies Körper von seinem Hoch herunterkam, fand auch Mac zu seinem Höhepunkt.

Sophie und Mac schluckten zackige Atemzüge und klammerten sich aneinander. Mac stützte sich auf einen Ellbogen und gab Sophie einen unergründlichen Blick. Er strich sanft eine Strähne feuchten Haars aus Sophies Augen, bevor er einen zärtlichen Kuss auf ihre Lippen drückte. Glück und der Nachklang der Lust flossen langsam wie Honig durch ihren Geist und Körper. Sie war so entspannt und völlig erschöpft, dass sie dachte, sie hätte Probleme, auch nur ihre Finger zu bewegen.

»Ich liebe dich auch, Sophie«, sagte Mac und zog sie in seine Arme. Sophie spürte, wie ihr die Tränen in die Augen schossen, als sie ihn zurück umarmte.

# KAPITEL 9

»*M*oment mal. Warte mal kurz!«, flüsterte Ruby hitzig und beobachtete heimlich Mac und Mim, die sich auf der anderen Seite des Raumes unterhielten, wie ein Falke, um sicherzustellen, dass sie den Schwestern keine Aufmerksamkeit schenkten. »Du hast Mac zum ersten Mal gesagt, dass du ihn liebst – und das mitten beim S-E-X?«

»Warum buchstabierst du das? Bist du fünf?«, entgegnete Sophie.

Ruby lehnte sich zu Sophie hinüber, ihre Augen tanzten vor entsetzter Freude. »Wechsle nicht das Thema. Beantworte die Frage.«

Sophie konnte ein Zusammenzucken nicht unterdrücken. »Ja? Nun, eigentlich eher gegen Ende. Halt die Klappe – hör auf zu kreischen. Ich habe nicht einmal gemerkt, dass ich es gesagt habe. Nicht bis er es zurückgesagt hat.«

»Sag mir wenigstens, dass du es ernst gemeint hast«, tadelte Ruby und schlug die Hände theatralisch vors Herz.

Sophie warf Ruby einen angewiderten Blick zu. »Natürlich habe ich es ernst gemeint.«

Ruby stieß einen erleichterten Seufzer aus, wodurch Sophie

nur die Augen verdrehte. »Ich meine... wenn du es nicht ernst gemeint hättest, müsstest du nach so etwas mit ihm Schluss machen. Du weißt, im Falle einer Trennung würde ich natürlich zu dir halten, oder?«

»Sehr witzig.«

Sophie stocherte in dem Obstsalat herum, der ihre Rühreier und den Toast vom Zimmerservice begleitet hatte, auf der Suche nach mehr Ananas, während sie das Gekicher ihrer Schwester ignorierte. Was für eine Chaotin.

»Ich kann immer noch nicht glauben, dass du mitten beim Sex deine unsterbliche Liebe gestanden hast.«

»Es ist mir nur in einem Moment der Leidenschaft herausgerutscht«, murmelte Sophie mit vollem Mund.

»Iiiih«, schrie Ruby, schauderte dramatisch und rümpfte angewidert die Nase. »Es ist, als würde man erfahren, dass Mama und Papa Sex haben. Igitt.«

Mac, der ihre Namen rief, rettete Sophie glücklicherweise davor, noch mehr von Rubys Gelächter auf ihre Kosten anhören zu müssen. »Wollt ihr los?«

»Ja, ich habe die Karte«, antwortete Ruby und winkte mit der Hand zum Tisch. Ruby hatte das schmutzige Geschirr beiseite gestapelt, damit sie die mit Notizen versehene Karte auf dem Tisch ausbreiten konnte. Während Mim und Mac weiterhin den Tag planten, fuhr sie mit dem Finger über die Karte und versuchte, die beste Route herauszufinden.

»Nein, das wird nicht funktionieren. Ich brauche euch spätestens um elf zurück, damit ihr euch auf das Mittagessen in der Imperialen Gartenterrasse vorbereiten könnt«, unterbrach Mim, dessen Stimme vor Ärger anschwoll.

»Nein, lass uns das auf ein frühes Abendessen verschieben«, erwiderte Mac. »Es ist ein Tapas-Lokal, richtig? Also können wir beim Essen sparsam sein. Ich denke, unsere Zeit ist besser damit verbracht, unsere Suche im Kunstbezirk abzuschließen. Wenn wir zum Mittagessen zurückkommen und danach wieder rausfahren müssen, verschwenden wir mehr als eine Stunde unseres Tages nur mit dem Hin- und Herfahren. Außerdem besagen unsere Informationen, dass das Conclave glaubt, es sei unwahrscheinlich, dass der Byangoma-Schwarm etwas Böses plant.«

Das Dossier über die Byangoma war weniger detailliert als die für die anderen Mythischen Wesen, die sie untersuchten. Alles, was Sophies Dokument besagte, war, dass sie Vogelgestaltwandler waren – ihre wahren Formen waren menschliche Gesichter auf Vogelkörpern. Man glaubte, dass der Schwarm ein Matriarchat war und von einer Person mit möglicherweise seherischen Fähigkeiten angeführt wurde.

»Es tut mir leid«, entschuldigte sich Mim, ohne besonders reumütig zu wirken. »Dieser Zeitplan wurde vom Conclave festgelegt und genehmigt. Es liegt außerhalb meiner Kontrolle, ihn anzupassen. Sie müssen eine Genehmigung über Marcella einholen, um Änderungen vorzunehmen. Also muss ich vorerst darauf bestehen, dass Sie sich an den Zeitplan halten.«

Mac stieß einen verärgerten Atemzug aus, stimmte aber zu, zum Mittagessen zurückzukommen.

Sie setzten ihre Route dort fort, wo sie am Vortag aufgehört hatten. Sie schlängelten sich langsam Straße für Straße durch das Viertel. Jede sah fast genauso aus wie die letzte.

Den ganzen Morgen über bemerkte Sophie immer wieder, wie Mac sie mit diesem intensiven, warmen Blick ansah. Es ließ Hitze ihren Rücken hinabgleiten. Sie ließ sich immer wieder von der Mission ablenken und starrte seine kräftigen, sicheren Hände an, während er das Lenkrad umklammerte. Sie lächelte vor sich hin, als er knurrte, wenn jemand sie schnitt. Sie hatten die 'Erklärungen' von letzter Nacht nicht angesprochen, aber Sophie konnte eine Veränderung in der Luft spüren. Es war ein Trost zu wissen, dass es jemanden auf der Welt gab, der sie liebte.

Nach mehreren Stunden warf Ruby frustriert die Karte hin. »Nichts?«, fragte sie Sophie. »Wir sind schon ewig dabei.«

Sophie verdrehte die Augen über die massive Übertreibung.

»Das ist erst der zweite Tag, du Heulsuse. Diese Dinge brauchen Zeit. Das weißt du.«

»Wir haben inzwischen fast den ganzen Kunstbezirk gesehen. Wir müssen vielleicht darüber nachdenken, unser Suchgebiet zu erweitern.«

Als Sophie nicht antwortete, stieß Ruby einen verärgerten Seufzer aus, argumentierte aber nicht weiter. Mit einem Blick auf die Karte schaute Ruby auf und kniff die Augen an der kommenden Kreuzung zusammen. »Biege rechts auf die Utah-Straße ab«, wies sie an.

Sophie schaute aus ihrem Fenster und blickte auf die rechte Straßenseite, als Ruby plötzlich anfing, an ihrem Arm zu ziehen. »Es ist ein Gemälde einer Frau. Schau! Ist das das, was du gesehen hast?«

Sophie duckte sich und schaute an Mac vorbei, der fuhr, Hoffnung blühte in ihrer Brust auf, nur um sofort enttäuscht zu werden. »Nein. Das ist es nicht. Verdammt«, brummte sie. Das Wandgemälde zeigte eine Reihe von Showgirls aus Las Vegas neben einem Roulette-Rad. »Das, was ich gesehen habe, hatte Blumen. Und es war beruhigend. Falls das Sinn macht. Das Gesicht der Frau war friedlich.«

Sophie drehte sich gerade zu ihrer Seite des Autos zurück, als Macs Handy plötzlich klingelte. Seine Augen trafen Sophies für einen Moment, bevor er das Gerät an sein Ohr hielt. »Hier ist Marcus Vaughn«, sagte er in einem rauen, unwillkommenen Ton.

Mac war einen Moment lang still und hörte demjenigen zu, der am anderen Ende der Leitung war. »Ich verstehe. Und es ist heute Abend um acht? Ja, ich denke, wir können es schaffen. Sie haben drei Plätze für uns, ja?«

Eine weitere kurze Stille folgte, während Mac Sophie ein triumphierendes Grinsen zuwarf. »Ja. Ich glaube, das wird definitiv das Fiasko von letzter Nacht wiedergutmachen. Ich schätze, dass Sie die Situation bereinigen. Danke.«

Mac beendete das Gespräch und legte auf.

»Das war Drake. Er hat uns Tickets für einen lokalen UFC-Kampf besorgt. Es ist in einer der kleineren lokalen Veranstaltungsorte. Ich denke, es könnte sich lohnen, das zu überprüfen. Was denkt ihr?«

»Ich denke, wir sollten hingehen«, antwortete Sophie, während Ruby zustimmend nickte. »Aber wir müssen das wahrscheinlich noch mit Marcella abklären.«

»Wir sollten sowieso zum Hotel zurück, um uns auf das Mittagessen vorzubereiten. Ich denke, ich rufe sie unterwegs an.«

Mac rief Marcella an und stellte sein Telefon in einen Getränkehalter, damit alle im Auto mithören konnten.

»Magistratsmitglied Venturis Büro. Wie kann ich Ihnen helfen?«, fragte eine höfliche Stimme.

»Hallo, hier ist Detective Malcolm Volpes. Ich möchte mit dem Magistratsmitglied sprechen, wenn es möglich ist.«

»Natürlich, Detective Volpes. Einen Moment bitte.«

»Haben Sie Neuigkeiten, Detective?«, ertönte Marcellas energische Stimme einen Moment später über den Lautsprecher des Telefons.

»Wir haben einige Neuigkeiten, aber nicht so viele, wie ich gerne hätte. Ich möchte eine Änderung unseres Zeitplans beantragen. Mim erwähnte, dass ich dafür die Genehmigung des Conclaves brauche.« Marcellas leises Schnauben ließ Sophie denken, dass Mim vielleicht seine Befugnisse überschritten hatte. Sie fragte sich, ob Mim gleich von Marcella an die Leine genommen werden würde. »Drake Vasuki, der Etagenmanager im Viper-Kasino, hat mich gerade angerufen und uns Tickets für einen UFC-Kampf im Goldenen Faust-Boxzentrum angeboten. Die Veranstaltung ist heute Abend um acht.«

Marcella machte ein nachdenkliches Geräusch. »Ja, ich denke, ihr solltet zu dem Kampf gehen. Verschiebt alles andere, was für heute Abend auf eurem Zeitplan stand. Bitte tut euer Bestes, um mit den Leuten in Kontakt zu treten, die die Show dort leiten. Und Mac, haltet Ausschau nach Wandlern unter den Zuschauern.

Sie könnten dort sein, um zumindest nach Kämpfern zu suchen. Ich lasse meine Leute herausfinden, wer dieses Boxzentrum leitet. Haltet mich auf dem Laufenden.«

* * *

Als Mac die Tür zur Imperialen Gartenterrasse öffnete, wehte der Duft aromatischer Gewürze gemischt mit Zwiebeln und Knoblauch unter Sophies zuckender Nase. Die Süße von Zimt und Nelken, die pfeffrige Rauchigkeit von Kreuzkümmel und die stechende, moschusartige Wärme von Kurkuma konkurrierten alle um Sophies Aufmerksamkeit. Es war schwer für Sophie, an ihrer Eiskönigin-Persona festzuhalten, wenn sie spüren konnte, wie sich Speichel in ihrem Mund sammelte. Sie konnte sich nicht vorstellen, wie es sich für Mac anfühlte, der einen viel stärkeren Geruchssinn hatte als sie.

Sie wurden zu einem Tisch geführt und bekamen Speisekarten gereicht. Die Kellnerin erklärte die Karte, während eiskaltes Wasser in Gläser gegossen wurde, und sagte, dass jedes Gericht für zwei bis drei Personen zum Teilen gedacht sei. Sie empfahl, mindestens fünf Gerichte zu bestellen, um sicherzustellen, dass sie genug Essen bekommen. Mac bestellte fast die gesamte erste Seite der Speisekarte und außerdem Chai für alle.

»Diesmal werde ich nicht hungrig bleiben«, brummte Mac, nachdem die weitäugige Kellnerin gegangen war. »Warum müssen sie immer etwas Neues und Schickes machen? Warum können sie nicht bei dem bleiben, was funktioniert? Ich bin ein Wandler; ich brauche mehr als einen einzigen Bissen.«

»Ich freue mich schon«, zwitscherte Ruby. »So können wir eine Menge verschiedener Sachen probieren, anstatt nur eine Mahlzeit.«

Mac warf ihr einen mürrischen Blick zu, bevor er die Augen verdrehte und Rubys Punkt zugab.

Sophie starrte Mac an und konnte ihn sich fast als mürrischen alten Mann vorstellen, der seinen Stock gegen die örtlichen Kinder schwingt, um sie von seinem Rasen zu vertreiben. Sie war in ihrer Vision da und sagte Mac, er solle diese verdammten Kinder in Ruhe lassen und seinen Hintern wieder ins Haus bringen. Sie wollte diese Zukunft so sehr, dass sie sie schmecken konnte.

Als die Kellnerin die ersten Teller und Schüsseln auf den Tisch stellte, musste Sophie sich zurückhalten, um nicht wie ein hungriger Wolf über das Essen herzufallen. Sie griff zu einer Samosa und tunkte sie in ein leuchtend grünes Chutney. Ihre Fingerspitzen brannten von der Hitze der kartoffelgefüllten frittierten Teigtasche.

»Oh mein Gott«, murmelte Sophie mit vollem Mund und vergaß für einen Moment, kultiviert und vornehm zu wirken. Als Ruby einen ähnlichen Lustschrei von sich gab, schaute Sophie gerade rechtzeitig auf, um zu sehen, wie Ruby sich in eine beeindruckende Nachahmung eines Hamsters verwandelte – stopfte fast eine ganze Samosa in einem Bissen in ihren Mund.

Die Kellnerin schenkte ihnen ein warmes Lächeln, wahrscheinlich daran gewöhnt, dass Gäste bei ihrem köstlichen Essen die Beherrschung verlieren, bevor sie sich einem anderen Tisch zuwandte.

Als sie fertig waren, sah ihr Tisch aus, als hätte ein Wirbelsturm gewütet. Teller, Schüsseln und Besteck übersäten die Oberfläche, kaum ein Krümel Essen war übrig.

»Ich hoffe, das sind nicht unsere Jungs«, flüsterte Ruby. »Denn ich glaube, ich bin ein bisschen in sie verliebt.«

Sophie unterdrückte ein Lächeln, während Mac zustimmend stöhnte.

»Okay«, murmelte Ruby. »Ich habe niemanden von den Leuten aus unserer Liste für diese Gruppe gesehen. Ich könnte zur Toilette gehen und mich 'verlaufen', um mich umzuschauen, vielleicht sogar zu schauen, ob ich meinen Weg in die Küche finden kann. Was denkst du?«

Sophie fing an zu antworten, klappte aber den Mund zu, als sie ihre Kellnerin in ihre Richtung kommen sah.

Als die Frau an ihrem Tisch anhielt, schenkte Mac ihr ein zurückhaltendes Lächeln. »Sie haben die Rechnung?«, fragte er.

»Keine Rechnung. Geht aufs Haus. Jedoch möchte meine Tante mit Ihnen sprechen. Wenn es Ihnen nichts ausmacht«, sagte die Kellnerin und deutete auf eine große Holztür an der rechten Wand. Die Tür war mit dem Bild einer sitzenden Frau in einem aufwendigen Kopfschmuck geschnitzt, eine Schöpfkelle in einer Hand und eine dekorative Schale in der anderen Hand gegen ihr Brustbein gehalten.

Sie standen auf und folgten der Kellnerin.

Sophie bewunderte die komplizierte Schnitzerei, als die Kellnerin erklärte: »Es ist Annapurna, die Göttin des Essens und der Nahrung. Sie sorgt nicht nur für die Nahrung des Körpers, sondern auch für die der Seele. Sie gibt uns die Energie, um Wissen zu erlangen. Ich denke, Sie werden das heute sehr hilfreich finden.«

Rubys leise gemurmeltes »Kryptisch« hätte Sophie fast laut lachen lassen, aber sie konnte sich auf die Lippen beißen, um das unpassende Kichern zurückzuhalten.

Die Kellnerin schenkte Ruby ein weiteres rätselhaftes Lächeln, äußerte sich dazu aber nicht. »Als unsere herrschende Älteste verdient die Große Mutter Respekt. Ich weiß, dass Sie unsere Wege nicht kennen, also folgen Sie dem, was ich tue, und es wird Ihnen gut gehen.« Sie hielt an und schenkte Ruby ein verschlagenes Lächeln. »Und vielleicht erstmal weniger Witze, hmm?«

Ruby stockte einen Moment lang, ihre Wangen wurden rot, bevor sie kleinlaut zustimmte. Sophie wollte die Kellnerin fragen, wie sie es geschafft hatte, Ruby zu beschämen – sie hatte nicht einmal gedacht, dass es bis jetzt möglich war.

»Mein Name ist Kashvi«, sagte die Kellnerin und hielt mit einer Hand am Türknauf inne.

»Ich heiße Sadie«, antwortete Sophie. »Das ist meine Schwester Riley, und das ist Marcus.«

»Ja, wir haben Sie erwartet.« Ohne ein weiteres Wort schwang sie die Tür auf. Kashvi hielt sie auf, bevor sie den Raum betreten konnten. »Folgen Sie einfach meiner Führung.«

*Kryptisch, in der Tat*, dachte Sophie und behielt die spöttischen Gedanken von ihrem Gesicht fern.

Ohne ein weiteres Wort drehte sich die Frau um und betrat den Raum. Mac folgte ihr auf den Fersen und winkte mit einer subtilen Hand, dass die Schwestern ihn zuerst den Bereich überprüfen lassen sollten. Nachdem er eingetreten war und nichts passierte, wartete Sophie einen Moment und folgte ihm hinein. Sie konnte Ruby fast an ihrem Rücken gepresst spüren.

Sophies erster Eindruck war von einem großen, lichterfüllten Raum. Der Rest der Details ging verloren, sobald sie den Vogel von der Größe eines Kompaktwagens entdeckte, der auf einer baumartigen Sitzstange in der Mitte des Raumes hockte.

Der Vogel war mit Federn bedeckt, die von weichem Braun bis zu fast Schwarz reichten. Die Federn hatten einen schwachen öligen Schimmer, der in Regenbogenfarben schimmerte. Anstatt eines typischen Vogelkopfes mit einem scharfen Schnabel und Federn saß oben auf dem Hals des Vogels das Gesicht einer menschlichen Frau – ein uraltes Gesicht, das von Falten bedeckt war. Ihr Haar war dünn, wispig und schneeweiß.

Kashvi näherte sich der Vogelfrau. Mit ausgestreckten Armen verbeugte sie sich und berührte nacheinander jeden der krallenbewehrten Vogelfüße der Greisin.

Die alte Frau fuhr sanft mit einem Flügel über den Kopf der Kellnerin. »Kind«, säuselte sie leise, ihre Stimme voller Zuneigung.

»Große Mutter«, antwortete Kashvi. »Ich habe sie zu dir gebracht.«

Kashvi trat zurück und machte Platz für sie, sich zu nähern. Sophie schluckte nervös und trat vor. Die alte Frau wandte ihre

Aufmerksamkeit Sophie zu, und als sich ihre Blicke trafen, erkannte sie, dass die Augen der Großen Mutter rein milchig weiß, ohne Pupille oder Iris waren, nur Tiefen, die wie Sturmwolken wirbelten.

Langsam beugte sich Sophie in der Taille und berührte die Oberseite der krallenbewehrten Füße der Frau auf die gleiche Weise, wie Kashvi es getan hatte. Die Haut war zäh, lederartig und trocken unter Sophies Fingerspitzen. Die etwa fünf Zentimeter langen schwarzen Krallen, die die Holzsitzstange umklammerten, sahen aus, als könnten sie mühelos einen Menschen in Stücke reißen.

Sophie spürte die sanfte Berührung von Federn, die sanft über ihr Haar strichen. »Sei gesegnet, Kind«, sagte die Frau mit einer stark akzentuierten, lyrischen Stimme.

»Danke, Große Mutter«, antwortete Sophie und trat zurück, damit Ruby, dann Mac dasselbe tun konnten.

Nachdem Sophie, Ruby und Mac sich vor der Byangoma-Matriarchin verneigt hatten, traten sie zurück und stellten sich neben die Kellnerin, wartend darauf herauszufinden, was als nächstes passieren würde. Die Stille fühlte sich gewichtig an, während die Greisin sie musterte. Es fühlte sich an, als würde die Vogelfrau sie einschätzen und ein Urteil fällen wollen. Sophie hoffte, dass sie die Inspektion bestanden, denn sie vermutete, dass sie, falls nicht, sich dabei wiederfinden würden, ohne Zeremonie aus dem Restaurant geworfen zu werden.

Die Große Mutter durchbohrte Sophie mit ihren blinden Augen. »Du, verirrtes Kind. Lass mich deine Hand sehen.«

»Äh, okay«, antwortete Sophie, während sie vorwärts schlurfte und vor der Byangoma-Frau anhielt.

»Streck deine Hand aus – Handfläche nach oben«, wies Kashvi von hinten an.

Sophie tat, wie angewiesen, ein feines Zittern arbeitete sich durch ihren Körper. Die alte Greisin hob einen ihrer großen Vogelfüße und ergriff Sophies Handgelenk in ihren Krallen.

Plötzliche Angst überwältigte Sophie, als die rasiermesserscharfen Krallen der Frau gegen die empfindliche Haut ihres Handgelenks stachen. Ein einziger Hieb würde reichen, um Sophies Leben schnell zu beenden. Sie konnte spüren, wie sich Schweiß unter ihren Achseln und an ihrem Haaransatz bildete, als sich die Nerven in ihre Knochen setzten. Die ältere Frau hob Sophies Hand und brachte sie näher an ihr Gesicht. Sie zog Sophies Hand, bis sie nur noch Zentimeter von ihrer Nase entfernt war, was Sophie einen Schritt näher zur Sitzstange stolpern ließ und fast die federnbedeckte Brust der Frau berührte.

Die Byangoma starrte mehrere atemlose, intensive Minuten lang mit ihren trüben Augen auf Sophies Handfläche. Sophie hatte keine Ahnung, warum ihr Herz in ihrer Brust galoppierte. Nichts passierte. Vielleicht war es nur das Gefühl, im unausweichlichen durchdringenden Griff eines Raubvogels zu sein, der größer war als ihr Kühlschrank, das sie aufregte. Die Große Mutter könnte sie im Handumdrehen ausweiden, und niemand wäre in der Lage, sie aufzuhalten, nicht einmal ihre waffenverrückte Schwester.

Mit der Zunge schnalzend, gab sie Sophie einen langen und undurchschaubaren Blick. Ihre milchigen Augen waren fast in der schlaffen, faltigen Haut ihres Gesichts verloren. Als sie ihre Hand losließ, erklärte die Frau: »Du hast viele Schwierigkeiten vor dir, Sophie. Du wirst dich auf deine Freunde und deine Familie verlassen müssen. Halte deine Sonderlinge nah. Stoße sie nicht weg. Du wirst versucht sein, das zu tun, in der Hoffnung, sie vor Schaden zu bewahren. Es wird sie nicht schützen. Es wird sie nur in noch größere Gefahr bringen.«

»Geht die Gefahr von Bramwell oder Boudreaux aus?«, fragte Sophie.

»Gefahr wird aus vielen Richtungen kommen. Einige erwartet. Einige nicht.«

Sophie spürte, wie sich ihre Brauen zusammenzogen und eine

tiefe Falte zwischen ihnen bildeten. »Wie werde ich wissen, was zu tun ist?«

Die Frau zuckte mit ihren gefiederten Schultern. »Du wirst es herausfinden, Kind. Du wirst die Hilfe eines Feindes brauchen, um deine Kräfte zu entfalten.« Die Große Mutter schnalzte mit der Zunge, als wäre sie verärgert über sich selbst. »Das ist mehr, als ich dir hätte sagen sollen. Aber ich werde noch eine Sache sagen – denke daran, getrennt zu bleiben.«

*Hilfe von einem Feind? Getrennt bleiben? Was soll das alles heißen?*, fragte sich Sophie, zu eingeschüchtert von der enormen Vogelfrau, um ihren Gedanken Ausdruck zu verleihen. Bramwell, Cordelia und Boudreaux waren die einzigen Feinde, an die sie denken konnte. Und Sophie konnte sich nicht vorstellen, dass einer von ihnen bereit wäre, ihr oder Ruby in irgendeiner Weise zu helfen.

Sich von Sophie abwendend, wandte sich die Große Mutter Ruby zu. »Komm her, Kind.«

Sophie fing an zurückzutreten, als ein Gedanke durch sie hindurchfuhr. Die Frau kannte Sophies Namen. Sie warf Mac einen besorgten Blick zu, den er erwiderte. »Ich heiße Sadie, Große Mutter.«

Die Frau schnaubte. »Ich bin eine Seherin. Denkst du, ich kenne deinen wahren Namen nicht?« Sie wandte ihre Aufmerksamkeit von Sophie ab und bedeutete Ruby mit einer Flügelbewegung, vorzutreten.

Die alte Frau starrte lange auf Rubys Hand und gab ihr dann ähnliche, vage Ratschläge. Sophie fing an zu denken, dass alles Schwachsinn war. *Du wirst einen geheimnisvollen Mann treffen. Eine Geschäftsmöglichkeit kommt auf dich zu. In der dunkelsten Stunde wirst du das Licht finden. Du hast viele Schwierigkeiten vor dir.* Es war alles ausgedachter Unsinn, geschaffen, um leichtgläubige Menschen von ihrem Geld zu trennen.

Sophie bereitete sich vor, bereit, der Vogelfrau die Stirn zu bieten, falls sie unweigerlich nach einer 'Spende' fragen würde.

Mac trat auf die Andeutung der älteren Frau hin vor. Sie starrte lange auf seine Hand, bevor sie Mac einen anerkennenden Blick zuwarf.

»Gut. Du bist ein Krieger. Heftig und standhaft. Sie wird dich brauchen.« Mac nickte, als die Frau ihm einen intensiven Blick zuwarf. »Du musst wissen, wann du dich zwischen sie und die Gefahr stellen musst und wann du an ihrer Seite stehen und sich ihr mit ihr stellen musst.«

Sophie lehnte sich zu Ruby hinüber und flüsterte: »Was denkst du? Glaubst du daran?«

»Ich weiß nicht... ich schätze schon?«, flüsterte Ruby zurück mit einem leichten Achselzucken.

»Ja, Große Mutter«, intonierte Mac ernsthaft, was Sophie beunruhigte, wie ernst er diese Scharlatanin behandelte. Er trat zurück, verbeugte sich in der Taille und gesellte sich dann wieder zu Sophie. Als sie ihm einen beunruhigten Blick zuwarf, verschränkte er seine Hand mit ihrer und drückte sanft ihre Finger.

»Ich habe eine Bitte an euch«, sagte die Große Mutter.

*Hier kommt es*, dachte Sophie. Sie schaute über ihre Schulter und lokalisierte die genaue Position der Tür hinter ihnen, damit sie, wenn sie der Vogelfrau sagte, sie solle zur Hölle fahren, schnell aus dem Raum herauskommen konnten – nur für den Fall, dass die Große Mutter ihre bevorstehende Ablehnung schlecht aufnahm.

»Bei den Byangoma wird die Gabe der Wahrsagerei von Mutter zu Tochter weitergegeben. Diejenigen von uns, die mit der Fähigkeit geboren werden, die Zukunft zu lesen, werden blind geboren. Das war der Preis, den unsere Vorfahren unseren Göttern zahlten, um diese Gabe zu erhalten. Jedoch, wenn eine Person mit starker Magie bereitwillig Blut spendet, kann einem Küken mit der Sicht das volle Augenlicht wieder gewährt werden. Je stärker die Magie im gespendeten Blut, desto stärker die Rückkehr der Sicht des Kindes. Meine Urenkelin ist frisch geschlüpft und wird die Seherin ihrer Generation werden. Ich bitte euch beide, etwas von eurem Blut zu spenden. Ich möchte ihr das als Schlüpfgeschenk geben.«

»Sie wollen, dass wir Ihnen unser Blut geben?«, wiederholte Sophie schockiert und ungläubig. »Wie viel Blut sprechen wir an?«

Sophie erinnerte sich lebhaft daran, wie die Druiden in Murias Opferblutmagie verwendet hatten, um sich mächtiger zu machen. Sie war misstrauisch, jemandem ihr Blut zu geben. Was war die Garantie, dass es nicht für schändliche Zwecke verwendet werden würde?

»Sie wird nur ein paar Tropfen von euch beiden brauchen. Im Gegenzug gewähre ich euch eine Gunst: etwas, das eurem Hexenmeister erlauben wird, diejenigen zu lokalisieren, die ihr sucht. Ich werde euch eine meiner Federn schenken«, sagte die Große Mutter und starrte Ruby an.

»Sie bieten eine *Feder* im Austausch für unser Blut an«, wiederholte Sophie ungläubig. *Was soll das?* »Ich, äh, ich denke, ich muss das mit meiner Schwester besprechen, bevor wir Ihnen eine Antwort geben. Würde es Ihnen etwas ausmachen, wenn wir kurz rausgehen, um das zu besprechen?«

Sophie schaute zu Ruby hinüber, die heftig zustimmend nickte.

Die Große Mutter neigte ihren Kopf in königlichem Verständnis. Ohne ein Wort öffnete Kashvi die Tür hinter ihnen und ließ sie aus dem Raum. Sophie ging hinter Kashvi her und fühlte sich benommen und überwältigt. Sie blickte um sich auf all die Menschen an den Tischen, die köstliches Essen aßen und ohne Sorge plauderten, unwissend nur wenige Meter von einem riesigen Mythischen wahrsagenden Raubvogel entfernt speisten. Es fühlte sich alles wie ein seltsamer Fiebertraum an. Sie war versucht, sich zu kneifen, um sicherzustellen, dass sie nicht schlief.

»Ich weiß nicht, was ich tun soll«, sagte Sophie, nachdem sie auf den Bürgersteig getreten waren und Kashvi wieder ins Restaurant zurückgekehrt war. »Mir ist nicht wohl bei dem Gedanken, diesen Leuten mein Blut zu geben. Woher wissen wir überhaupt, dass sie es nicht für etwas anderes verwenden würden? Sollen wir einfach der riesigen Vogeldame vertrauen?« Die Sonne brannte auf Sophies Kopf und machte es schwer zu denken. Der Fußgängerverkehr auf dem Bürgersteig war gering, da alle in klimatisierten Gebäuden waren, anstatt in der Wüstenhitze gebacken zu werden. »Was denkst du, Mac?«

Er zuckte mit den Schultern, genauso ratlos wie sie. »Das ist weit außerhalb meines Fachgebiets. Ich weiß nichts über Magie.«

»Ich auch nicht«, stimmte Ruby zu und stieß einen besorgten Atemzug aus. »Ich denke, wir sollten Larry anrufen. Er ist die einzige Person, die ich kenne, die etwas über Magie weiß. Mal sehen, was er über die Byangoma zu sagen hat, besonders über den Zauber, den die Große Mutter denkt, dass er machen kann.«

»Das ist eine gute Idee. Er ist einer der führenden Magier im Team. Wenn jemand weiß, was zu tun ist, sollte er es sein. Er wird auch wissen, ob die Feder es wert ist, dass ihr etwas von eurem Blut opfert«, stimmte Mac zu.

»Sollen wir Marcella deswegen auch anrufen?«, fragte Sophie.

»Lass uns zuerst Larry anrufen«, schlug Ruby vor.

Als Sophie und Mac zustimmend nickten, zog Ruby ihr Telefon heraus, und die drei drängten sich darum. Als sie Larrys Nummer wählte, klingelte das Telefon zweimal, bevor seine Stimme über den Lautsprecher kam.

»Schätzchen, dein Timing ist erstaunlich. Ich dachte gerade daran, dich anzurufen.«

»Mac und Sophie sind hier bei mir. Wir haben eine seltsame Situation und brauchen deinen Rat«, sagte Ruby schnell.

»Absolut. Ich würde gerne helfen.«

Ruby informierte Larry schnell über die Prophezeiungen der Byangoma und ihre Bitte um das Blut der Schwestern.

»Sie hat euch eine Byangoma-Feder angeboten?«, kreischte

Larry, seine Stimme schrill und quietschend. »Habt ihr eine Ahnung, wie selten das ist?«

»Ich könnte nicht einmal anfangen zu raten«, sagte Sophie mit einem Achselzucken, das Larry nicht sehen konnte. »Würde diese Feder es dir erlauben, die anderen Scherben zu lokalisieren?«

»Absolut. Sophie, erinnerst du dich, als wir uns zum ersten Mal trafen?«, fragte Larry, seine Stimme verlor ihren üblichen kokett-leichtfertigen Ton.

»Sicher. Ruby war zum ersten Mal in meine Wohnung eingebrochen und hatte eine Flasche Whiskey geöffnet, die ich für Birdie gekauft hatte.« Ruby grinste unverbesserlich, als Sophie ihr einen anklagenden Blick zuwarf. »Mac brachte dich zu meiner Wohnung, um zu sehen, ob du den Energieabdruck oder die Aura des Whiskeydiebs finden konntest... so etwas in der Art.«

»Das stimmt. Erinnerst du dich, wie die Auren alle durcheinander waren? Ich hatte ursprünglich geglaubt, dass der Eindringling seine Aura in deiner getarnt hatte, Sophie, und sogar falsche Spuren gelegt hatte. Aber jetzt erkenne ich, dass es daran lag, dass ich alle Auren der Scherben sah. Das liegt daran, dass ihr alle noch psychisch verbunden seid, auch wenn ihr aufgeteilt wurdet – auch wenn es nur eine sehr schwache Verbindung ist. Die Spuren der anderen Scherben waren schwächer, weil sie physisch weiter von dir und Ruby entfernt waren – damals nicht stark genug für mich zu folgen, nicht einmal Rubys, die in der Stadt war.«

Sophie erinnerte sich lebhaft daran, wie Larry aufgeregt unsichtbare Fäden in der Luft zupfte und über die fortgeschrittene Magie schwärmte, die es gebraucht hätte, um falsche Auraspuren von Schneewittchen zu erschaffen.

»Okay«, fuhr Larry fort, seine Worte kamen immer schneller in seiner Aufregung. »Also wissen wir jetzt, dass diese Spuren aller Wahrscheinlichkeit nach zu den anderen Scherben führten. Wenn ich mich richtig erinnere, gab es vier Spuren, also stimmt das überein. Jedoch habe ich nicht genug von einer Magiebatterie, um diesen Fäden zu folgen. Es ist wie einen Geruchspfad zu haben, der zu schwach für einen Bluthund ist, um ihm zu folgen; er kann das Blut im Wind riechen, aber kann keine Richtung bestimmen, der er folgen soll. Wenn ich eine Byangoma-Feder hätte, könnten wir sie wie einen Kompass verwenden. Besonders wenn ich euch beide im Zauber verwenden kann, wird eure Anwesenheit helfen, die psychische Verbindung mit den anderen Scherben zu verstärken.«

»Also denkst du, es lohnt sich für uns, den Byangoma unser Blut zu geben? Gibt es etwas Schändliches, was sie mit dem Blut machen könnten?«, fragte Sophie. »Auch, ist das etwas, was wir deiner Meinung nach mit Marcella absprechen müssen?«

»Ja, ich denke, es lohnt sich absolut für euch, diese Feder in die Hände zu bekommen. Jedoch würde ich gerne kommen und die Spende überwachen, um sicherzustellen, dass die Byangoma ehrlich sind. Wenn die Gerüchte über dieses Ritual wahr sind, würdet ihr das Blut direkt auf das Kind tropfen, also könnten sie es nicht stehlen. Aber es zahlt sich aus, paranoid zu sein. Nun, was Marcella angeht... ich denke, ihr müsst ihr von dieser Bitte erzählen. Sie würde es fast sicher sowieso irgendwann herausfinden. Ich weiß bereits, dass sie empfehlen wird, dass ihr es macht. Jedoch könnte sie versuchen, die Feder für sich zu nehmen. Also...« Larrys Ton wurde schmeichelnd. »Ich wäre sehr dankbar, wenn ihr ihr sagt, dass ihr dieses Ritual nur macht, wenn sie verspricht, mir die Feder zu lassen. Eine Byangoma ist ein Mythisches Wesen, das mit der Gabe der Prophezeiung geboren wurde. Sogar eine ihrer Federn ist mit einem Hauch ihrer Fähigkeiten durchdrungen. So viel Gutes könnte mit der Feder getan werden. Wenn ihr Marcella dazu bringen könntet, zuzustimmen, sie mir zu überlassen, könnte ich so viele erstaunliche Zauber damit erschaffen.«

»Was würde Marcella davon abhalten, sie dir einfach wegzunehmen?«, fragte Sophie.

»Wenn eine Fee dir ein Versprechen macht, halten sie fast immer ihr Wort, und sie ist sehr daran interessiert, euch beide glücklich zu halten. Also, wenn ihr darum bittet, mir die Feder zu lassen, würde sie fast sicher zustimmen.«

Sophie hatte kürzlich herausgefunden, dass die Feen Schwierigkeiten haben zu lügen. Und sie halten berühmterweise nie ihre Versprechen zurück. Das Problem ist, dass sie sehr gut darin sind, ihre Worte zu verdrehen und Schlupflöcher in allen Vereinbarungen zu finden, die sie treffen. Sie sind stolz darauf, die Wahrheit zu verwenden, um Menschen zu täuschen. Das machte Sophie misstrauisch gegenüber dem Conclave, da es fast ausschließlich mit Feen-Mitgliedern gefüllt war.

»Vertraust du Marcella nicht mit der Feder?«, fragte Sophie.

»Ich vertraue Marcella, aber nicht unbedingt dem Rest des Conclaves. Außerdem bin ich ein gieriger Hexenmeister und kann es kaum erwarten herauszufinden, auf welche Weise ich meine Zauber durch die Einbeziehung der Feder verstärken kann. Die Magie, die ich erschaffen können werde, wird außerirdisch sein.«

Nachdem sie das Gespräch mit Larry beendet hatten, wählte Ruby sofort Marcella. Der Anruf verlief so, wie Larry es vorhergesagt hatte. Sophie fand es oft schwer, Marcella zu durchschauen. Die Feen-Anführerin konnte ihre Emotionen so vollständig blockieren, dass Sophie oft nicht wusste, was sie fühlte oder sogar ihre wahre Meinung. Aber diesmal konnte Sophie die Vibration der Aufregung in ihrer Stimme hören.

»Wisst ihr, wie selten es ist, dass eine Byangoma eine ihrer Federn verschenkt? Es ist fast unerhört. Außerdem, wenn wir eine Beziehung mit dem Schwarm aufbauen können, wird das das Conclave zu einer Macht machen, mit der gerechnet werden muss. Sie sind eine sehr mächtige Gruppe, mit der eine Freundschaftsbindung zu haben ist. Wir müssen einige Leute schicken, um die Feder zu sammeln und das Ritual zu überwachen. Als euer Chef bin ich für eure Sicherheit verantwortlich, also muss ich teilnehmen.«

*Und eine Chance bekommen, sich bei der Großen Mutter einzuschmeicheln,* vermutete Sophie.

»Wir haben Larry Turner um Rat zu dieser Magie gebeten. Er stimmte auch zu, dass es das Risiko wert wäre, unser Blut zu spenden, um die Feder zu bekommen. Wir haben versprochen, ihm die Feder zu geben, wenn er das Ritual überwacht und unser Wohlergehen sicherstellt«, warnte Ruby das Magistratsmitglied.

»Ruby, hast du die Große Mutter berührt und eine Lesung bekommen?«, fragte Marcella.

»Ja, ich habe sie berührt und keine Todesfälle gesehen«, antwortete Ruby und zuckte Sophie gegenüber mit den Schultern.

»Vertraust du ihr?«

»Ich denke schon«, sagte Ruby. Mac stimmte dieser Aussage leise zu. Da alle so sicher waren, dass den Byangoma vertraut werden konnte, entschied Sophie, dass ihr Misstrauen fehl am Platz war.

»Okay dann, ich werde diesen Austausch genehmigen, solange Detective Turner einigen Bestimmungen über seine Verwendung der Feder zustimmt. Ich möchte nicht, dass er versucht, im Lotto zu gewinnen oder so etwas«, stimmte Marcella zu. »Bitte findet heraus, wann der Schwarm dieses Ritual durchführen möchte. Das ist wichtig genug, dass ich alles andere in meinem Zeitplan absagen werde, um es zu sehen. Ich kann innerhalb weniger Stunden in Las Vegas sein.«

»Wir werden Sie wissen lassen, was die Große Mutter sagt«, antwortete Sophie. Sie legten auf und standen in einem ungewissen Häufchen. Die Sonne, die auf Sophies Kopf brannte, machte es schwer zu denken. Stürzten sie sich in etwas Gefährliches? Es war alles so außerhalb des Bereichs ihres Wissens und ihrer Erfahrung, dass Sophie keine Möglichkeit hatte, auch nur vorherzusagen, wie das schief gehen könnte.

Das Trio tauschte Blicke der Unruhe aus. Ruby kaute auf ihrer Lippe, ein sicheres Zeichen, dass sie sich Sorgen machte. Alle anderen waren so darauf fokussiert, die Feder zu bekommen, dass Sophie das Gefühl hatte, die Schwestern seien ein nachträglicher Gedanke. Sophie weigerte sich, Kollateralschaden im Verlangen des Conclaves oder Larrys nach mächtigen Artefakten zu sein.

Ruby schaute wieder auf ihr Telefon, das noch in ihrer Hand lag, dunkel und still.

»Larry würde niemals zulassen, dass dir etwas Schlimmes passiert«, sagte Sophie, schlang ihren Arm um Rubys Schulter und drückte sie. »Wenn das gefährlich wäre – wenn er auch nur eine Ahnung hätte, dass die Byangoma nicht das sind, was sie zu sein scheinen – würde er uns niemals erlauben, das Blut zu spenden. Nicht einmal für eine seltsame magische Feder.«

»Sophie hat recht«, warf Mac ein. »Ich kenne ihn seit Jahren. Er redet viel zu viel, aber er hat keinen unehrlichen Knochen in seinem Körper. Und ich habe ihn nie so begeistert von jemandem gesehen wie bei dir. Du bist alles, worüber er spricht. Es ist ziemlich widerlich, ehrlich gesagt.«

Ruby prustete vor Lachen, verschluckte sich fast an nichts als Luft, ihre Schultern sanken vor Erleichterung. Sophie warf Mac einen anerkennenden Blick zu. Er musste sich nicht die Mühe machen, Ruby besser fühlen zu lassen, aber er tat es. Er verhielt sich wie ein Griesgram, aber Sophie wusste, dass er unter dieser harten Außenseite einen klebrigen, weichen Kern hatte. Es war eines der vielen Dinge, die sie ihn noch mehr lieben ließen.

Nachdem Ruby ihr Gekicher unter Kontrolle hatte, holte sie tief Luft. Die Anspannung, die über Ruby schwebte, löste sich auf wie Pusteblume im Wind. »Wir müssen das machen. Lass uns der Großen Mutter sagen, dass wir ihnen Blut geben werden und sehen, was als nächstes passiert.«

Sie entdeckten Kashvi, die an der Empfangsstation wartete und nervös ihr Gewicht von einem Fuß auf den anderen verlagerte, als sie sich dem Eingang näherten. Als Mac nach der Tür griff, eilte sie nach vorn und hielt sie für sie auf.

»Habt ihr euch entschieden?«, fragte Kashvi, ihre dunkelbraunen Augen weit und hoffnungsvoll.

Als Sophie nickte, führte Kashvi sie zurück zu dem Raum, wo die Große Mutter auf ihrer Sitzstange wartete.

Kashvi öffnete die Tür, ging aber nicht mit ihnen hinein. Das gleißende Licht des Raumes ließ Sophie blinzeln, als sie eintrat. Vielleicht war die Helligkeit des Raums Absicht. Wer vor dem Licht zusammenzuckt und sich duckt, nimmt unwillkürlich die Haltung eines Bittstellers ein – das könnte die Große Mutter beabsichtigt haben, um Ehrfurcht zu erzeugen. Sophie schüttelte den Kopf über ihre Phantastereien. *Oder vielleicht mag sie einfach das Regenbogenspiel, das die Lichter auf ihren Federn erzeugen.* Sophie konnte nur den Denkprozess der Byangoma erahnen.

»Ihr seid zu einer Entscheidung gekommen«, erklärte die Große Mutter, nachdem sich die Tür geschlossen hatte und sie von Kashvi und dem Rest des Restaurants trennte.

»Ja, Große Mutter, haben wir«, antwortete Sophie. »Wir werden unserem Urenkelkind unser Blut spenden. Jedoch haben wir ein paar Bedingungen.«

»Natürlich. Ihr werdet wollen, dass euer Hexenmeister und das Feen-Magistratsmitglied teilnehmen«, intonierte die Byangoma und stahl Sophie die Worte aus dem Mund. »Sie sollten innerhalb der nächsten drei Stunden hier sein.«

Sophie spürte, wie ihr Mund vor Überraschung aufklappte, aber sie festigte ihren Kiefer und warf der Byangoma einen ausdruckslosen Blick zu.

Sophie starrte die Große Mutter an, während die Frau nonchalant durch einige der Federn an ihrem Flügel kämmte mit einer scharfkralligen Zehe. Sophie spürte, dass sie so tat, als wäre sie beschäftigt, damit Sophie sie gründlich betrachten konnte.

Sophie konnte die Byangoma-Matriarchin nicht einschätzen. War die Große Mutter das, was sie schien? Eine wahrsagende Großmutter, die für ihr Enkelkind sorgen wollte? Oder gab es mehr zu dieser Interaktion, etwas Finsteres? Wenn es mehr zu der Byangoma gab, war Sophie nicht die beste Person, um jemandes verborgene Absichten zu erkennen. Bei Sophie war das, was man sah, das, was man bekam. Nichts in den Handlungen der Matriarchin bis jetzt ließ Sophie glauben, dass sie etwas Schlechtes vorhatte. Außerdem, wenn sie versuchen würde, sie zu betrügen, würde Sophie Ruby auf sie hetzen.

»Also wusstet ihr, dass wir heute hierher kommen würden, und ihr wusstet, dass wir ja sagen würden?«, fragte Sophie.

»Ich wusste, dass ihr hierher kommen würdet, ja. Diese Entscheidung war bereits getroffen, also war das eine Gewissheit. Was euch beide angeht, der Zeremonie zuzustimmen, das war nicht so klar. Aber als ich die Möglichkeiten betrachtete, schien eure Antwort zu einer Zustimmung zu neigen.«

»Also könnt ihr die ganze Zukunft sehen? Alles, was je passieren wird?«, fragte Sophie. Sie stellte sich vor, es wäre überwältigend, die ganze Zukunft zu sehen. Die Überlastung mit Informationen eines Jahrtausends würde wahrscheinlich Sophies Verstand implodieren lassen.

»Ja und nein«, antwortete die Große Mutter. »Die Zukunft ist nicht festgelegt. Jeden Tag hat jede Person Dutzende von Entscheidungen zu treffen, sowohl kleine als auch große – von dem, was zum Frühstück zu essen oder wie auf eine Beleidigung zu reagieren, bis hin zu entscheiden, ob man seinen Ehepartner betrügt oder nicht. Einige dieser Entscheidungen können den Verlauf des Lebens einer Person ändern. Also, wenn ich in die Visionen schaue, was dir morgen passieren wird, kann ich diese Entscheidungen und die Verzweigungen in deiner Zukunft sehen, die deine Entscheidungen machen. Je weiter ich in deine Zukunft schaue, desto mehr alternative Leben gibt es. Du hast Tausende von möglichen Zukünften, jede abhängig von deinen

Handlungen. Es ist schwieriger, diese möglichen Zukünfte zu verfolgen, je weiter ich vorausschaue. Es ist einfacher, die großen Entscheidungen zu sehen, die Dinge, die du mit deinen täglichen Aktivitäten nicht ändern kannst. Zum Beispiel würde sich, ob du den Fall löst, an dem du arbeitest, nicht ändern, wenn eine ausländische Macht entscheidet, das Land zu überfallen.«

»Das scheint eine schwere Last zu sein.«

»Sagt die Frau, die Zeugin der letzten Momente der Menschen ist. Wir alle haben Bürden. Deine ist auch keine leichte Gabe«, antwortete die Große Mutter. »Nun, ihr habt Arbeit, zu der ihr zurückkehren müsst. Und ich habe eine Zeremonie vorzubereiten. Ich sehe euch in ein paar Stunden wieder.«

Damit entließ sie sie, und sie gingen hinaus. Als sie den Raum verließen, ging Kashvi an ihnen vorbei und neigte respektvoll den Kopf vor jedem von ihnen. Sophie war die letzte, die ging, und hielt die Tür auf, als Kashvi den Raum der Großen Mutter betrat.

»Große Mutter, haben sie ja gesagt?«, hörte Sophie Kashvi fragen, als die Tür zum Ruhehorst hinter ihnen zuzuschwingen begann. Sophie dachte nicht, dass Kashvi wollte, dass sie mithört.

»Das haben sie. Ich habe dir gesagt, dass sie es würden«, tadelte die alte Frau mit belustigtem Unterton.

# KAPITEL 10

*N*ach mehreren erfolglosen Stunden des Herumfahrens im Kunstbezirk stand Sophie erneut mit Ruby und Mac vor dem Imperial Grille. Der Schatten des Restaurantdachs bot nur wenig Schutz vor der sengenden Sonne, die auf die Stadt niederbrannte.

Mim war besonders verstimmt gewesen, als sie sich weigerten, zum Hotel zurückzukehren, um sich nach der Fahrerei zu erfrischen, und stattdessen sofort wieder zum Restaurant fuhren. Sophie sah keinen Sinn darin – ihre Tarnung war bei den Byangoma bereits aufgeflogen.

»Wie leben die Menschen hier? Wie kann hier überhaupt etwas überleben?«, beschwerte sich Sophie, wischte sich den Schweiß von der Stirn und verschmierte dabei wahrscheinlich das Make-up, für das Ruby und Mim viel zu lange gebraucht hatten.

»Viele Leute sagen dasselbe über die Kälte und den Nebel von San Francisco«, gab Ruby zu bedenken.

»Ja, aber ich kann immer eine Jacke anziehen, um mich gegen die Kälte zu schützen. Ich kann nicht noch mehr Kleidung ausziehen, um der Hitze zu trotzen – es sei denn, ich will wegen öffentlicher Anstößigkeit im Gefängnis landen.«

Mac zog die Augenbrauen in Sophies Richtung hoch. Sie hätte ihm einen Ellbogen in die Rippen gerammt, aber es war einfach zu verdammt heiß, um sich die Mühe zu machen.

Sophie beobachtete, wie Ruby ihre Karte noch einmal entfaltete, um nachzusehen, wo sie schon gewesen waren – wahrscheinlich in der Hoffnung, eine übersehene Seitengasse zu entdecken. Laut Rubys markiertem Pfad auf der Karte hatten sie jede Straße im Kunstbezirk abgesucht. Es hatte keinerlei Anzeichen für das Wandgemälde gegeben, nach dem sie suchten. Sophies Schultern sanken, als sie daran dachte, die Suche auf den Rest der Stadt auszuweiten. Es musste doch einen besseren Weg geben, als jede Straße in Las Vegas abzuklappern.

»Ist das Marcellas Wagen?«, fragte Mac und deutete auf einen großen schwarzen Geländewagen, der dem ähnelte, den sie benutzt hatten und der gerade auf den Parkplatz fuhr. Ruby faltete rasch ihre Karte zusammen und stopfte sie in ihre Handtasche.

»Wahrscheinlich«, sagte Sophie mit einem Schulterzucken. »Erinnere mich daran, sie zu fragen, ob wir weiterhin herumfahren und nach dem Wandgemälde suchen sollen oder uns ganz auf die Verdächtigen konzentrieren.«

Beide Optionen fühlten sich inzwischen wie ein Schuss ins Blaue an.

Marcella stieg aus dem Wagen, gekleidet in einen eleganten marineblauen Hosenanzug mit scharfen, klaren Linien. Der betonte, wie schmal sie war, ließ sie jedoch nicht zerbrechlich wirken. Ihre Erscheinung hatte eine Strenge, die Sophie an eine Kriegerin erinnerte – eine schlanke, unerschrockene Kämpferin mit einem Kern aus Stahl. Sophie stellte sich vor, dass, wenn sich ein Gramm Fett an Marcellas Taille schmuggeln wollte, die Fee es einfach mit einem eiskalten Blick vertreiben würde.

Zwei bullige Männer flankierten Marcella, die Sophie vage

von der Schlacht am Coit Tower gegen Edwyn und seine Anhänger wiedererkannte. Als Marcella Mac, Sophie und Ruby nach Las Vegas schickte, erwähnte sie, dass sie ihre Elitetruppe in Bereitschaft hielt, falls es Ärger mit der kriminellen Organisation geben sollte, hinter der sie her waren. Sophie fragte sich, ob diese beiden dazugehörten. Wenn ja, konnten sie nicht nur kämpfen, sondern verfügten vermutlich auch über mächtige Magie. Marcella hob eine Hand zum Gruß, als sie die drei entdeckte, die auf sie warteten.

Mim stieg als Nächster aus dem Wagen und sah besonders schneidig aus. Nach dem anbetenden Blick, den er Marcella zuwarf, vermutete Sophie, dass er sich Mühe gegeben hatte, um Eindruck zu machen.

Gleich hinter Mim bemerkte Sophie einen vertrauten Tweed-Fedora. Ruby hatte ihren Freund offenbar ebenfalls entdeckt, zu urteilen nach dem Quietschen, das aus ihrem Mund kam. Ruby lief an Marcella und ihrem Gefolge vorbei, rief einen schnellen Gruß und warf sich Larry in die Arme.

»Man könnte meinen, er wäre gerade vom Meer zurückgekehrt«, murmelte Sophie zu Mac, während Ruby und Larry sich wie Turteltäubchen umeinander schlangen. »Es sind doch nur zwei Tage gewesen.«

»Ach, junge Liebe«, sagte Mac mit weisem Nicken. Sophie versuchte, ihr Kichern mit einem Husten zu überspielen. Es war offensichtlich, dass sie niemanden täuschte, als Marcella eine Augenbraue hochzog und dann mit einem Augenrollen zu Larry und Ruby zurückblickte.

Nachdem sich die Turteltauben endlich voneinander gelöst hatten, näherte sich die Gruppe dem Restaurant. Sophie brachte Marcella rasch auf den neuesten Stand ihrer Fortschritte – oder des Mangels daran –, während sie sich dem Haupteingang näherten.

»Wie lange ist es noch bis zu eurem Boxkampf?«, fragte Marcella.

»Ungefähr zwei Stunden«, antwortete Mac.

Marcella nickte nachdenklich.

»Lasst uns nach dem Kampf in eurem Hotelzimmer zusammenkommen. Wenn wir hier fertig sind, treffe ich mich mit ein paar Mitgliedern des Vegas-Conclaves, mit denen ich gut vernetzt bin. Ich werde ein paar Fühler ausstrecken und schauen, was ich herausfinden kann. Wir müssen möglicherweise heute Abend unseren Plan anpassen.«

Sophie nickte gerade und wollte antworten, als sie Kashvis aufgeregtes Gesicht im Restaurantfenster bemerkte. Die Kellnerin eilte fast zur Eingangstür, hielt sie mit einer Hand offen und flatterte mit der anderen, als wüsste sie nicht, wohin damit.

»Magistratsmitglied Venturi, das ist Kashvi«, stellte Sophie vor, wobei ihr erst zu spät auffiel, dass sie Kashvis Nachnamen nicht kannte.

»Es ist schön, Sie alle kennenzulernen. Bitte folgen Sie mir. Alles ist vorbereitet und wartet auf Sie«, antwortete Kashvi und schüttelte allen die Hand.

»Mim, ich brauche dich als Wache an der Eingangstür. Achte darauf, dass niemand uns stört«, befahl Marcella.

Sophie konnte sehen, dass Mim versuchte, seine Enttäuschung zu verbergen, aber es war offensichtlich, dass er niedergeschlagen war, weil er als Einziger zurückbleiben musste.

»Natürlich, Magistratsmitglied Venturi«, erwiderte Mim tapfer. »Sie können sich auf mich verlassen.«

Als sie das Restaurant betraten, blickte Sophie zu Mim zurück, der mit hängenden Schultern an der Tür stand.

Drinnen blickte Sophie überrascht um sich. Der ganze Ort war leer, obwohl es beste Essenszeit war. Es fühlte sich an wie eine Geisterstadt, wo vor Stunden noch reges Treiben und lebhafte Gespräche geherrscht hatten. Als Kashvi ihren überraschten Blick bemerkte, erklärte sie, dass sie das Restaurant geschlossen hatten, um Störungen zu vermeiden. »Außerdem arbeiten beide Eltern des Säuglings in der Küche, und wir konnten sie nicht bitten, weiterzuarbeiten und nicht an der Zeremonie teilzunehmen.«

Kashvi führte die Gruppe durch das leere Restaurant zur gleichen Tür wie zuvor. Nach einem kurzen Klopfen öffnete sie die Tür zum Ruhehorst. Die Große Mutter saß an derselben Stelle wie beim letzten Mal, als Sophie sie gesehen hatte, das Gesicht friedlich und gelassen.

Mehrere Leute standen an der hinteren Wand, die meisten in Kochjacken oder Kellneruniformen. Sophie vermutete, dass es ein Familienbetrieb war. Die ähnlichen schmalen Gesichter und das dunkle, lockige Haar mit passendem Witwenscheitel ließen Sophie das Gefühl haben, von Generationen derselben Familie umgeben zu sein. Einer der Männer im Kochkittel sah aus wie ein patriarchalischer Großvater, der einen Arm um einen jüngeren Mann gelegt hatte. Sophies Verdacht wurde bestätigt, als der junge Mann den älteren Onkel Anil nannte.

Die Große Mutter raschelte mit den Federn auf ihrer Stange und lenkte Sophies Aufmerksamkeit zurück auf die alte Byangoma. Sie sah Sophie und Ruby mit freundlichen Augen an. »Seid ihr beide noch bereit, euer Blut zu spenden?«

Als beide Schwestern nickten, schenkte sie ihnen ein zufriedenes Lächeln, das von den Leuten an der Wand gespiegelt wurde.

»Bringt den Chakki-Tisch herein«, bat die Byangoma-Matriarchin. Ein Mann im Kochkittel nickte der Großen Mutter rasch zu, bevor er durch eine Tür in der hinteren Ecke verschwand.

Sie wandte sich Marcella zu. »Magistratsmitglied Venturi. Wir schätzen es, dass Sie sich in Ihrem vollen Terminkalender Zeit genommen haben, hierher zu kommen. Ich weiß, wie beschäftigt Sie sein müssen.«

Marcella hielt eine schnelle, routinierte Rede über Öffentlichkeitsarbeit und Zusammenarbeit zwischen mythischen Arten. Sophie hörte schon nicht mehr richtig zu, weil sich die Tür, durch die der Mann verschwunden war, wieder öffnete. Er betrat den Raum mit einem runden, gedrungenen Tisch, aber Sophie sah ihn kaum an. Sie starrte auf die Vogelfrau direkt hinter ihm. Die Ähnlichkeit zwischen dieser neuen Frau und der Großen Mutter erschöpfte sich nicht darin, dass sie beide einen großen, braunbefiederten Eulenkörper hatten. Sie hatte auch milchige Augen und ähnliche Gesichtszüge wie die Große Mutter, war aber deutlich jünger. Sophie hätte ihr Alter nicht bestimmen können, hätte sie aber auf Anfang dreißig geschätzt. Die Flügel der Frau waren eingerollt und hielten einen in Decken gewickelten Säugling. Von dem Baby sah Sophie nur den Rand eines winzigen Kopfes mit dickem, dunklem, lockigem Haar, der über die Flügelspitzen hinausschaute.

Der Mann stellte den niedrigen, runden Tisch mit einem tiefen Becken, das an ein trockenes Waschbecken erinnerte, zu Füßen der Großen Mutter auf. Er stand auf vier dicken, kunstvoll geschnitzten Beinen. Eine andere Person legte ein rundes Kissen hinein, das den Boden des Beckens bedeckte. Das Kissen war aus tiefroter Seide mit kunstvoller goldener Stickerei aus Brokat.

Die Frau legte ihr Baby in die Mitte des Kissens und kniete sich auf den Boden neben den Tisch, direkt gegenüber der Großen Mutter.

Mit einer Flügelspitze deutete die Byangoma-Matriarchin an, dass Sophie zu ihrer Rechten und Ruby zu ihrer Linken knien sollte. Sophie rutschte nah an den Tisch heran, ein Knie an eines der Beine gedrückt. Ein schwacher Duft nach Mehl stieg vom Tisch auf und konkurrierte mit dem undefinierbaren Geruch, der Babys eigen ist.

Kleine flaumige Federn lugten aus den Falten der Decke hervor und erinnerten Sophie an das Daunengefieder eines Vogelkükens. Sie fragte sich, ab welchem Alter sie sich zum langen, glatten Gefieder eines Erwachsenen entwickeln würden.

Sophie starrte auf das Kind, das ihr Blut erhalten sollte. Das Baby hatte die süßen Pausbacken eines gut genährten Säuglings.

Doch die milchig-weißen Augen des Kindes ließen Sophie zusammenzucken. Selbst ohne Pupillen hatte Sophie das Gefühl, dass das Baby sie anschaute.

»Ich liebe Babys«, gurrte Ruby zu dem Kind, das scheinbar zurückgurrte. Sophie widerstand dem Drang, zu Larry zu blicken, um zu sehen, wie er zu Rubys Bemerkung stand.

Sophie wusste nicht genau, wie sie zu Babys stand. Sie mochte sie vermutlich theoretisch. Sie hatte einfach noch nie mit einem zu tun gehabt.

»Das ist mein Kind, Zuleika. Es bedeutet 'die Schöne, brillant und lieblich'«, sagte die kniende Frau und strich mit einem Flügel über die Wange des Babys.

Sophie blickte zu Zuleikas Mutter. Sie stellte fest, dass sie zwar ebenfalls milchige Augen wie die Große Mutter hatte, diese aber nicht so trüb waren – Sophie konnte Iris und Pupillen erkennen. Es war leichter zu sehen, wohin sie blickte und welche Gefühle dahinter lagen. Als Sophie also ihren Blick erwiderte, konnte sie die Hoffnung und Liebe sehen, die die Frau für ihre Tochter empfand.

Die Große Mutter raschelte mit ihren Federn und lenkte Sophies Aufmerksamkeit wieder auf sich. »Dieser Tisch ist seit Generationen in meiner Familie. Einst mahlten die Frauen meiner Familie darauf Korn. Dieser Tisch schuf Nahrung, die meine Urgroßmutter, ihre Kinder und deren Kinder nährte. Ich finde es passend, dass er nun dazu dient, jeder Sehergeneration das Augenlicht zu geben.«

Die Große Mutter hielt inne und starrte Sophie und dann Ruby eine lange Minute an. Offenbar hatte sie Larrys Sinn für Dramatik.

»Seid ihr beide bereit?«, intonierte die Große Mutter zu Sophie und Ruby, ihre Stimme befehlend und ernst, wodurch sie Sophies abschweifende Gedanken unterbrach.

»Ja, Große Mutter«, antworteten sowohl Sophie als auch Ruby.

Ohne ein weiteres Wort ergriff die Große Mutter Sophies linke Hand mit festem Griff. Sophie widerstand dem instinktiven Drang, ihren Arm zurückzuziehen. Sie beobachtete, wie die Große Mutter die markanteste Linie auf ihrer Handfläche, die sie als Lebenslinie kannte, mit einer einzigen schwarzen Kralle nachzog, die länger war als ihr Zeigefinger.

Sophie zischte, als diese Kralle die Mitte ihrer Handfläche durchstach. Es geschah so schnell, dass sie kaum Zeit hatte, mehr zu tun als zusammenzuzucken, bevor die Vogelfrau die Kralle wieder zurückzog. Die Große Mutter hob Sophies Hand und begutachtete die Wunde, die sie verursacht hatte. Sie brummte zustimmend.

»Bleib genau so«, befahl die Große Mutter und deutete mit einer bekrallten Zehe auf Sophies erhobene Hand, wo sich Blut in der Mitte zu sammeln begann. Sophie wünschte, sie hätte mehr Fragen gestellt. Wie genau sollten sie das Blut spenden? Würde es dem Baby in den Mund geträufelt? Sophies Magen rebellierte bei dem Gedanken.

Dann durchbohrte die Große Mutter Rubys Handfläche an derselben Stelle wie bei Sophie.

»Neerja, du weißt, was zu tun ist«, sagte die Große Mutter.

Auf diesen Befehl hin ergriff Zuleikas Mutter sanft Ruby und Sophies Handgelenke und führte sie direkt über das Gesicht des Babys. Neerja drückte ihre Handflächen aneinander, sodass sich das Blut der Schwestern vermischte. Das Zusammendrücken ihrer beiden Wunden ließ Sophies Augen tränen. Sie biss die Zähne zusammen gegen das Gefühl des Unbehagens, als hellrotes Blut von ihren Händen auf das Baby darunter zu tropfen begann.

Während das Blut zu tropfen begann, begannen die Große Mutter und Neerja leise Worte in Harmonie in einer Sprache zu murmeln, die Sophie nicht kannte. Was auch immer die beiden Byangoma-Frauen sangen, wurde von den anderen Anwesenden an der Wand aufgenommen. Bis dahin hatte Sophie vergessen, dass sie beobachtet wurden.

Sophie blickte hinunter, erwartete, das Grauen eines blutbespritzten Säuglings zu sehen. Doch das von ihren Händen tropfende Blut landete auf der Stirn des Kindes und wurde sofort von der Haut aufgenommen, ohne eine Spur zu hinterlassen.

Sophie schnappte nach Luft, als sie bemerkte, dass das trübe Weiß in Zuleikas Augen begann, sich zu lichten, und ihre dunkelbraunen Iriden aus der Trübung auftauchten, wie die Sonne den Nebel über San Franciscos Hügeln an einem warmen Tag verbrennt.

Als Sophie und Rubys Hände aufhörten zu bluten und das Singen verstummte, war die Milchigkeit fast ganz aus Zuleikas Augen verschwunden. Nur noch ein Hauch von Trübung war erkennbar.

Sophie beugte sich näher, um einen besseren Blick auf die Augen des Babys zu erhaschen. Als sie sich näherte, sah Zuleika mit einem dunklen, intelligenten Blick, so sanft wie der einer Hirschkuh, zu ihr auf. Zuleika schenkte Sophie ein breites, zahnloses Lächeln und plapperte fröhlichen Unsinn.

»Große Mutter«, keuchte Neerja und nahm das Baby in ihre Flügel. »Ihre Augen ... Sie sind so klar. Es hat funktioniert.«

Der Mann, der den Tisch hereingebracht hatte, eilte nach vorn und fiel neben Neerja auf die Knie. Sie hielt das Baby zu ihm, und der Mann starrte das Kind ehrfürchtig an. Er machte ein leises, gerührtes Geräusch, bevor er das Baby aus Neerjas Flügeln nahm und sein Gesicht an Zuleikas Bauch drückte. Er blickte auf, die Augen feucht, und schenkte Sophie ein dankbares Lächeln.

»Bring sie näher. Lass mich sehen«, befahl die Große Mutter und wackelte aufgeregt auf ihrer Stange hin und her.

Der Mann stand auf und brachte das Baby nah zur Vogelfrau. Als die Große Mutter ihr Gesicht nur wenige Zentimeter von Zuleika entfernt beugte, erkannte Sophie, dass sie massiv kurzsichtig war. Sophie hätte schwören können, dass die Große Mutter sie früher direkt angestarrt hatte, aber der Beweis für den

Sehverlust der Frau war offensichtlich. Sie fragte sich, wie viel die Byangoma tatsächlich sehen konnte. Täuschte sie es nur gut vor, oder erlaubte ihr vielleicht ihre Sehergabe zu wissen, wo jemand stand? Ein Rätsel, das Sophie wohl nie lösen würde.

»Sie sind sogar klarer, als ich gehofft hatte«, krähte die Große Mutter und gab Zuleika einen sanften Kuss auf die Nase.

Die Große Mutter blickte auf und sah Sophie und dann Ruby direkt an.

»Danke für dieses Geschenk«, sagte sie und blickte mit Liebe in den trüben Augen zu dem Säugling. »Ihr habt eine Freundin bei den Byangoma. Wenn ihr je Hilfe braucht, könnt ihr uns rufen.«

»Werden wir das je müssen?«, fragte Sophie, nur halb im Scherz.

Die Byangoma-Frau zwinkerte nur als Antwort.

Die Große Mutter fuhr mit einer Kralle durch ihr Gefieder, griff dann an die Basis einer ihrer Federn und riss sie heraus. Ruby trat vor und nahm die Feder schweigend entgegen.

»Danke«, sagte Ruby, bevor sie sich umdrehte und sie Larry reichte, der aussah, als würde er gleich vor Aufregung platzen.

»Gern geschehen. Viel Glück bei eurem Fall«, erwiderte die Große Mutter. »Viel Spaß beim Kampf.«

Jetzt war Sophie sicher, dass die Große Mutter es genoss, dramatisch und geheimnisvoll zu sein. Sie neckte sie damit, dass sie wusste, wohin sie als Nächstes gingen. Sophie war versucht zu fragen, auf welchen Kämpfer sie setzen sollte, aber sie riss sich zusammen.

Die Große Mutter bat Marcella, zurückzubleiben. Beim Verlassen des Raums blickte Sophie zurück und sah Marcella und die Große Mutter im Gespräch, während der Rest der Familie sich um Zuleika drängte, glückliche Lächeln auf den Gesichtern.

Wieder draußen, unter dem gewölbten Dach der Parkservice-

Einfahrt wartend, sah Sophie sich um, um sicherzugehen, dass sie allein waren.

»Das war ja mal richtig abgefahren. Und unhygienisch«, beschwerte sich Sophie, als sie sicher war, dass keine Passanten in der Nähe waren. Sie hielt ihre schmerzende Hand schützend an die Brust. Trotz ihres Jammerns wusste Sophie tief in sich, dass sie es jederzeit wieder tun würde. Der Ausdruck auf den Gesichtern von Zuleikas Familie und das bezaubernde Baby selbst würden dafür sorgen, dass sie ihr Blut hundertmal spenden würde, wenn es nötig wäre.

»Eines der seltsameren Dinge, die ich je erlebt habe«, stimmte Mac zu. »Hier, lass mich die Verletzung sehen.« Als sie ihre Hand ausstreckte, drehte Mac vorsichtig ihre Handfläche, bis er die Stichwunde im Licht erkennen konnte. Er schnalzte mitleidig mit der Zunge über das blutige Loch in der Mitte ihrer Hand. Mim drängte sich heran und schnappte nach Luft, als er die Verletzung bemerkte.

»Geht es dir gut?«, fragte Mim mit einer besorgten Falte auf seiner sonst glatten Stirn.

Jetzt, da es nicht mehr blutete, war es nicht so schlimm, wie Sophie zunächst befürchtet hatte. Aber es begann zu pochen und zu brennen, als das Adrenalin nachließ.

»Mir geht's gut«, versicherte Sophie Mim. »Es sieht schlimmer aus, als es ist.«

»Larry, kannst du das heilen?«, rief Mac dem Hexenmeister zu.

»Hm?«, antwortete Larry abgelenkt, beschäftigt mit der langen Byangoma-Feder.

»Larry«, bellte Mac und brachte ihn endlich dazu, von seinem liebevollen Starren auf sein neues Spielzeug aufzublicken. »Sophie und Ruby haben Verletzungen, du Idiot. Hör auf, dein Kostbares anzustarren, und heile sie.« Mac warf Larry einen verärgerten Blick zu.

»Oh Mist! Es tut mir leid, Schatz. Tut es weh?«, stammelte

Larry, sichtlich erschrocken, dass er sich so in seiner neuen Trophäe verloren hatte, dass er die Verletzung seiner Freundin vergessen hatte.

»Es brennt«, sagte Ruby achselzuckend, während der Hexenmeister ihre Wunde untersuchte.

»Ich hole meine Tasche«, sagte Larry.

Er kam eine Minute später mit einer altmodischen Arzttasche zurück, die offenbar sehr schwer war, so wie Larry keuchte. Die schwarze Ledertasche auf eine niedrige Steinmauer stellend, öffnete Larry die Verschlüsse und spreizte die Seiten auseinander. Innen war die Tasche mit kleinen Regalen und Taschen ausgestattet, gefüllt mit Fläschchen, Beuteln und anderen seltsamen Utensilien. Er wühlte eine Minute lang herum und murmelte vor sich hin, bevor er ein kleines Fläschchen mit Gummitropfer herauszog. Die Glasflasche war zur Hälfte mit einer leuchtend orangefarbenen, zähflüssigen Flüssigkeit gefüllt. Larry schüttelte die Flasche, als wolle er sicherstellen, dass sie gut gemischt war.

»Ich kann es hier nicht komplett heilen. Aber das wird die Wunde verschließen und schützen. Es nimmt auch den Schmerz. Wenn wir zu Hause sind und es heilt nicht schnell genug oder stört dich, kann ich es dann richten. Ich habe nicht alle meine Utensilien dabei.«

»Reicht mir«, erwiderte Sophie.

Den Tropfer aufschraubend, sog Larry eine kleine Menge der Heilflüssigkeit auf. Mit konzentriert herausgestreckter Zunge ließ er vorsichtig einen einzelnen Tropfen des Tranks auf Rubys Wunde fallen.

Sophie beobachtete, ob Ruby auf den Trank reagierte, aber sie schien in Ordnung zu sein. Also hielt Sophie Larry ihre Hand hin.

Zuerst war die Flüssigkeit eiskalt, dann wurde sie so heiß, dass es unangenehm war. Nachdem sie sich wieder auf Sophies Temperatur angepasst hatte, bildete sie eine flexible Versiegelung über dem Einstichloch. Die Versiegelung dehnte sich etwas, wenn Sophie die Hand beugte, aber ansonsten spürte sie die Wunde nicht mehr.

»Wie ist das?«, fragte Larry.

»Perfekt. Danke.«

Während Larry den Trank auf Sophies Hand auftrug, kamen Marcella und der Leibwächter, der bei ihr geblieben war, aus dem Restaurant und gingen auf sie zu.

»Verdammte Orakel. Sie geben einem nie eine klare Antwort«, schimpfte Marcella, als sie herankam. Sophie hob überrascht die Augenbrauen bei dem Fluch des Magistrats-mitglieds.

»Sie hat dir nicht geholfen?«, fragte Ruby.

»Doch, bestimmt. Es wird wahrscheinlich erst Sinn ergeben, wenn ich es brauche. Ich glaube, sie mögen es, clever zu sein und einen arbeiten zu lassen.«

Das brachte Sophie zum Lachen. Sie konnte sich die Große Mutter bildlich vorstellen, wie sie kicherte, während sie half, aber auf eine frustrierende, umständliche Weise.

»Vergesst mein Gejammer. Das war ein großartiger Tag für uns. Wir haben jetzt eine echte Byangoma-Feder. Und ich denke, wir haben eine mächtige Verbündete gewonnen. Wir haben uns etwas Gutes verdient«, antwortete Marcella. Sie wirkte auf Sophie beinahe ausgelassen.

»Wir haben keine Zeit. Wir müssen zum UFC-Kampf«, entgegnete Ruby enttäuscht. Sophie wusste, wie sehr Ruby Belohnungen liebte, vor allem die süßen. »Ich möchte früh dort sein und nach unseren Verdächtigen Ausschau halten.«

# KAPITEL 11

*D*as Goldene Faust-Boxzentrum war größer, als Sophie erwartet hatte. Vor dem Gebäude befand sich eine digitale Leuchttafel, auf der für den Kampf Sanchez gegen Thompson geworben wurde. Das Gebäude war nicht so groß wie eine Arena, aber viel fehlte nicht. Sie hatte eher mit einem Ort wie dem gerechnet, in dem sie früher gearbeitet hatte: ein Fitnessstudio mit ein paar Ringen, umgeben von Trainingsgeräten.

»Ich glaube, ich mag Drake jetzt. Diese Plätze sind fantastisch,« murmelte Mac und blickte im Stadion umher. Sie saßen nur etwa sechs Reihen von der Ringseite entfernt. Gestufte Tribünen erhoben sich hinter ihnen.

Obwohl sie fast sofort nach der Öffnung der Türen für die Veranstaltung angekommen waren, füllte sich der Ort schnell mit einer lärmenden, bunten Menge.

Larry hatte draußen einen Schwarzhändler gefunden, der überteuerte Tickets verkaufte, damit er sich ihnen anschließen konnte, aber sein Platz war ganz oben auf den billigen Plätzen. Er und Ruby waren verschwunden, um zu sehen, ob sie sich nach hinten zu den Umkleidekabinen schleichen konnten. Rubys Plan, die Verantwortlichen und die Kämpfer selbst zu finden, war gut, auch wenn es ein Schuss ins Blaue war.

»Gibt's hier Wandler?« flüsterte Sophie zu Mac.

Sie sah, wie er die Nase rümpfte, dann schüttelte er den Kopf. »Hauptsächlich Menschen, aber es sind einfach zu viele konkurrierende Gerüche, als dass ich einen einzelnen Geruch herausfiltern könnte. Es gibt mythische Wesen hier, aber ich kann sie nicht von all den anderen unterscheiden. Es sind einfach zu viele verschiedene Düfte.«

Sophie scannte fortwährend die Menge und versuchte dabei, gelangweilt und gleichgültig auszusehen, in der Hoffnung, bekannte Gesichter zu sehen. Sie stellte sich vor, dass jeder, der zu einem Gestaltwandler-Käfigkampf ging, auch kommen könnte, um einen UFC-Kampf zu sehen. All die Gesichter verschwammen zu einem Brei, aber Sophie gab ihr Bestes, so viele Menschen wie möglich zu betrachten.

Der Lärm wurde lauter, als die Lichter gedimmt wurden, und die Leute hasteten zu ihren Plätzen.

»Wo ist Ruby?« fragte Sophie und suchte nach ihrer Schwester, die Ärger anzog.

Genau in diesem Moment tauchte Ruby auf und ließ sich auf den Platz neben Mac fallen.

»Oh mein Gott! Wir wären fast erwischt worden. Ich dachte schon, wir fliegen gleich raus!« sagte Ruby mit einem Grinsen.

Rubys Wangen waren gerötet und ihre Augen funkelten. Das Abenteuer, sich in der Anlage herumzuschleichen und fast erwischt zu werden, tat ihr offensichtlich gut. Sie drehte sich in ihrem Sitz um und blickte hinter sie zu den oberen Rängen. Sophie folgte ihrem Blick gerade rechtzeitig, um zu sehen, wie Larry Ruby eine Kusshand zuwarf. Er war leicht zu erkennen – der Seersucker-Anzug stach in dem Meer aus T-Shirts, Unterhemden und Leder hervor.

Die Lichter wurden weiter heruntergedimmt und hüllten den großen Raum in tanzende rote und violette Lichtstrahlen.

»Are. You. Ready?« dröhnte eine Stimme auf Englisch über den Raum und zog jedes Wort in die Länge. Die Menge brach in Jubel und Schreie aus.

Ein lauter, hämmernder lateinamerikanischer Beat setzte ein, dessen tiefe Bässe in Sophies Lungen vibrierten.

Als der Text eines unbekannten Liedes begann, sah Sophie, wie die Entourage des ersten Kämpfers von rechts den Raum betrat. Die Männer, die den stolzierenden Kämpfer umgaben, winkten mit den Armen herum und schrien die Leute an, zu jubeln. Im Zentrum der Gruppe befand sich ein junger Mann, der einen leuchtend gelben Seidenmantel trug und stolzierte.

Als sie zur Seite des Rings kamen, warf der Mann seinen Mantel mit einer Geste ab, sodass er nur noch eine Shorts trug, die Sophie an schwarze Boxershorts erinnerte. Die Scheinwerfer, die über den Kämpfer tanzten, ließen einen muskulösen Körper erkennen, der voller Tätowierungen war. Die auffälligste Tätowierung zog sich über seinen oberen Rücken und zeigte den Namen Sanchez in einer stilisierten Schrift.

Einer der Männer spreizte die Seile des Rings, damit Sanchez eintreten konnte. Mit erhobenen behandschuhten Fäusten über dem Kopf stolzierte der Kämpfer am Rand des Rings entlang und genoss die Schreie und den Jubel der aufgebrachten Menge.

Die Musik verstummte, und die Lichter wurden erneut gedimmt. Es gab einen stillen, atemlosen Moment. Die Spannung dehnte sich dünn aus, kurz bevor ein weiterer Eingangssong begann, diesmal ein bekanntes Rock-n-Roll-Lied. Als ein Elektrogitarrenriff über die Lautsprecher kreischte, betrat das Gefolge des nächsten Kämpfers von der anderen Seite des Raumes.

Der nächste Kämpfer, Thompson, stand im Zentrum seines Teams. Er verzichtete auf den glänzenden Mantel und trug nur eine Shorts in Waldgrün. Er hatte rötlich-blondes Haar, einen markanten, sauber geschnittenen Kiefer und einen Hals von derselben Dicke wie sein Schädel. Der Kerl war muskulös und wirkte wie ein typischer amerikanischer College-Sportler.

Als Thompson den Ring betrat, stand er einfach in der Ecke und drehte seinen Hals, um ihn zu lockern, während Sanchez weiter prahlte. Er beobachtete Sanchez mit starrem, stechendem Blick und strahlte Bedrohung und unerschütterliche Entschlossenheit aus. Er wirkte, als wolle er ihn unbedingt besiegen. Wenn Sophie auf einen der Kämpfer hätte wetten müssen, hätte sie auf Thompson gesetzt. Er sah konzentriert und entschlossen aus – als wollte er es einfach mehr.

Keiner der Kämpfer war in Sophies Vision von Coopers Tod gewesen, also wandte sie ihre Aufmerksamkeit den Ringassistenten zu, die an der Schulter jedes Kämpfers schwebten.

Sie umklammerte Macs Hand so fest, dass er scharf einatmete. »Soph, bist du okay?« fragte er und starrte Sophie an, dann folgte er ihrem Blick zu einer Ecke des Kampfrings.

»Das ist er.«

»Was? Wer?« flüsterte Mac.

»Der Kämpfer aus Coopers Todesvision. Abanish, 'der König des Rings'. Das ist der Tigerwandler, der Cooper verprügelt hat.« Sophie zeigte auf einen Mann in Thompsons Ecke, der dort als Einziger größer als der UFC-Kämpfer war. »Siehst du den Kerl mit den langen dunklen Haaren, der bei Thompson steht? Das ist Abanish. Den würde ich überall wiedererkennen.«

»Ja, ich sehe ihn. Erkennst du noch jemanden?« fragte Mac.

Sophie schaute sich die übrigen Ringassistenten an, aber sie waren ihr unbekannt.

»Ich kann nicht glauben, dass wir ihn gefunden haben,« sagte Sophie ungläubig und starrte den Mann an.

Mac holte sein Handy aus der Tasche. Während der Ringansager im schwarzen Smoking die Statistiken der Kämpfer verkündete, zoomte Mac auf Abanish heran und schoss ein Foto. »Ich werde das an Marcella schicken und ihr mitteilen, was los ist. Bleib hier und behalte Abanish im Auge.«

»Ich werde es Larry sagen. Er kann helfen,« sagte Ruby, sprang von ihrem Platz auf und eilte die Treppen hinauf zu dem Platz, wo Larry saß.

Sophie war plötzlich allein in der lärmenden Menge. Als die Glocke läutete, jubelten die Zuschauer um sie herum ausgelassen. Sophie saß stocksteif da, drehte nervös ihre Handtasche in den Händen und starrte den Mann an, der geholfen hatte, Cooper zu töten. Er mochte nicht den finalen Schlag geführt haben, der sein Leben beendete, aber es lag nicht daran, dass er es nicht versucht hätte. Sophie war verzweifelt darauf bedacht sicherzustellen, dass Abanish und alle Beteiligten der Gerechtigkeit zugeführt wurden. Sie spürte, wie der Rachedurst durch ihre Adern schoss, während sie den Tigerwandler anstarrte.

Sophies Hände begannen zu verkrampfen, als Mac zu seinem Platz zurückkehrte.

»Was hat Marcella gesagt?« fragte Sophie. Sie konnte die Wärme von Macs Körper spüren und ihn aus dem Augenwinkel sehen, aber sie konnte sich nicht dazu bringen, den Blick von ihrem Ziel abzuwenden.

»Ich habe ihr das Foto geschickt. Sie hat ihre Leute angewiesen, herauszufinden, wer er ist. Hoffentlich können sie durch seine Verbindung zu Thompson herausfinden, wer er genau ist. Sie wollen, dass wir ihn bis dahin beobachten. Wenn wir können, möchte Marcella sehen, ob wir ihm nach dem Kampf folgen können. Ich habe Ruby und Larry gebeten, die Ausgänge zu beobachten. Und wir haben Harvey, der das Auto vor dem Gebäude bereithält und bereitsteht, um uns aufzunehmen, falls wir ihm in einem Fahrzeug folgen müssen. Marcella hat ihr Einsatzteam in Bereitschaft, falls wir die Gelegenheit bekommen, ihn festzunehmen. Allerdings war sie sehr deutlich, dass wir nicht versuchen sollen, ihn alleine zu stellen. Sie möchte sehen, ob er uns zuerst zu den anderen führen kann.«

Als die Schlussglocke läutete und das Ende des Kampfes signalisierte, wusste Sophie nicht einmal, wer den Kampf gewonnen hatte. Ihre Augen fühlten sich an, als würden sie brennen, so hart starrte sie Abanish an. Sie würde es sich nie verzeihen, wenn sie ihn irgendwie aus den Augen verlieren würde. Sie schuldete es Cooper, der sich nur die Anerkennung seines Vaters gewünscht hatte, alles in ihrer Macht zu tun, um das Unrecht seines Todes wiedergutzumachen.

Als die Menge aufstand und jubelte, tat Sophie dasselbe, nur um ihr Ziel im Auge behalten zu können. Sie beobachtete, wie Abanish in den Ring sprang und Thompson in eine bärenhafte Umarmung zog, dem stämmigen Kämpfer auf den Rücken klopfte.

Es dauerte länger, als Sophie lieb gewesen wäre, bis sich die Reihen lichteten.

»Ich denke, wir sollten versuchen, ihnen zu folgen. Was denkst du?« fragte Sophie, als die Kämpfer und ihre Crews den Ring verließen, umgeben von verehrenden Fans und Reportern, die sich aneinander drängten, um näher an die geprellten und geschlagenen Männer heranzukommen. Die Fans wollten in die persönliche Sphäre von Thompson und Sanchez gelangen, während die anderen Mikrofone in ihre Gesichter hielten und versuchten, einen Kommentar zu bekommen. Die Kämpfer teilten sich auf und gingen die Rampen hinunter zu ihren jeweiligen Umkleidekabinen.

Sophie warf Sanchez keinen Blick zu, fragte sich aber, ob er noch immer so überheblich war wie zu Beginn des Kampfes.

Als Mac zustimmte, standen sie auf und gingen zu dem Schwarm von Menschen, die Thompson umgaben. Macs Handy klingelte, als sie am Rand der Menge entlanggingen.

»Was hast du?« fragte Mac. Er hörte aufmerksam zu, während sie am Rand der Menge schwebten. »Wir folgen jetzt. Okay, ja, das können wir machen. Das ist perfekt. Ja, absolut. Kannst du es den anderen sagen?«

Nachdem Mac aufgelegt hatte, beugte er sich zu Sophie und flüsterte ihr ins Ohr. »Sie haben ihn identifiziert. Sein Name ist

Abdel Thakur. Er arbeitet bei Elite Boxing hier in der Stadt, wo Thompson trainiert. Er fährt einen blauen Jeep. Marcella hat jemanden, der auf dem Parkplatz nach seinem Auto sucht. Marcella will nicht, dass wir ihm hier weiterhin folgen. Sie will nicht riskieren, dass er uns bemerkt. Sobald ihr Team sein Auto gefunden hat, werden wir ihm folgen, wenn er geht.«

Sophie warf Abdel einen letzten, langen, finsteren Blick zu, bevor sie sich umdrehte und mit Mac zum Haupteingang ging.

# KAPITEL 12

Ihr Wagen stand mit laufendem Motor auf der anderen Straßenseite gegenüber dem Boxstudio. Mac und Sophie schlüpften auf die Rücksitze und begrüßten Harvey.

Ein Mann klopfte wenige Minuten, nachdem sie eingestiegen waren, an ihre Tür. Mac ließ das Fenster herunter und musterte ihn mit einem misstrauischen Blick.

»Das Magistratsmitglied möchte, dass Sie diese tragen«, sagte der Mann und hielt einen Stapel kleiner schwarzer Etuis hoch. »Bitte stellen Sie sicher, dass alle vier von Ihnen sie tragen.«

Er legte die Etuis in Macs Hände und verschwand ohne ein weiteres Wort. Mac stellte die Etuis neben sein Bein auf den Sitz, nahm eines davon und öffnete es. Als Sophie sich vorbeugte, um zu sehen, was es war, drehte Mac das Etui so, dass sie sehen konnte, was er in der Hand hielt. In dem kleinen Etui befand sich ein einzelner, winziger Ohrhörer.

Sophie nahm eines der anderen Etuis und schüttelte das Gerät auf ihre Handfläche. Es war hautfarben und hatte eine weiche, gummiartige Textur. Sie steckte es in ihr Ohr, wo es sich bequem anschmiegte. Mehrere Stimmen meldeten sich sofort in Sophies Ohr.

Sophie beobachtete, wie Mac den Ohrhörer ebenfalls einsetzte. »Detective Volpes hier«, sagte Mac und drückte seinen Finger ans Ohr, wie man es oft in amerikanischen Filmen sieht.

»Ausgezeichnet«, ertönte Marcellas Stimme in Sophies Ohr. »Ist Sophie bei Ihnen?«

»Äh, ja, ich bin hier«, warf Sophie ein und versuchte – erfolglos – selbstbewusst zu klingen.

»Unsere Leute haben das Fahrzeug des Ziels im Blick. Ruby und Turner sind auf dem Weg zu Ihnen. Wir werden Sie informieren, sobald sich das Ziel in Bewegung setzt. Ich bin mit einem Wagen nicht weit hinter Ihnen. Wir haben Leute rund um sein Haus und das Fitnessstudio, in dem er arbeitet, positioniert, für den Fall, dass er dorthin fährt. Folgen Sie ihm, aber kommen Sie nicht zu nahe. Wir wollen nicht, dass er uns bemerkt. Wir werden sehen, wohin er heute Abend fährt, bevor wir entscheiden, wie wir vorgehen.«

Einen Moment später öffnete sich die Autotür, und Larry und Ruby stiegen ein, kichernd und außer Atem. Zum Glück war der SUV groß genug, um die ganze Gruppe problemlos aufzunehmen. Mac reichte ihnen die Etuis mit den Ohrhörern.

»Oh mein Gott, das ist so aufregend! Wir werden eine heiße Verfolgungsjagd haben!« jubelte Ruby.

Larry küsste Ruby auf die Schläfe, seine leuchtenden Augen verrieten Sophie, dass er fast genauso aufgeregt war wie ihre Schwester.

Fünfundvierzig lange, langweilige Minuten später war ihr Enthusiasmus sichtlich gedämpft.

»Observationseinsätze sind so langweilig«, seufzte Ruby genervt. Sophie warf ihr einen bösen Blick zu, bereit, ihre Schwester zu erwürgen, wenn Ruby sich nicht beruhigen würde.

Endlich erwachte Sophies Ohrhörer zum Leben. »Das Ziel wurde beim Verlassen durch den Hinterausgang gesichtet und scheint zu seinem Fahrzeug zu gehen. Bestätigung erforderlich«, krächzte eine unbekannte Stimme durch den Kanal. Eine andere

Stimme meldete sich und bestätigte, dass Abdel in sein Auto stieg.

»Das Ziel bewegt sich zum nordöstlichen Ausgang. Er wird gleich auf die Nördliche Büffelostraße einbiegen. Achtung: Er wird wahrscheinlich links abbiegen, da sowohl sein Haus als auch sein Arbeitsplatz in diese Richtung liegen.«

Mac beugte sich nach vorne, fast so, als wolle er seinen Kopf durch die Fahrerkabine stecken, um durch die Windschutzscheibe zu sehen.

»Harvey, folgen Sie diesem Wagen«, befahl Mac und zeigte auf Abdels Auto, als es auf die Straße einbog und wie vorhergesagt links abbog.

»Das wollte ich schon immer mal machen«, sagte Harvey und justierte seinen Griff am Lenkrad, wie ein Rennfahrer vor dem Start.

Harvey folgte, als Abdel wegfuhr. Er brachte mühelos zwei Autos zwischen ihr Fahrzeug und das Zielauto. Sophie machte sich keine Sorgen, dass Abdel ihnen entkommen würde. Den marineblauen Jeep im Blick zu behalten war einfach, weil er in dem Meer von Autos um sie herum hervorstach. Während sie folgten, ließen sie das hell glitzernde, kasinobeladene Las Vegas hinter sich und fuhren in die Vororte von Sin City. Mit dem Verlust all der hellen Lichter wirkten die nächtlichen Straßen dunkler und schäbiger.

Das einzige Mal, als es etwas heikel wurde, war, als Abdel in einen Fast-Food-Drive-in fuhr. Harvey fand einen Parkplatz am Bürogebäude neben dem Burger-Restaurant. Er versicherte ihnen, dass er problemlos wieder auf die Straße zurückkehren könnte, wenn Abdel den Drive-in verließ.

»Wem gehört das Elite Boxing Center?« fragte Mac über den gemeinsamen Kanal.

»Das wissen wir noch nicht. Ich habe jemanden, der das untersucht. Es sieht so aus, als würde eine Briefkastenfirma sie besitzen, also wird es einiges an Nachforschungen erfordern«, antwortete Marcella.

»Glauben Sie, dass sie die Einrichtung nutzen, um Talente zu entdecken?« fragte Larry.

»Ich denke nicht, dass wir diese Antwort haben werden, bis wir Abdel und seine Komplizen festnehmen«, erwiderte Mac.

»War Thompson ein mythisches Wesen?« fragte Sophie und dachte an den UFC-Kämpfer von früher.

»Ich bin ziemlich sicher, dass er ein Mensch war«, antwortete Mac. »Es ist riskant für mythische Wesen, an körperlichen Wettkämpfen wie diesem teilzunehmen. Es ist zu gefährlich, weil leicht etwas schiefgehen kann. Und die meisten Conclaves verbieten es strikt. Es gab einen knappen Zwischenfall mit einem Greifenwandler in den frühen Tagen der Fotografie, der während eines Boxkampfes ohne Handschuhe die Kontrolle verlor. Dieser Vorfall brachte die Boulevardzeitungen hervor, wie wir sie heute kennen. Die ersten Boulevardblätter begannen, Geschichten zu verbreiten, um die Aufmerksamkeit der Menschen von dem Gerücht über einen Monstermann abzulenken, der sich in New York Citys Untergrund-Boxszene versteckte.«

Macs Wissen über ungewöhnliche Geschichte brachte Sophie immer zum Lächeln. Mit jeder Geschichte mochte sie ihn noch mehr.

»Wissen wir etwas über Abdel? Hat er viele Schulden oder ein Glücksspielproblem oder so etwas?« fragte Mac Marcella.

»Wir untersuchen ihn gerade, aber wir haben noch nichts gefunden, was erklärt, warum er an diesen Käfigkämpfen teilnimmt.«

»Vielleicht ist er einfach ein Arschloch und verletzt gerne Menschen«, sagte Ruby und zuckte mit den Schultern.

Sie fuhren weiter durch den Kunstbezirk, den Sophie inzwischen gut kannte, aber fuhren noch ein paar Blocks weiter südlich über die Grenze des Viertels hinaus.

»Wo sind wir?« fragte Sophie.

»Wir sind in einem Gebiet, das sie das Tor-Viertel nennen. Ich wohne in der Nähe. Nur ein paar Blocks in diese Richtung«, erklärte Harvey und zeigte nach rechts.

»Hey, es sieht so aus, als würde er anhalten«, verkündete Sophie, als der Jeep langsamer wurde und in eine Einfahrt hinter einem großen, unscheinbaren beigen Gebäude einbog. Während Harvey langsam vorfuhr, beobachteten sie, wie Abdel zu einem großen Tor hinter dem Gebäude fuhr. Er hielt sein Fahrzeug an einer Sprechanlage an. Das Tor begann sich kurz darauf zu öffnen und er fuhr hindurch. Das beige Gebäude und ein ähnliches daneben bildeten eine lange, gassenähnliche Zufahrt. Sophie streckte sich vor, drängte Mac fast zur Seite und versuchte, die dunkle hintere Gasse zu sehen.

Sie bemühte sich, ein Wandgemälde mit dem Gesicht der Frau zu erkennen. Als das Tor sich zu schließen begann, sah Sophie einen Blitz von etwas an der Wand des Gebäudes nebenan. Es waren zu viele Schatten, um viel zu erkennen, aber sie hätte schwören können, dass sie ein Paar Augen sah. Ihr Atem stockte in ihrer Kehle, während Hoffnung und Pessimismus miteinander rangen. »Das könnte der Ort sein. Ich glaube, da drin ist ein Gemälde irgendeiner Art. Aber ich konnte es nicht gut sehen; es war zu dunkel. Ich muss es mir genauer ansehen.« Sophie zeigte auf das große Metalltor, das ihre Sicht versperrte.

»Was ist das für ein Gebäude?« fragte Mac über den gemeinsamen Kanal. Er legte eine Hand auf Sophies Arm, um sie daran zu hindern, aus dem Auto zu steigen.

»McMahon Exekutivbüros«, sagte Marcellas Stimme in ihren Ohren. »Hier ist etwas Interessantes. Es sieht so aus, als würde es derselben Briefkastenfirma gehören, die auch das Elite Boxing Center besitzt.«

»Das ist ein ziemlicher Zufall«, meinte Ruby fröhlich. »Ich denke, wir sollten diese Burg stürmen.«

»Nein, lass mich zuerst einen besseren Blick darauf werfen«, erwiderte Sophie und griff bereits nach der Autotür, während sie Rubys Schmollen ignorierte.

»Ich komme mit«, knurrte Mac. »Marcella, wo sind Sie? Sophie und ich werden uns das Gebäude ansehen. Ich möchte sicherstellen, dass Sie in der Nähe sind, nur für den Fall.«

»Ich bin um die Ecke hinter Ihnen. Sie dürfen das Gebiet überprüfen. Seien Sie vorsichtig. Wenn Sie das geringste Anzeichen von Ärger sehen, gehen Sie zurück zu Ihrem Auto und verschwinden Sie von hier«, befahl Marcella.

Mac stieg aus dem Auto und half Sophie beim Aussteigen. Sobald sie draußen vor dem SUV standen, fuhr ein neues Auto zum Toreingang. Sophie war bereit, über die Straße zu rennen, um das Gebiet hinter dem Tor zu betrachten, aber Mac ergriff ihre Hand und zog sie sanft zurück. »Schau mal, da sind einige Kameras draußen am Gebäude. Wir sollten uns unauffällig verhalten.« Er deutete auf mehrere diskrete Kameras, die in strategischen Bereichen des Gebäudes platziert waren, einschließlich einer, die auf das Tor gerichtet war.

Sie bogen links ab und gingen zur Straßenecke. Sophie drückte den Ampelknopf, und sie standen wartend, bis die Ampel umschaltete. Sobald das Zeichen wechselte, überquerten sie die Straße und näherten sich der vorderen Ecke des Gebäudes. Das Gebäude hatte verspiegelte Fenster, sodass sie nicht sehen konnten, ob jemand drinnen war. Mac warf dem Schild über dem Eingang einen nachdenklichen Blick zu.

»Was meinst du?« fragte Sophie leise.

»Der Name McMahon... Heißt das nicht 'Sohn des Bären'?«

Marcellas überraschtes Keuchen war in Sophies Ohr deutlich zu hören. »Du hast recht! Wir haben vermutet, dass der örtliche Bärenwandlerclan beteiligt sein könnte. Vielleicht ist das ein Gebäude, das ihnen gehört. Amelia, hast du das gehört?«

»Ja, Chefin«, antwortete eine unbekannte Frauenstimme. »Ich recherchiere diese Briefkastenfirma. Ich werde die Clanmitglieder der Bärenwandler und den Namen McMahon in meine Suche einbeziehen. Ich sage Bescheid, sobald ich etwas finde.«

Sie drehten sich um und gingen an der Seite des Gebäudes entlang zum hinteren Tor. Als ein weiteres Auto zum Eingang fuhr, beeilten sie sich, um das Tor zu erreichen, solange es noch offen war. Sophie erreichte die Stoßstange des Autos, als es gerade losfuhr.

Sophie ließ ihren Blick über das Gelände schweifen und hoffte, etwas Vertrautes zu entdecken. Die Scheinwerfer des Autos strichen durch die lange Gasse. Es bog um die Ecke zu einem Parkplatz und tauchte eine ganze Wand in Licht, auf der das Gesicht einer Frau mit Blumen im Haar gemalt war. Ihr gelassenes Gesicht erkannte Sophie sofort.

# KAPITEL 13

Sophie starrte das Wandgemälde an, bis das Tor zufuhr und ihr die Sicht nahm. Das riss sie aus ihrer Erstarrung.

»Soph?«, fragte Mac vorsichtig und drückte ihre Hand.

»Das ist der Ort. Ich habe keinen Zweifel. Cooper Voss ist dort hinten gestorben,« antwortete Sophie und deutete mit dem Kinn auf das geschlossene und plötzlich bedrohlich wirkende Tor.

»Ausgezeichnet,« klang Marcellas Stimme reich vor Triumph. »Ihr beide geht zurück zu eurem Auto, damit wir das komplette Team einsetzen können. Wir müssen einen Plan entwickeln, um das gesamte Gebäude zu erobern.«

Mac führte Sophie weg, die Straße hinunter zur nächsten Kreuzung. Sie überquerten wieder die Straße und gingen in einem Kreis zurück zum Auto, aus der entgegengesetzten Richtung, aus der sie es verlassen hatten.

Als sie zum Auto zurückkehrten, hüpften Ruby und Larry beide fast vor Aufregung auf ihren Sitzen. Sophie vermutete, dass Ruby wahrscheinlich einfach nur von der Aussicht begeistert gewesen war, böse Buben zur Strecke zu bringen.

»Das restliche Team ist etwa zehn Minuten entfernt, also müssen wir uns noch gedulden,« sagte Marcella. Sophie vermutete, dass dieser Kommentar an Ruby gerichtet war. »Detective Turner, hast du alles, was du brauchst, um einen Einschließungszauber zu erschaffen, der das ganze Gebäude einschließt?«

Larry drehte sich auf seinem Sitz um, um dem Gebäude eine Einschätzung zu geben. »Ja. Ich bin bereit. Allerdings brauche ich eine Person an jeder der vier Ecken, um den Schutzzauber zu lenken. Habt ihr genug Magier in eurem Team?«

Marcella bestätigte es und nannte ihm ihre Namen. Er nickte zustimmend zu der Liste, bevor er sich über den Rücksitz beugte und seine Tasche mit magischen Tricks hervorholte. »Marcella, hat jemand die KO-Bomben mitgebracht? Das wäre eine perfekte Gelegenheit, sie zu verwenden.«

'KO-Bomben?' formte Sophie lautlos mit den Lippen zu Mac mit einem ungläubigen Blick.

Larry muss Sophies Frage gesehen haben, denn er erklärte aufgeregt: »Knockout-Bomben. Ich habe den Trank, den Cordelia erschaffen hat, um dich und Ruby bewusstlos zu machen, in einem ihrer Grimorienbücher gefunden. Ich habe einen Weg gefunden, den Zauber zu modifizieren, um ihn in flüssiger Form in einer Kugel zu halten. Wenn du sie auf eine Person oder in einen Bereich wirfst, zerbricht die Kugel und setzt den Zauber frei. Das Problem mit dieser Magie ist, dass sie jeden in einem ziemlich großen Radius bewusstlos macht. Also, wenn ich sie mit einem Einschließungszauber kombiniere, hält sie nicht nur Menschen in einem Bereich eingeschlossen, sondern hält auch den Zauber eingeschlossen, bis er sich auflöst. Theoretisch wird es jeden in diesem Gebäude bewusstlos machen, während es uns davor bewahrt, betroffen zu werden. Dann können wir hineingehen, sobald die Verzauberung nachlässt, und wir riskieren dabei nicht das Leben unserer Teammitglieder. Die bisherigen Tests sind sehr vielversprechend verlaufen.«

Larry sah so zufrieden mit sich aus, dass Sophie sich fast schlecht fühlte zu fragen: »Äh, ist das das erste Mal, dass es im Einsatz verwendet wird?«

Larry schnaubte, als wäre er verärgert, dass Sophie es wagte, ihn in Frage zu stellen. »Zugegeben, das ist das erste Mal, dass es in einer Live-Operation eingesetzt wird, aber basierend auf all den sehr umfangreichen Tests ist dies die perfekte Gelegenheit, seine Wirksamkeit zu beweisen. Ich weiß, dass es funktionieren wird, und ich bin bereit, meinen Ruf darauf zu setzen.«

Sophie hob ihre Handflächen beschwichtigend und versuchte, Larrys Zorn abzuwehren. »Du bist der Experte,« sagte sie.

Larry brummte, schien aber durch Sophies Worte besänftigt. Er begann, in seiner Tasche zu wühlen und sammelte eine Auswahl von Flaschen, Stoffbeuteln und Bündeln getrockneter Blätter. Sophie beobachtete fasziniert, wie er einen Mörser und Stößel hervorholte. Er ließ verschiedene unbekannte Pulver, Flüssigkeiten und Blätter in die Schale fallen und mahlte die Zutaten vorsichtig, bis sie eine kränklich gelbe Paste bildeten.

»Hey, Larry,« unterbrach Sophie und hielt ihre Stimme leise, um seine Konzentration nicht zu stören. »Was genau machst du bei der Polizei? Ich dachte, du wärst ein Detective, aber ich bekomme das Gefühl, dass du etwas anderes machst, besonders jetzt, wo ich weiß, dass du magische Waffen erschaffst.«

»Du hast recht. Ich bin so etwas wie ein Springer für alle Detectives,« antwortete Larry, ohne von seiner Schale aufzublicken. »Ich bin auch Teil des Forschungs- und Entwicklungsteams.«

Mac schnaubte. »Du bist die Forschungs- und Entwicklungsabteilung,« sagte er, sein Tonfall trocken wie Staub. »Und du bist kaum ein Assistent, Turner. Anders als ein typischer Detective hast du keine eigenen Fälle. Aber du arbeitest mit jedem mythischen Polizisten der Truppe. Du entfernst alle Spuren mythischer Beteiligung von Tatorten und berätst bei jedem Fall, der auch nur einen Hauch von Magie beinhaltet. Du hast die meisten magischen Verbesserungen unserer Ausrüstung geschaffen, von unseren Waffen bis zu unseren Schreibwaren.«

»Das klingt gefährlich nach einem Kompliment, Volpes,« gab Larry schnippisch zurück. »Du bringst mich zum Erröten.«

»Er redet ununterbrochen. Er glaubt, er sei ein unvergleichliches Genie und erzählt es jedem, den er trifft. Und er kann keine konstruktive Kritik vertragen.«

»An deiner Kritik ist nichts Konstruktives,« schnappte Larry zurück.

Während die beiden Männer weiter stritten, warf Sophie Ruby einen vielsagenden Blick zu: »Männer!« Ruby verdrehte die Augen zustimmend.

Während Larry weiter über seinem Gebräu schuftete, verstummten alle anderen im Auto, als mehrere Stimmen begannen, sich über den offenen Funkkanal zu melden. Sophie hörte aufmerksam zu, wie einer von Marcellas Leuten begann, die Teammitglieder zu koordinieren und sie Plätzen in der Umgebung des Gebäudes zuzuweisen. Als sie aus dem Fenster blickte, konnte Sophie nur wenige Leute sehen, die unauffällig um Ecken hingen oder in Eingängen nahegelegener Gebäude standen. Wo auch immer alle anderen waren, sie waren gut darin, außer Sicht zu bleiben.

Als alle von Marcellas Leuten in Position gingen, wuchs die Anzahl der Autos, die in die Auffahrt hinter dem Gebäude fuhren, von einem Rinnsal zu einem stetigen Strom.

»Ist das Infrarot schon aufgebaut?« fragte Marcella.

»Arbeite gerade daran,« antwortete eine Stimme. »Ich habe es in einer Minute fertig.«

»Danke, Smith. Denkt daran, wir alle warten darauf, dass Detective Turner das Signal gibt, bevor wir die Knockout-Bomben abfeuern,« informierte Marcella das Team.

»Ich bin fast fertig hier. Wann sollen wir fortfahren?« fragte Larry und sah eifrig und mehr als bereit aus.

»Ich möchte warten, bis die Leute aufhören, bei der Veranstaltung anzukommen. Sobald die Autos aufhören zu kommen, gebe ich das Signal zum Fortfahren. Ich möchte diese ganze Organisation und alle ihre Kunden in einem Schlag erledigen. Wir können es uns nicht leisten, dass auch nur eine einzige Person entkommt – ich habe nicht genug Einfluss hier in Las Vegas, um nach losen Enden zu suchen, nachdem wir dieses Wagnis unternommen haben.«

»Infrarot ist aufgebaut, Magistratin,« kündigte jemand an.

»Ausgezeichnet. Was seht ihr?«

»Basierend auf den Wärmesignaturen gibt es etwa vier Personen in den oberen Stockwerken des Gebäudes. Es gibt ein paar Wachen um den Umkreis und hinten. Der Rest ist alles im Keller. Meine beste Schätzung sind etwa hundert Personen.«

»Haben die Kämpfe schon begonnen?« fragte Marcella.

»Es scheint nicht so. Die Mitte des Raumes ist leer, aber die Tribünen füllen sich.«

»Fast fertig,« murmelte Larry und rührte den Inhalt seines Mörsers intensiv um. Ohne hinzusehen, griff er in seine Tasche und zog eine weitere Flasche hervor, die mit einer roten Flüssigkeit gefüllt war, die für Sophie beunruhigend wie Blut aussah. Larry entkorkte die Flasche und goss einen langsamen Strahl des Tranks aus, der perlmuttfarben lavendel wurde, als er ihn in die gelbe Paste einrührte. Das Auto war erfüllt von einem Geruch, der Sophie an den scharfen Duft von Kiefern erinnerte, aber mit Noten von Lakritz. Es war kein unangenehmer Geruch; er erinnerte Sophie etwas an die Feiertage.

»Der Einschließungstrank ist fertig, Marcella. Ich werde ihn jetzt abfüllen. Rosa, Vin und Silas brauchen jeweils eine Flasche.«

»Marcella, was werden unsere Rollen sein? Sophie und ich, meine ich,« fragte Ruby plötzlich über den Kanal.

»Nun,« antwortete Marcella langsam, als würde sie sich darauf vorbereiten, dass Ruby einen Wutanfall bekommen würde. »Wir brauchen euch beide, um zurückzubleiben. Sobald das Gebäude gesichert ist, überprüft bitte die Teilnehmer. Ruby, du musst von jeder Person drinnen eine Lesung machen, um ihre Verbrechen zu bestimmen. Und Sophie, ich möchte, dass du dir die Leute dort ansiehst, um zu sehen, ob du bekannte Gesichter von Coopers Tod siehst.«

Ruby verdrehte die Augen zu Sophie, stimmte aber Marcellas Bedingungen zu.

Sophie wurde bewusst, dass Marcella gerade die Fähigkeiten der Schwestern angekündigt hatte. Ihre Sorge muss sich in ihrem Gesicht gezeigt haben, denn Mac gab ihr einen besorgten Blick. Sophie zog ihren Ohrhörer heraus und umschloss ihn mit ihrer Faust. Mac tat dasselbe, als sie ihm einen bedeutsamen Blick gab.

»Was ist los?« flüsterte Mac.

»Ich dachte, der Plan war, geheim zu halten, was Ruby und ich können. Marcella hat es gerade ihrem ganzen Team angekündigt.«

»Das ist Marcellas Eliteteam. Sie würden nicht mit Außenstehenden über dich sprechen. Sie sind alle gründlich überprüft. Aber noch wichtiger ist, dass auf jeden von ihnen ein Geistesbann gelegt wurde, der sie daran hindert, über dich mit jemandem außerhalb des Conclaves zu sprechen. Deine Fähigkeit ist so sicher, wie sie es machen können.«

»Kann ein Geistesbann nicht gebrochen werden?« fragte Sophie.

»Ich habe noch nie gehört, dass jemand dazu in der Lage wäre.«

»Nun, okay dann,« sagte Sophie mit einem leichten Achselzucken und steckte den Ohrhörer wieder in ihr Ohr. Es hatte keinen Sinn zu protestieren. Es war kein Zurück mehr. Es gab Dutzende von Conclave-Ermittlern direkt vor ihrer Tür, die höchstwahrscheinlich genau wussten, wer sie war und was sie konnte. Wenigstens war ihr Status als Scherbe noch ein Geheimnis.

Die drei Magier, die Larry mit dem Perimeterzauber helfen sollten, machten sich einzeln auf den Weg zum Auto, wo Larry jedem von ihnen eine kleine Flasche des Lavendeltranks gab. Eine der Magier war eine große hispanische Frau, einer war ein unauffälliger Mann mit braunen Haaren, und der letzte erinnerte Sophie vage an einen Sumoringer mit Bürstenschnitt. Er würde Benno in Sachen Größe Konkurrenz machen.

»Jetzt warten wir,« informierte Marcella alle. »Geben wir ihm eine Stunde und sehen, ob die Ankünfte langsamer werden.«

Es gab mehrere gemurmelte Bestätigungen. Sophie ließ sich in ihren Sitz sinken und behielt die Reihe von Autos im Auge, die in den Hinterhof der McMahon Exekutivbüros fuhren. Die Zeit schien gleichzeitig langsamer und schneller zu vergehen, während sie warteten.

Es gab gelegentlich gemurmelte Gespräche im Auto und über den Mikrofonkanal, aber meistens saß Sophie schweigend da und versuchte, nicht zu zappeln. Schließlich, nach fast einer Stunde, begannen die Autos zu einem Rinnsal zu verlangsamen.

»Ich denke, das ist gut genug, Leute. Lasst uns alle Straßen sperren, die hineinführen. Silva, euer Team muss die Straßensperren aufbauen. Balinkski, euer Team muss Fußgänger fernhalten. Informiert mich, wenn ihr fertig seid.«

Es dauerte weitere qualvoll lange halbe Stunde, bevor Balinkski und Silva ankündigten, dass das Gebiet gesichert war.

»Okay, Detective Turner,« sagte Marcella. »Du bist dran.«

Larry drehte sich um und gab Ruby einen schnellen Kuss. »Bleib hier und schau zu, okay? Ich lasse dich wissen, wann es sicher ist, zu mir zu kommen.«

Ruby klammerte sich einen Moment an Larry, bevor sie nickte und ihn widerwillig gehen ließ.

»Auf dem Weg zur nordöstlichen Ecke,« sagte Larry über den Kanal, als er wegging. »Sind alle anderen in Position?«

Mehrere Bestätigungen ertönten über die Leitung.

»Ich bin in Position,« sagte Larry eine Minute später. »Denkt daran, das Symbol genau so zu zeichnen, wie ich es euch gezeigt habe, ja?« Mehr Murmeln der Zustimmung ertönten in Sophies Ohr. »Okay, dann. Auf mein Kommando.«

Sophie beobachtete Larry, wie er an der vorderen Ecke des Gebäudes stand und die Flüssigkeit auf den Gehweg goss. Die Flüssigkeit sammelte sich zu einer kleinen Pfütze aus glühendem Lila zu seinen Füßen. Dann zählte er von drei herunter, zusammen mit den anderen drei Magiern, und begann, seinen Finger durch die Flüssigkeit in einer Reihe kompliziert aussehender Symbole zu ziehen. Während er die Zeichen nachzeichnete, sagte er ein paar Worte in Harmonie mit den anderen Magiern in einer Sprache, die Sophie für Latein hielt. In den letzten Monaten hatte sie genug gehört, dass es anfing, vertraut zu werden.

Eine helle transparente Wand blitzte vom Gehweg auf, umhüllte das Gebäude und verschwand in den Himmel darüber. Sie sah für Sophies Augen wie ein dünner Film aus funkelnder lila Frischhaltefolie aus. Die Wand verschwand genauso schnell, wie sie erschienen war, und hinterließ keine Spur ihrer Anwesenheit.

Einen Moment später schwang eine Tür in der Seite des Gebäudes auf und knallte mit der Kraft, mit der sie aufgerissen wurde, gegen die Wand. Drei Männer kamen aus dem Ausgang gerannt und liefen direkt auf Sophies Auto zu.

Der erste Mann traf die unsichtbare Einschließungswand mit solcher Kraft, dass er wie ein Gummiball von ihr abprallte. Der Zauber dämpfte den Klang nicht, also hörte Sophie das Knacken des Kopfes des Mannes, der gegen den Schutzzauber schlug, und es klang krank wie ein Fastball, der von einem Schläger getroffen wurde. Dicht auf seinen Fersen versuchten die anderen beiden Männer zurückzutreten, aber ihr Schwung trug sie vorwärts. Sie krachten auch wie Mücken an einer Windschutzscheibe in die Wand. Die drei Männer fielen und standen nicht mehr auf.

»Verdammt!« keuchte Sophie verblüfft, während Ruby ein schockiertes, unangebrachtes Lachen ausstieß.

»Oh mein Gott,« keuchte Ruby durch ihr Gekicher. »Hast du das gesehen? Glaubst du, sie sind tot? Sie sind in vollem Lauf gerannt.«

»Einer von ihnen lebt,« antwortete Sophie und zeigte auf einen der Männer, der zuckte und sich dann langsam auf Hände und Knie rollte und den Kopf schüttelte, um ihn zu klären. Er taumelte auf die Füße und sah aus wie ein neugeborenes Fohlen, das seine ersten Schritte machte. Er schlurfte vorsichtig zur Straße und näherte sich der Grenze des unsichtbaren Schutzzaubers. Sophie konnte erkennen, wann er ihn erreichte, weil er anhielt, seine Hände immer noch ausgestreckt, mit einem verwirrten Blick auf seinem Gesicht. Er drückte härter gegen die Wand, bevor er mit einer Faust darauf schlug. Schließlich gab er es auf, sich durch den Schutzzauber zu kämpfen, und verzog das Gesicht, während er seine Hand ausschüttelte.

»Rücken vor,« befahl Marcella über den Kanal.

Selbst von der anderen Straßenseite konnte Sophie sehen, wie Angst über das Gesicht des Mannes huschte, als er Marcellas Eliteteam entdeckte, das sich um das Gebäude schloss. Jede Person war in schwarze taktische Ausrüstung gekleidet. Es war eine einschüchternde Zurschaustellung selbst für Sophie, die sicher in dem dunkel getönten Auto eingeschlossen war.

Ohne einen Rückblick auf seine immer noch bewusstlosen Freunde drehte sich der Mann um und sprintete zurück in das Gebäude.

Mehrere von Marcellas Ermittlern trugen große, schwarze Waffen mit breiten Läufen auf ihren Schultern wie Granatwerfer mit zu breiten Mündungen. Sie waren anders als alles, was Sophie je gesehen hatte. Die Art, wie der Lauf sich aufweitete, erinnerte sie an eine altmodische Muskete.

»Schützen, in Position gehen,« befahl Marcella.

Die Leute mit den seltsamen Gewehren traten in die Nähe des Gebäudes, mehrere Meter von der Grenze des Einschließungszaubers entfernt, und richteten ihre Mündungen himmelwärts.

Sophie hörte mehrere Stimmen ankündigen, dass sie in Position waren.

»Gebt die KO-Bomben frei.«

Mit einem Lichtblitz und einem Rückstoß in den Händen der Schützen feuerte jede Waffe eine Kugel in der Größe eines Softballs ab. Sophie hielt den Atem an, als die glühenden Bälle in einen anmutigen Bogen hoch in die Luft schossen und sie an Feuerwerke erinnerten, kurz bevor sie explodierten. Die Kugeln erreichten den Höhepunkt ihrer Flugbahn, bevor sie über den Einschließungszauber segelten und auf der anderen Seite landeten. Mehrere der Bälle zerplatzten an der Seite des Gebäudes, während einige auf dem flachen Dach und hinter der Struktur verschwanden. Weißer Rauch kräuselte sich aus jeder zerbrochenen Kugel und füllte das gesamte Gebiet, bis das Gebäude im Dunst verschwand. Es war ein riesiger, vier Stockwerke hoher Würfel aus wirbelndem weißem Gas mitten in Las Vegas, der eher wie ein neblig-San Francisco-Tag drinnen aussah als die klare Wüstennacht, die sie umgab. Sophie blickte besorgt um sich, aus Angst entdeckt zu werden, aber nur Marcellas Leute waren in der Umgebung.

Über die nächsten Minuten verblasste und zerstreute sich das Gas langsam und hinterließ das Gebäude genau so, wie es vorher war.

»Smith,« rief Marcella. »Seht ihr irgendeine Bewegung auf eurem Infrarotscanner?«

»Nein, Ma'am. Jeder scheint bewusstlos zu sein.«

»Perfekt. Sophie und Ruby, ihr seid dran,« kündigte Marcella an. Sie bat mehrere Teammitglieder, sie durch das Gebäude zu eskortieren, mit der Aufgabe, die Schwestern zu beschützen. »Alle, stellt sicher, dass ihr den Gegenzauber von unseren Magiern bekommt, bevor ihr die Einschließungslinie überquert. Ihr werdet herauskommen wollen, wenn etwas im Schutzzauber schiefgeht.«

»Nun, das ist nicht gerade beruhigend,« murmelte Sophie sarkastisch.

Mac half Sophie und Ruby aus dem Auto, und sie stellten sich neben Larry an. Als jede Person zu ihm trat, tauchte Larry seinen Finger in den Trank und berührte damit ihre Stirn, während er einige lateinische Worte murmelte.

»Sichert das Gebäude,« befahl Marcella, als ihre Ermittler über den Einschließungszauber schwärmten und im dunklen, stillen Gebäude verschwanden.

Als Sophie an der Reihe war, knirschte sie mit den Zähnen bei dem Gefühl der kalten, leicht schleimigen Flüssigkeit, die über ihre Stirn geschmiert wurde. Sie erinnerte sich sogar daran, Larry zu danken.

*Sieh mich an, wie ich zu einem verdammten Erwachsenen werde,* dachte Sophie mit nicht geringem Verdruss.

»Wisch es nicht ab,« warnte Larry, als Sophie instinktiv begann, eine Hand zu ihrer Stirn zu heben. Mit einem unterschwelligen Knurren stopfte sie ihre Hände in ihre Taschen, um zu verhindern, dass ihre Instinkte übernahmen. Sie hasste es, Zeug im Gesicht zu haben.

Mehrere maskierte Ermittler standen bereit und warteten darauf, dass sie sich dem Schutzzauber näherten. Sophie hielt Macs Hand fest und hielt den Atem an, als sie die unsichtbare Wand des Zaubers überquerten.

»Das war aber unspektakulär,« beschwerte sich Ruby neben Sophie. »Ich habe nichts gespürt.«

Sophie stimmte stillschweigend zu, antwortete aber nicht. Sie war zu beschäftigt damit, zu den beiden bewusstlosen Männern zu gehen, die auf dem Gehweg vor dem Gebäude ausgestreckt lagen. Beide lagen auf dem Rücken, also ging sie um sie herum und schaute ihnen ins Gesicht, um zu sehen, ob sie einen der Männer erkannte.

»Keiner ist vertraut,« kündigte Sophie an, bevor sie zurücktrat und Ruby Platz machte.

Als Ruby den ersten Mann berührte, bemerkte Sophie den Ermittler, der an Rubys Ellbogen schwebte und ein Tablet hielt.

»Dieser hier,« murmelte Ruby, als sie den zweiten Mann berührte. Sie erzählte schnell die kriminelle Vergangenheit des Mannes, während der notizenmachende Ermittler wütend in sein Tablet tippte. Der Mann winkte dann ein paar Ermittler herbei.

Einer der Ermittler trug einen Gürtel mit mehreren verschiedenen Arten von Kabelbindern, die daran hingen. Der Mann drehte die Männer effizient auf den Bauch und band ihre Hände hinter dem Rücken mit Kabelbindern zusammen. Einer der Männer wurde mit normalen Plastik-Kabelbindern gefesselt, der andere mit einem Kabelbinder, der wie ein Metalldraht aussah.

»Warum verwenden sie verschiedene Kabelbinder?« fragte Sophie Mac leise.

»Ein Gestaltwandler könnte leicht aus normalen Kabelbindern ausbrechen, also müssen wir speziell verstärkte Stahlbinder verwenden. Und wenn der Täter eine Fee ist, müssen wir welche aus Eisen verwenden. Je nach Art des Mythischen Wesens haben wir eine Vielzahl von Fesseln.«

»Hm.« Sophie starrte den Mann an, den Ruby als Mörder bezeichnet hatte, mit seinem metallischen Kabelbinder und fragte sich, welche Art von Mythischem Wesen er war.

»Bringt diesen zum Festhaltebereich,« befahl Rubys notizenmachender Begleiter und zeigte auf das Mythische Wesen zu seinen Füßen.

»Lasst uns hineingehen,« schlug Mac vor.

Ein paar Ermittler ließen sie warten, während sie vor ihnen in das Gebäude strömten. Eine Minute später steckte einer der gesichtslosen Ermittler seinen Kopf aus der Tür und winkte die Schwestern hinein. Als sie durch die Tür traten, hatte Sophie erwartet, dass es dunkel und bedrohlich drinnen wäre, aber der Korridor, in den sie traten, war hell mit Neonlichtern beleuchtet.

Diese hellen Lichter beleuchteten auch alle Körper, die auf

dem Boden im ganzen Flur lagen. Es sah aus, als wären die Leute massenweise zum Ausgang gegangen und einfach dort gefallen, wo sie waren. Körper waren übereinander gestapelt auf eine Weise, die Sophie an einen Horrorfilm erinnerte, den sie einmal gesehen hatte.

»Wenigstens sind ihre Augen geschlossen,« sagte Sophie, ohne zu merken, dass sie es laut gesagt hatte, bis Ruby neben ihr leise lachte.

»Ja, das ist gruselig. Wenn ihre Augen offen wären, würden sie alle tot aussehen.«

Beide Schwestern schauderten gleichzeitig.

Sophie stieß einen Atemzug aus und gab den bewusstlosen Körpern einen müden Blick. »Lasst uns anfangen.«

Der Ermittler, der Ruby half – er hieß Nguyen – schlug vor, im obersten Stockwerk zu beginnen. Dort würden sich vermutlich die Verantwortlichen der Einrichtung aufhalten.

»Und sobald wir dort fertig sind, können wir uns nach unten zum Keller vorarbeiten.«

Nguyen führte sie zu einem Aufzug und fuhr mit ihnen zum obersten Stockwerk, begleitet von so vielen Ermittlern, wie der Aufzug aufnehmen konnte. Als sich die Türen schlossen, sah Sophie mehrere Ermittler, die die bewusstlosen Bewohner des Flurs mit Kabelbindern fesselten.

Wieder einmal ließen die Ermittler sie warten, während sie das Stockwerk sicherten. Als das Trio schließlich zum Hauptbüro kam, waren die vier bewusstlosen Männer drinnen gefesselt und lagen auf dem Rücken, bereit zur Inspektion. Sophie hielt Macs Hand fest und trat in das elegant eingerichtete Büro.

Der erste Mann sah nicht vertraut aus, aber Sophie blieb beim zweiten stehen. »Dieser Mann war bei Cooper Voss' Mord anwesend. Er war einer der Männer, die Cooper gehalten hatten.« Sophie ging zum nächsten Mann und betrachtete ihn lange. »Ich denke, er war der andere, aber ich bin mir nicht völlig sicher. Ich habe ihn nicht so gut gesehen wie den ersten.«

Der letzte Mann in der aufgereihten Körperreihe war mindestens ein Jahrzehnt älter als die anderen drei. Sein dichtes Haar war mehr Salz als Pfeffer. Er war der einzige, der in einem Anzug gekleidet war, während die anderen drei entweder in Jeans oder Trainingsanzügen waren. Sophies Instinkte sagten ihr, dass dies der Mann war, der das Kommando hatte, aber sie hatte keinen Beweis. Sie starrte lange auf sein breites, hart aussehendes Gesicht und hoffte, ihn zu erkennen, aber da war nichts. Sie begann sich frustriert abzuwenden, als ihre Augen an den Schuhen des Mannes hängenblieben. Sie blinzelte und starrte auf die glänzenden schwarzen Budapester.

»Ich kenne diese Schuhe,« murmelte Sophie. »Cooper kniete auf Händen und Knien, als der Mann, der ihn ermordete, ihm in den Hinterkopf schoss. Ich schwöre, dass diese Schuhe an den Füßen des Mörders waren.«

»Das ist Karl Espen. Er ist der Alpha des Bärenclans,« informierte Nguyen sie.

»Lass uns sehen, ob du recht hast, Soph,« antwortete Ruby unbekümmert und schob Sophie beiseite.

Ruby kniete an der Seite des Mannes nieder und legte ihre Hand auf seine Wange. Die Berührung hätte fast liebevoll ausgesehen, wenn man nicht gewusst hätte, was geschah.

Nach kaum einer Minute blickte Ruby zu Sophie auf und gab ihr ein seliges Lächeln. »Wir haben ihn.«

»Verdammt ja,« jubelte Sophie.

Mac zog sie in eine feste Umarmung. »Gut gemacht, Höllenstifter,« flüsterte er ihr ins Ohr.

Ruby stand auf, klopfte sich die Hände ab und begann, Nguyen die Zusammenfassung der Verbrechen des Alphas zu geben.

\* \* \*

Sophie und Ruby gingen Raum für Raum durch und überprüften alle Anwesenden. Die meisten der oberen Stockwerke waren leer, also gingen sie schnell in den Keller. Sobald Sophie durch die Doppeltüren ging, ließ die Vertrautheit des Ortes ihren Atem stocken.

»Hier haben sie Cooper gegen Abanish kämpfen lassen—ich meine, Abdel,« stellte Sophie fest, ihr Herz fühlte sich krank an, als sie auf den Boden des Kampfrings blickte. Der Betonboden war mit rostbraunen Flecken bedeckt, die von Schmerz und verlorenen Leben sprachen.

Marcellas Leute waren im Kampfraum beschäftigt gewesen, denn alle Insassen waren gefesselt und ordentlich für Sophie und Rubys Inspektion aufgereiht.

Ein paar der Gesichter schienen Sophie vage vertraut. Als Cooper in der Menge nach Hilfe gesucht hatte, hatte er sich auf ein paar der hoffnungsvoll blickenden Gesichter konzentriert. Sie zeigte Nguyen die vertrauten Leute, betonte aber, dass sie nicht zuversichtlich war, bevor sie Abdel auf halbem Weg die Aufstellung fand und ihn Nguyen zeigte.

Neugierig zu sehen, ob er jemals jemanden ermordet hatte, wartete Sophie darauf, dass Ruby aufholte, damit sie ihrem Lesen zuhören konnte.

Laut Ruby hatte Abdel fünf Menschen ermordet. Vier waren Leute, die er im Ring bekämpft und während der Kämpfe getötet hatte, aber der letzte war ein Mann, der versucht hatte, ihn eines Nachts zu berauben.

Nicht lange nachdem Ruby ihre Lesung von Abdel beendet hatte, tauchte Marcella mit ihrem üblichen Gefolge auf. Mim wartete an Marcellas Ellbogen, sein Mund klaffte offen, starrte schockiert um die Arena.

»Wenn er unser Assistent werden will, muss er sich an diese Art von Sachen gewöhnen,« murmelte Sophie zu Mac, der zustimmend lachte.

Mac und Sophie fanden einen Platz auf den Tribünen, um zu

warten, bis Ruby fertig war. Marcella näherte sich ihnen mit offensichtlichem Widerwillen, als sie um den Kampfring blickte.

»Wie läuft euer Fortschritt, Ruby?« fragte Marcella.

»Fast fertig. Das sind die letzten paar, von denen ich Lesungen ziehen muss,« antwortete Ruby abgelenkt, als sie sich über die liegende Form einer Frau beugte.

»Ausgezeichnet. Sobald du fertig bist, wird Mim euch zurück zu eurem Hotel eskortieren. Das Las Vegas Conclave hat Wind von dem bekommen, was heute Nacht passiert ist, und ist auf dem Weg hierher, um zu versuchen, die Katastrophe zu mildern.«

»Ihr braucht uns für nichts anderes?« fragte Mac.

»Nein, ihr habt mehr getan, als ich hätte hoffen können. Wir haben einen illegalen Gestaltwandler-Kampfring entdeckt, der direkt unter ihren Nasen operierte,« jubelte Marcella. »Oh, ich werde es genießen, das dem Las Vegas Conclave unter die Nase zu reiben. Es wird mir so viel Einfluss über sie geben. Gute Arbeit, Ruby und Sophie.« Marcella gab ihnen einen warmen, fast liebevollen Blick. Sophie wusste nicht recht, wie sie darauf reagieren sollte. Sie vermutete, es war gut, wenn einflussreiche Leute einen mochten. Aber sie hätte lieber, dass mächtige Leute nicht einmal wussten, wer sie war.

»Ihr drei müsst hier weg. Ich will nicht, dass sie auch nur einen Hinweis haben, dass ihr existiert. Ihr seid meine Geheimwaffe.«

Sophie gab Mac einen besorgten Blick, den er erwiderte.

»Was ist mit Larry? Kommt er auch?« fragte Ruby mit einem klagenden Unterton.

»Wir werden sein Fachwissen brauchen, um alle Spuren dieses Kampfclubs zu löschen. Ich schicke ihn zu euch, sobald er hier fertig ist, aber es könnte ziemlich spät werden.«

Ruby schnaubte leise, widersprach aber nicht. Sie drehte sich zu den letzten paar Körpern um und beendete ihre Lesungen. Mim führte sie durch die Hintertür, durch die Sophie einst

Cooper Voss hatte schleifen sehen. Ihr Auto wartete vor der Tür, der Motor lief leise im Leerlauf.

Als sie auf den Rücksitz stiegen, fuhr Harvey aus der langen Auffahrt, während Sophie das Wandgemälde anstarrte, mit dem diese Reise begonnen hatte. Es war das erste Mal, dass sie die Gelegenheit hatte, es ganz zu sehen.

Es war ein Schwarz-Weiß-Gemälde eines jungen Frauengesichts mit hellrosa Kirschblüten, die durch ihr dunkles Haar geflochten waren. Es waren die Augen, die Sophies Aufmerksamkeit fesselten – diese Augen waren wissend und traurig, als ob der Künstler wusste, dass das Gemälde Zeuge eines schrecklichen Verbrechens werden müsste, aber es gab auch eine Gelassenheit in dem Blick der Frau.

Sophie wandte sich von dem Gemälde ab, das schöne Bild hatte seinen Zauber für sie verloren. Es repräsentierte für Sophie den Schmerz eines Elternteils über den Verlust eines Kindes – den tragischen Mord an einem jungen Mann, der nur die Anerkennung seines Vaters wollte. Indem sie dem Bild den Rücken kehrte, beschloss Sophie, alles hinter sich zu lassen.

Alles, was sie jetzt wollte, war eine bequeme Matratze und in den Armen ihres Freundes zu liegen.

# KAPITEL 14

*D*as Geräusch einer zuschlagenden Autotür reißt sie aus ihren abschweifenden Gedanken. Sie schüttelte den Kopf und bemerkte, dass sie wieder einmal nicht auf ihre Umgebung geachtet hatte. Sie zieht den Mantel enger und knöpft ihn zu, um sich gegen die Kälte zu schützen, dann geht sie weiter.

Während sie den Gehweg entlanggeht, verlässt sie den Schatten der Bäume und tritt in einen hellen Sonnenfleck. Sie schließt die Augen, hält inne, neigt den Kopf zurück und lässt die frühmorgendliche Sonne ihr Gesicht wärmen. Sie atmet tief ein und genießt die frische Herbstbrise. Als sie die Augen öffnet, sieht sie das leuchtende Rot, Gelb und Braun der Ahornbäume, die sich mit der Jahreszeit über ihrem Kopf verfärben. Sie wiegen sich sanft im Wind in einem Muster, das sie fasziniert.

Sie schüttelt erneut den Kopf, völlig entnervt darüber, wie leicht sie sich heute Morgen ablenken lässt. Dann macht sie sich auf den Weg zu ihrem Lieblings-Frühstückslokal, aufgeregt darauf, ihren Tag zu beginnen. Ein plötzlicher Bewegungsblitz ist ihr einziges Warnsignal, bevor etwas gegen ihr Schienbein kracht. Sie stolpert zurück, völlig verdattert, was zum Teufel gerade passiert ist. Ihr Schienbein schreit vor Schmerz, und sie hüpft auf einem Bein.

*Wieder einmal hat sie nicht auf ihre Umgebung geachtet.*

*Eine Frau in einem Spandex-Trainingsoutfit, die einen Jogging-Kinderwagen schiebt, schoss ihr einen vernichtenden Blick zu. »Pass auf! Du hättest mein Baby verletzen können,« bellt die Frau wütend und joggt auf der Stelle.*

*Sie duckt sich. »Entschuldigung, ich hätte besser aufpassen sollen, wo ich hingelaufen bin,« entschuldigt sie sich leise.*

*Die Frau mit dem Kinderwagen schnaubte, kommentierte aber zum Glück nicht weiter; sie joggt einfach in die entgegengesetzte Richtung davon, wobei ihr riesiger Kinderwagen den größten Teil des Gehwegs einnimmt.*

*»Sollte beim Laufen nicht Glückshormone freigesetzt werden?« murmelt sie leise zu sich selbst und kichert über ihren kleinen Scherz.*

*Sie geht den Gehweg entlang, lässt sich Zeit, aber hält ihre Augen offen für Fußgänger. Sie schlendert an den Schaufenstern entlang und genießt das Wetter, ganz ohne Eile. Es ist einfach zu schön, um sich zu beeilen.*

*Sie biegt um die Ecke in die West-Franklin zu ihrem Lieblingsteil der Stadt, wo sie vor den großen Glasfenstern stehen bleibt und ins Katzenmärchen hineinschaut. Sie beobachtet sehnsüchtig, wie die Katzen im Inneren des Ladens spielen. Mehrere Leute sind bereits drinnen, schon zu dieser frühen Stunde, und spielen mit den Katzen, die vermittelt werden sollen. Ein winziges Schwarzweißkätzchen schleicht sich an die anderen Katzen heran und springt sie an. Was für eine Persönlichkeit. Sie schätzt, dass es vor Ende der Woche mit dieser lustigen Persönlichkeit adoptiert werden wird. Ach, wie sehr sie sich wünschte, sie könnte eines adoptieren, aber ihre Wohnung ist strikt haustierfrei. Widerwillig wendet sie sich mit spürbarem Verlangen vom Katzencafé ab.*

*Während sie entlangschlendert, blickt sie in das Schaufenster von Pūrvelo's und staunt über all die Frühaufsteher auf ihren Heimtrainern, die strampeln, als würde ihr Leben davon abhängen. Sie bewundert sie zwar, versteht aber nicht ganz, wie sie sich aus dem Bett quälen, um sich auf ein Foltergerät zu schwingen und dafür auch noch gutes*

Geld zu bezahlen. Sie geht schnell weiter, weil sie nicht wie eine Verrückte beim Starren erwischt werden will.

Als sie die Tür zu Die Lila Schale aufstößt, begrüßt sie der Mann hinter der Theke wie immer begeistert.

»Hey! Ich habe dich schon eine Weile nicht gesehen. Wo warst du?« fragt er.

»Oh, ich war sehr beschäftigt mit der Arbeit. Ich hatte ein wichtiges Projekt, auf das ich mich konzentrieren musste, deshalb war ich nicht so oft hier,« antwortet sie und hofft, dass er nicht weiter nachbohrt.

»Nun, ich bin froh, dich wieder zu haben. Mir gefällt der neue Haarschnitt,« ruft der Mann aus.

Sie fährt sich verlegen durchs Haar und vermisst die Länge. Damals fühlte sie sich wie ein Freigeist, jetzt bereut sie es.

»Willst du das Übliche?«

Sie nickt, erleichtert, das Geplauder hinter sich zu lassen.

»Okay, ein Lavendel-Latte und ein Avocadotoast – kommt sofort!«

* * *

ALS SOPHIE DIE AUGEN ÖFFNETE, brauchte sie einen Moment, um sich an den Traum zu erinnern. Er war noch so lebendig, dass sie sich jeden Laden auf der baumgesäumten Straße vorstellen konnte. Vor Aufregung platzend, rollte sie sich um, um Mac zu wecken und die Neuigkeiten zu teilen, aber seine Seite des Bettes war leer. Sie konnte noch etwas Wärme auf seinem Kissen spüren, also konnte er noch nicht lange weg sein.

Taumelnd aus dem Bett, machte sie sich auf den Weg zu dem logischsten Ort, um ihn zu finden, aber die Dusche war leer und trocken, was darauf hindeutete, dass sie noch nicht benutzt worden war.

Sophie wanderte aus ihrem Zimmer in den Aufenthaltsbereich der Suite. Sie fand Mac über die kleine Kaffeemaschine gebeugt, wie er Kaffeepulver hineinschüttete, mit seinem Handy am Ohr.

»Nein, du musst beim Labor nachfassen. Diese Ergebnisse sollten inzwischen da sein. Wenn sie dich nicht angerufen haben, musst du sie anrufen,« murmelte Mac ins Telefon. »Ja, das ist richtig. Frag nach Ace. Er wird wissen, wonach du suchst.«

Mac muss Sophies Anwesenheit gespürt haben, denn er blickte von der Kaffeemaschine auf und lächelte sie an, hielt seinen Finger hoch, um anzudeuten, dass er gleich fertig sei.

Ruby taumelte ins Zimmer und zerrte einen sehr erschöpft aussehenden Larry hinter sich her.

»Hattest du den Traum?« verlangte sie zu wissen, ihre Augen leuchteten und brannten vor Begeisterung.

Sophie nickte stumm, unfähig, ihre Aufregung zu äußern. Das war das Nächste, was sie jemals daran gekommen waren, herauszufinden, wer eine der anderen Scherben war und wo sie sich befanden. Vielleicht würden sie die Byangoma-Feder nicht brauchen, wenn sie die Orte aus dem Traum finden könnten.

»Was ist los?« fragte Mac, nachdem er sein Gespräch beendet hatte.

»Ich glaube, wir haben eine der Scherben gefunden. Ich habe von ihr geträumt und konnte viel von der Gegend sehen, in der sie sich befand. Ich denke, wir könnten den Ort finden,« antwortete Sophie.

»Das sind großartige Neuigkeiten. Erzähl mir alles, woran du dich erinnerst,« bat Mac und griff nach seinem Laptop vom Couchtisch.

»Erzähl du zuerst,« forderte Sophie Ruby auf und nahm neben Mac auf dem Liebessitz Platz. Während Larry sich eine Tasse Kaffee einschenkte, erzählte Ruby den Traum nach. Sie stimmte fast genau mit Sophies Vision überein.

»Lavendel-Latte?« wiederholte Mac und sah entsetzt aus.

»Ja, und Avocado-Toast. Ich glaube, unsere Schwester ist ein Hipster,« lachte Ruby.

»Und eine schüchterne Träumerin. Was überhaupt nicht zu uns passt,« sagte Sophie und dachte an den Traum zurück. Sie hielt das Schnauben bei dieser Untertreibung kaum zurück. Wenn jemand Sophie mit einem Kinderwagen getroffen hätte, hätte sie sich in einer Million Jahren nicht bei ihr entschuldigt. Sie wäre viel eher dazu geneigt gewesen, dieser Dame zu sagen, sie solle lieber verschwinden, anstatt sich ausgiebig zu entschuldigen.

»Die Lila Schale auf West Franklin,« wiederholte Mac, während er schnell in seinen Computer tippte. Sophie lehnte sich neben seine Schulter und spähte auf seinen Bildschirm. Sie beobachtete, wie er online nach dem Café zu suchen begann.

»Hab's. Der erste Eintrag ist ein Ort in Chapel Hill, North Carolina. Hier, ich öffne Google Street View. Schau dir das an und sag mir, ob es der Ort ist.«

Mac drehte seinen Computer so, dass Sophie und Ruby die Suchergebnisse sehen konnten.

Ruby lehnte sich über Sophies Schulter, ihre Hand reichte in Sophies persönlichen Raum, damit sie auf der interaktiven Karte der Straße scrollen konnte, ohne zu bemerken, dass Sophie versuchte, sie abzuschütteln. »Das ist definitiv der Ort. Schau, Sophie, da ist das Katzencafé und das Cycling-Studio,« sagte Ruby und ließ die Karte die Schritte ihrer neuen Schwester aus dem Traum nachvollziehen.

»Hast du gesehen, wo sie wohnte?« fragte Larry und schlürfte seinen Kaffeebecher.

Sophie starrte auf die Panoramaansicht der Straße und versuchte sich zu erinnern, aber nichts fiel auf. Sie schüttelte den Kopf. »Ich erinnere mich nicht. Wie ist es mit dir, Ruby?«

»Nein, ich auch nicht. Aber sie kam aus dieser Richtung,« sagte Ruby und zeigte auf den Bildschirm. »Das ist doch etwas, oder?«

»Definitiv,« stimmte Larry zu. »Wir sollten Marcella anrufen und eine Genehmigung bekommen, sofort nach Chapel Hill zu fahren.«

Larry ging hinüber und gesellte sich zu Ruby über Sophies

Schulter. Er rieb sich verschlafen die Augen, während er versuchte, sich auf den Bildschirm zu konzentrieren.

»Du siehst völlig fertig aus, Larry. Wann bist du nach Hause gekommen?« fragte Sophie.

»Marcella ließ mich bis fast vier Uhr morgens im McMahon-Gebäude aufräumen. Niemand wird jemals erfahren, was sich in diesem Gebäude abgespielt hat,« antwortete Larry und rieb sich die geröteten Augen. »Du hättest sehen sollen, wie das Las Vegas Conclave Marcella am Ende der Nacht in den Hintern gekrochen ist. Es war herrlich.«

Sophies Stirn runzelte sich bei dieser Beschreibung. Sie war sich nicht sicher, wie sie sich über Marcellas offensichtliches Streben nach mehr Macht über die Mythische Gemeinschaft fühlte. Marcellas ultimatives Ziel war die Sicherheit und eventuelle Integration der Mythischen Wesen in die Mainstream-Gesellschaft. Sophie fühlte sich jedoch wie eine Schachfigur, die von jemandem geführt wurde, der nur darauf aus war, sein Spiel zu gewinnen – was auch immer das sein mochte – um jeden Preis. Und jeder wusste, dass Schachfiguren leicht geopfert wurden, wenn es darum ging, die Person an der Spitze zu schützen.

»Wir sollten Marcella anrufen und ihr von deinem Traum erzählen. Ich bin sicher, dass sie euch direkt mit ihrem Jet nach Chapel Hill schicken wird. Sie steht in eurer Schuld, besonders nach letzter Nacht. Und ich stelle mir vor, dass sie begierig darauf ist, eure anderen Schwestern in die Gemeinschaft zu bringen. Sie wird alles tun, worum ihr bittet, zu diesem Zeitpunkt,« sagte Larry in vertraulicher Weise.

Es ließ Sophie nur noch mehr zusammenzucken, aber sie dachte, dass Larry höchstwahrscheinlich recht hatte. Marcella fühlte sich wahrscheinlich sehr großzügig, wenn es um sie und Ruby ging. Da das der Fall war, plante Sophie, darum zu bitten, dass Mac sie begleiten durfte, und sie würde darauf setzen, dass Marcella nicht einmal mit der Wimper zucken würde.

»Ich möchte, dass du auch kommst,« bettelte Ruby und machte Larry Hundeaugen.

»Jetzt, wo ich die Byangoma-Feder habe, sollte ich anfangen, an dem Ortungszauber zu arbeiten. Es wird mich einige Zeit kosten – es ist neue Magie, die ich erfinden werde,« antwortete Larry. Sophie wusste, dass er sich darauf freute. »Außerdem versuche ich immer noch, den Firmendrachen aufzuspüren.«

»Bitte komm mit uns,« flehte Ruby und verstärkte die Rehaugen um eine Stufe. »Es wird wahrscheinlich nur ein oder zwei Tage dauern. Du kannst einen Tag entbehren, oder? Sie war gerade erst im Café, und sie kannten sie dort, also wohnt sie hier in der Nähe. Das wird ganz einfach.«

Larry starrte auf Rubys Gesicht, ihre Hände flehend unter ihr Kinn gefaltet, während sie mit den Wimpern klimperte. Er stieß einen geschlagenen Atemzug aus. »Okay, okay. Lass mich Marcella anrufen und eine Genehmigung für uns alle vier bekommen. Eigentlich, sobald ich den Zauber erschaffe, würde die Anwesenheit eines weiteren Scherben wahrscheinlich die Feder noch besser funktionieren lassen.«

»Hurra!« jubelte Ruby und sprang hoch, um Larry einen Kuss auf die Lippen zu geben. Larry sah besänftigt aus und wanderte davon.

»Kannst du dir die Zeit freinehmen? Ich weiß, du hast Fälle, die auf dich warten,« fragte Sophie leise Mac. Er hatte bereits die Arbeit zurückgelassen, um ihr bei einem verrückten Plan zu folgen, durch Las Vegas zu traben und so zu tun, als wäre er ein Großspieler in einem Dreierbeziehung. Sie fühlte sich, als würde sie zu viel von Mac verlangen.

Mac zischte bei ihrem besorgten Gesicht und glättete die feine Linie zwischen ihren Augenbrauen mit seinem Daumen. »Es ist in Ordnung. Die meisten meiner Fälle stehen sowieso gerade still. Außerdem decken Bronson und Dowry für mich. Ich weiß, sie beide könnten die Überstunden gebrauchen. Das war überraschend viel Spaß. Ich dachte nie, dass ich eine Chance bekommen würde, James Bond zu spielen. Wir konnten Geheimagent spielen. Nicht nur das, aber hast du die Patek Philippe-Uhr gesehen, die sie mir gegeben haben? Und das Beste von allem, ich konnte Zeit mit dir verbringen.«

»Nun... mir und Ruby.«

»Ja, und Ruby. Aber weißt du was? Sie wächst mir ans Herz.«

Sophie blickte zu Ruby hinüber, die aus unbekannten Gründen damit beschäftigt war, alle Kissen auf allen Möbeln umzudrehen. »Ja, sie ist mir auch ans Herz gewachsen. Trotz meiner besten Bemühungen, sie nicht zu lassen.«

* * *

MIM BEGLEITETE sie auf der Autofahrt zum Flughafen, obwohl er zurückblieb, um Marcella zu helfen, während sie die Las Vegas-Mission abschlossen. Er half ihnen sogar dabei, ihre Taschen ins Flugzeug zu bringen, trotz ihrer Proteste.

Kurz bevor er gehen wollte, drehte sich Mim plötzlich um und zog Sophie in eine feste Umarmung. »Es war so viel Spaß, mit dir zu arbeiten.«

»Obwohl ich mich nicht gerne herausputze?«

»Das ist die Hälfte des Spaßes. Du bist eine Herausforderung,« antwortete Mim, zog sich aus der Umarmung zurück und gab Sophie ein übertriebenes Zwinkern.

»Mim,« rief Ruby und stieß Sophie grob aus seinen Armen. »Ich werde dich so sehr vermissen. Du bleibst in Kontakt, oder?«

»Natürlich. Ich hoffe, wir können viel öfter zusammenarbeiten. Lass uns bald mal zusammen einkaufen gehen,« bot Mim Ruby an und rieb sanfte Kreise auf ihren Rücken. Sophie bemerkte, dass er ihr nicht das gleiche Angebot machte – was klug war, da sie sich lieber ein Auge ausstechen würde, als in einen von Mims schicken Boutiquen zu gehen. »Seid ihr sicher, dass ihr mich nicht für eure Reise nach North Carolina braucht?«

»Ich glaube nicht. Es ist keine verdeckte Operation. Wir holen nur eine Bekannte ab,« antwortete Ruby und klammerte sich immer noch an Mim.

»Wenn sich das ändert, rufst du mich an,« befahl Mim und zauberte Visitenkarten hervor wie ein Zauberer – die Karten erschienen in seiner Hand wie aus dem Nichts – und gab jedem von ihnen eine.

Sophie starrte einen Moment auf die Karte hinab. Es war eine dicke, knackige weiße Karte, die in Gold geprägt war, mit nur *Mimir Verrat, Berater*, gefolgt von einer Telefonnummer darauf gedruckt.

Sophie stopfte sie in ihre Gesäßtasche, während Ruby und Mim sich eine letzte tränenreiche Umarmung gaben.

Sophie wählte einen der plüschigen leeren Sitze, setzte sich und schaute aus dem Fenster, wie Mim zurück in den schwarzen SUV stieg, mit dem sie angekommen waren. Harvey kurbelte sein Fenster herunter und hob seine Hand zu einem letzten Abschied, bevor er wegfuhr.

Der Pilot kam über die Lautsprecheranlage und teilte ihnen mit, dass der Flug etwas über vier Stunden dauern würde. Sophie war plötzlich sehr froh, dass sie einige Bücher für die Reise eingepackt hatte, obwohl es bis zu diesem Moment keine Zeit gegeben hatte, etwas Lesen einzuschieben.

Erst als der Jet anfing, die Startbahn entlang zu rollen, erinnerte sie sich daran, in Panik zu geraten. Wieder einmal Macs Hand greifend, übte sie langsames, gleichmäßiges Atmen. Als sie im Stillen mehrere Dutzend Atemzüge gezählt hatte, hatte der Jet seinen steilen Aufstieg in den Himmel beendet und sich auf seinen Kurs eingependelt.

Sobald das Anschnallzeichen erlosch, kam eine Flugbegleiterin vorbei und bot ihnen Frühstück an. Sophie nahm das Angebot eifrig an, da sie vor dem Verlassen des Hotels nicht gegessen hatte.

Während sie einen kleinen Stapel Pfannkuchen vernichtete und eine Tasse Kaffee trank, besprachen sie ihren Angriffsplan bezüglich der Suche nach der Hipster-Schwester, wie sie sie zu nennen begonnen hatten. Sie wollten Hipsters Weg durch die Innenstadt von Chapel Hill nachvollziehen und sehen, ob sie jemanden finden konnten, der sie kannte. Es war ein ziemlich dürftiger Plan, aber sie hatten nichts anderes, worauf sie sich stützen konnten.

Larry und Ruby hatten sich dafür entschieden, gegenüber von Mac und Sophie am Tisch zu sitzen, so dass sie eine Art Familienmahlzeit hatten, während sie strategisierten. Nachdem sie alle mit dem Essen fertig waren und die Flugbegleiterin ihr schmutziges Geschirr weggewischt hatte, beschloss Sophie, ihr Buch zu lesen, während sie eine zweite Tasse Kaffee genoss.

Sophie blickte aus dem Fenster auf die Welt unter ihnen. Es war eine atemberaubende, weitreichende Aussicht auf Felder, soweit das Auge reichte, die im Dunst des Horizonts verschwanden. Die Welt war ein Flickenteppich aus Grün- und Brauntönen, angelegt in Blöcken, die von winzigen Linien von Straßen und Flüssen durchschnitten wurden. Sophie fragte sich müßig, über welchen Teil des Landes sie gerade flogen, aber sie konnte sich nicht dazu bringen, den Blick vom Grün abzuwenden, um es herauszufinden. Sich nah an das runde Fenster lehnend, presste Sophie ihr Gesicht fast an das Fenster, um die Welt zu betrachten. Wie winzig alles war. Wie schnell alles vorbeizog.

Ihr Magen machte einen Satz, als das Flugzeug leicht schwenkte, was Sophie schwindelig und leicht übel werden ließ. Die Pfannkuchen und der Kaffee, die sie konsumiert hatte, schwappten gefährlich in ihrem Bauch, zwangen sie, sich vom Fenster zurückzuziehen, als Speichel sich in ihrem Mund zu sammeln begann. Die Augen schließend, versuchte sie, ihren rebellischen Magen zu beruhigen.

Larry holte seinen Laptop heraus und stellte ihn auf den Tisch, was Sophie von ihrer bevorstehenden Panik ablenkte.

»Ich hatte kaum Zeit, der Gabriel Cortez-Spur zu folgen. Da wir etwas Zeit haben, bevor wir ankommen, werde ich sehen, was ich finden kann,« erklärte er, als Ruby ihn fragte, woran er arbeitete. Sophie hatte die Suche nach dem Firmendrachen inmitten all des Herumrennens in Las Vegas und des Träumens von der Hipster-Schwester völlig vergessen.

Während Larry arbeitete, das Klicken seiner Tastatur zeugte von seiner Anstrengung, zog Sophie ein Taschenbuch heraus. Sie wurde schnell in die Geschichte einer weiblichen Ritterin hineingezogen, die auszieht, um einen Drachen zu töten, aber stattdessen mit ihm befreundet wird. Larrys Tippen machte ein beruhigendes Hintergrundgeräusch zu ihrem Lesen und wiegte sie in einen entspannten Zustand.

Mehr als eine Stunde später war Sophie völlig in ihr Buch vertieft, als ein triumphierendes Geräusch von Larry sie herauszog. Von den Seiten aufblickend und versuchend, aus einem Land voller Drachen und Ritter in die reale Welt zurückzukehren, hob Sophie eine fragende Augenbraue zu ihm.

»Wollt ihr gute Nachrichten?« Larry hielt inne, offensichtlich versuchend, ihre Spannung aufzubauen. Mac hatte sich mehr als einmal über Larrys Hang zur Effekthascherei beschwert. In diesem Moment konnte Sophie Mac nicht mehr zustimmen. Sie wollte Larry anschreien, zur Sache zu kommen, aber das würde ihn wahrscheinlich nur noch mehr verlangsamen.

»Ich habe den Firmendrachen gefunden.«

Larry hätte eine Bombe zu ihren Füßen fallen lassen können, und Sophie wäre weniger überrascht gewesen. Sie konnte nicht glauben, dass er sie so schnell gefunden hatte.

»Ich bin deiner Spur mit Cortez gefolgt – Sophie, übrigens bin ich beeindruckt von deinem genialen Vorschlag, Jobsuchwebsites zu durchsuchen – und habe sie zu Dolus Investments verfolgt. Mehrere Dutzend weibliche Angestellte waren in ihrem Bostoner Büro, also war es nur eine Frage, sie aufzuspüren. Der echte Name des Firmendrachens ist Alexis Agrona. Sie ist die Direktorin für Akquisitionen.«

»Heilige. Scheiße,« hauchte Sophie. Ihr Hals fühlte sich aus irgendeinem Grund eng an.

»Da wir bereits in einem Flugzeug sind, denkst du, wir sollten den Flug umleiten und stattdessen nach Boston fahren?« fragte Ruby.

»Ich glaube nicht. Ich habe Zugang zu den Kraftfahrzeugbehörden-Aufzeichnungen, also konnte ich ihre Adresse aufspüren. Wir wissen genau, wo sie ist. Wir können sie jederzeit holen. Ich denke, wir sollten uns darauf konzentrieren, die Hipster-Schwester zu finden,« sagte Larry. Mac nickte zustimmend. »Ich leite diese Informationen gerade an Marcella weiter.«

Sophie beobachtete, wie Larry den Anruf tätigte.

»Wow,« sagte Ruby, eine atemlose Qualität in ihrer Stimme. »Wir sind so nah daran, die letzten beiden fehlenden Teile zu finden. Wir werden zwei weitere von uns haben. Zwei weitere Scherben. Das ist verrückt.«

Sophie stimmte zu und fühlte sich eingeschüchtert von dem Gedanken, den Scherben erklären zu müssen, wer und was sie wirklich waren. Dem Firmendrachen und der Hipster-Schwester zu erklären, dass sie zerbrochene Stücke einer verstoßenen Fee mit einem gelöschten Gedächtnis sind, klang nicht wie ein Picknick.

Sophie war immer noch nicht ganz damit versöhnt, selbst ein Scherben zu sein. Und sie hatte einen Monat Zeit gehabt, sich daran zu gewöhnen. Vielleicht würden die Schwestern es nicht zu schätzen wissen, dass ihre Leben und Identitäten völlig auf den Kopf gestellt wurden. Vielleicht würden sie am Ende sie und Ruby hassen. Aber hatten sie nicht ein Recht darauf zu wissen, wer sie wirklich waren?

Sophie versuchte, zu ihrem Buch zurückzukehren, konnte sich aber nicht auf die Worte konzentrieren, weil sie damit beschäftigt war herauszufinden, ob sie das Richtige taten. Ihre Gedanken waren ein wirbelnder Strudel aus Zweifel und Sorge. Sie markierte schließlich die Seite, auf der sie war, und warf das Buch verärgert auf den Tisch. Sie kaute auf ihrem Daumennagel herum und versuchte herauszufinden, wie sie ihr die Neuigkeiten beibringen sollte.

»Du würdest es wissen wollen, oder?« fragte Sophie Mac.

»Häh?« antwortete Mac und sah verwirrt über Sophies plötzliche zufällige Frage aus.

»Entschuldigung, ich war mitten in einem Gedanken. Ich frage mich nur. Wenn du es wärst und du nicht wüsstest, dass du ein Scherben bist – würdest du es wissen wollen? Oder würdest du lieber dein Leben in Frieden leben, ohne etwas zu wissen, was gefährlich sein könnte?«

»Ja, ich würde es wissen wollen, auch wenn es meine Existenz komplizierter machen würde. Auch wenn es Ruby in mein Leben bringen würde.« Mac gab Ruby ein Zwinkern, als sie in gespielter Empörung schnaubte.

Larrys Telefon klingelte und riss Sophie aus ihren Gedanken. »Es ist Marcella,« kündigte er an.

Sophie lauschte schamlos, während Larry mit Marcella sprach. Sie konnte jedoch keines von Marcellas Worten verstehen, aber sie konnte die Aufregung in ihrer Stimme hören.

»Was hat sie gesagt?« verlangte Sophie zu wissen, in dem Moment, als Larry auflegte, und schnitt ihm das Wort ab, bevor er versuchen konnte, es in die Länge zu ziehen.

»Marcella ist bereit, den roten Teppich auszurollen, um noch einen von euch unter ihr Dach zu bekommen. Ich habe ihnen Alexis' Arbeits- und Wohnungsadressen geschickt. Sie werden jemanden schicken, um sie zu treffen und sie zu überzeugen, nach San Francisco zu kommen.«

»Oh, mein Gott. Wir werden einen der anderen Scherben treffen! Das ist so verrückt,« rief Ruby aus. »Ich weiß nicht einmal, ob ich aufgeregt oder verängstigt bin. Sie scheint wie so eine gemeine Zicke.«

»Sie ist ein Teil von euch, also kann sie nicht so schlecht sein.

Weil ihr großartig seid,« murmelte Larry und erntete ein aner-
kennnendes Gurren und einen Kuss von Ruby.

Nachdem die Aufregung abgeklungen war, holte die schlaf-
lose Nacht Larry schließlich ein, und er schlief mit dem Kopf auf
Rubys Schulter ein. Er begann in einer beeindruckenden Dezi-
bel-Lautstärke zu schnarchen und füllte den kleinen Jet mit
Schnaufen und Schnarchen. Sophie überlegte kurz, ihm eine
Socke in den Mund zu stopfen, um eine Pause von dem
obnoxiösen Geräusch zu bekommen, aber stattdessen zog sie
Mac hoch, damit sie einen anderen Platz so weit wie möglich von
den Geräuschen des hibernierenden Bären entfernt finden
konnten.

Sophie muss auch eingedöst sein, denn das nächste, was sie
wusste, war, dass die Flugbegleiterin sie sanft wachrüttelte und
ihr mitteilte, dass sie sich für die Landung anschnallen musste.

Larry stand von seinem Stuhl auf und machte sich auf den
Weg zu Sophie. Er winkte die Flugbegleiterin ab, als sie ihm
mitteilte, dass er zu seinem Platz zurückkehren und sich
anschnallen musste. »Ich brauche nur einen Moment.«

Er hielt seine Hand aus, und eine blaue Kugel saß auf seiner
Handfläche. Sie sah vage aus wie ein Ball, der etwas von seiner
Festigkeit verloren hatte. Sie hatte eine glänzende, fast klebrig
aussehende Textur.

»Was ist das?« fragte Sophie.

»Ruby erwähnte, dass du ein wenig Angst vor dem Fliegen
hast. Nun, vor der Landung, nehme ich an. Also habe ich dir das
gemacht. Wenn du ihn hältst, während du Angst hast oder nervös
bist, nimmt er negative Gefühle auf, sodass sie weniger stark
sind,« erklärte Larry und grub seine Zehe in den Teppich, als
wäre er besorgt über Sophies Reaktion.

»Du hast das für mich gemacht?« fragte Sophie und nahm den
Ball vorsichtig aus seiner Hand.

Larry nickte.

Er fühlte sich schwerer an, als er aussah. Der Ball hatte eine dicke Haut, die sich wie Gummi-Silikon anfühlte. Er sah klebrig aus, aber er fühlte sich trocken und fast pudrig an, als sie ihren Daumen darüber rieb. Als Sophie ihn drückte, gab das Material im Inneren unter ihrem Griff nach, als wäre es mit Gel oder Schaum gefüllt, aber es hatte einen festen Kern, der Sophie an einen Fruchtkern erinnerte. »Es ist ein Stressball,« bestätigte Sophie. »Ein magischer Stressball. Was ist drinnen?« Als sie ihm einen weiteren Druck gab, ließ ein Prickeln ihre Handfläche kribbeln.

»Es ist der Trank.«

»Was ist das harte Stück in der Mitte?« fragte Sophie und drückte fester, um ein besseres Gefühl für den festen Kern des Balls zu bekommen.

Larrys Augen leuchteten auf. »Es ist ein Bezoar-Stein von einem Einhorn. Sie können schwer zu bekommen sein, aber ich kenne einen Typ.«

»Was ist ein Bezoar-Stein?«

Etwas an dem Ausdruck auf Larrys Gesicht ließ sie denken, dass sie die Antwort nicht mögen würde. »Es ist eine gehärtete Masse aus gekauten Haaren, die sich in den Mägen einiger Tiere bildet – oft Ziegen oder Ochsen. Es bildet sich ähnlich wie eine Perle, wobei sich Schichten aus Kalzium und Magnesiumphosphat um die unverdauten Pflanzenfasern oder Haare legen. Bezoar-Steine werden oft als Gegenmittel für Gift verwendet und sind mit erstaunlichen Heilkräften ausgestattet, besonders die von Einhörnern. Wie du weißt, sind Einhörner berühmt für ihre Heilkraft.« Sophie wusste nichts dergleichen, aber sie würde Larry das nicht sagen. »Dann habe ich eine Caladrius-Feder verwendet, um die Flüssigkeit zu erschaffen, in der der Bezoar-Stein schwebt.«

Sophie befürchtete, dass sie es bereuen würde zu fragen, aber sie war bereits so weit in die Erklärung hinein. »Eine Caladrius-Feder?«

»Es ist dieser legendäre schneeweiße Vogel, der Krankheit

und Infektion in sich selbst absorbiert und die kranke Person von ihrer Krankheit heilt. Die Art, wie ich den Trank erschaffen habe, in dem der Bezoar schwimmt, kombiniert sich die Magie in der Flüssigkeit mit dem Stein, so dass ich die Kraft der Feder umleiten konnte, um mentale sowie körperliche Schmerzen zu absorbieren.«

»Ich weiß nicht, was ich sagen soll,« sagte Sophie und schluckte schwer, um die Worte herauszubringen. »Danke, Larry. Das ist unglaublich aufmerksam. Ich schätze es wirklich.«

»Oh, und er ist auf deine spezifische Aura abgestimmt, also wird er wirklich nur für dich funktionieren.«

»Mein ganz persönlicher Reise-Stressball.« Sophies Augen fühlten sich heiß an, als sie auf den Ball hinabblickte, den sie in der Hand hielt.

»Außerdem habe ich eine Hülle dafür gemacht. Ich musste sie mit Eisen auskleiden, damit er nicht umherschweifende Magie und Gefühle absorbiert, wenn du ihn nicht willst,« bot Larry an, seine Augen strahlten, erfreut darüber, dass er Sophie bewegt hatte. Larry hüpfte zurück zu seinem Platz und wühlte in seiner Ledertasche, zog eine einfache Holzschachtel mit Scharnier etwa in der Größe eines Zauberwürfels heraus.

»Der Stressball absorbiert auch Magie?« fragte Sophie und steckte den Ball und seine Hülle in ihre Tasche.

»Ein wenig. Du bist in keiner Gefahr, ausgelaugt zu werden. Er ist einfach zu klein, um einen Unterschied zu machen. Außerdem nimmt er meist nur Umgebungsmagie auf, die einfach herumschwebt.«

»Das ist wirklich cool, Larry. Und du hast diesen Zauber erschaffen?« fragte Sophie. Als Larry nickte, pfiff Sophie. »Du bist ein verdammt guter Hexenmeister, Larry. Das Conclave sollte besser wissen, wie viel Glück sie mit dir haben.«

Larrys Ohren wurden rot vor Verlegenheit, aber seine Augen strahlten vor Vergnügen. Er senkte den Kopf dankend, bevor er zu seinem Platz zurückkehrte.

Als sich der Jet der Landebahn näherte, drückte Sophie ihren Stressball und knetete ihn in festem Griff. Wie Larry vorhergesagt hatte, machte die Landung Sophie diesmal nicht so viel Angst. Vielleicht lag es daran, dass sie wusste, was sie erwarten konnte, oder vielleicht daran, dass sie die letzten beiden Male nicht gestorben war. Aber hauptsächlich schrieb Sophie es dem Ball zu, den Larry ihr gegeben hatte.

Sie hielt immer noch mit ihrer freien Hand an Mac fest, aber war nicht so in ihrer Angst verloren, dass sie ihre Nägel in seinen Arm grub. Der Jet ruckelte, als die Räder die Landebahn berührten, gefolgt von dem Druck, der sie in ihren Sitz drückte, als der Pilot scharf abbremste und ihr den Atem aus den Lungen presste. Sophie konnte ihre Angst und Besorgnis immer noch auf eine gedämpfte Art spüren, aber fühlte, wie die Panik ihren Arm hinab und in den Stressball abfloss.

»Ich hasse Fliegen immer noch,« verkündete Sophie Mac, sobald der Jet schließlich aufhörte zu rollen. Sie brauchte keine Antwort, noch erwartete sie eine; sie musste nur das Universum wissen lassen. Mac tätschelte ihre Hand mitfühlend, kommentierte aber nicht. »Aber das war so viel besser.«

Als sie sich abschnallten und anfingen, ihre Sachen zu sammeln, öffnete die Flugbegleiterin die Tür, um sie aus dem Jet zu lassen. Ein Schwall kalter Luft rauschte durch die Öffnung und ließ Sophie zu ihrem Gepäck zurückkeilen, um den Mantel zu finden, den Mim ihr in Vegas besorgt hatte.

Als sie aus dem Flugzeug trat, blieb Sophie oben auf der Metalltreppe stehen und betrachtete den Flughafen, an dem sie gelandet waren. Sie befanden sich auf einem privaten Flugplatz – der jedoch verlassen und primitiv wirkte. Es gab eine einzige asphaltbedeckte Landebahn voller unkrautgefüllter Schlaglöcher. Seitlich der Landebahn stand ein einzelnes Gebäude, eine große scheunenartige Struktur aus Brettern, deren weiße Farbe in langen Streifen abblätterte. Ein paar kleine einmotorige Flugzeuge waren abseits der anderen Seite des Hangars geparkt.

Ein Mann in Mechanikeroveralls wartete am Fuß der Treppe. Mit einer steifen Verbeugung – nur eine Neigung seines Kopfes – überreichte der Mann Ruby einen Schlüsselsatz und zeigte auf eine schwarze Limousine, die neben dem Hangar gegenüber den Flugzeugen geparkt war. Er teilte ihr mit, dass ihr Auto betankt und fahrbereit sei.

»Wenn ihr damit fertig seid, könnt ihr es an diesen Platz zurückbringen. Lasst einfach die Schlüssel auf dem Armaturenbrett liegen.« Ohne ein weiteres Wort drehte sich der Mann um und ging zurück in den Hangar.

Ruby starrte dem Mann eine Minute lang mit einem verdrießlichen Blick nach. »Ich vermisse Mim,« beklagte sie sich.

Mac entschied sich zu fahren, da Larry immer noch erschöpft war. »Die gute Nachricht ist, dass dieser Ort nicht weit von unserem Ziel entfernt ist.«

Angeschnallt auf dem Beifahrersitz neben Mac, verschränkte Sophie ihre Hand mit seiner und starrte aus dem Fenster. »Ich war noch nie an der Ostküste,« murmelte sie.

North Carolina entsprach Sophies Erwartungen – und dann doch wieder nicht. Sie nahm an, dass es Sinn machte – sie hatte nur Stereotypen als Referenz. Sie fuhren eine schmale, zweispurige Straße hinunter, die sich durch bergiges Terrain schlängelte, mit einem bunten Blätterdach des Herbstlaubs über ihnen. Gelbe, rote und braune Blätter trieben über die Straße, aufgewirbelt in einen wirbelnden Maelstrom durch das Vorbeifahren ihres Autos. Sogar die Luft roch hier nach Herbst.

Die Aussicht außerhalb des Autofensters war malerisch, wie etwas aus einem ruhigen pastoralen Traum. Sogar die fallenden Blätter schienen schläfrig zu Boden zu treiben – zumindest bis das Fahrzeug ihre friedliche Existenz störte und sie wirbelnd und purzelnd Ende über Ende schickte.

Hinweise auf Menschlichkeit kündigten an, dass sie sich der Stadt näherten: eine einsame, ausgefahrene Auffahrt mit einem Briefkasten, eine Hütte, die sich in den Wäldern versteckte und durch die Bäume spähte, ein Pfahl-und-Schienen-Zaun, der die Straße säumte. Schnell verwandelten sich diese in eine antike Tankstelle, einen Baumaschinenverleih und eine dunkle Bar, die für die Tagesstunden geschlossen war. Mehr und mehr Zeichen des Lebens begannen die Straße zu säumen, bis sie sich in den Vororten von Chapel Hill wiederfanden.

Es gab viele rotgebackene, säulengeschmückte Gebäude, die förmlich und stattlich aussahen. Die Straßen waren breit und üppig von Bäumen gesäumt. Als Mac in die West-Franklin einbog, erwachten Sophie und Ruby im Auto zum Leben und sahen aus wie Bluthunde, die eine Duftspur aufgenommen hatten.

»Das kommt mir so bekannt vor,« rief Ruby aus und presste sich an das Autofenster wie ein Kind, das in ein Spielzeuggeschäft blickt.

Mac fand einen Platz zum Anhalten und parkte auf der Straße.

»Ich denke, wir sollten uns aufteilen,« schlug Sophie vor, nachdem sie alle aus dem Auto gestiegen waren.

»Was? Warum?« fragte Ruby und gab Sophie einen verletzten Blick.

»Denk darüber nach. Es könnte überwältigend für die Hipster-Schwester sein, wenn wir beide auf einmal über sie herfallen. Sie weiß nicht, dass wir überhaupt existieren, außer vielleicht als seltsame Träume, und dann sind wir hier und schließen uns direkt vor ihrem Gesicht zusammen und erzählen ihr, dass ihr ganzes Leben eine Lüge ist. Wenn sie zuerst nur eine von uns trifft, können wir sie sanft daran gewöhnen. Außerdem können wir so mehr Boden abdecken.«

»Oh, das macht Sinn,« antwortete Ruby und sah besänftigt aus. »Aber schreib mir, wenn du sie findest.«

»Das werde ich,« versprach Sophie.

Ruby und Larry machten sich zum entgegengesetzten Ende der Straße auf und begannen an dem frühesten Ort, an den sie sich aus dem Traum erinnern konnten. Sophie und Mac entschieden sich, bei Die Lila Schale zu beginnen, wo sie wussten, dass das Personal mit der Hipster-Schwester vertraut war.

Als sie die Tür öffnete, strömte ihr sofort der Duft von Beeren und Vanille entgegen. Es ließ ihren Magen knurren.

»Emmie! Zweimal an einem Tag zu besuchen. Das muss mein Glückstag sein,« begrüßte der Mann aus dem Traum Sophie, als sie sich der Theke näherte. Als sie näher kam, wechselte sein Gesichtsausdruck langsam von Freude zu wachsamer Verwirrung – als könnte er spüren, dass etwas nicht stimmte, aber nicht herausfinden, was es war.

Sophie blickte auf das Namensschild, das an seiner Brust befestigt war.

»Hallo, äh, ich bin nicht Emmie. Ich bin ihre Schwester und suche nach ihr. Ich hoffe, Sie können mir helfen, Barry,« antwortete Sophie und gab dem Mann ihr gewinnendstes Lächeln.

»Oh, nun, ich bin nicht sicher, wie viel ich helfen kann,« antwortete Barry und sah entschieden unbehaglich aus.

»Alles, was Sie wissen, würde helfen. Mein Name ist Sophie. Wissen Sie, ob sie hier in der Nähe wohnt?«

»Ich weiß nicht, wo sie wohnt, und selbst wenn ich es wüsste, bin ich nicht wohl dabei, Fremden diese Art von Informationen zu geben. Auch wenn es offensichtlich Familienmitglieder sind. Es mag einen Grund geben, warum Emmie nicht will, dass Sie wissen, wo sie wohnt.«

Mac zog seine Brieftasche heraus und zeigte dem Mann seine Polizeimarke. »Es ist tatsächlich eine Polizeiangelegenheit. Sie würden bei einer laufenden Untersuchung helfen. Alles, was Sie uns über sie erzählen können, wäre hilfreich.«

Leider wusste Barry nicht viel. Er wusste, dass sie Emmaline hieß, aber sich Emmie nennen ließ. Sie arbeitete irgendwie als Autorin. Er dachte, es hatte etwas mit Software-Dokumenten oder Benutzerhandbüchern zu tun, aber er war sich nicht sicher. Sie wohnte in der Nähe, aber Barry hatte keine Adresse. Er erzählte ihnen auch, dass Emmie normalerweise mehrmals pro Woche zum Frühstück in sein Café kam.

»Danke für Ihre Hilfe,« versicherte Mac dem besorgten Mann und schob Barry eine Visitenkarte zu. »Wenn Sie Emmie sehen, könnten Sie mich anrufen? Ich werde mehrere Tage in der Stadt sein.«

Barry nickte mit dem Kopf, Neugier blühte in seinen Augen auf.

Sophie und Mac gingen langsam die Straße entlang und hielten in jedem Laden an. In den meisten Orten kannten sie Emmie flüchtig, wussten aber nichts über sie. Sie hatten schließlich Erfolg im Sushi-Restaurant. Es war ein kleinerer Ort mit nur wenigen Tischen und einer langen Theke an der Sushi-Bar. Basierend auf dem Herumwuseln der Lieferfahrer, die ein- und ausgingen und Taschen griffen, verließ sich der Ort mehr auf Lieferung als auf Vor-Ort-Dining.

»Emmie, möchten Sie Ihren üblichen Tisch?« fragte die Frau am Empfangstresen, als Sophie und Mac das Restaurant betraten. »Und wer ist das?«

Das Gesicht der Frau begann wachsam auszusehen, ähnlich wie Barrys, als sie bemerkte, dass etwas anders an 'Emmie' war.

Sophie und Mac gingen durch dieselbe Rede, die sie Barry und den anderen Ladenbesitzern gegeben hatten. Als Mac ihr seine Polizeimarke gezeigt hatte, nickte die Frau und wirkte nachdenklich.

»Wir haben ein paar Mal zu ihr nach Hause geliefert. Ich glaube, wir haben ihre Daten in unserem System gespeichert.«

Sophie biss sich auf die Lippe und gab Mac einen nervösen Blick, als die Frau anfing, in ihren Computer zu tippen.

Die Frau rief triumphierend: »Ja, ich habe sie hier. Emmaline Tallis. 635 Duncan Street, Wohnung 314.«

# KAPITEL 15

Sophie stand vor dem Avalon Park-Apartmentgebäude und hielt Macs Hand in einem Todesgriff. Ruby und Larry standen neben ihnen und sahen genauso angespannt aus, wie Sophie sich fühlte.

Das Gebäude war U-förmig mit einem Innenhof in der Mitte. Es sah kastenförmig und modern aus im Vergleich zum Rest der schattigen, verschlafenen, baumgesäumten Straße. Es schien vor allem von Studenten bewohnt zu sein – darauf ließ die Anzahl der Leute schließen, die in UNC-Chapel Hill-Hoodies eilig durch das Haupttor ein- und ausgingen.

Sophie beobachtete, wie eine Eiche ihre Blätter auf den Innenhof fallen ließ. Die bunten Blätter drifteten in langsamen, trägen Wirbeln, bevor sie auf dem mit Ziegelsteinen gepflasterten Gehweg zur Ruhe kamen.

»Ich denke, du solltest mit ihr sprechen, Sophie,« kündigte Ruby an.

»Ich? Nein. Du bist doch die mit dem freundlichen Wesen,« entgegnete Sophie.

»Nein. Du musst es sein. Sie wird dir vertrauen. Ich bringe die Leute eher dazu, sich unwohl zu fühlen oder genervt zu sein.

Wenn du diejenige bist, die Emmie erzählt, wer und was sie ist, wird sie dir glauben. Und wenn du ihr sagst, dass wir hinter ihr stehen und ihr helfen werden, wird sie wissen, dass es wahr ist. Du bist ehrlich bis ins Mark, und das sieht man dir an,« antwortete Ruby mit fester Stimme. »Du musst es sein.«

Larry zeigte auf eine Bank in einer Laube mit Spalier. »Wir sind gleich da drüben – und helfen, falls du uns brauchst.«

Larry zog Ruby zu dem Sitz, bevor Sophie weitere Argumente formulieren konnte. Sie murrte leise vor sich hin, als sie beobachtete, wie sie sich auf die Bank setzten und sie mit Nachdruck zu den Treppen baten, die zu Emmies Apartment führten.

»Ich werde das bestimmt vermasseln.« Obwohl sie fast den ganzen Flug darüber nachgedacht hatte, war Sophie nicht darauf gekommen, was sie dieser neuen Scherbe sagen sollte. Wie erklärt man jemandem taktvoll, dass man sein ganzes Leben auf den Kopf stellt? Sie spürte kaum den scharfen Herbstwind, der ihr mit eisigen Fingern über die Wangen strich, während sie auf die Tür im dritten Stock starrte, die zu Emmies Apartment führte.

Mac legte einen Arm um ihre Taille und drückte sie sanft an sich. »Das muss doch besser laufen als ihr euch kennengelernt habt, oder?«

Sophie schnaubte, als die Erinnerung an Ruby, die auf Alphonses Rücken sprang – der Alpha-Wolfsgestaltwandler, der sie beide zu ermorden suchte – während sie eine Giftspritze schwang, in ihrem Kopf auftauchte. »Gott, ich hoffe es.«

Zusammen stiegen sie die Treppen zu Emmies Stockwerk hinauf. Apartment 314 liegt im westlichen Flügel des Gebäudes, ein paar Türen von der Treppe entfernt. Als sie vor dem Eingang zu Emmies Wohnung stehen blieben, musste Sophie innehalten und mehrere langsame Atemzüge nehmen, um ihre nervösen Nerven zu beruhigen.

Schließlich hob Sophie ihre Hand und klopfte dreimal fest an die Tür.

»Moment. Ich komme,« rief eine Frauenstimme, die unheimlich wie Rubys klang, von der anderen Seite der Tür. Jedoch war da eine Sanftheit in dem Ton, die sowohl in Sophies als auch in Rubys Sprache fehlte.

Die Tür schwang einen Moment später auf, und da stand sie in der Öffnung. Sie sah genau wie Sophie und Ruby aus, außer dass ihr schwarzes Haar zu einem Bob geschnitten war, der knapp unter ihr Kinn schwang.

Emmies Augen weiteten sich vor Überraschung und Angst, ihr Mund klappte auf, aber keine Worte kamen heraus.

»Hallo,« begann Sophie. »Das wird seltsam sein, aber ich bin—«

Emmie schlug die Tür zu. Das Klicken eines Riegels und das Klirren einer Sicherheitskette, die in Position glitt, waren laut in der plötzlichen Stille. Sophie warf Mac einen besorgten Blick zu und fragte sich, was sie nun tun sollte.

»Äh, was jetzt?« flüsterte Sophie. »Sie schien nicht begeistert zu sein, mich zu sehen.«

»Du schaffst das,« antwortete Mac und stupste sie mit seiner Hand an, um Sophie aus ihrer überraschten Erstarrung zu befreien.

Sophie klopfte wieder, aber es herrschte nur Stille aus dem Apartment. Sie trat nah an die Tür heran, um sicherzustellen, dass Emmie ihre Worte hören konnte. »Hey, ich weiß, das ist seltsam, okay? Es ist auch seltsam für mich. Aber ich brauche dich, um zuzuhören. Mein Name ist Sophie Feegle, und ich bin deine Schwester – obwohl es viel komplizierter ist als das. Es gibt tatsächlich fünf von uns da draußen. Ich habe eine andere gefunden, und ihr Name ist Ruby Rivers. Wir haben seltsame Fähigkeiten—«

Sophie schloss ihren Mund mit einem Schnappen, als sie das Klicken des Riegels hörte. Die Tür öffnete sich langsam einen Spalt, die Sicherheitskette war noch an Ort und Stelle. Emmie spähte durch die Lücke und starrte Sophie mit misstrauischen Augen an.

»Was für Fähigkeiten?«

»Nun... wenn ich eine Leiche berühre, bekomme ich eine Vision von den letzten Erinnerungen dieser Person, bevor sie starb. Ich nutze diese Fähigkeit, um Morde zu lösen. Rubys ist anders. Wenn sie jemanden berührt, der einen Mord begangen hat, kann sie ihr Verbrechen sehen.«

Emmie schwieg und schien die Information zu verarbeiten.

»Was willst du von mir? Warum bist du hier?« fragte sie schließlich.

Sophie verzog das Gesicht, weil sie nicht über Magie und Scherben auf Emmies Haustürschwelle in der Kälte erklären wollte.

»Ruby und ich haben kürzlich Informationen erfahren, die unsere Fähigkeiten, Geschichte und warum es fünf von uns gibt, erklären. Es ist keine schöne Geschichte, aber du verdienst es zu wissen, wer und was du bist.«

»Warum sollte ich dir vertrauen?« fragte Emmie, Misstrauen durchzog noch immer ihre Stimme.

»Warum sollte ich lügen?« erwiderte Sophie mit einem Achselzucken.

Emmie schloss die Tür wieder. Sophies Schultern begannen sich vor Niederlage zu senken, als die Tür wieder vollständig geöffnet wurde. Emmie stand in der Öffnung und gab Sophie und Mac lange Blicke von Kopf bis Fuß. Sie trug eine pfirsichfarbene Yogahose und eine graue Strickjacke über einem schlichten weißen T-Shirt, als hätte sie sich für einen Tag zum Faulenzen in ihrer Wohnung angezogen. Sophie fühlte sich ein wenig schlecht, weil sie wusste, dass sie dabei war, den Tag dieser Frau zu ruinieren und wahrscheinlich ihr Leben auf eine Weise zu verändern, die sich nie wieder rückgängig machen lässt.

»Kommt rein,« sagte Emmie, wich zurück und ging wieder in ihr Apartment. Sie blickte weiter über die Schulter zu Sophie, als wäre sie sich nicht sicher, ob sie dachte, Sophie würde angreifen oder verschwinden, wenn sie zu lange von ihr wegblickte.

Sophie warf Mac einen nervösen Blick zu und folgte dann Emmie ins Apartment. Mac trat hinter ihr ein und schloss die Tür.

Emmie führte sie durch ihre Küche, wo es eine kleine Fensternische gab. In der Ecke stand ein Mülleimer, der fast mit toten Pflanzen überquoll. Es sah aus, als hätte Emmie genauso wenig einen grünen Daumen wie Sophie.

Es gab einen runden Esstisch mit vier Stühlen in dem Raum. Auf dem Tisch stand ein geöffneter Laptop mit einer Keramiktasse daneben. Emmie setzte sich hin und klappte den Computer zu.

»Bitte, setzt euch,« sagte sie und deutete auf die Stühle um den Tisch. Sophie nahm den Stuhl gegenüber von Emmie. Mac blieb in der Küche stehen und lehnte sich gegen die Arbeitsplatte. Sophie war dankbar, dass er ihnen etwas Privatsphäre ließ.

Während Emmie sie erwartungsvoll anstarrte, versuchte Sophie zu formulieren, wie sie alles erklären sollte. Sie starrten sich an und nahmen die Details des anderen in sich auf. Sophie sah, wie Emmie ihre abgekauten Fingernägel anstarrte und Sophies Outfit und Haare betrachtete. Es war, als würde Emmie ihre Ähnlichkeiten und Unterschiede katalogisieren und versuchen herauszufinden, ob sie zusammenpassten. Sophie ließ sie schauen, während sie dasselbe tat.

Emmie wirkte irgendwie schmächtiger als Sophie. Sie wirkte... sanfter. Vielleicht lag es an ihrer bequemen Kleidung, dem Fehlen von Tätowierungen oder an ihrem Haarschnitt, der sie weicher wirken ließ. Vielleicht war es die Art, wie sie in sich zusammenzuschrumpfen schien, während Sophie sie anstarrte, als würde sie versuchen, sich vor Schaden zu schützen. Oder wie sie sich immer wieder eine Haarsträhne hinter das Ohr strich und dabei jedes Mal den Kopf senkte.

»Okay, ich werde dich jetzt mit einer Menge Informationen

überhäufen. Sag mir Bescheid, wenn es zu viel wird,« sagte Sophie warnend. »Es gibt Menschen auf dieser Welt mit Magie. Es gibt Hexenmeister, Hexen, Oger, Gestaltwandler, Feen und viele mehr. All diese magischen Wesen werden Mythische Wesen genannt. Wir sind Mythische Wesen – du und ich. Und Ruby.«

»Ich bin ein... Mythisches Wesen. Ein magisches Wesen?«

»Ja. Wir beide sind es. Wir sind Feen.«

»Feen?« wiederholte Emmie. »Wie Feen?«

»Irgendwie, aber nicht wie die Medien sie darstellen. Sie, also wir, haben keine Flügel oder spitzen Ohren, aber Feen verfügen über viele verschiedene Arten von Magie. Ursprünglich stammen sie aus dem Feenreich, das so etwas wie eine andere Dimension ist, soweit ich das verstanden habe.«

»Das ergibt keinen Sinn. Warum weiß ich nichts davon? Warum haben mir meine Eltern nichts davon erzählt?«

*Oh je, hier geht es los*, dachte Sophie. Sie begann eine Erklärung darüber, wie sie früher eine Person waren, bevor Königin Maeve sie in Scherben verwandelte und ihre Erinnerungen löschte.

»Also sagst du mir, dass wir früher eine Person waren – ein magisches Feenwesen – und wir haben etwas getan, um diese Feenkönigin zu verärgern. Sie hat uns dann in fünf separate Wesen aufgeteilt, um unsere Macht zu reduzieren.« Emmie hielt inne. Sophie nickte zur Bestätigung. Emmie fuhr fort: »Diese Königin hat uns in Scherben zerbrochen, unser Gedächtnis gelöscht und uns hier auf der Erde ins Exil geschickt, ohne dass wir eine Ahnung hatten, wer oder was wir sind. Sagst du, meine Eltern waren nicht real?«

»Irgendwie. Ruby und ich... wir haben unsere Geschichten untersucht. Die Menschen, die wir für unsere Eltern hielten, existierten, aber wir waren nicht ihre Kinder. Als sie das mit uns machten, wählten sie einfach zufällige Menschen aus, die kürzlich gestorben waren, und wählten sie für unsere Eltern. Dann fälschten sie unsere Erinnerungen und die Papiere, um es legitim erscheinen zu lassen.« Sophies Worte starben bei dem Blick auf

Emmies Gesicht. »Schau, ich weiß, es ist viel. Ich komme selbst noch damit zurecht.«

»Wie soll ich dir glauben? Welchen Beweis hast du?«

Sophie hielt inne und versuchte herauszufinden, wie sie Emmie beweisen sollte, dass sie nicht menschlich war. Der einzige Grund, warum Sophie so bereitwillig geglaubt hatte, dass sie ein Scherben war, war, dass sie bereits viel Magie gesehen hatte. Ihre Fähigkeit, Todesvisionen zu sehen, machte es unmöglich zu argumentieren, dass sie völlig menschlich war. Vielleicht war das auch die Antwort für Emmie.

»Hast du seltsame Fähigkeiten? Etwas, das du nicht erklären kannst?« fragte Sophie.

Emmie zögerte und biss sich auf die Lippe, als wollte sie etwas sagen, war sich aber unsicher, ob sie sollte.

»Du musst dir keine Sorgen machen oder Angst haben. Was auch immer du tun kannst, es wird okay sein. Ich verspreche, ich bin hier, um zu helfen, aber wenn du noch nicht darüber sprechen möchtest, ist das in Ordnung,« versuchte Sophie sie zu beruhigen. »Eigentlich habe ich vielleicht einen Beweis, aber ich möchte dich nicht weiter erschrecken.«

»Ich bin mir nicht sicher, ob du das kannst.«

Sophie entschied sich, Emmie nicht darauf herauszufordern.

»Als die Königin uns zerscherbte, ließ sie magische Glyphen auf unsere Schädel setzen, die wie Tätowierungen aussehen. Diese Tätowierungen unterdrücken unsere Kräfte und lassen uns menschlich erscheinen für alle, besonders für andere Mythische Wesen, die solche Dinge spüren können. Ich kann dir meine zeigen, obwohl Rubys leichter zu sehen ist, weil wir vor kurzem den Bereich auf ihrem Kopf rasiert haben.«

»Zeig es mir einfach,« befahl Emmie, Angst kämpfte mit Ungeduld in ihrem Gesicht.

Sophie rückte auf den Stuhl neben Emmie und drehte ihren Kopf, um Emmie zu zeigen, wo sie suchen sollte, um die auf ihrer Kopfhaut versteckte Tätowierung zu finden. Emmie kämmte

einen Moment lang mit ihren Fingern durch Sophies Haarsträh-
nen, bevor sie plötzlich aufsprang und aus dem Raum eilte.

Sophie folgte Emmie in langsamerem Tempo, weil sie sie
nicht bedrängen wollte. Sophie fand sie in einem Flurbadezim-
mer, wo sie auf der Waschbeckentheke saß und versuchte, einen
Handspiegel so zu winkeln, dass sie die Seite ihres Kopfes sehen
konnte.

»Hier, lass mich dir helfen,« sagte Sophie ruhig und beruhigend. Sie fühlte sich, als wäre sie in der Gegenwart eines aufge-
scheuchten, wilden Tieres. Ein falsches Geräusch, und Emmie
würde fliehen. Sie nahm den Spiegel aus Emmies widerstands-
losen Händen und half ihr, den richtigen Winkel zu finden.
Emmie teilte ihr Haar mit zitternden Fingern an derselben Stelle,
wo Sophies Tätowierung residierte. Die schwarzen Linien
stachen scharf gegen die blasse Haut ihres Schädels hervor und
stachen wie ein Leuchtfeuer hervor. Sie versuchte, die Linien
nachzuverfolgen, um eine Vorstellung vom ganzen Bild zu
bekommen, aber ihre Haare waren im Weg.

Emmie blickte vom Spiegel weg und begegnete Sophies Blick.
Emmies Augen waren wild und verloren. Und Sophie fühlte sich
wie ein Arschloch, weil sie die Welt dieser Frau zerstört hatte. Sie
sah nicht, wie sie eine Wahl hatte. Es war scheiße, aber es war
besser, dass Emmie die Wahrheit kannte.

»Wir sollten es rasieren, damit ich es sehen kann. Ich möchte
sehen, wie es aussieht.« Emmie sprang von der Theke und riss
eine der Badezimmerschubladen auf. Sie wühlte durch die
Schublade und schob alles hastig aus dem Weg.

»Hey, hey. Das ist nicht nötig. Ich kann Ruby holen und dir
ihre zeigen. Sie sieht genauso aus,« sagte Sophie.

Emmie sackte zusammen und klammerte sich mit
verkrampften Händen an die Schubladenkanten. Sophie stand
unbeholfen direkt in der Tür und hielt noch immer den Spiegel.
Emmie murmelte etwas unter ihrem Atem, das verdächtig nach
'Hör auf. Reiß dich zusammen' klang, bevor sie sich aufrichtete

und Sophie einen entschlossenen Blick zuwarf. »Ja, hol sie herauf. Ich möchte es sehen.«

Sophie schickte eine schnelle Nachricht, die Ruby und Larry aufforderte, sich ihnen anzuschließen, und folgte Emmie aus dem Badezimmer zurück in die Küche. Emmie öffnete einen Schrank und griff nach einem Glas, füllte es mit zitternden Händen mit Wasser aus dem Wasserhahn. Als ein Klopfen an der Haustür kam, erschrak Emmie so heftig, dass sie die Tasse ins Spülbecken fallen ließ. Zum Glück war die Tasse nicht aus Glas, also ging sie nicht kaputt.

»Ich gehe an die Tür,« bot Sophie an, was Emmie mit einem erleichterten Nicken annahm.

Als sie die Haustür öffnete, hielt Sophie einen Finger an ihre Lippen. »Sie ist gerade ziemlich aufgebracht. Sie möchte euch treffen und die Sigilltätowierung sehen,« flüsterte Sophie und führte sie hinein.

»Hey, Emmie. Das sind Ruby und Larry,« verkündete Sophie, als sie eintraten.

Ruby und Larry gesellten sich zu Sophie am Tisch, während Mac zu seinem Platz in der Küche zurückkehrte.

»Also... diese Leute wissen über uns... Über wer und was wir sind?« fragte Emmie langsam und blickte von Larry zu Mac.

»Ja, Mac ist mein Freund und Larry ist Rubys Freund. Aber sie sind beide auch Mythische Wesen.«

»Sind sie auch Feen?«

»Ich bin ein Fuchsgestaltwandler,« erklärte Mac.

»Fuchsgestaltwandler,« wiederholte Emmie langsam und warf Mac einen ungläubigen Blick zu.

»Ja. Es ist wie ein Werwolf zu sein, aber ich kann mich in einen Fuchs verwandeln, und ich tue es nach Belieben. Es gibt viele, viele Arten von Gestaltwandlern auf der Welt. Wolf, Bär, Drache, Waschbär, Katze, Schneegans.« Mac warf Sophie ein neckisches Grinsen zu bei der Erwähnung der Gestaltwandler-typen ihrer Freunde. »Praktisch jedes Tier, an das du denken kannst, und einige Kreaturen, die Menschen für Legenden halten.«

»Und was bist du? Bist du ein Gestaltwandler?« fragte Emmie Larry.

»Nein, ich bin ein Hexenmeister. Das ist eine Art Magienutzer. Ich bin Detective Larry Turner, zu Diensten,« sagte Larry und streckte die Hand zum Gruß aus. Emmie wich vor Larrys ausgestreckter Hand zurück, was ein momentanes Stirnrunzeln auf sein Gesicht zog. Er steckte seine Hand zurück in seinen Schoß und ignorierte Emmies seltsame Reaktion.

»Entschuldigung, ich will nicht unhöflich sein,« erklärte Emmie mit einem gequälten Ausdruck auf ihrem Gesicht. »Es ist nur... manchmal, wenn ich gestresst, aufgebracht oder wütend bin und dann jemanden berühre, kann ich ihn versehentlich krank machen.« Bei Sophies hochgezogenen Augenbrauen eilte Emmie sich zu erklären. »Ich meine es nicht so. Es passiert einfach manchmal, also muss ich vorsichtig sein. Ich habe das mittlerweile ganz gut im Griff, aber ich trage Handschuhe, um versehentlichen Hautkontakt zu vermeiden, wenn ich das Haus verlasse.«

»Was meinst du mit 'du machst sie krank'? Was passiert?« fragte Mac. Er hatte sich keinen Muskel von dort bewegt, wo er gegen die Küchentheke lehnte, aber Sophie konnte seine plötzliche Aufmerksamkeit und Anspannung spüren.

»Ich weiß es nicht genau. Es ist, als würde ich ihnen ein wenig Lebenskraft entziehen.« Emmie zuckte bei dieser Beschreibung und dem Blick auf aller Gesichter zusammen. »Keine Sorge. Es ist nicht dauerhaft. Normalerweise, ein Nickerchen oder eine gute Mahlzeit und sie fühlen sich wieder gut. Die wenigen Male, als es versehentlich passiert ist, hat die Person es nicht einmal bemerkt. Sie dachten nur, sie fühlten sich abgeschlagen, oder sie dachten vielleicht, sie bekämen eine Erkältung oder so. Ich habe daran gearbeitet zu lernen, wie ich es eindämmen kann. Ich habe auch daran gearbeitet, diese Energie zurückzugeben, wenn ich sie versehentlich nehme, aber es ist nicht so, als könnte ich an Menschen üben.« Sie blickte durch den Raum.

Sophie folgte ihrem Blick zu dem Mülleimer mit seinem Haufen toter Pflanzen.

»Hier, ich zeige es dir,« sagte Emmie, stand vom Tisch auf und nahm einen kleinen Keramiktopf von der Fensterbank. »Es ist eine der letzten, die ich noch habe.«

Sie stellte den bunt gefärbten Topf in die Mitte des Tisches. Es war eine kleine, gedrungene Sukkulente mit spitzen, salbeigrünen Blättern. Sie sah ein wenig verwelkt aus in Sophies Augen, aber sie wusste nichts über Pflanzen. Waren das nicht die Art von Pflanzen, die schwer zu töten waren? Oder dachte sie an Kakteen? Sophie war sich nicht einmal sicher, ob Sukkulenten und Kakteen verschiedene Pflanzenarten waren.

»Schau zu,« sagte Emmie und zog Sophie aus ihren abgelenkten Gedanken.

Emmie streckte ihre Hand aus und drückte ihren Zeigefinger auf eines der dicken grünen Blätter. Von diesem einzigen Berührungspunkt aus begann das Blatt langsam braun zu werden. Der Tod breitete sich durch die Pflanze aus, ihre Blätter rollten sich zusammen und sahen ausgetrocknet und spröde aus.

»Wow,« keuchte Ruby und echote Sophies Gedanken.

»Okay, also dieser Teil ist schwieriger, aber ich werde besser darin,« sagte Emmie. Sie verzog ihr Gesicht; ihre Stirn runzelte sich vor Konzentration. Sophie konnte sehen, wie sich ihr Kiefer vor Anstrengung oder möglicherweise Unbehagen anspannte. Sehr langsam begann die Pflanze zu ihrem früheren Zustand zurückzukehren. Es dauerte mehr als doppelt so lange, der Pflanze ihre Lebenskraft zurückzugeben, wie sie ihr zu entziehen. Als Emmie fertig war, sah sie so gut aus wie neu, aber Schweiß hatte sich auf ihrer Stirn gesammelt und ihre Hände zitterten sichtbar.

Ohne ein Wort füllte Mac eine neue Tasse mit Wasser und gab sie Emmie, die sie fast in einem Zug hinunterschluckte.

Sophies erster Gedanke war, wie beängstigend Emmies Kraft war. Ihr zweiter Gedanke war, dass Marcella wahrscheinlich ihr Erstgeborenes weggeben würde, um Emmie in die Finger zu bekommen – wenn sie Kinder hätte.

»Hm,« sagte Ruby in die anhaltende Stille. »Alle unsere Gaben handeln von Leben und Tod.«

»Sophie erwähnte, dass sie den Tod von Menschen sieht und der Polizei hilft, Verbrechen zu lösen,« sagte Emmie. »Und du siehst, wenn jemand einen Mord begangen hat?«

»Ja, wenn ich jemanden berühre, der schon einmal getötet hat, bekomme ich eine Vision von ihrem Verbrechen. Bevor ich Sophie traf, war ich eine Vigilantin, aber jetzt arbeite ich mit den Behörden. Ich gelte als 'Beraterin' für das Conclave und die San Francisco Police Department.«

»Eine Vigilantin?« wiederholte Emmie und blickte Sophie um Bestätigung oder Unterstützung an.

»Frag nicht. Es ist eine ganze Sache. Es ist besser zu nicken, als sie anfangen zu lassen,« riet Sophie. Es war ein langjähriger Streit, dass Ruby behauptete, eine Vigilantin zu sein, worauf Sophie entgegnen würde, dass sie eine Serienmörderin sei. Irgendwie dachte Sophie nicht, dass Emmie irgendeinen Humor in dem Wortgefecht finden würde, wie sie und Ruby es taten.

Emmie schenkte Sophie ein flüchtiges Lächeln, bevor sie sich wieder Ruby zuwandte und feierlich nickte. Erleichterung durchflutete Sophie bei diesem Aufblitzen von Humor. Emmie würde okay sein.

»Willst du immer noch die Tätowierung sehen?« fragte Sophie.

Emmie nickte nachdrücklich. Sophie war beeindruckt, wie gut sie damit umging. Vielleicht war sie zäher, als sie schien. Sophie stellte sich vor, dass eine Erklärung dafür zu bekommen, warum man Pflanzen mit nur einer Berührung töten kann, es zu einer leichteren Pille machen würde zu erfahren, dass man nicht ganz menschlich ist. Zwischen den Todesvisionen und den seltsamen Träumen hatte Sophie gewusst, dass etwas an ihr anders war, lange bevor sie entdeckte, dass sie eine Fee und ein Scherben war.

Ruby setzte sich auf den Boden zu Emmies Füßen, neigte ihren Kopf und schlug ihr Haar aus dem Weg. Durch den Fleck kurzer, flaumiger Haare auf Rubys Kopf war das Bild der Tätowierung noch sichtbar.

Während Emmie die Tätowierung untersuchte, erklärte Sophie, wie sie funktionierte.

»Du sagst mir, dass wenn ich die richtigen Worte sage, ich die Tätowierung freischalten kann, und ich werde nicht mehr menschlich sein? In welcher Sprache sind die Worte? Ich glaube nicht, dass ich den Rest meiner Fähigkeiten freischalten möchte. Ich möchte nicht, dass sie stärker wird, als sie bereits ist,« stellte Emmie fest. Sophie brachte es nicht übers Herz, darauf hinzuweisen, dass Emmie technisch gesehen bereits nicht menschlich war – dass sie nur als eine verkleidet war. Sie würde es selbst herausfinden, wenn sie genug Zeit zum Nachdenken hätte.

»Du musst es nicht freischalten, wenn du nicht willst, aber wir sollten das Recht haben, diese Wahl zu treffen.«

»Was ist das für ein Bild?« fragte Emmie und zeigte auf das zentrale Kunstwerk der Tätowierung.

»Das ist Königin Maeves Wappen,« erklärte Sophie und zeigte auf die Krone auf einem Haufen Münzen mit einem sich windenden Ast darüber. Ein Eichhörnchen und ein Vogel saßen auf dem Ast. »Ich habe versucht, über sie zu lesen, aber es ist manchmal verwirrend. Ich weiß nicht, was Legende und was Wahrheit ist. Ihr Vater ließ sie Conchobar Mac Nessa heiraten, weil er Conchobars Vater in der Schlacht getötet hatte. Sie hasste ihren Ehemann und ging weg, also gab ihr Vater Maeves Schwester Conchobar zur Heirat. Maeve war so wütend, dass sie ihre schwangere Schwester ertränkte. Jedoch überlebte das Baby. Es wuchs auf und tötete Maeve, indem er ihr einen Käselaib an den Kopf warf. Eine andere Geschichte, die ich hörte, war, dass nachdem sie wieder geheiratet und einen Haufen Söhne hatte, ihr von einem Propheten gesagt wurde, dass ein Sohn von ihr mit dem Namen Maine Conchobar töten würde, also benannte sie alle ihre Söhne Maine um.«

Emmie wandte sich von der Sigilltätowierung ab, um Sophie einen Blick zu geben, den die Geschichte verdiente.

»Ich weiß,« sagte Sophie mit einem Achselzucken. »Es ist super seltsam. Außerdem wissen wir, dass die Königin niemals von Käse getötet wurde, weil sie noch über das Feenreich herrscht. Wie ich sagte, ich habe keine Ahnung, was wahr ist und was nicht. Es gibt sogar noch seltsamere Geschichten über diese Dame. Sie begann einmal einen Krieg, um einen Stier zu stehlen, nur weil sie ihrem Ehemann beweisen wollte, dass sie mehr Reichtum hatte als er.«

»Wer waren wir? Was haben wir getan, das diese Dame genug verärgert hat, um uns in Stücke zu zerteilen und uns wie Müll wegzuwerfen?« fragte Emmie leise, während sie auf die Tätowierung an der Seite von Rubys Kopf starrte. Sie hob eine abwesende Hand, um den Bereich zu berühren, wo ihre passende Tätowierung unter ihrem Haar versteckt war.

»Wir versuchen das herauszufinden, aber wir wissen es nicht,« sagte Mac. »Es ist fast unmöglich, Informationen über die Königin und ihren Hof zu bekommen. Was auch immer passiert ist, es wurde sehr sorgfältig geheim gehalten. Wer auch immer ihr wart, ihr wurdet vor etwa fünf Jahren hierher geschickt. Aus den wenigen Informationen, die wir aufgedeckt haben, ist niemand aus dieser Zeit im Feenreich als vermisst gemeldet worden. Aber niemand gibt auf. Wir werden das alles herausfinden. Wir hoffen, dass wir mehr erfahren, wenn wir die anderen von euch finden.«

»Wann werde ich diese anderen Scherben treffen?« fragte Emmie.

»Wir haben sie noch nicht gefunden. Du bist die erste,« erklärte Larry. »Wir hätten dich niemals gefunden, wenn es nicht das Traumteilen gegeben hätte. Wir denken auch, dass wir eine weitere der Schwestern gefunden haben. Sie ist in Boston ansässig, und wir haben jemanden geschickt, um sie zu finden. Ich hoffe, wir werden sie bald treffen können. Ihr Name ist Alexis.«

»Warte,« sagte Emmie, ihr Gesicht wurde eine beunruhigende Schattierung von aschgrau. »Traumteilen? Was meinst du damit?«

»Nun, wenn wir schlafen, sehen wir manchmal die Leben der anderen. Ich arbeite Nachtschicht in einer Leichenhalle, also hast du wahrscheinlich mein Leben am meisten gesehen, weil ich die einzige bin, die wach ist, wenn die meisten Menschen schlafen,« sagte Sophie mit einem entschuldigenden Blick. Ruby beschwerte sich ständig darüber, Autopsien in ihren Träumen zu erleben, aber es war nicht so, als gäbe es etwas, was sie dagegen tun könnte. Sie liebte ihren Job, und ihre Miete zahlte sich nicht selbst.

»Ich hatte all diese Träume...« sagte Emmie langsam, ihre Worte starben ab, als sie Sophie mit Verwirrung, Misstrauen und Furcht anblickte.

»Ja, wir sind irgendwie... psychisch verbunden, also haben wir manchmal Träume, in denen wir sehen, was mit den anderen passiert.« Sophie verzog das Gesicht bei dieser Beschreibung.

»Warte. Halt,« sagte Emmie und sah noch alarmierter aus als zuvor. »Letzte Nacht träumte ich—«

Das schrille Klingeln eines Telefons unterbrach, was auch immer Emmie sagen wollte.

»Entschuldigung,« sagte Larry und sah verlegen aus, als er sein Telefon aus seiner Tasche fischte. Als er auf den Bildschirm blickte, verzog er das Gesicht. »Es ist Marcella. Ich muss das annehmen. Kann sie nicht wirklich an die Mailbox weiterleiten, weißt du.«

Larry nahm den Anruf entgegen und drückte sein Telefon an sein Ohr.

Als Emmie Sophie einen fragenden Blick zuwarf, erklärte

Sophie: »Das ist Marcella. Sie ist die Leiterin der Gruppe, die alle Mythischen Wesen in San Francisco überwacht. Sie ist auch irgendwie unsere Chefin. Sie wird dich sicher treffen wollen.«

»Nein, du musst zuhören. Das ist wichtig,« sagte Emmie und winkte Sophies Worte weg. »Der Traum, den ich letzte Nacht hatte. Etwas ist darin passiert.«

Larry richtete sich von seiner Haltung am Emmies Tisch auf, Alarm spannte jeden Muskel in seinem Körper an. Er drehte sich um und warf Ruby einen Blick voller Sorge und Schmerz zu.

»Ja. Ich verstehe. Kannst du einen Moment warten? Ich muss es ihnen sagen,« sagte Larry in sein Telefon. »Ja. Nein, das ist eine gute Idee. Ich schalte auf Lautsprecher.«

»Was ist los?« fragte Ruby, stand vom Boden auf und legte ihre Hand auf Larrys Schulter. Larrys Mund öffnete sich, aber kein Ton kam heraus. Er schüttelte den Kopf, als wüsste er nicht, was er sagen sollte. Ohne zu antworten, stellte er sein Telefon in die Mitte des Tisches.

Sophie fing Macs Blick auf, als er sich näherte und genauso besorgt aussah, wie sie sich fühlte.

»Marcella? Bist du da?« fragte Sophie und entschied sich, den Stier bei den Hörnern zu packen.

»Sophie? Ja, ich bin hier,« sagte Marcella.

»Hey, ich weiß nicht genau, was hier passiert, aber wir haben Emmaline Tallis bei uns. Sie ist einer der Scherben. Wir haben ihr alles erklärt... nun, alles. Emmie, das ist Magistratsmitglied Marcella Venturi. Marcella, das ist Emmie.«

Emmie rückte näher an den Tisch heran und lehnte sich zum Telefon. »Hallo. Es ist, äh, schön, Sie zu treffen, Magistratsmitglied...« Emmie hielt inne und blickte Sophie an, also formte sie 'Venturi' mit den Lippen. »Magistratsmitglied Venturi.«

»Bitte nenn mich Marcella. Es tut mir leid zu unterbrechen, aber etwas Wichtiges ist passiert. Es betrifft euch alle, also wusste ich, dass ich sofort anrufen musste.«

Sophie tauschte Blicke mit allen im Raum aus, während Marcella sich räusperte auf eine zeitschindende Art.

»Was ist passiert?« fragte Sophie und versuchte Marcella dazu zu bringen, es herauszuplatzen.

»Als unsere Agenten heute zu Alexis Agronas Apartment in Boston gingen, fanden sie Zeichen eines Kampfes und keine Alexis. Meine Leute durchkämmen das Gebiet in der Hoffnung, sie zu finden, und ich habe jemanden, der alle Sicherheitsbänder des Gebäudes überprüft, um zu sehen, ob sie Hinweise finden können. Aber wir sind sehr besorgt, dass etwas Schlimmes passiert ist.«

»Ich, äh, ich könnte etwas wissen,« unterbrach Emmie, biss sich auf die Lippe und warf Sophie einen Blick zu, als suchte sie nach Erlaubnis zu sprechen. Sophie gab ihr einen ermutigenden Blick. »Kurz bevor du anriefst, Marcella, versuchte ich allen zu erzählen, dass ich letzte Nacht einen Traum hatte, ermordet zu werden. Ich dachte, es sei ein Albtraum, aber Sophie sagte, wir können die Leben der anderen sehen, wenn wir schlafen. Ich denke, ich könnte den Tod dieser Person miterlebt haben.«

Totenstille traf Emmies Ankündigung. Der Drang, vor dem wegzulaufen, was Emmie gleich sagen würde, war so stark, dass Sophie den Rand des Tisches umklammerte, um sich an Ort und Stelle zu halten.

Sophie dachte, sie hätte Marcella 'Verdammt' flüstern hören, bevor sie sich räusperte und sich an Emmie wandte. »Bitte erzähl uns so viel von dem Traum, wie du dich erinnern kannst, Emmaline. Alle Details, an die du dich erinnern kannst, wären geschätzt.«

»Du kannst mich Emmie nennen,« antwortete Emmie. »Und, äh, okay. Ich träumte, dass ich in meiner Wohnung war. Es war ein schöner Ort – groß und modern. Ich saß auf meinem Sofa, als es an meiner Tür klopfte. Ich schloss die Tür auf und begann hinauszuspähen, als zwei Männer mich überrumpelten, mich zurück hinein schoben und mich niederstießen. Ich glaube, ich schrie und rannte davon. Ich rannte zu meiner Küche und suchte nach etwas, um mich zu verteidigen. Einer der Männer blieb zurück und schaute zu, wie der größere mich angriff. Er schubste mich und warf mich herum. Er warf mich durch den Raum, und ich prallte gegen die Kante meines Esstisches. Ich schlug mein Bein sehr hart. Jedoch wehrte ich mich und schaffte es, eine große Vase zu greifen, die umgefallen war. Ich überraschte ihn und schlug den Mann direkt ins Gesicht damit. Er fiel zurück in den anderen Kerl, also machte ich einen Lauf dafür. Meine Schlüssel waren in einer kleinen Schale direkt bei der Haustür, also griff ich die Schale, als ich aus meinem Apartment rannte. Im Flur schrie ich um Hilfe, aber niemand half mir. Jemand öffnete seine Tür und spähte heraus, aber schlug sie schnell wieder zu. Also rannte ich zu den Notfallstreppen und ging zur Tiefgarage.

»Als ich die Treppen hinunterrannte, hörte ich die Männer von oben eintreten. Als ich die Tiefgarage betrat, rannte ich zu meinem Auto. Ich konnte sie hinter mir hören, wie sie mich anschrien. Ich schloss mein Auto auf und stieg ein. Als ich versuchte, die Tür zu schließen, kam einer der Männer zum Auto und griff die Tür, bevor ich sie schließen und verriegeln konnte. Er knurrte und nannte mich eine Schlampe, weil ich ihn mit einer Vase geschlagen hatte. Er sagte, er würde mich dafür bezahlen lassen. Er versuchte mich zu greifen und aus dem Auto zu ziehen, also trat ich nach ihm und warf die Schale nach ihm, aber ich verfehlte. Ich erinnere mich, dass etwas seltsam an dem Kerl aussah. Sein Gesicht begann sich zu verändern. Ich weiß nicht, wie ich es beschreiben soll, aber er sah nicht menschlich aus. Der Kerl schrie: 'Verdammt,' und dann er... Dann er...« Emmie hielt inne und schluckte mehrmals.

»Es ist okay. Lass dir Zeit,« sagte Ruby und klopfte sanft Emmies fest verkrampfte Hände, wo sie sie um ihr Wasserglas gewickelt hatte.

»Entschuldigung,« sagte Emmie mit brechender Stimme.

»Es gibt nichts, wofür du dich entschuldigen müsstest. Wir waren alle schon da,« versicherte Sophie ihr.

Emmie brauchte ein paar Minuten, um sich zu beruhigen, bevor sie fortfuhr. »In Ordnung. Also dann zog der Mann eine Pistole und schoss mir in die Brust. Ich erinnere mich, dass ich den anderen Mann hinter ihm stehen sehen konnte, der einfach zusah, wie ich verblutete. Es war so schmerzhaft und schrecklich. Ich konnte nicht genug Luft bekommen, um zu weinen oder um Hilfe zu rufen. Meine Atemzüge rasselten in meinen Lungen, und ich konnte Blut schmecken. Ich konnte spüren, wie ich schwächer wurde. Ich wachte auf, genau als ich im Traum starb.«

»Kannst du die Männer beschreiben?« fragte Mac.

»Der, der mich erschoss, war ein großer braunhaariger Mann. Sein Haar war kurz, und er hatte eine Narbe am Kinn. Der andere Kerl hatte langes blondliches Haar. Er hatte einen seltsamen Gehstock bei sich. Oh, und ich erinnere mich, dass er eine Halskette hatte, an der Knochen hingen. Das ist mir aufgefallen – diese Knochen.«

Sophie drehte sich um und starrte Mac an. »Eine Halskette aus Knochen. Waren sie klein wie die Art, die du in deinen Fingern hast?«

Emmie runzelte nachdenklich die Stirn, dann nickte sie. »Ich glaube schon, aber ich bin mir nicht sicher.«

»Denkst du, es könnte Boudreaux sein?« fragte Sophie Mac, der nickte, ein mörderischer Blick auf seinem Gesicht.

»Wer ist Boudreaux?«

»Er ist ein Hexenmeister, mit dem wir schon Ärger hatten. Er experimentierte an Scherben in Cascadia. Er tötete mehrere Menschen, während er seine Experimente durchführte. Vielleicht hängt dieser Angriff damit zusammen?« schlug Sophie vor.

»Ich werde meine Leute nach ihm speziell in den Überwachungsvideos suchen lassen,« verkündete Marcella. Sie klang, als wollte sie etwas zerreißen. »Emmie, weißt du ungefähr, um welche Zeit du diesen Traum hattest?«

»Ich schaute auf meine Uhr, als ich aufwachte – es war kurz vor Mitternacht. Ich erinnere mich, weil ich mir Sorgen machte, dass ich Probleme haben würde, nach diesem Albtraum wieder einzuschlafen, und ich musste heute früh aufstehen.«

»Das würde erklären, warum wir den Traum nicht hatten. Es wäre etwa neun Uhr in Las Vegas gewesen. Wir waren beide noch wach und beschäftigten uns mit dem Kampfring,« sagte Sophie.

»Wie sicher bist du, dass er sie getötet hat? Ist es möglich, dass sie nur das Bewusstsein durch Blutverlust verloren hat?« fragte Mac.

»Ich habe gespürt, wie sie gestorben ist,« sagte Emmie mit belegter Stimme. Der verlorene Ausdruck auf ihrem Gesicht war wie ein Schlag in die Magengrube. Von allen im Raum war Sophie wahrscheinlich die einzige Person, die wirklich nachvollziehen konnte. Sie fühlte Menschen jede Nacht bei der Arbeit sterben, aber es war niemals so nah. Niemals so persönlich. Sie konnte sich den Horror nicht vorstellen zu erkennen, dass man den Mord an einem früheren Stück der eigenen Seele miterlebt und erlebt hatte.

Sophie legte ihre Hand auf Emmies, um ihre Unterstützung zu zeigen. Sie sah aus, als wäre sie Momente davor, in Tränen auszubrechen. Sophie wollte Emmie trösten, aber sie konnte nicht herausfinden, was sie sagen sollte. Sie blickte durch das Apartment und suchte nach etwas Nützlichem, um das Thema zu wechseln. Sophie konnte Menschen nicht gut trösten.

Marcellas Stimme, die leise Befehle an andere Leute an ihrem Ende der Leitung erteilte, zog ihre Aufmerksamkeit von Emmie ab. Sie versuchte zu lauschen, konnte aber nicht viel verstehen.

»Du sagtest, dieser Kerl experimentiert und tötet Scherben. Aber warum? Warum tut er das?« fragte Emmie.

»Er, zusammen mit dieser Hexe namens Cordelia, versuchte herauszufinden, wie man Scherben wieder zusammenfügt,« erklärte Ruby. »Die meisten Menschen, an denen er experimentierte, starben. Und diejenigen, die die Experimente überlebten, tötete er trotzdem.«

Der Blick des Entsetzens auf Emmies Gesicht spiegelte wider, wie Sophie sich über dieses ganze Durcheinander fühlte.

»Es gibt mehr von uns? Mehr Scherben, meine ich,« fragte Emmie. »Und er versuchte, sie wieder zusammenzufügen. Was bedeutet das? Wie würde das überhaupt funktionieren?«

»Wir sollen ziemlich selten sein, soweit mir gesagt wurde,« begann Sophie, »aber wir existieren. Und ich weiß nicht sicher, warum er Scherben wieder zusammenfügen wollte. Das Einzige, was ich mir vorstellen kann, ist, dass er versucht, sie zu ihrer ursprünglichen magischen Stärke zurückzubringen. Das Problem, als er zuerst anfing, Scherben wieder zu verschmelzen, war, dass er zwei getrennte Individuen wieder in ein Gehirn steckte. Sie waren zu ihren eigenen Menschen geworden, mit unterschiedlichen Erinnerungen und Persönlichkeiten. Die Scherben wieder zusammenzufügen machte sie verrückt – wenn sie überhaupt überlebten. Also er...« Sophie zögerte und versuchte herauszufinden, wie sie es taktvoll ausdrücken sollte. Nichts kam ihr in den Sinn. Sophie war nicht gerade eine taktvolle Person, also pflügte sie stattdessen weiter. Besser, das Pflaster abzureißen. Emmie brauchte die Fakten, und es gab keinen einfachen Weg, sie zu sagen. »Boudreaux und Cordelia perfektionierten einen Zauber, sodass wenn sie die Scherben wieder verschmolzen, eine der Persönlichkeiten stirbt und die andere Person bei Verstand bleibt, aber mit den Kräften beider.«

Emmie warf Sophie einen entsetzten Blick zu. Sie begann schwach grün um die Ränder auszusehen, und Sophie sorgte sich, dass sie sie überwältigte. Wenn Emmie zu diesem Zeitpunkt ohnmächtig wurde, sich übergab oder schreiend aus dem Raum rannte, würde sie ihr das nicht vorwerfen.

Ruby ließ sich mit einem verwirrten Blick auf Larrys Schoß fallen. »Wenn das das war, was er zu tun versuchte, warum dann den Firmendrachen töten? Man würde denken, er würde sie für weitere Experimente gefangen nehmen, anstatt sie zu töten.«

Emmies Kopf drehte sich so schnell zu Ruby, dass sie riskierte, ein Schleudertrauma zu bekommen.

Als Ruby Emmies Blick auffing, zuckte sie zusammen. »Entschuldigung. So haben wir Alexis genannt, bevor wir ihren richtigen Namen erfuhren. Die Träume, die wir von ihr hatten... sie war eine harte Geschäftsfrau. Und wir mussten sie irgendwie nennen. Also wählten wir das.«

»Du warst diejenige, die mit diesem Namen aufkam,« wies Sophie hin.

Ruby keuchte empört. »Wow, wirf mich doch gleich vor den Bus, was?«

Emmies kleines Kichern erfüllte Sophie mit Erleichterung. Sie konnten Zugang zu ihr finden, wenn sie sie amüsant fand, anstatt nervig, überwältigend oder sogar beängstigend. Sophie begann zu glauben, dass sie einander in Zukunft brauchen würden.

»Ich glaube, ich hatte auch ein paar Träume von ihr. Sie war... intensiv,« stellte Emmie diplomatisch fest. Die Pause war ein offensichtlicher Versuch, den Firmendrachen, nun ja, Drachenhaftigkeit herunterzuspielen.

Das Lächeln glitt langsam von Emmies Gesicht und wurde durch Ernsthaftigkeit ersetzt. »Ich möchte nicht verlieren, wer ich bin. Die Vorstellung, dass jemand sich entscheiden würde, die Persönlichkeit eines anderen zu töten, um mächtiger zu sein, ist so schrecklich.«

Sophie konnte nicht mehr zustimmen. »Das wird nicht passieren. Wir werden Boudreaux stoppen. Koste es, was es wolle,« schwor sie. »Er wird keine weiteren Experimente machen, und er wird niemanden sonst töten. Wir werden einen Weg finden, ihn zu stoppen.« Es gab eine nachdenkliche Pause. »Ich frage mich, ob er Alexis tötete, weil er lose Enden beseitigte.

Der einzige Grund, warum er Milford nicht tötete, war, dass er entkam. Boudreaux tötete alle anderen, sogar die, die erfolgreich waren. Ruby, erinnerst du dich, wie Cordelia sagte, dass er gerne lose Enden beseitigte? Vielleicht ist das das, was passiert ist.«

»Wir haben etwas gefunden,« verkündete Marcella plötzlich in den Raum. »Die Kameras im Flur vor Alexis' Apartment und im Aufzug waren irgendwie beschädigt. Wir glauben, dass das Boudreauxs Werk war. Aber er muss eine der Kameras in der Garage übersehen haben. Mac, ich schicke dir das Video weiter. Ich möchte dich warnen, dass es bestätigt, was Emmie in ihrem Traum erlebt hat. Es ist ziemlich grafisch.«

Macs Telefon klingelte und er lehnte es gegen den Blumentopf, damit alle sehen konnten. Auf dem Bildschirm war ein pausiertes Schwarz-Weiß-Video, das eine Tiefgarage mit einer Streuung von Autos zeigte. Mac drückte Play auf dem Video und trat zurück, legte seine Hand auf Sophies Schulter.

Für einen Moment sah das Bild statisch aus, aber dann in der fernen Ecke schlug eine Tür auf. Alexis kam aus der Öffnung getaumelt und sah zu Tode erschrocken aus. Trotz eines schlimmen Hinkens eilte sie zu einer eleganten Limousine, als sich die Tür hinter ihr wieder öffnete und zwei Männer ihr nachjagten. Der erste Mann war ein großer unbekannter Mann, dem Boudreaux dicht folgte. Er war für Sophie sofort erkennbar. Alexis stieg in ihr Auto, gerade als der erste Mann sie einholte. Die Kamera war auf die Beifahrerseite des Autos gerichtet, also war der größte Teil des Kampfes zwischen Alexis und dem fremden Mann durch das Autodach verdeckt. Das Auto schwankte hin und her, als Alexis gegen den braunhaarigen Mann kämpfte, während Boudreaux teilnahmslos zusah. Eine kleine Glasschale flog an dem Mann vorbei, der es schaffte, auszuweichen. Mit einem wütenden Ausdruck auf seinem Gesicht trat der Mann vom Kampf zurück und zog eine Pistole, schoss in das Fahrzeug. Ein Blutspritzer spritzte über die Innenseite der Fenster und ließ alle vor Entsetzen keuchen. Das Auto schwankte, als die Kraft des Schusses Alexis in den Beifahrersitz schleuderte. Sophie konnte sehen, wie sie sich schwach zu bewegen versuchte, aber dann sackte sie wieder zusammen, ihr Kopf ruhte gegen das Beifahrerfenster. Der Mann trat weiter vom Auto zurück und drehte sich um, um mit Boudreaux zu sprechen. Nach einem kurzen Austausch, bei dem der Mann, der Alexis erschoss, aussah, als würde er mit Boudreaux streiten, griff der Mann in das Auto und öffnete den Kofferraum. Dann zogen der Mann und Boudreaux Alexis aus dem Auto und legten sie in den Kofferraum. Ihre Kleidung war mit Blut verschmiert und verdunkelt. Das Video war in Schwarz-Weiß, aber Sophies Geist stellte sich das helle Rot von Alexis' Blut vor. Als der Mann dann im Vordersitz herumwühlte, zog Boudreaux etwas aus seiner Tasche; es sah aus wie ein kleiner Zugbeutel. Er ging um das Auto herum und streute etwas aus dem Beutel auf ein paar Stellen auf dem Boden.

»Was macht er?« fragte Emmie.

»Er nutzt Magie, um das Blut zu löschen,« vermutete Sophie und erinnerte sich daran, wie Cordelia etwas Ähnliches tat, um blutige Fußabdrücke zu entfernen, nachdem Milford ihren Süßwarenladen angegriffen hatte. Es ließ Sophie glauben, dass Boudreaux geplant hatte, Alexis zu ermorden, seit er die Werkzeuge mitgebracht hatte, um die Beweise des Blutes zu entfernen.

Boudreaux ging um das Fahrzeug herum und öffnete die Beifahrertür. Er benutzte, was auch immer in dem kleinen Beutel war, um das Blut aus dem Inneren des Autos zu löschen. Als er fertig war, legte der andere Mann einen Schlüsselsatz, den er aus dem Vordersitz gefischt hatte, in Boudreauxs Hand. Sie hatten eine weitere Diskussion, dann setzte sich Boudreaux hinter das Steuer von Alexis' Auto, und der unbekannte Mann ging zur anderen Seite der Tiefgarage und stieg in ein anderes Auto. Beide Fahrzeuge fuhren weg und verließen ein paar Minuten später.

Der Videoclip endete, und Stille lag über allen im Raum, schwer und schockiert, für einen langen Moment, bevor Sophie anfing zu fluchen. »Dieses Arschloch. Ich bringe ihn um. Das schwöre ich.«

Fluchen war immer noch besser, als zu weinen.

# KAPITEL 16

»*E*mmie,« sagte Marcella und durchbrach die Stille. »Ich möchte, dass du nach San Francisco kommst, bis wir Boudreaux festgenommen haben. Du stehst dann unter dem Schutz des San Francisco Conclaves. Wir werden dich beschützen. Ich kann dich nicht guten Gewissens verwundbar in Chapel Hill zurücklassen. Wenn du dich entscheidest, dort zu bleiben, könnte ich vielleicht ein paar meiner Leute einsetzen, um über dich zu wachen, aber ich könnte deine Sicherheit nicht garantieren. Hier in der Stadt wärst du viel sicherer.«

»Conclave?«, flüsterte Emmie Sophie zu.

»Das ist sowas wie das Leitungsgremium für mythische Wesen. Die meisten großen Städte haben einen. Sie wurden geschaffen, um sicherzustellen, dass sich mythische Wesen an die Regeln halten und vor den Menschen verborgen bleiben.«

»Gibt es hier ein Conclave?« fragte Emmie hoffnungsvoll.

»Chapel Hill hat zu wenige mythische Wesen, um ein Conclave zu rechtfertigen,« sagte Marcella. »Das nächste Conclave ist, glaube ich, in Charlotte. Ich habe dort keine Verbindungen, also kann ich nicht sicher sein, was für eine Operation sie führen. Oder ob sie deinen Schutz ernst nehmen würden. Du bist erwachsen, also kann ich dich nicht zwingen, etwas gegen deinen Willen zu tun. Ich rate dir jedoch dringend, hierherzukommen, bis wir das geregelt haben. Du hast mein Wort, dass ich alles in meiner Macht Stehende tun werde, um dich zu beschützen. So kannst du auch deine Schwestern kennenlernen.«

»Schwestern?«

»Ruby und ich betrachten uns eher als Schwestern denn als Scherben,« erklärte Sophie. »Es ist einfach zu seltsam, uns als ehemalige Teile der jeweils anderen zu sehen. Auch wenn wir früher dieselbe Person waren, sind wir es jetzt nicht mehr. Also ist es besser, einander als Schwestern zu behandeln als als merkwürdige Fragmente. Ich würde mich freuen, wenn du mit uns zurückkommst. Du bist nicht sicher allein hier, nicht mit Boudreaux da draußen irgendwo. Wir können uns in San Francisco besser kennenlernen.« Sophie hoffte inständig, dass Emmie sich entscheiden würde, mit ihnen zu kommen.

»Ja, mir gefällt die Idee von Schwestern auch besser,« sagte Emmie mit erleichtertem Gesichtsausdruck. Sie blickte zu den Leuten um ihren Küchentisch herum und nahm all die besorgten Gesichter wahr. Sie atmete ergeben aus. »Ich sollte wohl anfangen zu packen. Zum Glück kann ich meinen Job von überall erledigen. Solange ich Internetzugang habe, bin ich arbeitsfähig.«

\* \* \*

ETWAS ÜBER ZWEI Stunden später sackte Sophie in den Stuhl zusammen, den sie als ihren betrachtete, und umklammerte fest ihren emotionalen Unterstützungs-Schleim, während das Flugzeug über die zerfurchte, grasbewachsene Landebahn holperte und an Geschwindigkeit gewann, als es abhob.

Sie warf einen Blick zu Emmie hinüber, um zu sehen, wie es ihr ging. Emmie hatte ihren Laptop aufgeklappt und tippte auf eine beeindruckend effiziente Weise, völlig vergessend, dass sie sich gerade in einer Metallröhre des Todes befanden, während sie über die Startbahn donnerte.

Emmies Finger flogen über die Tasten, ohne auch nur auf die Tastatur zu schauen. Sophie vermutete, dass Emmie über ihr eigenes Adler-Suchsystem beim Tippen lachen würde. Das Paar Handschuhe, das Emmie trug – dünn, wie das Material von Sophies Lieblings-Leggings – schien sie nicht zu verlangsamen. Sie hatte sich geweigert, ihr Haus zu verlassen, ohne sie vorher anzuziehen.

Als sie den Gehweg zu ihrem wartenden Auto hinuntergegangen waren, hatte Sophie bemerkt, dass Emmie darauf achtete, nicht gegen die anderen Fußgänger zu stoßen, selbst mit ihren Handschuhen an.

Emmie musste gespürt haben, dass sie beobachtet wurde, denn sie blickte auf und lächelte Sophie leicht zu.

»Ist alles in Ordnung?« fragte Emmie und beäugte den Stressball, den Sophie drückte, als wollte sie den Stressball erdrosseln.

»Ich fliege nicht gern.«

Emmies Augenbrauen hoben sich, als sie Sophies angespannten Ausdruck wahrnahm. Trotz des Stressballs, der Sophie half, ihre Angst zu bewältigen, kämpfte sie immer noch mit einigen anhaltenden Bedenken über den Zustand der Landebahn. Die holprige, von Schlaglöchern übersäte Landebahn ließ das Flugzeug rumpeln und rütteln, während es an Geschwindigkeit gewann. Emmies Gesicht wurde weicher bei Sophies offensichtlicher Bedrängnis.

»Ich weiß, es kann beängstigend sein, aber du bist in einem Flugzeug sicher. Fliegen ist eine der sichersten Reisemethoden überhaupt. Wusstest du, dass die Wahrscheinlichkeit, an einer unbeabsichtigten Vergiftung zu sterben, fünfundneunzigmal höher ist als bei einem Flugzeugabsturz? Und selbst wenn du in einen Flugzeugabsturz gerätst, hast du über neunzig Prozent Überlebenschance.«

*Mein Gott, Emmie ist ein Nerd.*, dachte Sophie mit nicht

geringer Freude. Es gab etwas an ihr, das Sophies beschützerische Seite hervorbrachte. Sie war ruhig, schüchtern und süß. Sie erinnerte Sophie an eine kleine braune Maus mit lebhaften, neugierigen Augen – bereit, bei den ersten Anzeichen von Gefahr davonzulaufen und sich zu verstecken. Sie war anders als Sophie und Ruby in fast jeder Hinsicht.

»Wenn du Sophie erst besser kennenlernst, Emmie, wirst du feststellen, dass sie sich irgendwann absichtlich vergiften wird,« meldete sich Ruby von der anderen Seite des Flugzeugs zu Wort, wo sie mit Larry kuschelte.

»Ha ha,« konterte Sophie und wünschte, sie könnte spontan eine schlagfertige Antwort auf Rubys Spruch finden. Doch die Erfahrung hatte sie gelehrt, dass ihr bestenfalls Stunden später nach viel geistigem Durchspielen ein guter Spruch einfiele.

Emmies helles Kichern brachte Sophie zum Grinsen. Wenn Witzeleien auf ihre Kosten Emmie in ihrer Gegenwart wohler fühlen ließen, war sie bereit, der Gegenstand vieler Scherze zu sein.

»Wissen wir schon, wo ich wohnen werde?« fragte Emmie und tippte immer noch in einem rasanten Tempo weiter.

»Ich weiß es nicht. Hat Marcella euch etwas gesagt?« fragte Sophie und blickte der Reihe nach zu Mac, Larry und Ruby. Sie schüttelten alle die Köpfe.

»Ich habe nur ein Schlafzimmer in meiner Wohnung, und mein Sofa ist ziemlich unbequem zum Schlafen. Wie sieht's bei dir aus, Ruby?« fragte Sophie.

»Ja, dein Sofa ist wirklich unbequem,« stimmte Mac mit einer Grimasse zu.

»Meine Wohnung ist auch winzig,« antwortete Ruby mit einem bedauernden Stirnrunzeln.

Mac bekam einen nachdenklichen Ausdruck. »Weißt du... du könntest bei mir bleiben, Soph, und Emmie deine Wohnung haben lassen. Es wäre nur, bis sie Boudreaux finden oder Emmie mit Conclave-Unterkünften versorgen.«

Sophies Herz verdoppelte seinen Takt in einer seltsamen Mischung aus Hochgefühl und Schrecken bei der Vorstellung, mit Mac zusammenzuleben, auch wenn es nur vorübergehend war.

»Oh nein,« warf Emmie ein, bevor Sophie antworten konnte. »Ich kann dich doch nicht aus deiner Wohnung werfen. Sicher finden wir für mich ein Hotel oder so etwas. Es gibt bestimmt viele Orte, an denen ich mich in der Stadt verstecken kann.«

Sophie war sich nicht sicher, ob sie erleichtert oder enttäuscht war.

»Vielleicht könnte sie bei Reggie bleiben? Ich glaube, er hat ein freies Zimmer. Wir brauchen einen Ort, wo sie sicher wäre, während sie sich versteckt.« Sophie ging die geistige Liste ihrer Freunde durch und versuchte daran zu denken, wer Platz hatte. Sie schoss auf ihrem Sitz hoch, als ihr die Idee kam. »Irgendwo, wo man sich in der Stadt verstecken kann! Natürlich. Ich kenne genau den richtigen Ort.«

Sie drehte sich um und warf Mac einen erwartungsvollen Blick zu, ein Grinsen bildete sich auf ihren Lippen.

Macs Augen leuchteten vor Erkenntnis auf. »Fergal,« antwortete er und erwiderte Sophies Grinsen.

»Du denkst nicht, dass es ihm etwas ausmacht, oder?« fragte Sophie.

»Nein, er vergöttert dich. Er wäre glücklich, Emmie zu beherbergen.«

»Du glaubst nicht, dass ich meinen Willkommensgruß überstrapaziert habe? Sie haben mich wochenlang beherbergt, während wir mit meiner 'Stalker'-Situation umgingen.«

Ruby schnaubte bei der Beschreibung, ein lang anhaltender Scherz, dessen Sophie nie müde werden würde. »Ich habe dich nicht gestalkt. Ich wollte nur herausfinden, wer du bist und warum du genauso aussiehst wie ich.«

»Also deshalb bist du mir gefolgt, in meine Wohnung eingebrochen und hast meinen Whiskey getrunken?« neckte Sophie.

»Ich habe nur einen Schluck getrunken,« entgegnete Ruby und rollte mit den Augen.

»Wer ist Fergal?« unterbrach Emmie das schwesterliche Gezänk und griff nach dem Themenwechsel wie eine Ertrinkende nach einem Rettungsring.

»Als ich mich verstecken musste, blieb ich bei Fergal und seinem Clan. Ihre öffentliche Fassade ist, dass sie eine irische Geschichtsgesellschaft und ein Nachbarschaftsclub sind. Sie nennen sich die Ritter der Roten Burg, aber in Wirklichkeit sind sie ein Clan von Irischen Wolfshundwandlern – einige der besten Kämpfer in der mythischen Welt. Du solltest ihre Kampfformen sehen – es ist, als wäre ein über zwei Meter großer, zotteliger, grauer Yeti mit einem Werwolf gekreuzt worden. Als ich vor dem Leichenhaus angegriffen wurde, haben drei jugendliche Wolfshundwandler fast ein Dutzend erwachsene Wolfsgestaltwandler ganz alleine ausgeschaltet. Es gibt nirgendwo in der Stadt, wo du sicherer sein könntest als bei den Wolfshundwandlern,« erklärte Sophie. »Oh, und sie haben das beste Essen.«

Sophie bekam sofort Appetit, nur bei der Erinnerung an das letzte Mal, als sie den Clan besuchte und Riona Corned Beef und Kohl gemacht hatte.

Mac nickte zustimmend, bekam aber dann einen nachdenklichen Ausdruck. »Nun, sie könnte sicherer sein, wenn wir sie bei einem der Drachengelege unterbringen würden. Wenn Fergal nein sagt – was ich mir nicht vorstellen kann – könnten wir mit Frau Zhao sprechen.«

Sophie nickte zustimmend. Frau Zhao zu fragen war ein guter Ersatzplan.

»Ich habe mir fast in die Hose gemacht, als ich Frau Zhao zum ersten Mal traf,« rief Ruby aus. Sie lehnte sich näher zu Emmie, als wollte sie ihr ein Geheimnis zuflüstern. »Sie ist diese zierliche Asiatin, die sich in einen kupferfarbenen Drachen von der Größe eines Stadtbusses verwandelt. Ich dachte, sie würde mich auffressen.«

Emmies Augen weiteten sich, und sie blickte Sophie zur Bestätigung an. »Drachen sind echt?«

Sophie nickte. »Frau Zhao ist nett. Sie arbeitet am Empfang des Gerichtsmedizinischen Instituts. Du wirst wahrscheinlich die Gelegenheit bekommen, sie kennenzulernen.« Bei Emmies geweiteten Augen beeilte sich Sophie, sie zu beruhigen. »Ernsthaft, sie ist keine Gefahr für dich. Dilong-Drachen legen großen Wert auf Höflichkeit und Respekt, also sei höflich zu Frau Zhao, und alles wird gut.«

»Nun, wo immer du denkst, dass ich am sichersten sein werde, ist in Ordnung. Ich möchte keine Belastung sein,« sagte Emmie.

»Du wirst für die Irischen Wolfshundwandler keine Belastung sein. Sie freuen sich immer über Gäste,« versprach Mac. »Riona, Fergals Frau, wird ihr Bestes tun, dich zu verwöhnen. Du wirst es dort lieben. Außerdem vergöttert der Clan Sophie. Sie hat ihnen einen riesigen Gefallen getan. Sie ist der Hauptgrund dafür, dass das Sunset-Viertel-Wolfsrudel aufgelöst wurde. Seit sie weg sind, konnte Fergal sein Territorium im Golden Gate Park verdoppeln. Nicht nur das, sondern seit die Wolfshundwandler geholfen haben, Sophie beim Angriff vor dem Leichenhaus zu retten, ist ihr Ansehen beim Conclave stark gestiegen. Fergal wird wahrscheinlich sein nächstes Kind nach ihr benennen.« Der Stolz in seinen Augen ließ Sophie am liebsten im Sitz versinken.

»Dass du im Stammhaus bleibst, wäre perfekt, Emmie,« bestätigte Sophie. »Ich bin mindestens dreimal pro Woche dort, um mit Paddy zu trainieren, also können wir uns oft sehen. Außerdem kommt mein Freund Fitz oft mit, also kannst du ihn kennenlernen. Und Birdie kommt normalerweise mit, um mit den Clanältesten Karten zu spielen. Sie ist meine beste Freundin und wird dich bestimmt auch ins Herz schließen. Es wird so viel Spaß machen, ich verspreche es. Im Haus gibt es auf jeder Etage eine Bar,« sagte Sophie und hoffte, Emmie damit zu ködern. Mac konnte ihrem Dackelblick nicht widerstehen, also probierte sie ihn bei ihrer neuen Schwester aus. »Sag, dass du beim Clan bleibst, bitte.«

»Eine Bar auf jeder Etage?« wiederholte Emmie, gleichermaßen verwirrt und amüsiert. »Ich trinke nicht.«

»Kein Problem. Die Wolfshundwandler trinken dann einfach für dich mit.«

»Mehr Bier für mich!« sagte Mac in einem schlechten irischen Akzent, der eindeutig wie Paddy klang und Emmie zum Kichern brachte.

»Was meinst du damit, dass du dort trainierst?« fragte Emmie und zeigte immer mehr Interesse.

»Äh, nun... ich bin in ein paar Situationen geraten, in denen ich mich verteidigen musste. Ich habe mich dabei ganz gut geschlagen.« Sophie warf Mac einen mahnenden Blick zu, als er schnaubte. »Doch, als der Alpha des Sunset-Viertel-Wolfsrudels es auf mich abgesehen hatte, wusste ich, dass ich unmöglich in einem Kampf gegen ihn bestehen könnte. Alphonse war ein totaler Rüpel. Mac und Fergal schlugen vor, dass ich mit einem der Krieger im Stammhaus trainiere. Er heißt Paddy, und obwohl er wie ein wandelnder Berg aussieht, ist er ein großer alter Teddybär. Er trainiert fast alle jüngeren Wolfshundwandler darin, ihre Kampfform zu kontrollieren und zu kämpfen. Er ist hart, aber er ist ein ausgezeichneter Lehrer. Und obwohl das Sunset-Viertel-Wolfsrudel keine Bedrohung mehr ist, gehe ich immer noch hin. Es macht Spaß, auch wenn Paddy manchmal ein bisschen wie ein Drill Instructor sein kann.«

Emmie sah interessiert daran aus, kämpfen zu lernen, also machte sich Sophie eine geistige Notiz, zu sehen, ob Paddy bereit wäre, mit ihr zu arbeiten.

»Lass mich Marcellas Genehmigung einholen, dass Emmie beim Clan bleiben kann. Wenn sie ja sagt – was ich weiß, dass sie wird – dann rufe ich Fergal an,« bot Mac an und zog sein Handy aus der Tasche.

»Wie habt ihr euch kennengelernt?« fragte Emmie und

blickte zwischen Ruby und Sophie hin und her, ihren Laptop auf dem Tisch vergessen.

Ruby grinste Sophie verschmitzt an und sah aus wie ein ungezogenes Kind. »Du erzählst es ihr,« schlug Ruby vor.

Also tat Sophie es.

Sie erzählte Emmie jedes kleine Detail. Als Sophie die Geschichte beendet hatte, saß Emmie mit großen, staunenden Augen und offenem Mund da.

»Lass mich sehen, ob ich das richtig verstanden habe,« sagte Emmie. »Sophie dachte, sie verfolgte einen Serienmörder durch die Stadt, aber es war Ruby. Und Ruby, nachdem sie einen Mann in einer Gasse getötet hatte, sah Sophie, also fing sie an, ihr zu folgen und versuchte herauszufinden, wer sie war. Das ist ja verrückt. Und dann, als ein Wolfsgestaltwandler versuchte, Sophie zu töten, weil er dachte, sie wäre Ruby, tötete Ruby ihn.«

Sophie warf ihr einen entschuldigenden Blick zu. »Ich meine... Ja, das ist passiert.«

»Wow. Das ist eine Menge,« sagte Emmie.

Sie wirkte, als müsste sie das erst mal verdauen, und wandte sich wieder ihrem Computer zu und begann erneut zu tippen. Sophie nahm an, dass sie ein wenig Zeit brauchte, um die Tatsache zu verdauen, dass Ruby früher Serienmörder gejagt hat.

Das Gespräch verstummte und eine Stille legte sich über das Flugzeug. Sophie versuchte, sich etwas anderes zu überlegen, was sie sagen könnte; sie wünschte, es wäre nicht so ruhig. Sie wollte keine Zeit zum Grübeln, zum Nachdenken über Dinge. Es ließ ihr zu viel Raum, um über die Firmen—nein. Alexis nachzudenken. Sie mochte nicht, was sie in ihren Träumen von ihrer Schwester gesehen hatte, aber der Gedanke, dass Alexis tot war, hinterließ einen Schmerz in Sophies Brust. Die Chance, sich jemals zu treffen und kennenzulernen, war ihnen gestohlen worden. Wegen Boudreaux erfuhr Alexis nie, wer und was sie war.

Sie wollte Alexis rächen, Boudreaux für das Verbrechen

bezahlen lassen, dass er sie ihnen genommen hatte, bevor sie je die Chance gehabt hatten, sich zu treffen. Es ließ sie blutdürstig werden. Wie viele Menschen hatte dieser Mistkerl schon für Geld oder seine Experimente umgebracht?

Sophie schwor sich, niemals aufzugeben, Boudreaux zu suchen. Sie wünschte nur, sie hätte eine Ahnung, wo sie anfangen sollte.

»Sowohl Marcella als auch Fergal haben ja gesagt. Sobald wir in San Francisco sind, werden wir dich unterbringen,« verkündete Mac und blickte von seinem Handy auf.

»Wird Marcella uns am Flughafen treffen? Ich stelle mir vor, dass sie begierig darauf ist, Emmie zu treffen,« fragte Ruby. »Du wirst Marcella lieben, Emmie. Sie scheint hart zu sein, aber sie ist nett, wenn man sie erst einmal kennenlernt.«

Sophie war sich dessen nicht so sicher, aber sie würde Ruby nicht widersprechen.

»Nein, sie wird nicht da sein,« antwortete Mac. »Sie steckt immer noch in Las Vegas fest. Sie sagte, dass das Aufräumen des Kampfrings mehr ihrer Ressourcen und Zeit in Anspruch nimmt, als sie gehofft hatte. Sie hat gefragt, ob wir uns morgen alle treffen können. Sie wird dann ins Stammhaus kommen, um mit uns zu sprechen.«

# KAPITEL 17

Mac parkte den Wagen auf einem Parkplatz direkt neben Streuselkuchen. Sophie war nach einem fast endlosen Reisetag völlig erledigt und heilfroh, endlich wieder zu Hause zu sein. Leider war es nur für einen kurzen Stopp, bevor sie weiterfahren mussten. Ihr Termin mit ihrem Bett würde noch ein paar Stunden warten müssen.

»Hier wohne ich«, erklärte Sophie und zeigte auf das Apartmentgebäude. Es war ihr peinlich, wie heruntergekommen Streuselkuchen im Schein des frühen Abendlichts aussah. Das Licht hob jedes verfallene Detail deutlich hervor. Emmie zu ihrem Platz zu bringen zwang Sophie dazu, ihr Zuhause mit frischen Augen zu sehen. Trotzdem liebte Sophie Streuselkuchen.

Nach der Landung waren sie alle hungrig gewesen, also beschlossen sie, Emmie zum The Little Thumb zum Abendessen zu bringen. So konnten sie mehrere Fliegen mit einer Klappe schlagen: Emmie würde wissen, wo Sophie und Ruby wohnten, falls sie sie jemals brauchte. Sie würde Birdie und Benno kennenlernen. Sophie freute sich darauf, sie Birdie vorzustellen, weil sie wusste, dass ihre Nachbarin Emmie willkommen heißen würde. Und Benno würde einen zusätzlichen Schutz für Emmie bieten. Er nahm den Schutz seiner Freunde und Familie sehr, sehr ernst. Und schließlich konnten sie eine köstliche Mahlzeit im Pub teilen, bevor sie Emmie zum Stammhaus brachten. Obwohl Sophie jetzt, da sie darüber nachdachte, wusste, dass Riona – die wahre Macht hinter dem Thron – ihr Bestes tun würde, um Emmie ein zweites Mal zu füttern. Die Frau schwang die Kelle wie ein Krieger der Antike seine Waffe schwang.

»Und das ist mein Platz«, sagte Ruby und zeigte auf das Gebäude direkt gegenüber von Streuselkuchen.

»Warte. Ihr wohnt tatsächlich direkt gegenüber?« fragte Emmie und blickte zwischen Streuselkuchen und Rubys viel besser aussehendem Apartmentgebäude hin und her.

»Stalkerin, schon vergessen?« sagte Sophie und zeigte anklagend auf Ruby.

Ruby stotterte, brachte aber keine Antwort hervor, was Sophie ein siegreiches Grinsen entlockte, weil sie endlich eine Runde in ihrem verbalen Schlagabtausch gewonnen hatte.

Als sie aus dem Auto stiegen, ging Sophie zur Eingangstür, aber ihre Schritte verlangsamten sich, als sie bemerkte, dass ein Mann in einem der Klappstühle saß, die seitlich der kleinen Veranda aufgestellt waren.

Mac holte Sophie ein und folgte ihrem Blick zu dem Fremden. »Oh, ich habe vergessen, dir das zu erzählen. Marcella hat Sicherheitsteams für dein und Rubys Apartmentgebäude eingeteilt.«

»Warte. Was?«

»Das ist Greg. Ich habe ihn ein paar Mal getroffen. Er ist im Sicherheitsteam für das Conclave. Marcella hat ihm eine vorübergehende Wohnung im Erdgeschoss von Streuselkuchen besorgt. Ich habe zugestimmt, dich zur und von der Arbeit zu fahren, aber falls ich es aus irgendeinem Grund nicht kann, soll er dich fahren.« Mac warf Sophie einen strengen Blick zu, als sie den Mund öffnete, um zu widersprechen. »Widersprich nicht, Höllenstifterin. Es ist nur, bis wir Boudreaux schnappen.«

Sophie näherte sich dem Mann, der von seinem Stuhl aufstand, als sie die Verandatreppe hinaufging.

»Greg, das ist Sophie. Sophie, das ist Greg, auf den du hören wirst, wenn es um deine Sicherheit geht.«

Sophie hatte erwartet, dass jemand, der als Leibwächter arbeitet, ein großer, muskulöser Mann wäre, aber Greg war ein Mann von durchschnittlicher Größe, Statur und Aussehen. Nichts an ihm stach hervor. Er wirkte wie der Typ gutmütiger Mann, der am Wochenende die Fußballmannschaft seiner Kinder trainierte und gerne einen schönen Garten pflegte. Er sah nicht wie jemand aus, der es mit Boudreaux aufnehmen könnte. Er trug tatsächlich typische »Vaterjeans«. Sophie fragte sich kurz, ob genau das der Punkt war.

»Freut mich, Sie kennenzulernen, Ma'am. Ich bin in Apartment 1B, falls Sie mich brauchen. Hier ist meine Karte. Falls Sie irgendwohin müssen und Detective Volpes nicht da ist, begleite ich Sie gerne.«

Sophie seufzte und wusste, wann sie verloren hatte.

»Freut mich, Sie kennenzulernen, Greg. Falls ich etwas brauche, rufe ich Sie an«, versprach Sophie, bevor sie an dem Mann vorbeiging und den Eingangsbereich betrat.

Als sie das winzige Foyer von Streuselkuchen betraten, war Sophie erleichtert, dass Moe ausnahmsweise nicht herumlungerte. Sie hatte schon gedacht, dass er es mochte, bei seiner Eingangstür zu warten, um sie zu nerven, wenn sie kam und ging. Das Letzte, was sie nach dem langen Tag gebrauchen konnte, war, sich mit seiner Art auseinanderzusetzen.

»Ich habe Birdie eine SMS geschickt, also erwartet sie uns. Ich wollte sie nicht zu Tode erschrecken, wenn sie uns drei sieht«, informierte Sophie Ruby und Emmie.

Sophie näherte sich Birdies Tür und fühlte sich seltsam nervös. Birdie mochte Ruby – die im besten Fall schwierig sein konnte – also würde sie zweifellos auch Emmie mögen, aber sie wollte nur, dass dieses erste Treffen gut lief.

Sophie stieß Ruby mit dem Ellbogen zurück, als diese versuchte, sich neben sie zu drängen.

Die Tür schwang auf, bevor Sophie die Chance hatte zu klopfen. Birdie betrachtete die Gruppe mit einem schnellen, kritischen Blick. »Na, dann setze ich wohl besser einen Teekessel auf.« Sie winkte alle herein. »Kommt rein, kommt rein.«

Mac schlurfte zuerst hinein, gab Birdie den obligatorischen Kuss auf die Wange und eine schnelle Umarmung. Dicht auf seinen Fersen folgten Larry und Ruby, die Birdie in eine Gruppenumarmung einschlossen, während sie lachte, das Füllsel ihres Umarmungs-Sandwichs zu sein. Mit Neugier in ihren milchblauen Augen blickte Birdie über deren Schultern zu Sophie und Emmie.

Sophie blieb mit Emmie im Hintergrund und wollte sie als Letzte vorstellen.

Als Ruby und Larry Birdie aus ihren Armen entließen, gab Sophie Emmie einen ermutigenden Schubs zu Birdie hin.

»Birdie, ich möchte dir Emmaline Tallis vorstellen.« Emmie trat vor und streckte eine Hand zum Händeschütteln aus. »Das ist Alberta Gafferty, meine beste Freundin.«

»Du kannst mich Emmie nennen«, sagte Emmie leise.

Birdie ignorierte Emmies ausgestreckte Hand und zog sie stattdessen in eine sanfte Umarmung. »Und du kannst mich Birdie nennen. Es klingt, als hättest du einen höllischen Tag gehabt, hm? Nun, es ist schön, dich kennenzulernen, Emmie.«

Ein leises Schniefen war von Emmie zu hören, bevor sie leise antwortete: »Es war ein aufschlussreicher Tag.«

*Untertreibung des Jahres*, dachte Sophie.

Birdie führte Emmie in ihre Wohnung und dirigierte sie zu

ihrem schicken Ohrensessel. Sophie lächelte, als sie sah, dass Emmie die VIP-Behandlung bekam.

Birdie eilte zu ihrer winzigen Küche und verkündete, dass sie in nur einer Minute Tee fertig haben würde. Ruby folgte und bot Hilfe an. Nach viel Geklapper kam Ruby ein paar Minuten später heraus und hielt ein großes Tablett mit einer Teekanne und Teetassen. Larry eilte hinüber, um das Tablett aus Rubys Händen zu nehmen.

Sobald jeder seinen Tee hatte, hielt Birdie eine Flasche Bourbon hoch und schwenkte sie verlockend hin und her. »Möchte jemand sein Getränk aufpeppen?«

Alle außer Emmie hielten ihre Tasse für Birdie hoch.

»Ein Grog auf Sparflamme«, verkündete Birdie, als sie einen ordentlichen Schuss Bourbon in Sophies Teetasse goss.

Nachdem sie jedermanns Getränke veredelt hatte, goss Birdie etwas Bourbon in ihre eigene Tasse und nahm den leeren Platz neben Emmie ein.

Während sich alle niederließen und anfingen zu plaudern und ihren Tee zu trinken, behielt Sophie ein Auge auf Emmie. Emmie hatte begonnen, sich langsam zu entspannen, während sie schweigend Sophies Wahlfamilie beim Reden und Lachen um sie herum beobachtete. Sophie war erleichtert zu sehen, dass sie weniger wie ein in die Enge getriebenes Tier aussah. Ihre Schultern sanken von Ohrenhöhe, und sie begann sogar, Birdie in ein Gespräch zu verwickeln. Sophie fragte sich nebenbei, worüber sie sprachen. Bei der Art, wie Emmie ständig errötete und hinter ihrer Hand kicherte, nahm Sophie an, dass Birdie ihre übliche freche Art an den Tag legte.

Da sie wusste, dass Emmie in guten Händen war, wandte sich Sophie Mac zu, der zu ihrer Rechten saß. »Ich will, dass Boudreaux leidet«, gestand sie leise in sein Ohr. Emmie zu sehen, wie sie bereits zu der Gruppe passte, machte Sophie wütend bei dem Gedanken, dass Alexis diese Chance geraubt wurde.

Mac drehte sich um und begegnete ihren Augen. Der brennende, eisige Blick verriet Sophie, dass er ihrer Meinung war. Die eigentliche Frage war, wie sie Boudreaux aufspüren konnten, um ihm seine gerechte Strafe zuzuführen. Sophie hasste es, sich darauf zu verlassen, dass andere die Arbeit für sie machten, aber sie wusste, dass es keinen Weg gab, wie sie Boudreaux ohne Hilfe finden konnte. Sie betete, dass Marcella es wie versprochen schaffen konnte. Bis dahin war Sophie wieder einmal zum Warten verdammt.

Sophie ließ sich in ihrem Sitz nieder, legte ihren Kopf auf Macs Schulter und beobachtete ihre Freunde. Mac legte seinen Arm um Sophie und beugte sich hinüber, um ihre Schläfe zu küssen. Sie genoss diesen Moment des Friedens und der Familie; sie erkannte ihn als die Ruhe vor dem Sturm.

Gelegentlich ertappte sie Birdie dabei, wie sie zwischen ihr, Ruby und Emmie hin und her blickte, als wolle sie deren Unterschiede katalogisieren. Sophie hatte dasselbe getan, und abgesehen von oberflächlichen Unterschieden wie ein paar kleinen Narben, Frisuren und Sophies Tätowierungen waren sie perfekte Duplikate voneinander.

Vorhin war ein Fußgänger an ihnen auf dem Bürgersteig vor Streuselkuchen vorbeigegangen. Als der Mann Sophie, Ruby und Emmie bemerkte, blieb er wie angewurzelt stehen und starrte fassungslos auf die identischen Drillinge vor sich.

Nachdem sie an ihm vorbeigegangen waren, hatte Sophie zurückgeblickt und ihn immer noch erstarrt dastehen sehen. Der Ausdruck in seinen Augen war einer der Überraschung, aber auch des milden Unbehagens, als könnte er nicht herausfinden, was ihn an den Schwestern störte. Sophie dachte, sie wusste, was es war: Identische Zwillinge mögen identisch geboren werden, aber über ein Leben hinweg bewirken Umweltunterschiede – wie Ernährung, Sonnenexposition, Bewegungsgrad und eine Million anderer winziger Variablen – kleine, manchmal unmerkliche Veränderungen zwischen den Geschwistern.

Als Sophie Ruby und Emmie betrachtete, erkannte sie, dass

sie so kürzlich getrennt worden waren, dass diese Veränderungen bei ihnen noch nicht stattgefunden hatten. Es war etwas Unheimliches daran, wie vollkommen identisch sie waren, als wären sie Klone und keine Geschwister. Instinktiv spürt man, dass sie nicht auf natürliche Weise entstanden sind. Es hatte etwas vom »Uncanny-Valley«-Effekt an sich, der das Unterbewusstsein der Menschen wie eine Warnung alarmiert.

Wie viel seltsamer würde es sein, wenn sie die letzte fehlende Scherbe finden würden?

Es spielte keine Rolle, es sei denn, sie konnten sie finden. Das brachte Sophie auf die Byangoma-Feder.

»Hey, Larry«, rief Sophie. Als er sie ansah, fragte Sophie: »Wie lange denkst du, wird es dauern, den Byangoma-Feder-Zauber herauszufinden?«

»Ich hoffe, es wird nicht lange dauern. Nur damit du es weißt, das könnte allerdings ein paar Wochen dauern. Es ist Magie, die noch nie zuvor versucht wurde. Es ist hochmodernes Zeug.«

Der fanatische Glanz erschien wieder in Larrys Augen, wann immer die Feder erwähnt wurde.

»Ich wünschte, wir könnten die andere Schwester sofort finden. Ich habe Angst, dass ihr etwas passiert ist, nachdem ich gesehen habe, was mit Alexis passiert ist. Es macht mich fertig, dass wir nicht nachsehen können, ob es ihr gut geht, außer wir haben das Glück, von ihrem Leben zu träumen«, murmelte Sophie.

Larry bekam einen nachdenklichen Ausdruck bei Sophies Aussage. Er tippte einen Finger an sein Kinn für einen Moment, bevor seine Augen aufleuchteten. »Ich habe eine Idee.«

Sophie richtete sich auf, nachdem sie an Mac gelehnt hatte.

»Lass uns den Auren-Spur-Zauber machen«, schlug Larry vor. »Wir werden ihn nicht verwenden können, um ihren Standort zu finden, aber wir werden bestätigen können, ob sie noch lebt oder nicht.«

Larry dirigierte die Schwestern, sich in einem Kreis in der

Mitte von Birdies Wohnzimmer zu setzen. Vom Sofa auf den Boden rutschend, erklärte Sophie Emmie, was der Zauber bewirken würde.

»Larry kann unsere Auren sehen, und er sagt, sie sind verbunden?« bestätigte Emmie. Ihr Mund war nach unten gedreht, ein zweifelnder Ausdruck in ihren Augen.

»Ich kann eure Auren nicht wirklich sehen, sondern eher fühlen. Wenn ich jedoch den Zauber ein wenig anpasse, sollte ich sie für uns alle sichtbar machen können. Meine aktuelle Theorie ist, dass eure Auren verbunden sind, weil ihr alle früher eine Person wart. Auch nachdem ihr getrennt wurdet, sind eure Auren – eure Seelen, im Grunde – immer noch psychisch verbunden. Deshalb teilt ihr Träume.«

»Haben normale menschliche eineiige Zwillinge verbundene Auren?« fragte Ruby und nahm ihren Platz auf dem Boden zu Sophies Linken ein.

Larry hörte auf, wo er einen Stuhl aus dem Weg schob, und bekam einen nachdenklichen Ausdruck. »Das ist eine interessante Frage, Schatz. Sie haben wahrscheinlich eine leichte Verbindung, aber weniger als ihr. Es ist mir nie in den Sinn gekommen, das zu überprüfen. Ich werde ein paar Tests durchführen müssen, nur aus Neugier. Was für eine gute Frage«, lobte Larry und sah Ruby dabei an, als wollte er sagen, dass sie großartig sei.

Nun, da sie an ihrem Platz waren, begann Larry, seine Hände in komplizierten Mustern zu bewegen und einen sich wiederholenden Kreis um sie herum zu gehen. Im Schneidersitz auf dem Boden sitzend beobachtete Sophie, wie Larry um sie, Ruby und Emmie herum schritt und seine magischen Woo-Woo-Wörter sang. Larry blieb hinter Ruby stehen und sprach ein paar Worte. Während er feierlich in einem dröhnenden Monoton sang, die Klänge langsam aber fremd, berührte Larry sanft die Oberseite ihres Kopfes. Rubys Körper nahm einen scharlachroten

Schimmer an, flammte hellrot auf, bevor er zu ihrem normalen Selbst zurückkehrte.

»Meine Lieblingsfarbe«, schnurrte Ruby und hielt ihren Arm hoch, als der letzte Schimmer von Rot verblasste.

Larry kam hinter Sophie zum Stehen. Er sang seine magischen Wörter, und Sophie spannte sich an, kurz bevor er die Krone ihres Kopfes berührte. Für einen Moment dachte Sophie, Larry hätte heiße Flüssigkeit über sie gegossen. Ein warmes, geschmolzenes Gefühl ergoss sich über ihren Kopf und kaskadierte über und an ihrem Körper hinunter wie ein Gewand, das auf ihre Schultern fallen gelassen wurde. Sie war in ein erhitztes, prickelndes Gefühl gehüllt, als ihre Haut mit einem hellgrünen Schimmer aufflammte.

Sophie hatte gar nicht bemerkt, dass sie die Augen fest geschlossen hatte, bis sie sie wieder öffnete. Das Licht, das von ihrer Haut ausging, war so hell, dass sie nichts anderes im Raum sehen konnte, als würde sie in einem Scheinwerfer sitzen und in ein dunkles Auditorium hinausblicken. Sophie versuchte wiederholt, die Lichtechos aus ihren Augen zu blinzeln, als das Grün verblasste. Sie fuhr mit dem Finger über ihre Haut, aber sie fühlte sich ganz normal an. Was auch immer Larry getan hatte, es hatte keine Rückstände oder körperlichen Veränderungen hinterlassen.

Als Larry zu Emmie ging und ihr sanft auf den Kopf tippte, musste Sophie an das Kinderspiel »Ente, Ente, Gans« denken und sich ein Grinsen verkneifen.

Larry wählte ein helles Gelb für Emmie, die ihren Arm ausstreckte und ihn drehte, um die volle Wirkung zu sehen. Sie sah fast aus wie ein Leuchtstab in Textmarkerfarbe, bevor das Licht in ihrer Haut verschwand.

»Okay, jetzt, wo ich euch drei verankert habe, werde ich den Zauber aktivieren«, verkündete Larry, sobald der Schimmer auf Emmie verblasst war.

Sophie schloss ihre Augen, als Larry zu singen begann. Als

seine Worte endlich aufhörten, öffnete sie langsam ein Auge. Der Schimmer von Rot, Grün und Gelb war das Erste, was Sophie sah, wie die Helligkeit des Sitzens vor einem mehrfarbigen Lagerfeuer.

Sophie hatte nicht bemerkt, dass sie den Atem angehalten hatte, bis sie keuchte. Drei Stränge grünen Lichts entstanden aus der Mitte von Sophies Brustbein – einer führte zu Emmies Brust und ein anderer zu Rubys. Zwei ähnliche Lichtschnüre schienen in Sophies Brustbein einzutreten – eine rote von Ruby und eine gelbe von Emmie. Die farbigen Linien kreuzten sich in einem kunstvollen Dreiecksmuster. Die drei Schwestern waren alle miteinander verbunden, die Seile aus Rot, Grün und Gelb zwischen ihnen sahen aus wie Mandala-Fadenkunst.

Die zusätzliche ungebundene grüne Linie von Sophies Brust führte nach rechts weg. Leuchtende rote und gelbe Seile liefen auch in dieselbe Richtung. Die drei Linien verschmolzen, drehten und rollten sich wie geflochtenes Seil, kombinierten sich zu einer helleren, dickeren Schnur. Sie verschwand durch Birdies Wohnzimmerwand und zog sich in die Ferne.

Sophie erkannte, dass die einzelne Auralinie bestätigte, dass Alexis definitiv tot war. Wenn sie Boudreaux' Angriff irgendwie überlebt hätte, würde ein weiteres leuchtendes Seil zu ihrer Seele geführt haben. Sophie hatte nicht bemerkt, dass sie eine kleine Menge Hoffnung gehegt hatte, dass Emmie sich in dem Traum geirrt hatte. Sie fragte sich, ob jemand anderes bereits zu derselben Erkenntnis gekommen war.

Larry beugte sich vor und zupfte an dem mehrfarbigen Faden, ließ ihn wie eine Gitarrensaite schwingen, bevor er ihn in die Hand nahm. »Sie ist weit weg. Die Linie verliert sich einige Hundert Meilen von hier entfernt. Aber sie scheint nach Südosten zu führen. Das könnte unsere Suche eingrenzen, wenn die Zeit kommt.«

»Danke, Larry. Ich fühle mich viel besser, zu wissen, dass sie lebt«, sagte Sophie. »Jetzt ist der wahre Trick, sie zu finden.«

Larry winkte mit seinen Händen über die Schwestern und ihre Aurasträge und sagte: »Finio.« Die farbigen Linien verschwanden, sodass Sophie blinzeln musste, um die hellen Flecken aus ihrem Blickfeld zu vertreiben.

»Also jetzt können wir nur warten, bis Larry einen Ortungszauber mit der Feder erstellt, von der du mir erzählt hast? Es gibt nichts anderes, was wir tun können?« fragte Emmie. Sophie verstand genau, wie sie sich fühlte. Geduld war auch nicht eine von Sophies Tugenden.

»Nun, ich schätze, ich könnte mein Traumtagebuch durchgehen und sehen, ob ich etwas übersehen habe«, sagte Sophie. »Vielleicht habe ich von ihr geträumt und es nicht bemerkt. Jetzt, wo wir mehr Informationen über sie haben, fällt uns vielleicht etwas auf. Wir wissen, dass sie irgendwo südöstlich von hier ist, und in meinem Traum waren Palmen vor ihrem Haus. Sie hat zwei Katzen namens Obie und Titania. Sie lebt in einem Haus mit einer Menge Überwachung. Und sie mag Tee und Lesen. Es ist nicht viel, aber es ist ein Anfang.«

»Traumtagebuch?« wiederholte Emmie.

»Damals, als wir versucht haben, die Serienmörderin zu fassen, die als Schneewittchen bekannt war, habe ich angefangen, ein Traumtagebuch zu führen, weil wir dachten, meine Träume könnten zu Hinweisen führen, die uns helfen würden, sie zu schnappen«, erklärte Sophie mit einem Grinsen und erntete ein weiteres Augenrollen von Ruby. »Sobald wir erkannten, dass es mehr von uns gab, führte ich es weiter in der Hoffnung, alle zu finden. Ruby hat jetzt auch eins.«

»Du wirst nichts in deinem Tagebuch finden. Wir haben das Ding auf dem Weg nach Cascadia durchgewälzt. Wenn da irgendwelche Hinweise drin gewesen wären, hätten wir sie bereits gesehen«, argumentierte Ruby.

»Vielleicht könnte ich sie lesen«, bot Emmie an. »Ich meine, es könnte nicht schaden, oder? Vielleicht hatte ich ein paar Träume von ihr und habe es nicht einmal bemerkt. Eure Tagebücher könnten eine Erinnerung auslösen, besonders da ich ein paar Träume mit Katzen hatte. War eine der Katzen orange mit Streifen und die andere schwarz?«

»Ja«, bestätigte Sophie. »Ich werde dir mein Traumtagebuch geben, bevor wir dich am Stammhaus absetzen.«

»Die meisten Träume, an die ich mich erinnere, handelten von Autopsien«, gestand Emmie und rümpfte angewidert die Nase.

»Ugh, erzähl mir davon«, stimmte Ruby klagend zu. »Sophie, warum kannst du nicht einen normalen Arbeitsplan haben, damit du nicht immer arbeitest, wenn wir alle schlafen? Du solltest mit Marcella darüber sprechen.«

Sophie verdrehte die Augen über Rubys ständige Beschwerde. »Wir müssen alle mythischen Autopsien während der Nachtschicht durchführen, weil die menschliche Abteilung die Tagschicht betreibt und sie nicht wissen, dass wir existieren – aus gutem Grund. Ich kann nichts daran ändern. Es tut mir leid, dass ihr meine Arbeit sehen müsst, aber es liegt außerhalb meiner Kontrolle.«

Ruby machte ein verächtliches Geräusch, kommentierte aber nicht weiter.

Emmie sah aus, als bräuchte sie etwas Freiraum, also sagte Sophie: »Hey, ich könnte mein Traumtagebuch jetzt holen. Möchtest du mitkommen und meinen Platz sehen?«

Emmie nickte und stand vom Boden auf. Zusammen gingen sie zu Sophies Wohnung und ließen alle anderen zurück.

Als sich Sophies Tür hinter ihnen schloss, atmete Emmie erleichtert aus. »Danke. Ich glaube, ich war da drin ein wenig überfordert. Es ist einfach zu viel Lärm, und ich brauchte etwas Abstand von all der Aufmerksamkeit.«

Sophie nickte verständnisvoll und ging in ihr Schlafzimmer, um ihr Tagebuch zu holen. Als sie mit dem rosa Buch in der Hand aus ihrem Zimmer kam, fand sie Emmie dabei, wie sie interessiert ihren Platz betrachtete. Sie hob einen von Sophies vielen zerfledderten Romanen von ihrem Beistelltisch auf, kommentierte aber im Gegensatz zu Ruby nicht deren Inhalt.

Sobald Sophie das Tagebuch übergeben hatte, zog Emmie die Augenbrauen hoch, als sie das Einhorn auf dem rosa Einband sah.

»Frag nicht. Mac hält sich für witzig«, erklärte Sophie.

Sie verließen die Ruhe von Sophies Wohnung und gingen zurück zu Birdies Platz. Als sie zurückkehrten, schlug Mac vor, zum The Little Thumb zu gehen, um etwas zu essen.

Birdie stimmte zu, sich ihnen zum Abendessen anzuschließen, also machten sie sich nach einem schnellen Kinnkraulen für Ginsberg, der endlich aus Birdies Schlafzimmer aufgetaucht war – wahrscheinlich vom Lärm und den Fremden verschreckt – auf den Weg zum Pub.

Einige der Stammgäste wollten gerade einen Gruß ausrufen, als sie durch die Tür kamen, doch die Worte blieben ihnen im Hals stecken, als sie Emmie am Ende der Gruppe sahen. Alle Gespräche in der Bar verstummten langsam, als sie sich durch den Pub zu einem leeren Tisch bewegten. Das Erscheinen von Drillingen in ihrer Mitte schien alle stumm gemacht zu haben.

Benno steckte seinen Kopf aus einer Hintertür, wahrscheinlich besorgt über die plötzliche Stille, die über seinen Pub gefallen war. Als er Sophie und ihre Freunde entdeckte, hob er grüßend die Hand und ging auf ihren Tisch zu. Als er näher kam, konnte Sophie den Moment erkennen, als er Emmie bemerkte, aber seine Schritte stockten nur für einen Moment, bevor er wieder Schwung gewann. Benno zuckte kaum mit der Wimper, als eine dritte Schwester in seinem Pub auftauchte. Er wusste von den Scherben, aber die drei Schwestern persönlich zu sehen war anders als nur die Idee von ihnen. Sophie schätzte seine Kontrolle und Diskretion.

Eine Woche nachdem Sophie aus Cascadia zurückgekehrt war, hatte Benno sie gebeten, mit ihm abzuhängen, nachdem er den Pub für die Nacht geschlossen hatte. Er hatte sich Sorgen um sie gemacht. In dieser Nacht hatten sie sich eine Flasche Whiskey geteilt, und die ganze Geschichte sprudelte aus Sophies betrunkenem Mund heraus. Zu der Zeit hatte sie schrecklich damit gekämpft, eine Scherbe zu sein und ihr Gedächtnis gelöscht zu haben. Seine Versicherung, dass Sophie akzeptieren musste, wer sie jetzt war, und das alte geheimnisvolle »sie« in der Vergangenheit lassen sollte, hatte mehr geholfen, als sie ausdrücken konnte.

Benno gestand, dass er sich einst für einige der Dinge geschämt hatte, die er in seiner Vergangenheit getan hatte. Es hatte Jahre gedauert, bis er erkannte, dass er nicht ändern konnte, wer er früher war; er konnte nur ändern, wer er jetzt war. Er sagte, der Trick sei, aus der Vergangenheit zu lernen, während man immer nach vorne blickte.

Sophie wusste, dass Benno vor der Kneipe, die er von seinem Vater geerbt hatte, ein ziemlich abenteuerliches Leben geführt hatte. Als sie beobachtete, wie er Emmie bereitwillig akzeptierte, fragte sich Sophie kurz, was in Bennos Vergangenheit lag, das ihn so ausgeglichen und geduldig machte.

Während Benno ihre Getränke- und Abendessensbestellungen aufnahm, kehrte der Geräuschpegel im Pub zu normalen Werten zurück. Die Stammgäste hatten bereits das Interesse an Sophie und ihren Schwestern verloren. Sie interessierten sich mehr für ihr Bier als für sie. Sie neigten dazu, ihre Nasen nicht in die Angelegenheiten anderer zu stecken.

Während die Gruppe ihre Mahlzeiten aß, diskutierten sie, was zu tun sei, wenn sie schließlich die fehlende Scherbe fanden.

»Ich frage mich, wie die letzte Schwester wohl sein wird. Wir sind alle so verschieden, dass es seltsam ist, dass wir früher dieselbe Person waren. Sie schien sehr ernst und nachdenklich in den wenigen Träumen, die ich von ihr hatte. Und paranoid«, sagte Sophie und dachte an den Traum, den sie auf dem Flug zurück von Murias gehabt hatte. Als der Lieferant ihre Haussensoren ausgelöst hatte, erinnerte sich Sophie an ihre Unruhe, als sie die Bildschirme ihrer Monitore überprüfte.

»Vielleicht haben wir alle eine Facette der Persönlichkeit der ursprünglichen Person bekommen«, schlug Ruby vor. »Ich bin die Spaßige. Alexis war die knallharte Zicke. Du bist die Liebe.« Ruby deutete auf Emmie, die errötete. »Und Sophie ist die Streberin.«

»Ich bin keine Streberin!« bellte Sophie zurück, aufrichtig beleidigt. Sie hatte sich immer als die Harte, Sarkastische gesehen.«

# KAPITEL 18

»**W**as genau weiß Fergal über Emmie und unsere aktuelle Situation?«, fragte Sophie, als sie vor dem Stammhaus des Clans der Ritter der Roten Burg hielten. Sie saß auf dem Beifahrersitz neben Mac, während Ruby, Emmie und Larry auf den geräumigen Rücksitzen des Conclave-SUVs Platz genommen hatten. »Das ist jetzt schon das zweite Mal, dass eine von uns sich im Stammhaus verstecken muss. Und jetzt sind wir zu dritt. Die Leute werden das merken und anfangen zu reden.«

»Fergal weiß so ziemlich alles«, gab Mac zu. »Um Emmie und euch alle wirklich effektiv beschützen zu können, musste er die ganze Situation kennen. Ich vertraue ihm vollkommen. Und er hat versprochen, alles geheim zu halten. Emmie, ich vertraue diesem Mann mein Leben an, und ich verspreche dir, dass du das auch kannst. Die Geschichte, die er dem Rest des Clans erzählt, ist, dass ihr Drillinge seid, die bei der Geburt getrennt wurden, um euch vor einem gefährlichen Familienmitglied zu schützen, und dass diese Person nun nach euch sucht.«

»Glaubst du, sie werden ihm das abkaufen?«

»Ja. Sie werden ihren Alpha nicht in Frage stellen, selbst wenn sie skeptisch sind. Außerdem könnten sie unmöglich auf die wahre Geschichte kommen.«

Sophie, Ruby und Emmie schnaubten alle gleichzeitig über diese Aussage.

»Jinx!«, riefen Ruby und Emmie gleichzeitig, was alle drei zum Kichern brachte. Es gab Sophie das Gefühl, als wären sie echte Schwestern und nicht gruselige, magische Klone.

Die Haustür des Stammhauses schwang auf und lenkte Sophies Aufmerksamkeit auf sich. Sie beobachtete, wie Fergal durch den Eingang trat. Er war ein schlanker, braunhaariger Mann in einem makellosen Dreiteiler. Sophie hätte sich nicht gewundert, wenn er eine goldene Taschenuhr in seiner Weste gehabt hätte.

»Da ist er«, verkündete Sophie und winkte Fergal zu, der den Gruß mit seinem charakteristischen Grinsen erwiderte.

»Das ist der Typ, der mich vor Boudreaux beschützen kann?«, fragte Emmie. Sie starrte den Irischen Wolfshund-Wandler mit Zweifel und Sorge an. Fergal sah überhaupt nicht bedrohlich aus; er wirkte eher wie ein Geschäftsmann, der regelmäßig zur Maniküre geht. Allerdings hatte Sophie gesehen, welche Krallen er wachsen lassen konnte. Keine Maniküre für Fergal – es würde eine halbe Flasche Nagellack brauchen, um diese Dinger zu lackieren.

»Im direkten Zweikampf bin ich mir nicht sicher, ob ich ihn schlagen könnte«, vertraute Mac an. »Er ist wahrscheinlich einer der wildesten Krieger in der Stadt. Der Schein kann trügen. Und Fergal gibt sich absichtlich wie ein Geck, damit die Leute ihn unterschätzen.«

Das ließ Sophies Augenbrauen hochgehen. Sie hatte miterlebt, wie Mac den härtesten, grausamsten Alpha-Wolfsgestaltwandler in San Francisco getötet hatte, indem er seine Krallen direkt in Antonios Brust rammte und ihn über seinen Kopf hob. Es war eine schockierende, brutale Machtdemonstration gewesen, an die sich Sophie noch lebhaft erinnerte. Sie war leise mehrmals von verschiedenen Leuten darüber informiert worden, dass Mac einmal einen Wasserspeier im Kampf besiegt hatte – was angeblich fast unmöglich war, weil sie aus Stein bestehen.

»Er kann sich in ein zweieinhalb Meter großes Monster verwandeln«, erinnerte Sophie Emmie, die Fergal mit einem interessierten Blick anschaute.

Der betreffende Mann wartete beim Eingang auf sie, während alle aus dem Auto stiegen.

Larry, der vollendete Gentleman, bestand darauf, Emmies Taschen für sie zu tragen. Das ließ sie jedoch mit leeren Händen zurück. Fergal löste dieses Problem, indem er ihre Hände in seine nahm. Er hielt ihre Arme weit vom Körper weg und musterte sie von oben bis unten, wobei er einen langen Pfiff ausstieß.

»Verdammt. Du hast gesagt, sie wäre identisch, und ich habe dir geglaubt, aber das persönlich zu sehen ist was ganz anderes.«

Emmie lief bei Fergals Worten und Musterung knallrot an.

Sophie riss Emmies Hände aus Fergals Griff und warf ihm einen bösen Blick zu, wobei sie sich schützend zwischen ihn und Emmie stellte. »Ich habe Emmie gesagt, dass du ein wunderbarer, freundlicher Mensch bist. Du willst mich doch nicht so schnell widerlegen, oder?« Fergal sah angemessen zerknirscht aus, aber Sophie gab eine letzte Warnung ab. »Wenn du nicht nett zu meiner Schwester bist, erzähle ich es Riona.«

»Ach, so beschützerisch, diese hier«, gluckste Fergal und nickte in Richtung Sophie, während er Emmie ein entschuldigendes Lächeln schenkte. »Ich hoffe, du weißt, dass ich nichts Böses gemeint habe.«

Emmie erwiderte sein Lächeln mit einem schüchternen eigenen. »Nein, das ist schon okay. Ich weiß, wie seltsam das alles ist.«

»Dann fangen wir noch einmal von vorne an. Mein Name ist Fergal O'Dwyer, und ich bin hier der Alpha. Es ist sehr schön, dich kennenzulernen. Du bist in meinem Haus willkommen. Wir freuen uns, dich kennenzulernen und als Gast bei uns zu haben.

Mein Clan hält große Stücke auf deine Schwester, also sei dir sicher, dass sie dich als Ehrengast behandeln werden. Wenn du etwas brauchst, sag es mir oder meiner Frau.«

»Es ist auch schön, dich kennenzulernen, Fergal. Ich bin Emmie.«

»Komm rein. Lass uns etwas Abendessen in dich hineinbekommen«, sagte Fergal und führte Emmie durch die Haustür, während alle anderen hinterher trotteten.

»Oh, nein, danke. Ich habe keinen Hunger. Wir haben schon zu Abend gegessen«, erklärte Emmie leise.

»Nun, für Nachtisch ist immer Platz. Meine Frau hat einen Pudding gemacht. Den darfst du nicht verpassen. Rionas Pudding ist nicht wie das Zeug, das ihr Pudding nennt. Er wird dir gefallen, das verspreche ich.«

Sophie erinnerte sich deutlich an das erste Mal, als Fergal sie dazu gebracht hatte, Blutwurst zu essen. Sie hoffte inständig, dass dieser Pudding, was auch immer er war, nichts mit Blutwurst gemeinsam hatte.

Emmie sah sich mit großen Augen im Inneren des Stammhauses um. Sophie erinnerte sich an das erste Mal, als sie hierher gekommen war. Die Außenseite des Gebäudes sah aus wie ein typisches Wohnhaus aus der Jahrhundertwende in San Francisco. Erst wenn man durch die Eingangstüren trat, wurde die schiere Größe des Ortes deutlich. Links vom großen Eingang befand sich ein vollständiger Pub, und rechts eine Lounge und ein Spielzimmer. Geradeaus führte eine große, gewölbte Halle zum hinteren Innenhof. An einer Seite der Halle befand sich eine große Treppe. Hätte die Lobby einen Empfangstresen gehabt, dachte Sophie, hätte sie einem luxuriösen Hotel von vor hundert Jahren ähneln können.

Sobald sich alle an einem Tisch im Pub niedergelassen hatten, kam Riona herbeigeeilt, bereit, wie üblich die Massen zu bewirten.

»Riona, meine Liebe, das ist Emmie. Emmie, das ist meine

Frau, Riona.« Riona zuckte nicht einmal mit der Wimper beim Anblick einer dritten Schwester. Als fünffache Mutter, dachte Sophie, würde es mehr als eine weitere mysteriöse Schwester brauchen, um die unerschütterliche Frau aus der Ruhe zu bringen.

Die beiden Frauen schüttelten sich die Hände und unterhielten sich höflich, bevor Fergal unterbrach und Nachtisch und Kaffee für die Gruppe bestellte. Riona drückte Fergal einen Kuss auf den Kopf, bevor sie zurück in die Küche des Pubs eilte.

Ein paar Minuten später erschienen Riona und zwei ihrer Töchter wieder, mit Tabletts voller Essen und Kaffee.

Sophie nahm einen kleinen Bissen von ihrem Nachtisch. Dann nahm sie einen weiteren, größeren Bissen, nachdem sie sich vergewissert hatte, dass er nicht eklig war wie die Blutwurst. Er erinnerte mehr an einen superdichten, klebrigen Kuchen als an das, was Sophie unter Pudding verstand. Die einzigen Puddings, die sie kannte, waren die puddingartigen – nun ja, und die Blutwurst. Jetzt wusste Sophie, dass sie etwas verpasst hatte. Riona stellte eine cremige Soße dazu, die man darüber gießen konnte und die das Dessert von lecker zu unwiderstehlich machte.

Während sie ihre Nachspeisen aßen, beobachtete Sophie Emmie, wie sie interessiert im Pub umherblickte. Sophie war beeindruckt, wie gut Emmie so viele Veränderungen in so kurzer Zeit verkraftete. Wäre Sophie an ihrer Stelle gewesen, dachte sie, hätte es schon mindestens einen größeren Zusammenbruch gegeben.

»Du arbeitest jetzt für Marcella, oder?«, fragte Fergal Ruby mit vollem Mund Nachtisch.

Abgesehen davon, dass er Ruby kurz gesehen hatte, als sie hinter dem Gerichtsmedizinischen Institut verhaftet wurde, nachdem sie Alphonse getötet hatte, hatten sich Fergal und Ruby nur ein anderes Mal getroffen, als sie mit Sophie zu einem der Sparringskämpfe mit Paddy gekommen war. Es wäre gut, wenn die beiden sich besser kennenlernen würden, entschied Sophie.

Ruby nickte. »Ja, es ist faszinierend. Ich treffe jeden Tag alle möglichen magischen Kreaturen. Außerdem: Wann immer ich einen Mörder finde, nimmt Marcella das immer ernst. Ich muss kaum noch jagen, weil die Polizei meine Visionen ernst nimmt und die Täter für mich schnappt. Ein bisschen vermisse ich es schon.«

»Du jagst immer noch?«, fragte Sophie, schockiert, dass sie das nicht wusste. »Du sagtest, du jagst 'kaum noch', was bedeutet, dass du es manchmal noch tust, richtig?«

»Nur, wenn wir keine Beweise für die Verbrechen der Person finden können, damit sie verhaftet werden kann. Marcellas Leute helfen mir, eine Falle zu stellen, um sie auf frischer Tat zu ertappen. Es macht noch mehr Spaß, mit ihrem Team zu arbeiten; es ist wie ein Gruppenprojekt.«

Fergal hatte einen amüsierten Ausdruck in den Augen, kommentierte aber nicht.

Das Geplapper vertrauter Stimmen in der Nähe des gewölbten Eingangs des Pubs lenkte Sophies Aufmerksamkeit von Ruby ab. Ein Grinsen breitete sich über Sophies Gesicht aus, als Liam, Conor und Patrick in den Raum stürmten.

»Siehst du! Ich habe dir gesagt, dass ich Sophie rieche«, sagte Patrick Junior und stieß Liam spielerisch an die Schulter. Als Liam Patrick zurückstieß, wusste Sophie, dass sie eingreifen musste, bevor es zu einem Ringkampf mitten im Abendessen kam.

»Hey, Jungs. Das ist meine Schwester Emmie. Emmie, das sind die Jungs. Das ist Conor und Liam«, sagte Sophie und deutete auf die dunkelhaarigen Brüder. »Und das ist Patrick Junior.« Sophie zeigte auf den letzten Teenager mit seinem Schock roter Haare, der in Unordnung stand.

Die Jungs starrten Emmie eine Sekunde lang schockiert an, bevor sie sich schnell erholten und hallo sagten.

»Kommst du morgen früh zum Training, Sophie? Wir haben dich die ganze Woche nicht gesehen«, fragte Conor und übernahm wie üblich die Rolle des De-facto-Anführers des Trios.

»Absolut. Ich habe vor, dir den Hintern zu versohlen«, neckte Sophie.

»Ich meine... du kannst es versuchen.« Conor spannte einen dünnen Bizeps an und küsste den Muskel. Sophie schnaubte über seine Albernheit. Die Jungs waren wie die kleinen Brüder, von denen Sophie nie wusste, dass sie sie brauchte.

»Ihr solltet auch kommen. Sophie ist eine erstaunliche Kämpferin, besonders für einen Menschen«, sagte Liam und lud Emmie und Ruby ein.

»Ich würde gerne«, antwortete Ruby und sah eifrig aus.

»Ähm, vielleicht? Ich war noch nie wirklich in einem Kampf oder so. Ich würde wahrscheinlich nur im Weg stehen«, antwortete Emmie und kaute an ihrer Lippe, als wäre sie von der Aussicht auf Sparring besorgt.

»Es macht Spaß«, versprach Patrick. »Mein Vater leitet die Trainingseinheiten.«

Angesichts von Patricks Ernsthaftigkeit war Emmie nicht imstande, nein zu sagen.

»Musst du zur Arbeit?«, fragte Mac, nachdem die Jungs zur Küche abgehauen waren, wahrscheinlich auf der Suche nach Essen. Sophie war immer erstaunt über die Menge an Essen, die Gestaltwandler aßen. Aber jugendliche Gestaltwandler waren auf einem ganz anderen Level.

»Ja, aber ich muss nicht für eine volle Schicht rein. Reggie will, dass ich die Todesvisionen der Leichen ziehe, die reinkamen, während wir in Las Vegas waren. Es sollte höchstens ein paar Stunden dauern.«

»Ich fahre dich hin und zurück. Ich muss auch kurz ins Revier, also können wir zusammen fahren«, bot Mac an.

Sophie warf einen Blick zu Emmie hinüber. Sie beobachtete, wie Fergal seine dritte Portion Pudding mit großen Augen vernichtete. »Ich fühle mich schuldig, sie hier zu lassen, als würde ich sie im Stich lassen. Ich habe gerade ihr Leben auf den Kopf gestellt, und jetzt lasse ich sie an einem unbekannten Ort zurück.«

»Ich bin sicher, dass Fergal dich ebenfalls hier übernachten lassen würde. So könntest du in der Nähe sein, falls sie dich braucht oder Unterstützung. Selbst wenn es nur ein paar Tage sind, ich wette, Emmie würde das zu schätzen wissen. Nur bis sie sich ein bisschen mehr eingelebt hat«, schlug Mac vor.

»Das ist so eine gute Idee. Wir sollten sehen, ob Fergal Ruby auch bleiben lassen würde. Emmie könnte uns beide besser kennenlernen.« Sophie blickte Mac an, ihr Herz schmerzte in ihrer Brust. Wie hatte sie nur so viel Glück? Sie hätte das niemals ohne ihn schaffen können.

Mac erwischte sie dabei, wie sie ihn anstarrte. »Was? Habe ich etwas zwischen den Zähnen?«

# KAPITEL 19

$\mathcal{A}$ls Sophie sich endlich aus Macs Wagen herausquälte und zum Haupteingang des Gerichtsmedizinischen Instituts ging, kribbelten ihre Lippen noch von den vielen Küssen, die sie ausgetauscht hatten. Sie konnte einen leichten Bartstoppelkratzer an ihrem Kinn spüren und fühlte sich wie ein wandelnder Hormoncocktail. Mac hatte zugestimmt, heute Nacht bei ihr im Stammhaus zu bleiben, und sie konnte es kaum erwarten, ihn in ihr Bett zu bekommen.

Sie schob es auf ihre unerfüllte Lust, dass sie den Mann am Eingang übersehen hatte.

»Frau Feegle,« sagte der Mann und ließ Sophie fast aus der Haut fahren.

»Scheiße,« keuchte Sophie und versuchte, ihren rasenden Herzschlag zu beruhigen. »Mensch, sagen Sie doch was! Ich hätte Sie fast getasert.« Sie hatte instinktiv nach dem Taser in ihrer Tasche gegriffen, bevor sie die Gefahr registriert hatte. Zu viele brenzlige Situationen hatten sie gelehrt, schnell mit Gewalt zu reagieren.

»Entschuldigung, ich dachte, Sie hätten mich hier stehen

sehen,« antwortete der Mann und drehte eine Mütze in seinen Händen.

Sophie schaute den Mann endlich richtig an und erkannte ihn. Es war Ziad. Er wirkte immer noch müde und erschöpft, aber nicht mehr wie eine wandelnde Leiche. Trauer haftete immer noch an ihm wie ein schwerer Schatten, aber er schien nicht mehr darin zu versinken.

»Frau Feegle, ich weiß, das mag seltsam erscheinen, aber ich wollte Ihnen danken.«

»Äh. Mir danken. Wofür?« Sophie wich aus und fragte sich, wie viel Ziad über sie wusste. Er war schließlich ein Mitglied des Conclaves.

»Ich weiß, dass Sie etwas damit zu tun hatten, diesen Käfigkampf-Ring in Las Vegas zu schließen.«

»Ich bin mir nicht sicher, wovon Sie genau sprechen,« antwortete Sophie und versuchte, verwirrt zu schauen.

»Aber sicher wissen Sie das. Ich weiß zwar nicht genau, wer oder was Sie sind, aber ich weiß, dass Sie hier in der Gerichtsmedizin gute Arbeit leisten.« Als Sophie ihn mit einem verständnislosen Blick ansah, schnaubte Ziad. »Von außen betrachtet wirken Sie wie ein ganz normaler Mensch, der in einer Gerichtsmedizin arbeitet, die sich mit mythischen Wesen befasst. Das ist schon ungewöhnlich, aber nicht völlig unmöglich. Und das dachte ich zuerst auch. Allerdings habe ich die Akten durchgesehen, und seit Sie hier arbeiten, hat sich die Aufklärungsrate bei Mordfällen unerklärlich verdoppelt. Immer noch... ungewöhnlich, aber nicht unmöglich. Dann sah ich Sie und Ihre Schwester in Murias. Zu dieser Zeit kam irgendwie heraus, dass die Druiden Menschen opferten. Und dann, innerhalb derselben Woche, schafft es Marcella zu enthüllen, dass Leute dort an Scherben experimentierten und sie töteten. Seltsam, dass Sie und Ihre identische Zwillingsschwester zufällig in der Stadt waren mit all diesen Scherben. Dann, nach dem Tod meines Sohnes, besteht Marcella darauf, dass er für seine Obduktion zu dieser Gerichtsmedizin gebracht wird, und ich erhalte einen äußerst detaillierten Bericht über seinen Tod. Als Marcella den Angriff in Las Vegas anführte, um den Käfigkampf-Ring zu zerschlagen, schickte ich einige meiner besten Kämpfer, um ihr zu helfen – einer davon ist mein Assistent. Als er in die Stadt zurückkehrte, erwähnte er, dass er Ruby gesehen hatte – und Sie. Es ist für mich offensichtlich, dass Sie mehr sind, als Sie scheinen.«

Sophies Mund öffnete und schloss sich mehrmals, während sie versuchte, einen plausiblen Grund zu finden, warum sie und Ruby in Las Vegas waren, aber ihr fiel nichts ein. Sie war sowieso eine schreckliche Lügnerin.

Ziad musterte Sophie mit einem langen, abwägenden Blick. »Kennen Sie die Geschichte, wie die Brooklyn Bridge gebaut wurde?«

Sophie schüttelte langsam den Kopf, aus Angst, sie würde ein Schleudertrauma bekommen von dem dramatischen Themenwechsel.

»Der Bau begann 1870, aber die Brooklyn Bridge brauchte fast vierzehn Jahre bis zur Fertigstellung. Zu dieser Zeit war sie die längste Stahlkabel-Hängebrücke der Welt. Das Design war hochmodern. Jedoch starb der Mann, der das Design entworfen hatte, John A. Roebling, bevor es begann. Er wurde von einer Fähre erfasst und getötet, während er Vermessungen durchführte – was das Projekt hätte beenden können, aber sein Sohn Washington übernahm nach dem Tod seines Vaters. Dann wurde Washington bettlägerig, nachdem er die 'Taucherkrankheit' bekommen hatte. Er war der Typ, der seinen Arbeitern bei der gefährlichen Unterwasserarbeit half, die erledigt werden musste. Um das Fundament der Brücke zu schaffen, mussten sie Strukturen tief unter der Oberfläche des East River bauen. Es war gefährliche, harte Arbeit. Viele Menschen starben an der 'Taucherkrankheit' – die auftritt, wenn eine Person zu schnell an die Wasseroberfläche zurückkehrt. Nachdem Washington bettlägerig und praktisch gelähmt wurde, verbrachte seine Frau Emily Jahre damit, mühsam zu übersetzen und mit ihrem Mann von seinem Krankenbett aus zu arbeiten.

»Dass die Brooklyn Bridge überhaupt fertiggestellt wurde, ist eine Geschichte von Durchhaltevermögen angesichts beinahe unüberwindbarer Hindernisse. Mein ganzes Leben lang habe ich die Roeblings als Beispiel dafür verwendet, niemals aufzugeben, auch nicht gegen schreckliche Widrigkeiten. Das war etwas zwischen Cooper und mir. Als es schwierig wurde, sagten wir uns immer: 'Wenn Roebling die Brooklyn Bridge fertigstellen kann...,' dann war die Aufgabe vor uns nicht unmöglich. Es war etwas zwischen nur ihm und mir. Als ich also diese Phrase im Bericht über seinen Tod sah, etwas, das niemand sonst erkennen oder verstehen würde – etwas, das er leise vor sich hin murmelte – wusste ich, dass jemand irgendwie aus erster Hand Kenntnis von seinem Tod erhalten hatte. Etwas, das unmöglich hätte sein sollen.«

Ziad schenkte Sophie ein langsames, trauriges Lächeln, während sie nach einer Antwort suchte.

»Es ist okay. Sie müssen nichts sagen. Deshalb bin ich nicht hier. Ich bin hier, weil ich Ihnen danken möchte. Karl Espen und die anderen Leute, die für den Tod meines Sohnes verantwortlich sind, auszuschalten, wird Cooper nicht zurückbringen, aber ich kann ruhiger schlafen, weil ich weiß, dass diese Drecksäcke niemandem sonst die Kinder wegnehmen können.« Ziad warf Sophie einen letzten langen Blick zu, bevor er ihr die Hand hinhielt. Sie legte langsam ihre Hand in seine. Mit einem warmen, festen Händedruck bekamen Ziads Augen einen Schimmer von Tränen. »Nochmals, danke. Wenn Sie jemals etwas brauchen, lassen Sie es mich wissen. Ich stehe in Ihrer Schuld.«

Dann drehte sich Ziad ohne ein weiteres Wort auf dem Absatz um und schritt davon. Sophie beobachtete ihn einen Moment lang, eine einsame Gestalt, die in der Nacht verschwand, bevor sie sich umdrehte und hineinging.

»Alles in Ordnung, Liebes?« fragte Frau Zhao, als Sophie die Lobby betrat. »Sie sehen ganz seltsam aus.«

Frau Zhaos schwarzes Haar war zu einem eleganten Pferdeschwanz am Hinterkopf zurückgebunden. Sophie fragte sich, wie sie es schaffte, nicht eine einzige Strähne aus der Fassung zu haben. Sophie endete immer mit abstehenden Haaren, egal wie sehr sie sich bemühte.

»Mann, mein Leben wird jeden Tag seltsamer und seltsamer,« vertraute Sophie Frau Zhao an. »Ich habe Schwierigkeiten, mit all diesen Veränderungen Schritt zu halten.«

»Das Leben findet immer einen Weg, einem unerwartete Überraschungen zu bereiten. Wie Sie sich verhalten, ist der wichtige Teil. Und denken Sie daran, sich auf Ihre Freunde und Familie zu verlassen. Dieses Unterstützungssystem wird Sie durch die schweren Zeiten bringen.«

Sophie erschauerte fast bei Frau Zhaos Worten. Ihr Rat war unheimlich ähnlich dem der Großen Mutter. Es ließ Sophie sich fragen, ob Frau Zhao auch die Zukunft sehen konnte.

»Sie haben vollkommen recht, Frau Zhao. Das ist ein guter Rat.«

»Nun, ich bin schließlich ein Drache. Für unsere Weisheit sind wir ja bekannt.«

»Sie sind auch dafür bekannt, Jungfrauenopfer zu verschlingen,« neckte Sophie.

Frau Zhao schnaubte. »Verwechseln Sie mich bloß nicht mit diesen britischen Drachen. Niemals. Haben Sie jemals versucht, einen Knochensplitter zwischen Ihren Zähnen herauszubekommen?«

»Ich weiß nicht, ob Sie mich auf den Arm nehmen oder nicht,« sagte Sophie und warf Frau Zhao einen misstrauischen Blick zu, den diese mit einem geheimnisvollen Lächeln erwiderte.

Sophies Telefon meldete eine eingehende Nachricht und lenkte sie von ihrer Betrachtung über Frau Zhaos Essgewohnheiten ab. Sie sah, dass Marcella ihr und Ruby eine Nachricht geschickt hatte – sie wollte Emmie morgen irgendwann treffen.

»Haben Sie eine schöne Nacht, Frau Zhao. Ich muss Reggie finden,« sagte Sophie und tippte abwesend eine Nachricht an Marcella.

»Ihnen auch, Liebes,« antwortete Frau Zhao, während sie die Türen summen ließ, um Sophie in den hinteren Bereich zu lassen.

Sophie antwortete und ließ Marcella wissen, dass alle drei Schwestern morgen früh im Stammhaus der Ritter der Roten Burg sein würden. Marcella antwortete, dass sie Fergals Erlaubnis für einen Besuch einholen müsse, aber abgesehen davon würde sie sie nach ihrer Trainingseinheit sehen.

»Sophie!« Amiras Stimme lenkte ihre Aufmerksamkeit von ihrem Telefon ab. Sophie grinste, als Amira den Flur zu ihr herunterhüpfte. »Wie war Las Vegas? Haben Sie etwas gewonnen? Sind Sie und Mac heimlich durchgebrannt?«

»Vegas war... anders. Es hat mir gefallen, obwohl ich nicht viel Sightseeing gemacht habe.« Sophie dachte nicht, dass Herumfahren auf der Suche nach Wandgemälden als Tourismus zählte. »Und ich hatte keine Gelegenheit zu spielen. Meistens habe ich Mac beim Roulette zugeschaut, während ich versucht habe, elegant und raffiniert auszusehen. Und nein, Mac und ich haben nicht geheiratet. Der Elvis-Imitator war ausgebucht, also haben wir beschlossen, es zu überspringen.«

»Elegant und raffiniert?« Fitz erschien in seiner Bürotür und lehnte seine schlanke Schulter gegen den Türrahmen, während er lachte. »Haben Sie davon gleich einen Ausschlag bekommen?«

»Fast,« antwortete Sophie und streckte ihm die Zunge heraus. »Ist Reggie in seinem Büro?«

Als Fitz nickte, sagte Sophie: »Lassen Sie mich ihn holen. Ich habe einige Neuigkeiten, die ich mit allen teilen möchte.«

Dreißig Minuten später blickte Sophie in die verblüfften Gesichter ihrer Freunde, die um den Pausenraumtisch saßen.

»Ich plane, Emmie morgen hierher zu bringen, damit wir testen können, ob sie wie ich Todesvisionen hat. Obwohl ich sehr bezweifle, dass sie das tut, sollten wir es trotzdem bestätigen. Es scheint, als hätte jede von uns eine andere Facette der Feenmagie bekommen. Und auch die Persönlichkeit.«

»Wie ist sie denn? Ist sie Ruby ähnlich?« fragte Ace und verzog das Gesicht. Sophie wusste, dass er Ruby nur in kleinen, zehnminütigen Dosen ertragen konnte. Aber so fühlte sich Ace bei den meisten Menschen.

»Sie ist Ruby überhaupt nicht ähnlich. Mir ebenfalls nicht. Sie ist ruhig und zurückhaltend. Sie wirkt süß und freundlich. Sie werden sie mögen,« versprach Sophie.

»Ruhig und zurückhaltend,« wiederholte Fitz, als könnte er sich die Vorstellung nicht vorstellen.

»Ja, sie ist geradezu schüchtern. Ich weiß nicht, wie ich es beschreiben soll, aber Sie werden es morgen sehen.«

»Ich habe die größten Schwierigkeiten, mir das vorzustellen. Aber ich freue mich darauf, sie kennenzulernen. Es scheint, als mögen Sie sie,« stellte Reggie fest.

»Das tue ich. Wenn sie früher ein Teil von mir war, denke ich, dass sie vielleicht der bessere Teil war. Der gute Teil.«

Reggie machte ein protestierendes Geräusch. »Sophie, Sie sind der gute Teil. Sie sollten niemals etwas anderes denken.«

»Ich weiß. Aber Sie werden sehen.« Sophie beschloss, das Thema zu wechseln. »Wie viele Leichen muss ich heute Nacht auslesen?«

»Nach fast einer ganzen Woche Abwesenheit?« Reggie blickte zur Decke, als wäre die Antwort dort. Sophie lächelte, als sie ihn schweigend zählen sah. »Ungefähr zwanzig. Die meisten Obduktionen sind bereits abgeschlossen. Wir haben die fertigen Obduktionen zurückgehalten, bis Sie zurückgekommen sind, also müssen wir nur noch ihre letzten Momente durch Ihre Todesvisionen erfassen, dann können die Leichen freigegeben werden.«

»Dann sollten wir anfangen. Mac holt mich ab, wenn wir hier fertig sind.« Sophie war schon halb aus ihrem Stuhl, als sie Fitz' Blick auffing. »Werden Sie morgen früh beim Training sein?«

»Ich hatte vor,« antwortete Fitz vorsichtig.

»Emmie wird dort sein, also können Sie sie früh kennenlernen,« informierte Sophie ihn.

»Ich werde freundlich zu ihr sein. Ich werde dafür sorgen, dass sie sich willkommen fühlt,« versprach Fitz.

Fitz zeigte immer eine natürliche Intuition, wenn es darum ging, die Gefühle und Motive der Menschen zu verstehen. Sophie wünschte sich manchmal, sie hätte ein Handbuch für menschliche Emotionen bekommen, als sie wie ein verlassenes Kätzchen in diese Welt geworfen worden war. Sie hatte nicht einmal gemerkt, wie sehr sie wollte, dass Emmie zu ihren Freunden passte und sie ihre neue Schwester mochten, bis Fitz versprach zu helfen.

»Danke, Fitz.«

»Sind Sie bereit anzufangen, Soph?« fragte Reggie.

»Ich jedenfalls bin so froh, dass Sie zurück sind, Sophie. Ich musste diese ganze Woche Reggie assistieren, und ich bin glücklich, Ihnen Ihren Job zurückzugeben,« verkündete Amira.

»Entschuldigung, Amira. Ich bin heute Nacht nur zurück, um Todesvisionen zu empfangen. Ich war den ganzen Tag unterwegs und bin nicht fit für eine volle Schicht. Ich werde morgen richtig zurück sein. Danke, dass Sie für mich eingesprungen sind – ich weiß, wie sehr Sie es hassen.«

»Wenn das Conclave Sie weiterhin auf Spezialmissionen schickt, müssen wir vielleicht überlegen, noch jemanden einzustellen,« schlug Amira vor.

Sophies Mund klappte vor Schock auf. »Ich bin nur zu zwei Missionen gerufen worden. Ich glaube kaum, dass es schon Zeit ist, mich zu ersetzen.«

Amira hob ihre Hände in einer defensiven Haltung. »Ich sage

nur, dass wir es im Hinterkopf behalten sollten. Ich vermute, das Conclave wird Sie viel öfter rufen.«

Das brachte Sophie zum Stehen. Was würde sie tun, wenn das Conclave tatsächlich anfing, sie zu mehr Aufträgen zu schicken? Sie liebte ihre Arbeit in der Gerichtsmedizin, aber sie liebte auch das Abenteuer – ganz zu schweigen von der Bezahlung – der Missionen, die das Conclave ihr bisher geschickt hatte.

»Nun, ich denke, wir sollten abwarten, ob das passiert, bevor wir anfangen, meinen Ersatz einzustellen,« antwortete Sophie und versuchte, die Schärfe aus ihrer Stimme zu halten. Sie muss nicht erfolgreich gewesen sein, weil Amira den Kopf senkte und schnell eine Entschuldigung murmelte.

Sophie winkte ab. »Sie haben nur auf eine sehr reale Möglichkeit hingewiesen, die wir berücksichtigen müssen, und ich habe vielleicht überreagiert. Ich denke nur nicht, dass wir uns darüber Sorgen machen müssen. Lassen Sie uns sehen, was das Conclave macht, und dann die nächsten Schritte herausfinden. Ich muss mit den Todesvisionen anfangen, aber ich sehe Sie noch, bevor ich gehe. Okay?«

SOPHIE BEENDETE die Lesungen schneller als erwartet. Es half, dass die meisten Todesfälle sehr geradlinig waren. Trotzdem war es fast Mitternacht, als sie fertig war.

»Bis morgen, zusammen,« rief Sophie, als sie ging.

Ihre Pläne, Mac zu verführen, waren im Laufe der Nacht über Bord gegangen. Erschöpfung hing ihr an den Fersen, als sie durch die Vordertür ging. Als sie sich auf den Sitz neben Mac setzte, sah sie ihn an, und er wirkte genauso erschöpft wie sie sich fühlte. Sie konnten nur noch sofort einschlafen, als sie zum Stammhaus der Ritter der Roten Burg zurückkamen.

Stunden später weckte sie etwas auf. Desorientiert kniff sie ein Auge auf und versuchte herauszufinden, was passierte.

Irgendwann in der Nacht musste sie die meisten Decken wegge-
treten haben, oder Mac hatte sie gestohlen. Sie schaute sich um
und versuchte herauszufinden, was sie geweckt hatte. Macs
Schnarchen war leise, also dachte sie nicht, dass es das war. Ihr
war nicht kalt, weil Mac war auch ohne Decken warm genug,
damit sie nicht fror.

Ein seltsames, tiefes Stöhnen drang durch die Wand links
von ihr.

Sophie stieg vorsichtig aus dem Bett und versuchte, Mac
nicht zu erschüttern. Sie schlich zur Wand hinüber und drückte
ihr Ohr dagegen.

»Nein. Nein. Hör auf,« Emmies Stimme war gedämpft, aber
es war definitiv sie. »Bitte. Nein. Es muss nicht so sein. Es muss
doch...«

Sie hörte, wie Emmie weitersprach, konnte die Worte aber
nicht verstehen. Sie erkannte, dass Emmie anscheinend einen
Albtraum hatte. Sophie überlegte kurz, sie zu wecken, aber das
Murmeln hörte auf, während sie darüber nachdachte.

Als Sophie ins Bett zurückkehrte, musste sie sich ihren Teil
der Decken von Mac zurückholen. Obwohl Emmie still war,
dauerte es noch lange, bis sie wieder einschlief.

# KAPITEL 20

»Halte dich nicht zurück, Emmchen,« wies Paddy sie an. »Er mag aussehen, als würde ihn ein starker Wind umwerfen, aber Junior ist zäher, als er aussieht. Schlag ruhig zu, als meintest du es ernst.«

»Danke, Dad,« antwortete Patrick Junior und verdrehte die Augen, seine sommersprossigen Wangen verfärbten sich rosa bei den Worten seines Vaters.

»Gern geschehen, Sohn. Jetzt achte auf deine Fußstellung, Emmie. Du willst sicherstellen, dass du eine stabile Basis hast,« erwiderte Paddy. In der kurzen Zeit, in der Sophie mit den Irischen Windhunden trainiert hatte, hatte sie gelernt, dass Paddy immun gegen jugendlichen Sarkasmus war. Sophie konnte nicht entscheiden, ob er den Spott der jüngeren Generation absichtlich ignorierte oder ob Sarkasmus einfach über seinen Kopf hinwegflog. Basierend auf dem Glitzern in seinen Augen vermutete Sophie, dass er es einfach genoss, seinem Sohn auf die Nerven zu gehen.

Emmie verbreiterte ihre Haltung und ballte ihre Fäuste nahe ihrer Wange. Sie warf einen halbherzigen Schlag in Richtung

Patricks Kinn und streifte ihn kaum. Trotzdem ließ sie ihre Hände fallen und keuchte entsetzt auf. »Geht es dir gut?«

»Mir geht es gut. Du müsstest mich härter schlagen als das,« versicherte Patrick Emmie. »Hier, schau dir Conor und Liam an. Hey, Liam, schlag Conor. Zeig Emmie, wie viel härter sie uns schlagen muss, bevor wir es spüren.«

Liam, glücklich über die Herausforderung, seinen älteren Bruder zu schlagen, drehte sich auf seinem Absatz und schlug Conor auf die Nase. Conor schüttelte den Kopf und schenkte seinem Bruder ein langsames, freches Grinsen. »Das wirst du bereuen, diesen Überraschungsschlag,« versprach Conor und rollte mit den Schultern.

Emmie quietschte, als Conor Liam zu Boden tackelte. Die beiden Teenager rollten im Gras herum, grunzten und schlugen einander, jeder versuchte die Oberhand zu gewinnen. Paddy stampfte zu den Jungen hinüber, packte sie jeweils am Kragen, hob sie vom Boden auf und ließ sie kurz baumeln, bevor er sie in entgegengesetzte Richtungen warf. »Genug gespielt. Geht zurück zum Blocktraining,« rief er dann und wandte sich der übrigen, verdutzten Gruppe zu.

»Oy, du,« bellte Paddy und zeigte auf Sophie. »Hör auf, wie eine ängstliche Henne über ihrem Küken zu hocken. Sie macht das schon gut. Achte mehr auf dein eigenes Training.« Paddy verschränkte die Arme über seiner breiten Brust und sah Sophie streng an.

Sophie musste sich beherrschen, Paddy nicht genauso wie Patrick Junior die Augen zu verdrehen wegen seines herrischen Auftretens. Mit einem letzten Blick auf Emmie biss Sophie sich auf die Lippe und wandte sich wieder Fitz zu.

Als Paddy das Ende der morgendlichen Trainingseinheit ausrief, fühlten sich Sophies Muskeln warm und locker an. Sie sah auf die Uhr und stellte fest, dass sie gerade genug Zeit hatte, um zu duschen und etwas zu essen, bevor Marcella auftauchen sollte.

Als sie nach Emmie suchte, fand sie sie und Fitz an einem der Picknicktische sitzend, wo sie sich über ihre schmerzenden Muskeln beklagten.

Sophie ging zu ihnen hinüber und lächelte, als sie ihre Freundin und ihre neue Schwester sich verstehen sah. »Hey Leute, ich gehe duschen, bevor Marcella kommt.«

Fitz warf einen Blick auf seine Uhr und verzog das Gesicht. »Ich hatte nicht gemerkt, wie spät es schon wurde. Ich sollte besser nach Hause gehen. Es war schön, dich kennenzulernen, Emmie. Wir sehen uns heute Abend wieder in der Leichenhalle, oder?«

»Ja, bis heute Abend. Und es war auch schön, dich kennenzulernen.«

Sophie bot an, Fitz hinauszubegleiten, hatte aber im Hinterkopf, zu sehen, was er von Emmie hielt. Als sie zur Haustür gingen, drückte sie seine Schulter. »Danke, dass du so freundlich zu Emmie bist. Ich glaube, das alles ist ein bisschen viel für sie, da tut es gut, jemanden Vertrautes um sich zu haben.«

»Das hat mir nichts ausgemacht. Du hattest recht mit ihr. Emmie ist ein Schatz. Ich bin froh, dass ihr sie gefunden und nach Hause gebracht habt.«

Sophie verzog das Gesicht. »Sie hat vor, nach Chapel Hill zurückzukehren, sobald die Gefahr vorbei ist. Das ist nur vorübergehend. Obwohl ... vielleicht gelingt es uns ja, sie zum Bleiben zu bewegen.«

»Vielleicht,« antwortete Fitz. »Dräng sie aber nicht zu sehr. Du willst sie ja nicht verschrecken.«

Sophie gab den Punkt zu. Vielleicht hatte Fitz recht, und sie war zu forsch. Aber sie konnte das Gefühl nicht abschütteln, dass sie Emmie in ihrer Nähe behalten musste. Oder vielleicht war das nur die Schuld über Alexis' Tod, die sich als Überfürsorglichkeit äußerte.

* * *

Sophie hatte einen Tisch im Pub gewählt, von dem aus sie den Eingang beobachten konnte, während sie aß. Sie wünschte, Mac wäre noch bei ihr gewesen, aber er musste früh zur Wache, um mit der Arbeit aufzuholen. Sophie wusste, dass sie später am Nachmittag Zeit finden musste zu schlafen, sonst würde sie Schwierigkeiten haben, die Nachtschicht durchzuhalten.

Sie nahm gerade ihren letzten Bissen von Eiern und Toast, als sie Marcella durch die Eingangstür kommen sah. Sie nahm einen letzten Schluck Kaffee und stand vom Tisch auf, um sie zu begrüßen.

»Ich denke, Emmie und Ruby sind vielleicht noch unter der Dusche. Ich schick ihnen eine Nachricht und sag ihnen, dass du da bist.«

»Nicht nötig,« rief Emmies Stimme von der Spitze der Treppe. »Ruby hat gesehen, wie Marcella draußen geparkt hat, und ist mich holen gekommen.«

Als Emmie und Ruby die Treppe hinunterstiegen, näherte sich Marcella ihnen mit einem warmen und einladenden Blick.

»Emmie, es ist schön, dich persönlich kennenzulernen,« begrüßte Marcella und gab Emmie die Hand.

Eine dröhnende Stimme unterbrach Emmies leise Begrüßung: »Magistratsmitglied Venturi! Wie schön, Sie in meinem Stammhaus zu begrüßen! Die Ritter der Roten Burg heißen Sie willkommen.«

Oben an der Treppe stand Fergal mit ausgebreiteten Armen, als wolle er das Stammhaus zur Schau stellen. Sophie konnte sich kaum davon abhalten, bei Fergals übertriebener Pose die Augen zu verdrehen. Er liebte große Auftritte. Er stolzierte die Treppe hinunter und gab Marcella eine warme Umarmung, küsste sie auf jede Wange.

»Alpha O'Dwyer, danke, dass Sie mir Ihr Haus öffnen. Das Conclave und ich sind sehr dankbar für Ihre Kooperation und Unterstützung. Apropos Conclave,« sagte Marcella und senkte ihre Stimme, »haben Sie mein Angebot überdacht? Mit dem

Vakuum, das Alphonses Tod hinterlassen hat, könnten die Wandler in der Stadt einen starken Alpha gebrauchen, der sie vertritt – jemanden, der ihre Interessen vertritt. Ich glaube, Sie können viel Gutes in dieser Rolle tun.«

»Ich überlege es mir noch. Diesen Clan zu führen ist meine oberste Priorität; das nimmt fast meine ganze Zeit in Anspruch. Ich bin nicht sicher, ob ich beides machen kann. Ich muss den Clan an erste Stelle setzen. Jedoch geben Riona und ich dem Angebot die Überlegung, die es verdient. Ich lasse Sie bald wissen, wie ich mich entscheide.«

»Mehr kann ich nicht verlangen, Alpha. Haben Sie jetzt irgendwo einen Ort mit etwas Privatsphäre, wo ich Fräulein Tallis kennenlernen kann?«

»Ich weiß genau den richtigen Ort,« antwortete Fergal mit seinem charakteristischen Grinsen. Dieses Lächeln erinnerte Sophie immer an einen ungezogenen kleinen Jungen, der versucht, seine Mutter mit seinem süßen Lächeln vom Schmutz abzulenken, den er ins Haus getragen hatte. »Wir haben einen abgeschiedenen Garten hinter einem unserer Gebäude.«

Sophie konnte immer noch nicht ganz fassen, dass Fergal und sein Clan jedes Gebäude im ganzen Block besaßen. Sie besaßen außerdem viele andere Immobilien in ganz San Francisco – einer der teuersten Städte der Welt.

Fergal führte die Gruppe durch das Hauptstammhaus zum Gemeinschaftsbereich dahinter. Sie schlängelten sich durch den grünen Grasbereich, vorbei an der Stelle, wo Sophie weniger als eine Stunde zuvor mit Paddy trainiert hatte. Fergal hielt an einer Holztür in einer hohen Backsteinmauer an. Als er sie öffnete, sah Sophie, dass sie einen üppigen, von Backsteinen umschlossenen Garten mit einem schmiedeeisernen Tisch verbarg, der von mehreren passenden Stühlen umgeben war. Die Wände waren mit tropfendem Efeu bedeckt und Topfpflanzen nahmen jede verfügbare Oberfläche ein. Es gab eine Hintertür in das angren-

zende Gebäude, aber die Fenster waren mit Vorhängen zuge-
zogen und dunkel.

»Lasst euch einfach raus, wenn ihr fertig seid. Ich sehe euch
alle später,« verkündete Fergal und überließ sie dem umschlossenen geheimen Raum. Sobald sich die Tür hinter ihm schloss,
war der Bereich fast still, bis auf das entfernte Geräusch von
Kindern, die draußen auf einer der Strukturen spielten.

»Ich bin überrascht, dass Fergal nicht dem Conclave beitreten
will,« kommentierte Sophie. »Ich hätte gedacht, dass er ganz wild
darauf wäre, dem mächtigen Geheimbund beizutreten, der die
Stadt regiert.«

»Oh, er will beitreten. Er versucht nur, als Mitglied des
Magistrats statt als Novize aufgenommen zu werden,« antwortete Marcella trocken.

Sophie hatte keine Ahnung, was das bedeutete, aber sie
konnte es sich denken. Sie hatte sich absichtlich vom Conclave
und deren Politik ferngehalten, hatte keine Ahnung von den
Dynamiken und war froh, unwissend zu bleiben. Sie hatte nur
wenige Conclave-Mitglieder getroffen und war kein großer Fan
von ihnen gewesen. Obwohl sich nach letzter Nacht ihre Gefühle
über Ziad wandelten – nur die Zeit würde zeigen, wie sie zu ihm
stehen würde.

Als alle anderen in den Garten eintraten, blieb Sophie zurück.
Als Marcella an ihr vorbeiging, hielt Sophie sie zurück. Marcella
hielt an und ließ alle anderen in den Garten gehen, sodass die
beiden allein blieben.

»Ja?« fragte Marcella.

»Ich wollte nur hören, ob dein Team Fortschritte beim
Auffinden von Boudreaux oder Bramwell gemacht hat.«

Marcella verzog das Gesicht auf eine Weise, die Sophie nichts
Gutes verhieß. »Wir sind ein paar Hinweisen nachgegangen und
haben ihre üblichen Aufenthaltsorte durchsucht. Ich bin zuversichtlich, dass wir sie bald finden werden. Zu viele Leute suchen

nach beiden Männern, als dass einer von ihnen für immer versteckt bleiben könnte.«

Es waren nicht die Nachrichten, auf die Sophie gehofft hatte, aber es war das, was sie erwartet hatte. Sie dankte Marcella für ihre Bemühungen und ging in den geheimen Garten, um sich allen anderen anzuschließen.

Als Ruby ihr einen fragenden Blick zuwarf, schüttelte Sophie den Kopf und formte das Wort 'später' mit den Lippen. Ruby nickte verständnisvoll.

Sophie und Ruby setzten sich auf die Stühle zu beiden Seiten von Emmie, ganz offensichtlich beschützend. Marcella nahm den Platz direkt gegenüber von ihr.

Marcella führte die Vorstellungen durch, erklärte, wer sie war, und wiederholte, warum sie nach Emmie gesucht hatten. »Nach dem, was in Murias mit anderen Scherben geschah, und jetzt besonders nach dem Mord an Alexis, will ich sicherstellen, dass jede von euch nach meinen besten Fähigkeiten geschützt wird.«

»Wie lange muss ich hier bleiben?« fragte Emmie.

»Nur bis wir Boudreaux in Gewahrsam haben, Fräulein Tallis. Wir haben einen Hinweis erhalten, dass er wieder in Cascadia gesichtet wurde. Ich habe dort ein Team, das nach ihm sucht. Ich hoffe, wir werden ihn bald festnehmen. Ich weiß, du schäumst wahrscheinlich unter den Sicherheitsmaßnahmen, aber ich habe ähnliche Sicherheitsmaßnahmen auch für deine Schwestern eingeführt.«

»Ja, ich habe gestern Greg getroffen,« erwiderte Sophie.

»Das stimmt. Und ich habe auch jemanden in Rubys Gebäude. Außerdem seid ihr während der Arbeit ebenfalls geschützt. Wir nehmen die Bedrohung für euch alle drei sehr ernst.«

»Sind wir in Gefahr, weil wir Scherben sind oder wegen unserer Fähigkeiten?« fragte Emmie.

»Wir sind uns nicht völlig sicher, warum Boudreaux und seinesgleichen Scherben ins Visier genommen haben. Es könnte etwas mit euren jeweiligen Fähigkeiten zu tun haben. Ich bin sehr vertraut mit Sophies und Rubys Kräften, habe aber nur indirekt von deiner Gabe gehört. Ich hoffte, du könntest mir von deiner Gabe erzählen. Ich würde es lieber von dir in deinen eigenen Worten hören. Zu verstehen, was du genau tun kannst, wird mir helfen, dich besser zu schützen, während du unter meiner Zuständigkeit stehst.«

Emmie schluckte, aber gab Marcella ein entschlossenes Nicken. Aus der Mitte des Tisches griff sie einen bunten Topf voller duftenden Lavendels und zog ihn zu sich herüber. Sie zog ihre Handschuhe aus und legte sie auf den Tisch, dann umfasste sie mit beiden nun nackten Händen den unteren Rand des Topfes, nahe den Wurzeln. Der Duft von Lavendel kitzelte Sophies Nase, als sie sich näherlehnte, um zuzusehen. Die Art, wie Emmie die Pflanze hielt, sah aus, als würde sie sie gleich an den Wurzeln aus der Erde ziehen, aber stattdessen begann die Lavendelpflanze braun und spröde zu werden. Die silbriggrünen Stängel begannen zu welken, beginnend dort, wo ihre Hände die Pflanze berührten und sich dann durch die ganze Pflanze ausbreitend.

Sobald die Pflanze tot aussah, atmete Emmie langsam tief ein und kehrte um, was sie getan hatte. Ein kaum hörbares Staunen entfuhr Marcella, bevor sie sich wieder unter Kontrolle hatte und ihre strenge Miene als Magistratsmitglied wieder annahm.

Marcella gab der Pflanze einen langen, verweilenden Blick, dann wandte sie sich Emmie zu. »Also, entziehst du ihr ihre Lebenskraft? Und gibst sie dann zurück?«

Emmie zuckte mit den Schultern. »Ich weiß nicht. Vielleicht? Ich weiß nicht, ob es eine Lebenskraft ist, ihr Geist oder was. Aber ich kann fühlen, was sie am Leben hält. Ich kann das aus der Pflanze herausziehen und es dann zurückgeben.«

Sophie lehnte sich vor, um die Pflanze zu untersuchen. »Ich glaube, sie sieht besser aus als vorher.«

Marcella und Ruby untersuchten sie beide ebenfalls.

»Hm. Ich denke, du könntest recht haben. Das ist erstaunlich,« sagte Ruby und berührte eine der lila Blüten mit dem Finger.

Marcella lehnte sich in ihrem Stuhl zurück und blickte zwischen Emmie und der verjüngten Pflanze hin und her. »Kannst du das mit einer Person machen?«

Emmie sah entsetzt über den Vorschlag aus. »Ich habe nie versucht, jemandes Lebenskraft aus ihm herauszuziehen.«

»Nein, nein.« Marcella schüttelte den Kopf. »Entschuldigung, das ist nicht, was ich meinte. Ich frage mich, ob du jemanden wieder gesund machen könntest.«

»Ähm, nein, ich kann körperliche Verletzungen nicht heilen,« sagte Emmie entschuldigend.

»Was ist mit nicht-körperlichen? Was wäre, wenn es eine Verletzung der Lebenskraft von jemandem wäre? Eine Verletzung ihrer Seele, sozusagen.«

Emmie sah verwirrt aus. »Ich weiß nicht. Ich hatte nie die Gelegenheit es zu versuchen. Ich wusste nicht, dass das passieren kann.«

»Wenn ich dich zu jemandem mit dieser Art von Verletzung bringe, wärst du bereit zu versuchen, ihm zu helfen?«

»Natürlich. Aber ... äh, macht euch keine Hoffnungen. Ich glaube nicht, dass ich das kann, was ihr hofft, dass ich kann.«

»Ausgezeichnet. Das sind großartige Neuigkeiten. Ich sage meinem Fahrer Bescheid,« antwortete Marcella abwesend, stand vom Tisch auf und holte ihr Telefon aus der Handtasche.

»Oh. Wir gehen jetzt?« fragte Emmie und sah Sophie mit erschrockenen Augen an.

Marcella hielt mitten in der Bewegung inne, der Finger über dem Bildschirm ihres Telefons schwebend, sah aus, als käme sie gerade von einer langen Reise zurück. »Wenn das für dich in Ordnung ist, Emmie. Wenn nicht, können wir für einen anderen Tag planen.«

Emmie blickte um den geheimen Garten und zuckte dann mit den Schultern. »Ist ja nicht so, als hätte ich sonst noch was vor.«

»Perfekt,« sagte Marcella mit einem entschiedenen Nicken. Sophie wusste nicht, was mit Marcella los war, aber sie hatte sie nie so intensiv erlebt. Und das will etwas heißen – intensiv schien Marcellas Grundmodus zu sein, aber das hier war auf einem anderen Level. »Ich kümmere mich um alles. Ruby, du solltest mich heute begleiten, also nehme ich an, du willst mitkommen?«

Als Ruby ja sagte, drehte sich Marcella um und gab Sophie einen fragenden Blick.

Sophie wollte sich nicht aufdrängen, also wandte sie sich ihrer Schwester zu. »Emmie, willst du, dass ich auch mitkomme?«

Emmie gab Sophie und Ruby ein verschämtes Grinsen. »Ja, bitte. Es würde mir viel besser gehen, wenn ihr dabei wärt.«

Fünfzehn Minuten später saß Sophie auf dem Rücksitz eines weiteren schnittigen schwarzen Conclave-Geländewagens. Marcella saß Sophie gegenüber mit einem Leibwächter auf jeder Seite. Sophie fiel auf, dass sie deren Namen wirklich mal lernen sollte. Sie hatte sie schon oft genug in Marcellas Nähe gesehen, um sie wiederzuerkennen. Sie sahen ein bisschen aus wie passende Ken-Puppen, aber mit permanenten Stirnrunzeln auf ihren glatt rasierten Gesichtern. Sophie fragte sich kurz, ob sie verwandt waren.

Sophie war zwischen ihren Schwestern eingeklemmt. Sie wünschte, sie hätte einen der Fensterplätze gewählt, hatte aber nicht vorausgedacht, als sie nach Emmie einstieg. Um Ruby nicht zu sehr anzustoßen, fummelte Sophie ihre Hand in ihre Gesäßtasche, um ihr Handy herauszuholen. Sie tippte eine schnelle Nachricht an Mac, um ihn wissen zu lassen, was passierte.

Mac antwortete, indem er Sophie eine Menge Fragen stellte, auf die sie keine Antwort hatte. Sie versprach, ihn anzurufen, nachdem sie mit diesem Abenteuer fertig waren, und ihm alles zu erzählen. Er antwortete nur, indem er ihr sagte, sie solle vorsichtig sein.

Mit Blick auf die zwei grimmigen Leibwächter, die Marcella flankierten, dachte Sophie nicht, dass das ein Problem sein würde. Marcella nutzte die Fahrt, um ihr Tablet herauszuholen und begann, Berichte irgendeiner Art zu überprüfen. Sophie stellte sich vor, dass sie Spesenabrechnungen über Greifenfutter und Sichtungen von Banshees lesen musste. In Wirklichkeit waren es wahrscheinlich Berichte über etwas Langweiliges wie Gehaltsabrechnungen oder Listen von Büromaterial.

Sophie warf einen Blick zu Emmie hinüber und verzog das Gesicht, wie müde und abgespannt sie aussah.

»Hey, geht es dir gut?« flüsterte Sophie.

»Ja, mir geht es gut. Nur ein bisschen müde. Ich habe letzte Nacht nicht so gut geschlafen.«

Sophie gab ihr einen verständnisvollen Blick. »Ja, ich habe Lärm aus deinem Zimmer gehört. Es klang, als hättest du einen Albtraum gehabt.«

»Es tut mir leid, wenn ich dich geweckt habe. Ich erinnere mich an keine Albträume, aber ich bin nicht überrascht. Gestern hat alle möglichen seltsamen Gefühle aufgewühlt,« entschuldigte sich Emmie und sah verlegen aus.

»Mach dir keine Sorgen. Das passiert jedem. Aber apropos Träume, du solltest anfangen, ein Traumtagebuch zu führen. Vielleicht hilft es uns, die letzte Schwester zu finden. Ich meine, so haben wir dich gefunden,« sagte Sophie. »Hast du schon in meines geschaut?«

Emmie schüttelte den Kopf, griff aber in ihre Handtasche und zog das Traumtagebuch mit einem Cartoon-Einhorn auf dem Cover heraus. Sie hielt es mit einem Grinsen im Gesicht hoch und wackelte mit dem Buch hin und her, lachte, als Sophie die Augen verdrehte.

»Du weißt, Mac hat es für mich besorgt. Er glaubt, er ist witzig,« erklärte Sophie und spürte, wie eine Röte der Verlegenheit ihre Wangen heizte. »Du solltest es durchschauen und sehen, ob dir etwas bekannt vorkommt.«

Emmie unterdrückte ein Kichern, schlug das Tagebuch auf und starrte einen Moment auf Sophies Gekritzel. »Denkst du, es ist okay, wenn ich es später lese? Im Moment passiert so viel.«

»Natürlich. Es gibt keine Eile.«

Sophie blickte verwirrt um sich, als das Auto auf die Bay Bridge fuhr. »Ich dachte, wir fahren zum Conclave-Hauptquartier?«

»Das tun wir,« antwortete Marcella, ohne von ihrem Arbeitstablet aufzublicken.

»Wir sind auf der Bay Bridge,« sagte Sophie und stellte das Offensichtliche fest. »Der Finanzbezirk liegt hinter uns.« Sophie hob einen Daumen über die Schulter und zeigte zurück auf die Stadt, die sie hinter sich ließen.

»Oh, nein. Das ist unser Satellitenbüro in der Stadt. Unser eigentliches Hauptquartier ist auf Treasure Island.«

Sophie wusste nicht viel über Treasure Island. Sie sah es jedes Mal, wenn sie die Bay Bridge überquerte, hatte ihm aber nie viel Aufmerksamkeit geschenkt. Sie wusste, dass es künstlich war und durch eine kleine, kurze Straße mit Yerba Buena Island verbunden war. Es lag direkt vor der Mitte der Bay Bridge in der San Francisco Bay. Sie dachte, sie hätte einmal gehört, dass es irgendwo auf Treasure Island eine Militärbasis gab, wusste aber nicht einmal, welcher Zweig der Streitkräfte. Sie hatte auch etwas darüber gehört, dass die Regierung eine verrückte Menge Geld ausgab, um die Insel zu Wohnraum zu revitalisieren, aber diese Bemühung blieben hinter den Erwartungen zurück. In letzter Zeit dachte sie, dass es größtenteils verlassen war.

Das Auto fuhr von der Bay Bridge auf Yerba Buena Island ab, anstatt den überdachten Tunnel durch ihr Zentrum zu nehmen. Die Insel war im Grunde ein großer Felsen, bedeckt mit struppigen Büschen und windgebogenen Zypressen.

Sie fuhren entlang einer Straße, die sich an den Außenrand

der Insel schmiegte. Diese kurvenreiche Straße wurde schnell gerade, und sie sah Treasure Island voraus. Es sah sehr karg und fast industriell für Sophie aus. Sie hatte mehr Wohnungen erwartet, also war es eine Überraschung, als hauptsächlich große cremefarbene Gebäude entlang der ersten Straße standen. Als sie an den Gebäuden vorbeifuhren, erkannte Sophie, dass es vor allem Museen und Forschungseinrichtungen waren. Als sie diesen Bereich passierten, wurden die meisten Strukturen viel kleiner: sie sahen alle wie kleine, flachdachige Regierungsgebäude aus. Jedes hatte ein paar Autos davor geparkt. Es war kaum Aktivität zu sehen, als sie herumfuhren. Es fühlte sich alles etwas verlassen an.

Weiter in die Insel hinein entdeckte Sophie die Wohnungen, die sie erwartet hatte. Es waren hauptsächlich zweistöckige Apartmentgebäude. Sophie konnte das Wasser der Bucht wieder sehen, also wusste sie, dass sie fast an der anderen Seite der Insel von der Bay Bridge waren.

Das Auto begann zu verlangsamen, als sie neben einem langen, traurig aussehenden Maschendrahtzaun kamen. Zuerst konnte Sophie nur einen Stapel von Schiffscontainern sehen, aber als sie an ihnen vorbei waren, sah sie ein großes, rundes Zementgebäude, das sofort vertraut war. Ein paar Jahre bevor sie dem Team des Gerichtsmediziners von San Francisco beitrat, hatte sie ein paar denkwürdige Monate als Hausmeisterin in einer Abwasserbehandlungsanlage verbracht. Ihr Chef nannte dieses runde Gebäude den Faulturm, aber Sophie hatte es immer als den Schlammtank bezeichnet.

Sie bogen ab und hielten an einem großen Tor mit einem kleinen Schild, das besagte, dass sie an der Treasure Island Abwasserbehandlungsanlage waren. Sophie sah zu Ruby hinüber, und sie sah unbeeindruckt aus, aber Emmie sah so entsetzt aus, wie sie sich fühlte. Warum waren sie an einer Abwasserbehandlungsanlage? Sophie begann zu protestieren, weil sie den Geruch von der Arbeit in der Behandlungsanlage nie vergessen hatte – er war permanent in ihren Geruchserinnerungen eingelagert, und sie war nicht darauf erpicht, ihn zu wiederholen. Nicht, dass ihr aktueller Job viel einfacher für ihren Geruchssinn war.

Die Treasure Island Abwasserbehandlungsanlage war an der nordöstlichen Spitze der Insel. Es war eine Schande, weil es in einer erstklassigen Lage mit perfektem Blick auf Berkeley über die Bucht war. Und links konnte Sophie die Spitze von Angel Island in der Ferne sehen. Was für eine Verschwendung von erstklassiger Immobilie.

Marcella warf einen Blick auf Sophies Gesicht und musste lachen. Sophie war überrascht, weil sie Marcella noch nie so lachen gehört hatte. »Es ist ein Zauber. Es ist so eingerichtet, dass es von außen so aussieht, um unerwünschte Besucher fernzuhalten,« erklärte sie. »Entspann dich. Du wirst sehen.«

Sophie war verwirrt, als sich das Tor öffnete und die Sicht innerhalb des Eingangs immer noch die einer Abwasserbehandlungsanlage war. Sie blickte umher, gespannt darauf, diesen Zauber in Aktion zu erleben, als das Auto hineinfuhr und das Tor begann, sich hinter ihnen zu schließen.

In dem Moment, als sich das Tor vollständig schloss, verschwand das Bild der Tanks und Ausrüstung in dünne Luft.

Geradeaus starrend, blinzelte Sophie mehrmals und versuchte, ihr Gehirn um das zu bekommen, was vor dem Auto war.

»Es ist ein Schloss,« keuchte Sophie. »Wie ein echtes, mittelalterliches Schloss wie aus der Artussage.«

»Komplett mit Drachen,« neckte Marcella.

Sophie folgte Marcellas zeigendem Finger und entdeckte einen aufragenden, runden Turm aus denselben grauen Ziegeln wie das Hauptgebäude, ihr Mund fiel auf, als zwei Drachen von der Größe kleiner Flugzeuge auf der Spitze des Turms saßen. Einer war tiefgrün schillernd, und der andere war die Farbe von Flammen. Der grüne Drache breitete seine massiven Flügel aus und startete mit einem einzigen Schub seiner kräftigen Beine in die Luft. Gerade als seine Füße das Steinwerk verließen, schimmerte sein Körper, bevor er verschwand. Sophie konnte sagen, dass er noch in der Luft war, weil es eine leichte Verzerrung gab, wo der Drache einen Moment zuvor gewesen war. Obwohl sie den Bewegungen des Drachen nicht folgen konnte, konnte sie sagen, wann er wegflog, weil die Bäume um den Turm in einem unsichtbaren Wind schwankten.

Sophie wandte ihre Augen zurück zu dem kupfer-orangenen Drachen und sah zu, wie er sich in eine Frau verwandelte. Die Frau scannte den Horizont, wo Sophie annahm, dass sie irgendwie den unsichtbaren Drachen sehen konnte. Schließlich nach unten blickend, entdeckte die Frau ihr Auto und hob eine Hand zum Gruß.

Der Fahrer hielt das Auto vor dem großen Eingang zum Conclave-Schloss an. An der Spitze breiter Steinstufen waren gewölbte Holztüren, die mindestens drei Stockwerke hoch sein mussten. Es schien Sophie wie Overkill.

»Unser Hauptquartier war früher in Fort Point, aber als die Stadt in den 1930er Jahren begann, die Golden Gate Bridge zu bauen, wurde es zu riskant, dass jemand von oben durch den Zauber sehen könnte,« erklärte Marcella, als sie sich den Eingangstüren näherten.

Jemand, der Marcellas Namen rief, stoppte ihren Vorwärtsgang. Zurückblickend erkannte Sophie die Frau vom Drachenhorst, als sie sich der Gruppe mit eiligen Schritten näherte. Ihr verblassendes blondes Haar war zu einem strengen Knoten hochgesteckt, aus dem mehrere Strähnen entwischt waren. Sie trug einen langen, dicken bodenlangen Rock mit einem klobigen Strickpullover darüber.

»Das ist Leonie. Sie ist die Matriarchin des Treasure Island Drachengeleges. Und sie ist ein Conclave-Mitglied,« flüsterte Ruby Sophie und Emmie zu. »Sie mag mich nicht sehr.«

Sophie wollte Ruby fragen, was sie getan hatte, um die Frau

zu verärgern, aber die betreffende Frau kam bei ihrer Gruppe an, bevor Sophie etwas sagen konnte.

»Magistratsmitglied Venturi,« begrüßte Leonie, ihr Ton scharf und förmlich. »Ich dachte nicht, dass Sie so bald zurück wären. Ich habe gerade Elias zum Portland-Gelege geschickt, um zu sehen, ob er die Witterung von Bramwell oder Boudreaux aufnehmen kann.«

»Ausgezeichnet. Ich bin zuversichtlich, dass unsere Informationen etwas Fruchtbares ergeben. Magistratsmitglied Kruger, Sie kennen meine Assistentin Miss Rivers, aber ich möchte Ihnen förmlich ihre Schwestern vorstellen, Sophie Feegle und Emmaline Tallis.«

Sophie und Emmie streckten beide ihre Hände zur Begrüßung aus, aber Leonie ignorierte sie und wandte sich mit einem Hohn zurück zu Marcella.

»Sie kennen meine Gefühle dazu. Ich habe nichts dazu gesagt, dass Sie die Serienmörderin auf unser geheiligtes Gelände bringen, aber jetzt bringen Sie ihre Schwestern. Welche Zusicherungen gibt es, dass sie weniger gestört sind als die eine?« erwiderte Leonie.

»Ich bürge für sie alle. Außerdem hat Ziad für sie alle gebürgt. Ihre Sorgen sind unbegründet. Es sei denn, Sie können eine Mehrheit dazu bringen, abzustimmen, sie vom Conclave-Gelände zu verbannen, wiederholen Sie nur ein Gespräch, das wir bereits mehrmals hatten. Die Angelegenheit ist abgeschlossen.«

Leonie schnaubte und verdrehte die Augen. »Ich verstehe, dass er Ihr Freund ist, aber Ratsmitglied Ziad ist kompromittiert. Ich glaube, seine Trauer über den Tod seines Sohnes hat sein Urteilsvermögen getrübt. Wir müssen überlegen, ob er noch geeignet ist, im Conclave zu sitzen.«

»Und ich nehme an, Sie haben bereits genau die richtige Person im Kopf, um ihn zu ersetzen? Der Mann verdient eine Trauerzeit, ohne dass die Geier kreisen, um an seinen Knochen zu picken. Unabhängig davon ist diese Angelegenheit für das nächste Quartal geschlossen. Wenn Sie so stark fühlen, sollten Sie dem gesamten Conclave zu diesem Zeitpunkt eine formelle Proklamation Ihrer Sorgen vorlegen. Wenn Sie glauben, dass diese Angelegenheit dringend genug ist, können Sie auch eine Notfallsitzung beantragen.«

»Oh, ich denke nicht, dass das völlig notwendig wäre,« antwortete Leonie, ihre Worte steif. »Ich wollte nur meine Sorge einem Kollegenmitglied ausdrücken.«

»Ihre Sorgen wurden zur Kenntnis genommen,« antwortete Marcella, die Abweisung in ihrem Ton deutlich.

Leonie schnalzte mit der Zunge gegen ihre Zähne, sagte aber nichts mehr. Als sie sich abwenden wollte, hielt sie inne und gab den drei Schwestern einen misstrauischen Blick, bevor sie sich auf dem Absatz umdrehte und zum Erdgeschosseingang des Drachenhorstes zurückkehrte, ihr Rücken steif und ihr Gang stelzig.

Marcella führte den Weg zum Haupteingang. Sophie bemerkte mit einigem Interesse, dass sich die Türen automatisch auf lautlosen Scharnieren öffneten, ohne dass Marcella sie berührte. Sie fragte sich, ob es Magie oder Technologie war.

Einmal drinnen, hielt Marcella an und wandte sich einem ihrer beiden Leibwächter zu. »Kannst du Ziad finden und ihn warnen, dass Leonie Unruhe stiften will?«

Sophie war zu beschäftigt damit, das dunkle, aufragende Atrium zu betrachten, um auf die Abreise des Leibwächters zu achten. Die Beleuchtung im Hauptquartier war düster, wie Sophie sich ein Schloss der Vergangenheit vorstellte, aber der Rest war eine Mischung aus modern und antik. Der Boden war aus glänzendem weißem geädertem Marmor, sah sehr aus wie etwas, das in einer hochklassigen Eigentumswohnung zu finden wäre, aber die Wände sahen aus, als wären sie aus aufgestapelten Steinblöcken von vor Hunderten von Jahren gemacht. Es war ein größtenteils leerer, höhlenartiger Raum mit nur wenigen verzierten Stühlen und Tischen entlang des Umfangs des Raumes.

Sophie erwartete, dass Leute herumlungern würden, aber da war niemand – nicht einmal ein Butler oder Küchenmädchen in Sicht.

»Apropos Ziad,« sagte Marcella und führte sie durch das Foyer zu einem kleinen Aufzug, der um eine hintere Ecke versteckt war. »Sophie, er sagte mir, er sei bei deinem Arbeitsplatz vorbeigekommen, um mit dir zu sprechen.«

»Ja, ich wollte es dir erwähnen, aber ich habe es mit allem, was los war, vergessen. Er wartete auf mich an der Eingangstür des Gerichtsmediziners, als ich gestern Abend zur Arbeit kam. Er sagte, er wollte mir nur für die Hilfe mit Cooper danken. Ich bin nicht sicher, wie viel er herausgefunden hat, aber nachdem er uns sowohl in Murias als auch in Las Vegas gesehen hatte, glaubte er, ich hätte etwas damit zu tun, Coopers Mörder zu finden. Er erwähnte auch, dass er bemerkt hatte, dass mehr Verbrechen in der Stadt gelöst wurden, seit ich angefangen habe, in der Leichenhalle zu arbeiten, was implizierte, dass er dachte, ich sei dafür verantwortlich.«

Als der Aufzug ankam, stieg Marcella ein. Alle anderen folgten ihr wie brave Entlein. Obwohl es ein großer Aufzug war, fühlte er sich überfüllt an mit Marcella, einem ihrer Leibwächter und den drei Schwestern. Marcella neigte den Kopf, als würde sie nachdenken, dann antwortete sie in einem langsamen Tonfall: »Ich nehme an, es war unvermeidlich, dass die Leute schließlich anfangen würden zu bemerken und die Hinweise zusammenzufügen. Ich werde mit Ziad sprechen, aber ihm kann man vertrauen.«

»Das war auch mein Eindruck. Er sagte, dass er meine Beteiligung nicht wissen müsse und dass er keine Details brauche. Er wollte mir nur danken und mich wissen lassen, dass ich auf ihn zählen kann, wenn ich jemals etwas brauche.«

»Das klingt vielversprechend – und ich vertraue Ziad, auch

wenn er etwas prätentiös sein kann. Ich denke, ich werde trotzdem bei ihm nachfragen. Leonie lag nicht völlig falsch, dass Ziad im Moment nicht er selbst ist. Jedoch hat er ein Kind verloren; ich vermute, er wird vielleicht nie wieder ganz derselbe sein.«

Sophie konnte sich nicht vorstellen, was Ziad durchmachte.

Der Aufzug kam im fünften Stock zum Stehen. Die Gruppe ergoss sich in einen breiten Steinflur, der mit Wandteppichen gesäumt war, die mit Gemälden von grimmigen Gesichtern in schicken, veralteten Kleidern durchsetzt waren. Das Einzige, was verhinderte, dass sich der Bereich anfühlte, als wären sie in mittelalterliche Zeiten transportiert worden, war die elektrische Beleuchtung über ihren Köpfen und die Glasscheiben in den gewölbten Fenstern.

Sie gingen den Flur entlang und folgten Marcella, bis sie an einer zufälligen Tür anhielt, die wie alle anderen aussah, die den Flur säumten. Sie klopfte an die Tür, trat aber sofort ein, ohne darauf zu warten, dass jemand drinnen antwortete.

Alle anderen schlurften nach ihr hinein, aber Sophie ging als Letzte hinein, um sicherzustellen, dass sie die Dinge im Auge behalten konnte.

Durch die Tür tretend, erkannte Sophie, dass sie sich in einem Wohnraum mit Kochnische befanden. Sie war etwa so groß wie ihr Platz im Streuselkuchen.

Trotz des bewölkten Tages gab es ein großes Fenster gegenüber dem Raum, das Licht hereinließ. Ein Schaukelstuhl war vor dem Fenster platziert. Ein Mann saß in dem Stuhl, vom Raum abgewandt, sodass alles, was Sophie von ihm sehen konnte, die Oberseite seines grauhaarigen Kopfes war. Neben dem Mann war ein Tablett mit Essen und eine Frau mit dunklen Haaren, die ihn zu füttern schien.

Als alle in den Raum eintraten, erhob sich die dunkelhaarige Frau von ihrem Platz und näherte sich Marcella.

»Wie geht es ihm heute, Martina?« fragte Marcella die Frau.

»Es ist ein ziemlich guter Tag. Er isst sein Mittagessen ohne Aufhebens, und er scheint heute Morgen die Aussicht zu genießen,« antwortete Martina und deutete auf das Fenster, das einen spektakulären Blick auf die San Francisco Bay bot.

»Er liebte schon immer Wasser,« murmelte Marcella mit einem fernen Blick in den Augen. Sie schüttelte den Kopf, als würde sie ihre Gedanken abschütteln. Sie wandte sich zurück zur Krankenschwester und legte eine freundliche Hand auf Martinas Schulter. »Martina, ich habe ein paar Freunde von Nicolo hier, die ihn besuchen möchten. Wenn du eine Pause möchtest, passe ich solange auf ihn auf und sage dir Bescheid, wenn wir bereit sind zu gehen.«

Martina senkte den Kopf dankend und huschte aus der Wohnung, ohne sich noch einmal umzusehen.

Marcella näherte sich dem Mann, schob das Tablett weg und kniete an seiner Seite. »Hey, Nicolo. Ich habe jemanden hier, von dem ich hoffe, dass er dir helfen kann.«

Marcella winkte alle näher heran. Sophie näherte sich langsam und hielt sich von der Gruppe zurück.

Als sie näher traten, bekam sie eine bessere Sicht auf den Mann. Er saß im Schaukelstuhl mit einer Decke über seinem Schoß ausgebreitet. Der Mann, Nicolo, war skelettdürr. Er sah aus, als wäre seine Haut straff über seine Sehnen und Knochen gezogen. Er sah uralt aus, fast wie eine lebende Mumie. Sophie hätte gedacht, er sei tot, wenn es nicht für das metronomische Heben und Senken seiner Brust gewesen wäre. Die eingesunkenen Augen des Mannes wanderten nie von der Aussicht auf das dunkelblaue Wasser vor dem Fenster ab, auch nicht, als Marcella eine seiner Hände ergriff und ihre Hände zusammen auf seinem bedeckten Knie ruhen ließ.

Marcella blickte vom Mann weg und gab Emmie einen durchdringenden Blick. »Denkst du, du kannst ihm helfen?«

Emmie trat vor und starrte den Mann an, als wäre er ein Rätsel.

»Es ist seltsam. Seine Lebenskraft ist noch in seinem Körper, aber sie ist nicht ganz richtig verbunden. Es ist, als wären seine Seele und sein Körper nicht richtig ausgerichtet. Macht das Sinn?« murmelte Emmie zu Marcella.

Sophie sah Hoffnung hell und strahlend auf Marcellas Gesicht aufblühen. Sie nickte heftig. Mit einem herzzerreißend hoffnungsvollen Blick auf ihrem Gesicht sah Marcella den Mann an, dann zurück zu Emmie. »Denkst du, du kannst es reparieren? Kannst du ihm helfen?«

Emmie zuckte mit den Schultern, aber es schien abgelenkt. Sie konnte ihre Augen nicht von Nicolo losreißen. Sie näherte sich dem Mann mit ausgestreckter Hand in einer entschlossenen Weise. Sie fing sich gerade ab, bevor sie seine Schulter berührte. Sie warf Marcella einen Blick zu. »Darf ich?«

Marcella nickte und flüsterte ein inbrünstiges »bitte«.

Emmie entfernte ihre Handschuhe und steckte sie in eine Tasche; dann legte sie eine Hand auf die Schulter des Mannes. Die Stille zog sich über mehrere lange, erwartungsvolle Minuten hin, aber nichts schien zu passieren.

Sophie sah zu, wie Emmies Gesicht sich vor Anstrengung zu verkrampfen schien. Schließlich zitterte Emmie, entfernte ihre Hand und trat von Nicolos Seite zurück. Sophie blickte zwischen Emmie und Nicolos noch immer regloser Gestalt hin und her und wartete auf eine Anzeigung, was als nächstes zu erwarten war. Alle anderen waren erstarrt und still, gefangen in der aufbauenden Erwartung.

Aber nichts veränderte sich. Nicolo saß immer noch in seinem Stuhl und starrte unsehend aus dem Fenster. Sophie wusste nicht, was sie erwartet hatte, aber sie hatte nicht nichts erwartet.

Als Marcella an ihr vorbeiging, wich Emmie schnell aus dem Weg und zog ihre Handschuhe wieder an. Marcella glitt in den von Emmie freigegebenen Raum und berührte den Arm des Mannes.

»Nicolo? Kannst du mich hören? Bitte lass mich wissen, wenn du mich hören kannst.«

Sophie erschrak fast aus ihrer Haut, als der Kopf des Mannes sich langsam drehte und zu Marcella hinübersah.

»Cici?« Seine Stimme war kaum mehr als ein flüsternder Hauch.

Marcella machte ein kleines Geräusch wie das Grunzen von jemandem, der geschlagen wird. Das Keuchen klang, als wäre es aus ihrem Bauch gerissen worden, und es sprach von einer Tiefe des Schmerzes und der Erleichterung, die Sophie sich nicht vorstellen konnte. Irgendwie ließ es sie an Ziad denken.

»Cici, bist du das?« fragte Nicolo. Er schien verloren und verwirrt. Sophie fragte sich, ob er an etwas wie früh einsetzender Alzheimer litt.

»Ja, ich bin es, Nicky. Ich bin hier,« flüsterte Marcella, ihre Stimme brach bei einem Schluchzen.

»Was ist los, Cici? Warum weinst du?«

Sophie trat zurück, um dem Paar Privatsphäre zu geben, als sie sich umarmten und redeten. Nicolo hob eine zitternde Hand, um Marcellas Haar zärtlich zurückzustreichen. Sophie fragte sich, was sie füreinander waren, als sie ein leise geflüstertes Gespräch führten, die Stirnen fast aneinander gepresst.

Sophie warf einen Blick zu Emmie hinüber, erfüllt von Stolz auf sie. Emmie hatte den seltsamsten Ausdruck im Gesicht – sie sah fast verärgert aus. Sophie rückte näher zu ihr und stieß Emmies Hand mit ihrer an. »Geht es dir gut?«

Emmie schüttelte sich, als würde sie sich aus ihren Gedanken ziehen. »Ja, entschuldige. Ich denke, ich hätte es besser machen können.«

Sophie hielt ihr Schnauben zurück, winkte aber mit einer Hand zu Marcella und Nicolo hinüber. »Gib dir eine Pause. Du hast das sehr gut gemacht.«

Ruby drängte sich an Emmies andere Seite und umarmte sie. »Du warst großartig. Du bist ein Rockstar.«

Sophie genoss Emmies Erröten bei der Aufmerksamkeit.

Marcella stand von ihrer Hocke an Nicolos Seite auf und lenkte Sophie von dem Necken ab, das sie für Emmie geplant hatte.

Marcella trat auf Emmie zu und schloss sie in eine Umarmung. Sophie hörte sie inbrünstig flüstern: »Danke. Danke, dass du ihn zu mir zurückgebracht hast.«

Nach einem langen Moment ließ Marcella eine erfreut aussehende Emmie aus ihrem Griff. Marcella drehte sich dann um und zog Sophie in eine feste Umarmung. Sophie stieß einen überraschten Grunzer aus und klopfte Marcella sanft auf den Rücken, versuchte nicht zu sehr zu wackeln oder sich wie ein Freak zu benehmen. Marcella zu umarmen war seltsam unangenehm. Sie würde es nie laut zugeben, aber Sophie hatte ein wenig Angst vor der Frau. Es war, als würde sie von einem Velociraptor in eine warme Umarmung gezogen werden.

Als nächstes umarmte Marcella Ruby, die nicht dieselben Vorbehalte wie Sophie zu haben schien. Marcella zog sich von der Umarmung zurück, hielt aber Ruby einen Moment danach fest, wie eine Großmutter ihr Enkelkind bewundern würde. Marcella blickte von Ruby weg und gab Sophie und Emmie – die aneinander gedrängt waren – einen warmen, fast mütterlichen Blick. »Danke für alles, was ihr getan habt. Ich kann euch nicht sagen, wie froh ich bin, dass wir euch gefunden haben. Ich werde Reggie ein extravagantes Geschenk senden müssen, weil er das Risiko eingegangen ist, einem menschlichen Mädchen einen Job in der Leichenhalle zu geben.«

»Er braucht einen neuen Schreibtisch in seinem Büro,« informierte Sophie Marcella. Sie gab ihr ein dankbares Nicken.

Marcella gab ihnen allen einen feierlichen Blick über Rubys Kopf hinweg. »Erzählt niemandem davon. Wir wollen nicht, dass jemand euren Besuch und Nicolos Genesung zusammenbringt. Ich hoffe, er kann im Geheimen wieder zu Kräften kommen, und wir werden ihn später wieder einführen, wenn niemand seine Genesung und euren Besuch verknüpfen wird.«

Sophie, Ruby und Emmie gaben alle ihr Wort.

Schließlich ließ Marcella Ruby los und wandte sich ihrem verbleibenden Leibwächter zu. »Pieter, bitte begleite die Schwestern zurück zum Komplex der Irischen Windhunde. Dann triff mich hier wieder.«

»Ja, Ma'am,« antwortete Pieter in einem förmlichen Ton. Er wandte sich Sophie, Ruby und Emmie zu. »Wenn ihr mir folgen würdet, meine Damen ...«

Sophie drehte sich um, um sich von Marcella zu verabschieden, aber als sie hinsah, sah sie, dass sie wieder bei Nicolo war, tief im Gespräch. Es fühlte sich nicht richtig an, in ihren privaten Moment einzudringen, also drehte sich Sophie um und folgte dem Leibwächter aus dem Raum.

Als sie zusammen in den Aufzug stiegen, bemerkte Sophie, dass Pieter immer wieder bewundernde Blicke auf Emmie warf, als wäre er in der Gegenwart eines Helden.

»Wer war dieser Mann, Pieter?« fragte Ruby. Sie schien eine gewisse Vertrautheit mit dem Leibwächter zu haben, was Sinn machte, wenn Ruby jeden Tag bei Marcella arbeitete.

»Das war Nicolo Venturi. Marcellas älterer Bruder.«

*Älterer Bruder*, dachte Sophie. *Nun, das erklärt die Spitznamen.*

»Was ist mit ihm passiert, dass seine Seele so getrennt wurde?« fragte Emmie.

»Er wurde von einem Seelenfresser überfallen, während er auf einer Mission war. Wir hatten Glück, dass jemand über den Angriff stolperte und den Seelenfresser vertrieb, bevor er die Arbeit beenden konnte,« erklärte Pieter.

»Ein Seelenfresser?« antwortete Ruby und kam Sophie zuvor.

»Es ist ziemlich genau das, was du denkst. Sie sind sehr ähnlich zu Vampiren, außer dass sie sich von Seelen statt von Blut ernähren. Es war nur Nicolos Macht, die ihn davor bewahrte, völlig verschlungen zu werden. Es war ein Wunder, dass er überlebt hat.«

*Wie reizend*, dachte Sophie mit einem Schauer. Pieters Ton, wenn er über Nicolo sprach, ließ Sophie denken, dass er enormen Respekt und Ehrfurcht für Marcellas Bruder hatte.

»Als Nicolo arbeitsunfähig wurde, übernahm Marcella seine Rolle als Leiterin des Conclaves. Die Verantwortung für alle Mythischen Wesen in der Stadt und der Umgebung zu haben, ist eine kolossale Belastung. Marcella war erstaunlich in ihrer unerwarteten Rolle, aber ich weiß, sie wird froh sein, die Expertise ihres Bruders zurückzuhaben. Ich kann mir nicht vorstellen, wie begeistert sie sein muss – und nicht nur wegen seiner Erfahrung im Führen des Conclaves. Sie waren unglaublich eng, bevor er krank wurde.«

Sophie fragte sich, ob Nicolo seine Position als Leiter des Conclaves von Marcella zurücknehmen würde, jetzt da er zurückgekehrt war.

»Wie lange war er so?« fragte Sophie.

Pieter nahm sich einen Moment Zeit, darüber nachzudenken. »Hmm. Ich denke vier oder fünf Jahre?«

Sophie konnte sich nicht vorstellen, für mehrere Jahre in diesem Zustand gefangen zu sein. Sie fragte sich, ob er während dieser Zeit seiner Umgebung bewusst gewesen war. Der Gedanke erfüllte sie mit einer Art klaustrophobischem Schrecken.

»Marcella hat die ganze Zeit versucht, ihn zu heilen. Sie hat jeden Typ von Magieanwender aus fast jeder Ecke der Welt hergebracht. Ich kann nicht genug betonen, wie viel das für sie bedeutet. Sie liebte euch schon, aber jetzt ... ihr könntet nach dem Mond fragen, und sie würde versuchen, ihn für euch zu bekommen,« sagte Pieter.

»Oh, ja?« schnurrte Ruby. »Denkst du, sie würde mir einen Maserati geben, wenn ich frage?«

Sophie unterbrach Pieter, bevor er Rubys unverschämten

Vorschlag beantworten konnte. »Du wirst nicht das, was Emmie für Marcella und ihren Bruder getan hat, nutzen, um dir ein Auto beim Conclave zu erschleichen.«

»Ich wollte nicht wirklich nach einem Maserati fragen. Ich würde mich gerne mit einer Corvette zufriedengeben. Hast du die neuen gesehen? Sie sind so hübsch!«

»Hast du überhaupt einen Führerschein?« stichelte Sophie und brachte ihre gierige, raffgierige Schwester zum Schweigen.

Als sich die Aufzugstür zum Erdgeschoss öffnete, entdeckte Sophie Mim, der schnell vorbeiging. Bevor sie ihn auch nur begrüßen konnte, kreischte Ruby seinen Namen und ließ Sophie die Ohren klingeln.

Ruby rannte aus dem Aufzug und in Mims Arme. »Mim! Ich habe dich so sehr vermisst!«

Sophie verdrehte die Augen bei ihren Mätzchen. Es waren kaum ein paar Tage vergangen, seit sie Mim zuletzt gesehen hatten.

»Wer ist das?« flüsterte Emmie Sophie zu.

»Das ist ihr Shopping-Buddy,« antwortete Sophie. »Und unser Assistent, falls wir jemals auf Missionen für das Conclave geschickt werden. Hier, lass mich dich vorstellen.«

# KAPITEL 21

»$\mathcal{E}$s ist so schön, wieder da zu sein«, verkündete Sophie Reggie, als sie den nächsten Autopsiepatienten der Nacht hereinrollte. »Ich glaube, die Leichen haben mich vermisst.«

Reggie schnaubte vom Waschbecken her, bis zu den Ellbogen in Seifenwasser. »Muss ich mir also keine Sorgen machen, dass du abhaust, um ein neues Leben als Vegas-Showgirl zu beginnen?«

Sophie schnaubte und zog ihm eine alberne Grimasse. Sie war so glücklich, wieder in der Leichenhalle zu sein, dass sie fast übermütig wurde. Nicht, dass sie das Abenteuer in Las Vegas nicht genossen hätte, aber die Leichenhalle war zu ihrem Zufluchtsort geworden. »Und jeden Abend gezwungen sein, High Heels und Strumpfhosen zu tragen? Nein, danke.«

Sophie schob die Bahre mit dem Leichensack an den vorgesehenen Platz. Sie blickte auf den schwarzen, mit Reißverschluss versehenen Sack hinunter und versuchte, sich den seltsamen Tod vorzustellen, der darin auf sie wartete. Fast jede Nacht in der Gerichtsmedizin brachte eine bizarre neue Art mit sich, wie ein Mythisches Wesen es schaffte, sich umzubringen. Zugegeben, es

gab viel mehr alltägliche Todesfälle als Überdosen und Herzin-
farkte, aber die Tagschicht hatte noch nie mit einer Harpyie zu
tun gehabt, die versehentlich in Stromleitungen geflogen war. Als
diese Leiche in der Woche zuvor hereingekommen war, hatte der
Obduktionsraum den Rest der Nacht nach gebratenem Truthahn
gerochen, was Sophie unangenehm an Thanksgiving erinnerte.

»Ich verstehe immer noch nicht, wie eine Sirene durch
Ertrinken sterben kann. Sind das nicht Meereswesen? Oder
täusche ich mich da?«, fragte Sophie und dachte an die vorherige
Autopsie zurück.

»Nun, ich denke, es hatte mehr mit dem ganzen Alkohol zu
tun, den sie vorher konsumiert hatte, als mit ihrem Status als
Meereswesen«, neckte Reggie.

Sophie zog ihr Handy aus der Tasche ihres Kasacks, um heimlich die Zeit zu überprüfen, aber Reggie erwischte sie dabei und
schüttelte grinsend den Kopf. Sophie verzog das Gesicht, als sie
sein wissendes Grinsen bemerkte. »Entschuldigung. Es ist nur so,
dass Emmie jeden Moment hier sein sollte. Ich bin ein bisschen
aufgeregt, dass du sie kennenlernst.«

Reggie kam herüber und stieß Sophie mit der Hüfte an, weil
er seine Hände nicht noch einmal waschen wollte, nachdem sie
desinfiziert waren. »Ich verstehe das. Wir sind auch schon
gespannt, sie kennenzulernen. Fitz meinte, sie war nett, als er sie
heute Morgen getroffen hat.«

Sophie fühlte sich ein wenig schlecht, weil keiner ihrer
Freunde Ruby anfangs gemocht oder ihr vertraut hatte, und sie
hatten sich nach Sophies anfänglicher Abneigung und Unbehagen ihr gegenüber gerichtet. Um fair zu sein, Ruby hatte ihre
Beziehung als Serienmörderin und Stalkerin begonnen. Trotz
ihres weniger als glanzvollen Anfangs hatte Ruby es geschafft,
sich in kurzer Zeit in Sophies Freundeskreis einzuschleichen.
Nachdem sie während der Jägermondfeier im Wald an ihrer Seite
gegen das Sunset-Viertel-Wolfsrudel gekämpft hatte, war sie fest
als Teil der Gruppe aufgenommen worden. Ace hatte sie kurz

nach ihrer Rückkehr aus Murias zu einem offiziellen Mitglied der Sonderlinge gemacht – zugegeben, er war zu der Zeit betrunken, nachdem er ein Pint von Bennos spezial Oger-gebrautem Bier probiert hatte.

»Ja, Reggie, ich war wirklich erfreut, wie gut sie sich verstanden haben—«

Frau Zhaos Stimme kam über die Sprechanlage und unter-brach Sophies Worte. »Miss Feegle, Sie haben Besuch in der Lobby.«

Sophie drückte den Antwortknopf der Sprechanlage. »Okay, danke, Frau Zhao. Bitte richten Sie Emmie aus, dass ich unter-wegs bin.«

Sophie blickte auf die Bahre, die sie gerade in den Autopsie-raum gerollt hatte, verärgert, weil sie sich die Zeit nehmen musste, sie wieder in den Kühlschrank zu schieben, da sie nicht sicher war, wann sie dazu zurückkehren würde.

»Ich kümmere mich darum. Hol deine Schwester«, sagte Reggie und scheuchte sie aus dem Raum.

»Danke, Reg!«, rief Sophie, während sie bereits davoneilte.

Sophie platzte fast durch die Schwingtüren in die Lobby. Sie entdeckte Emmie sofort, die neben Frau Zhaos Schreibtisch wartete. Pieter stand ein paar Meter entfernt, sah streng und leise bedrohlich aus. Er nahm seinen Job offensichtlich ernst. Er war nur fünf Meter von einem chinesischen Dilong-Erddrachen entfernt – er dürfte sich ruhig mal eine Minute entspannen, da Frau Zhao das Gebäude und seine Bewohner bewachte. Immerhin konnte sie sich in einen chinesischen Drachen von der Größe eines Frachtflugzeugs verwandeln.

»Emmie!«, rief Sophie. Ihre Schwester blickte auf, abgelenkt von dem Gespräch mit Frau Zhao.

Sophie eilte herüber. »Frau Zhao, ich möchte Ihnen meine Schwester vorstellen, Emmaline Tallis. Emmie, das ist Frau Zhao.«

»Es ist schön, Sie kennenzulernen, meine Liebe«, sagte Frau Zhao und schüttelte Emmie die Hand, neigte grüßend den Kopf.

Das freute Sophie sehr. Vor ein paar Wochen hatte sie herausgefunden, dass Frau Zhao jemanden mochte, wenn sie ihn »meine Liebe« nannte.

Sophie bemerkte, dass sie die beiden wie ein Trottel angrinste. Sie versuchte, den idiotischen Ausdruck aus ihrem Gesicht zu wischen, drehte sich zu Pieter um und stellte ihn Frau Zhao vor. Frau Zhao begrüßte ihn höflich, bevor sie beide sich eintrugen.

Pieter teilte ihnen mit, dass er in der Lobby auf Emmie warten würde. Er warf ihr einen strengen Blick zu und ließ sie versprechen, ihn zu holen, wenn sie bereit war zu gehen. Emmie gab ihr Wort, also suchte er sich einen Platz bei der Eingangstür.

Nachdem sie beiden Schwestern eine schöne Nacht gewünscht hatte, drückte Frau Zhao den Türöffner für den hinteren Bereich.

»Danke, Frau Zhao!«, rief Sophie über die Schulter, als sie die Lobby verließen.

Sophie steuerte direkt auf das gemeinsame Büro von Ace, Fitz und Amira zu. Sie klopfte an den Türrahmen, um ihre Ankunft anzukündigen, froh, dass sie niemanden suchen musste; alle drei saßen an ihren Schreibtischen. Fitz stand sofort von seinem Stuhl auf, ein einladendes Lächeln im Gesicht. »Emmie, ich freue mich so, dass du kommen konntest. Wie wund bist du nach dem Training heute Morgen?«

Emmie stöhnte dramatisch. »So wund. Meine Beine fühlen sich an, als wären sie aus Zementblöcken gemacht. Ich weiß nicht, wie du das mehrmals die Woche schaffst.«

»Nun, nachdem ich das letzte Mal in einem Kampf, in den Sophie mich hineingezogen hat, den Hintern versohlt bekommen habe, habe ich beschlossen, dass ich kämpfen lernen muss.«

Sophie machte einen empörten Laut. »Entschuldige bitte?

ICH habe DICH in Kämpfe hineingezogen? Pah, du springst ganz allein in die Schlägerei.«

Fitz lachte herzlich zustimmend.

Sophie beobachtete, ihr Herz praktisch glühend in ihrer Brust, wie Fitz Emmie Amira und Ace vorstellte. Emmie lachte über etwas, das Ace sagte. Sophie konnte sich nur vorstellen, was für eine mürrische Bemerkung er machte. Reggie erschien leise an Sophies Ellbogen und gesellte sich zu ihr, um zuzuschauen, wie Emmie ihre Freunde kennenlernte. Emmie muss gespürt haben, dass sie beobachtet wurde, denn sie blickte auf und schenkte Sophie ein glückliches Lächeln. »Emmie«, rief Sophie. »Komm und lerne meinen Chef kennen.«

Emmie sagte etwas zu Fitz, Ace und Amira, das Sophie nicht hören konnte, bevor sie sich ihr und Reggie näherte. Sophie stellte sie vor, dann trat sie zurück und ließ Emmie ihren stillen Charme bei ihrem Chef wirken.

Sophie ging zu ihren Freunden hinüber. »Hey, wir werden gleich sehen, ob Emmie Todesvisionen abrufen kann, aber danach – wollt ihr euch uns zum Mittagessen anschließen, bevor sie gehen muss? Ich weiß, wir essen normalerweise später, aber ich dachte, es wäre schön, zusammen abzuhängen, bevor sie zum Stammhaus zurückkehrt.«

Sie stimmten fröhlich zu, also bot Sophie an, sie zu holen, wenn sie im Obduktionsraum fertig waren.

Als Sophie sich wieder zu Reggie und Emmie umdrehte, sah sie, dass sie leise miteinander sprachen. Sophie war ein wenig besorgt über den besorgten Ausdruck in Emmies Gesicht. »Ist alles in Ordnung?«, fragte Sophie, als sie sich ihnen langsam näherte, da sie sich nicht mitten in ein privates Gespräch drängen wollte.

»Alles ist in Ordnung«, versprach Emmie Sophie. »Ich habe Reggie erzählt, dass ich ein bisschen ausgeflippt bin, weil ich in der Nähe einer Leiche bin und sie berühren soll. Er hat mir versichert, dass es nicht so schlimm sei, wie ich es mir ausmale.«

Sophies Beschützerinstinkte sprangen in den Vordergrund. »Hey, du musst das nicht tun. Es ist egal, ob du die gleiche Gabe hast wie ich. Du hast deine eigene Gabe. Das war nur ein Test, um zu sehen, ob du Visionen abrufen kannst, aber die Wahrscheinlichkeit ist hoch, dass du es nicht können wirst. Ruby kann es auch nicht.«

Emmie legte Sophie sanft die Hand auf den Arm und stoppte ihr Geplapper. »Es ist in Ordnung. Ich finde es eklig, aber ich denke nicht, dass ich traumatisiert hier rausgehe oder so.«

Reggie bot Emmie galant seinen Arm an. »Komm schon. Bringen wir es hinter uns, und du wirst sehen, dass es nicht so schlimm ist.«

Sie kicherte und hakte sich bei Reggie unter und ließ sich von ihm in den Hauptobduktionsraum führen.

Als sie eintraten, sah Sophie eine Bahre mit einem Leichensack, die bereits auf sie wartete. Sie fragte sich plötzlich, in welchem Zustand die Leiche im Sack war. Sophie wollte Emmie nicht mit einer der vielen blutigen, verstümmelten Leichen erschrecken, die hier lagen.

Sie eilte zur Bahre und war erleichtert zu sehen, dass es die Sirene von vorhin war. Es gab nichts besonders Ekliges am Zustand der verstorbenen Sirene – keine Risse, keine Wunden, keine freiliegenden Eingeweide. Es war eine gute Anfängerleiche für Uneingeweihte. Die Sirene sah größtenteils normal aus, abgesehen von einem leichten bläulichen Schimmer ihrer Haut.

Emmie stellte sich neben Sophie an die Bahre und blickte mit großen Augen auf die Leiche hinunter.

»Ist das das erste Mal, dass du eine Leiche siehst?«, fragte Sophie.

»Vielleicht?«, sagte Emmie mit einem Achselzucken und blickte nicht von der stillen Gestalt der Sirene auf. »Als meine Eltern starben, musste ich ihre Leichen identifizieren, aber Marcella sagt, es war wahrscheinlich eine eingepflanzte Erinnerung. Also... ich bin mir nicht sicher.«

Sophie hielt den Atem an, als Emmie eine langsame, zitternde Hand zur Sirene ausstreckte. Als ihre Hand die Schulter der Sirene berührte, zog Emmie erschrocken die Hand zurück.

»Hast du etwas gesehen?«, fragte Sophie und hielt ihre Stimme sanft und beruhigend, in der Hoffnung, ihre Schwester nicht noch mehr zu erschrecken.

»Nein. Ich hatte nicht erwartet, dass sie so kalt und hart ist. Es war nur eine Überraschung.«

Als Emmie die Sirene ein zweites Mal berührte, reagierte sie nicht mehr, außer einem hörbaren Schlucken. Emmie hielt ihre Hand einen langen Moment auf der Leiche, bevor sie sie wegzog und Sophie mit einem verwirrten Ausdruck ansah. »Ich glaube nicht, dass ich etwas gespürt habe. Was sollte ich denn sehen?«

Sophie kratzte sich am Kopf und versuchte, einen Weg zu finden, ihre Gabe zu beschreiben. »Es erscheint normalerweise wie eine Geschichte in meinem Kopf. Manchmal erlebe ich den Tod aus erster Hand, als würde er mir passieren, aber das passiert nicht sehr oft. Ich denke daran wie an einen Film in meinem Kopf.«

»Warum erlebst du manchmal den Tod und manchmal nicht?«, fragte Emmie.

»Das haben wir noch nicht herausgefunden. Wir denken, es könnte daran liegen, dass meine Magie enger mit einer bestimmten Art von Person verbunden ist. Wir vermuten auch, dass je stärker die Emotionen der Person sind, desto wahrscheinlicher ist es, dass ich vollständig in die Visionen hineingezogen werde. Aber ehrlich gesagt sind wir uns nicht sicher, wie meine Fähigkeiten funktionieren und warum sie unbeständig sind.«

Emmie sagte nur: »Hm«, dann wandte sie sich wieder der Sirene zu und versuchte noch einmal, eine Lesung zu bekommen. Sie berührte die Frau mehrere Minuten lang mit zusammengekniffenem Gesicht vor Konzentration. Nach ein paar Minuten zog sich Emmie zurück, öffnete die Augen und zuckte Sophie mit den Schultern. »Ich habe nichts gesehen oder gefühlt. Vielleicht mache ich es falsch.«

Emmie wischte sich die Hand an ihrer Jeans ab, als wollte sie das Gefühl der kalten, feuchten Berührung der toten Sirenenhaut loswerden. Sophie verstand diesen Drang vollkommen.

»Es gibt keinen falschen Weg. Die Visionen zeigen sich oder nicht, also können wir mit Sicherheit sagen, dass du keine Todesvisionen hast. Wir hatten das ohnehin vermutet.«

Sophie warf einen Blick zu Reggie hinüber, um sicherzustellen, dass er auf der anderen Seite des Raumes beschäftigt war. »Was ist mit ihrer Seele? Kannst du sie noch spüren? Könntest du ihre Lebenskraft wieder in ihren Körper zurückführen, wie du es bei Nicolo getan hast?«, flüsterte Sophie und sorgte dafür, dass ihre Stimme leise genug war, dass Reggie sie nicht hören konnte. Obwohl sie ihm vollkommen vertraute, war es nicht ihr Geheimnis, das sie preisgeben konnte.

»Nein. Ihre Seele ist längst verschwunden. Ich kann sie überhaupt nicht spüren. Ich weiß nicht, was mit der Seele oder Lebenskraft eines Menschen passiert, wenn er stirbt, aber sobald er tot ist, ist sie weg. Alles, was ich weiß, ist, dass ich sie nicht fühlen oder darauf zugreifen kann.«

»Das ist gut. Das Letzte, was diese Stadt braucht, sind Zombies«, scherzte Sophie und hoffte, Emmie ein Lächeln zu entlocken.

Emmie schnaubte. »Stimmt. Niemand will Zombies.«

»Wenn du eine Zombie-Apokalypse auslösen würdest, würde Ruby dir das nie verzeihen.«

Das Gerede über Zombies ließ Sophie an Colma denken und an das erste Mal, als sie begonnen hatte, etwas anderes als Verärgerung für Mac zu empfinden. Wer hätte gedacht, als sie seine Anwesenheit kaum ertragen konnte, während sie Zhang Lius Grabstätte untersuchten, dass sie sich in Detective Malcolm Volpes verlieben würde? Sie hatte gerade erst begonnen, ihre Fähigkeit zu verstehen, und Mac hatte ihr im Nacken gesessen und gedacht, sie sei nichts weiter als eine großmäulige Unruhe-stifterin.

Jetzt, da sie darüber nachdachte, erkannte sie, dass Mac nicht völlig falsch lag. Aber jetzt mochte er sie trotzdem – oder gerade deswegen.

»Lass uns uns waschen und zu Mittag essen. Es gibt nichts mehr für uns hier zu tun, aber ich möchte, dass du noch etwas Zeit hast, alle kennenzulernen. Sie mögen dich bereits, das kann ich erkennen.«

Reggie bot an, die Sirene zurück in den Kühlschrank zu brin-gen, also gingen die Schwestern zum Pausenraum. Unterwegs steckte Sophie ihren Kopf in das Büro des Teams und lud sie ein, sich ihr, Emmie und Reggie anzuschließen.

Nachdem sie sich gewaschen hatten, setzte sich Emmie an den zerkratzten Pausenraumtisch. Sophie öffnete den Kühl-schrank und holte die Sandwiches heraus, die sie mitgebracht hatte. Reggie betrat den Raum und griff um Sophie herum in den Kühlschrank, um sein Essen zu holen – mit der Selbstverständ-lichkeit von jemandem, der so an den anderen gewöhnt ist, dass persönliche Distanz nicht mehr existiert.

»Ich habe Schinken, Pute und vegetarisch. Was möchtest du? Es ist von meinem Lieblings-Sandwich-Laden«, fragte Sophie und hielt die Sandwiches für Emmie zur Auswahl hin.

Emmie zeigte auf die Pute. Sophie dachte, sie könnte den Schinken nehmen und Fitz das vegetarische Sandwich anbieten. Er war kein Vegetarier, aber er aß sehr wenig Fleisch und bevor-zugte Brot, Salate und Suppen vor fast allem anderen. Sophie wollte sich gerade hinsetzen, bereit, in das Sandwich zu beißen, als sie sich an Pieter erinnerte, der in der Lobby mit nur Frau Zhao als Gesellschaft saß. Frau Zhao schloss sich ihnen nie zum Mittagessen an; sie aß lieber an ihrem Schreibtisch und bewachte ihr Reich.

»Stört es euch, wenn ich Pieter einlade, sich uns anzuschlie-ßen? Er sitzt in der Lobby und wartet auf Emmie, also fühle ich mich schlecht, dass wir ihm vielleicht sein Abendessen vorenthalten.«

»Wer ist Pieter?«, fragte Reggie.

»Er ist der vorübergehende Leibwächter, den Marcella Emmie zugeteilt hat, bis sie Boudreaux gefasst haben. Er beschattet normalerweise Marcella, also hast du ihn wahrscheinlich schon mal gesehen. Er sieht irgendwie aus wie eine durchtrainierte Ken-Puppe«, erklärte Sophie. »Er weiß bereits alles über mich, also gibt es keine Geheimnisse, über die wir uns Sorgen machen müssen.«

»Durchtrainierte Ken-Puppe grenzt nicht gerade ein, welcher von Marcellas Leibwächtern hier ist. Aber es macht mir nichts aus, wenn er sich uns anschließt, falls es euch beiden auch nichts ausmacht«, sagte Reggie mit einer Handbewegung.

Sophie ging zur Lobby. Sie fand Pieter, wo sie ihn zuletzt gesehen hatte, sitzend und stoisch ins Leere starrend. Sein ausdrucksloser Blick ließ Sophie an einen ausgeschalteten Androiden denken.

»Ist alles in Ordnung?«, fragte Pieter und erhob sich von seinem Stuhl, als er bemerkte, dass Sophie direkt auf ihn zukam.

»Alles ist in Ordnung. Aber ich habe ein zusätzliches Sandwich und wollte wissen, ob du dich uns zum Abendessen anschließen möchtest.«

Als Pieter zögerte und aussah, als wäre er sich seiner Willkommenheit unsicher, hielt Sophie ihm die beiden Sandwiches zur Auswahl hin. »Komm und schließ dich uns an. Magst du Schinken oder vegetarisch?«

Sophie hätte darauf gewettet, dass Pieter ein Fleischtyp ist. Ihre Wette zahlte sich aus, als er auf den Schinken zeigte.

Als Sophie mit Pieter dicht hinter ihr den Pausenraum wieder betrat, wurde es beim Eintritt des Mannes kurz still. Er füllte den Türrahmen beinahe komplett aus, als er einen Moment zögerte und sich dann mit präzisen Bewegungen zwischen Fitz und Amira setzte. Er nickte allen am Tisch zu.

»Hey Leute, das ist Pieter. Er wurde zugeteilt, um Emmie zu beschützen«, sagte Sophie.

»Schön, dich wiederzusehen«, begrüßte Reggie ihn und streckte seine Hand aus. Pieter ergriff sie in einem kurzen, festen Händedruck. Alle anderen sagten Hallo, und Pieter neigte jedem den Kopf zu.

Er wickelte sein Sandwich sorgfältig aus und aß auf eine Weise, die Sophie deutlich an einen Gestaltwandler erinnerte – effizient und schnell. Seine Tischmanieren waren tadellos, aber er beendete das Sandwich in vier Bissen. Sophie war eigentlich der Meinung gewesen, Pieter sei ein Fee, aber sie war sich nicht mehr so sicher. Man hatte ihr gesagt, dass das Conclave hauptsächlich von Feen bevölkert sei, aber sie hatte an diesem Nachmittag einen Drachen getroffen, der Mitglied der Gruppe war. Es war also möglich, dass Pieter irgendeine Art von Gestaltwandler war.

Wie der Mann immer wieder verstohlene Blicke auf Amira warf, ließ Sophie vermuten, dass er von der Schönheit und Eleganz ihrer Freundin fasziniert war. Amira war eine dieser Frauen, die auf den ersten Blick zart aussahen, mit großen dunklen Augen, für die Männer schwärmten. Ihr Aussehen war jedoch trügerisch. Als Katzengestaltwandlerin hatte Amira die stereotypische Katzenattitude perfekt drauf. Viele Männer hatten ihre bildlichen und buchstäblichen Krallen an ihren Hälsen gespürt, wenn sie versuchten, sie wie eine Porzellanpuppe oder ein Sexkätzchen zu behandeln.

Glücklicherweise handelte Pieter nicht nach seinem Schwarm. Er warf nur verstohlene Blicke auf Amira.

»Erzähl uns alles über Las Vegas«, bat Reggie. »Du hast uns gestern Abend nur eine kurze Zusammenfassung gegeben, aber ich will alles hören. Hast du die Gelegenheit gehabt, den Kampfring von innen zu sehen?«

»Ja, als Mitglied der Sonderlinge gefällt es mir nicht, dass wir zurückgelassen wurden«, beschwerte sich Ace spielerisch.

»Nächstes Mal tauchen wir einfach auf, wie wir es in Murias gemacht haben.«

»Sonderlinge?«, wiederholte Emmie und blickte verwirrt in die Runde.

»Das ist unser Verbrechensbekämpfungs-Teamname«, erklärte Amira beiläufig. »Du weißt es vielleicht noch nicht, aber du bist bereits ein Mitglied der Sonderlinge.«

»Sonderlinge ist euer Verbrechensbekämpfungs-Teamname?«, wiederholte Emmie langsam. Amira, Fitz und Ace erzählten dann die Geschichte vom Ausgraben von Lius Grab. Reggie lehnte sich zurück und hörte der Geschichte mit einem liebevollen Lächeln zu. Pieter sah interessiert aus. Sophie hatte angenommen, er wisse alles über sie, aber vielleicht wusste er doch nicht alles.

»Oh ja, das war eine echte Teambuilding-Übung«, neckte Sophie, als sie ihre Geschichte beendet hatten. »Manche Leute machen Vertrauensübungen oder Hindernisparcours, aber wir treiben es auf die Spitze und graben Leichen aus.«

»Vergesst nicht das Mal, als wir diesen toten Schakalgestaltwandler in Fitz' Cousins Krematorium entsorgen mussten«, erinnerte Ace sie.

»Toter Schakal?«, fragte Sophie und versuchte, sich zu erinnern, wovon er sprach.

»Du weißt schon, der, der Mac verfolgt hat und von einem Auto überfahren wurde. Es passierte gleich nachdem du die Vision von Edwyn hattest, wie er diesen Conclave-Typen umbringt.«

Sophie nickte zum Zeichen des Verstehens. Edwyn hatte einen Fee namens Atticus getötet, um an einen Clavis zu kommen, einen Stein, der die Kraft der Magie speicherte und verstärkte. Sophie schüttelte die Erinnerung an Atticus' schrecklichen Mord ab.

»Hey, hört auf, meine Schwester mit euren Geschichten zu traumatisieren. Es ist normalerweise nicht so wild hier«, versuchte Sophie Emmie zu beruhigen, aber Emmie schien die Geschichten geradezu aufzusaugen.

Nach einer Weile bemerkte Sophie, dass Pieter auf seine Uhr blickte. Als Sophie die Augenbraue hob, erklärte er, dass er versprochen hatte, Emmie bald zum Stammhaus zurückzubringen.

Alle standen auf, als Emmie aufstand, und sagten ihr, wie schön es war, zusammen abzuhängen. Jeder der Sonderlinge zog sie in eine kurze Umarmung, sogar Ace.

»Ich bringe sie raus, und dann machen wir weiter mit der Arbeit, okay?«, fragte Sophie Reggie. Er bedeutete ihr, sich ruhig Zeit zu lassen.

Sophie begleitete Emmie und Pieter hinaus und winkte, als sie zusah, wie sie in ein Conclave-Fahrzeug stiegen und wegfuhren.

Als Sophie zurück in den Pausenraum ging, war das Gespräch verstummt. Sie blickte ihre Freunde an, die überall hinblickten, nur nicht zu ihr. »Was? Was ist los? Mochte ihr Emmie nicht?«

»Emmie ist großartig«, sagte Fitz und hob die Hände abwehrend bei Sophies Tonfall. »Wir mögen sie alle. Wir sind eigentlich eher besorgt darüber, wie du dich in ihrer Nähe verhältst.«

Sophie wich überrascht zurück. Von allem, was ihre Freunde hätten sagen können, hätte sie nie gedacht, dass sie ein Problem mit ihr haben würden. »Wovon redet ihr? Was habe ich getan?«

»Nun...« begann Ace zu sagen und biss sich auf die Lippe, als wollte er zurückhalten, was er sagen wollte. »So wie du über sie geredet hast, dachte ich, sie wäre diese zarte kleine Blume, die um jeden Preis beschützt werden muss und Angst vor ihrem eigenen Schatten hat. Aber sie ist überhaupt nicht so; sie ist stärker, als du denkst. Sie ist zäher, als du ihr zutraust.«

Sie hatten kein Recht, ihr zu sagen, wie sie sich wegen ihrer Schwester verhalten sollte. Sie wussten nicht, was Emmie durchgemacht hatte. Sophie war da gewesen und hatte gesehen, wie schwer das alles für sie war. Ihr Mund öffnete sich, bereit, ihren

Freunden zu sagen, was sie mit ihrer Sorge machen konnten, als Amira ihre aufkommende Tirade unterbrach.

»Ich habe ein Video gesehen, in dem ein Pitbull ein Entenküken adoptiert hat und total überfürsorglich war. Der Hund wachte über die Ente, während sie fraß, und ließ niemanden in ihre Nähe.« Amira warf ihr einen durchdringenden Blick zu. »Du bist der Pitbull in diesem Bild. Du weißt, dass Emmie eine erwachsene Frau ist, die deinen ständigen Schutz nicht braucht, oder? Sie ist nicht dein Entenküken.«

Sophie stieß einen Atemzug aus. »Ich weiß, dass sie nicht mein Entenküken ist.« Das ist wirklich kein Satz, von dem Sophie je gedacht hätte, dass sie ihn einmal sagen würde. »Es ist nur... es gibt etwas an ihr, das meine Beschützerinstinkte auslöst. Aber – ich verstehe, was ihr sagt. Ich werde mich zurückhalten.«

# KAPITEL 22

*S*ie steht in dem winzigen Badezimmer, umklammert die Kanten der Theke und starrt in den Spiegel. Sie wirft sich selbst einen Blick voller Ärger und Ekel zu.

»Ach, arme Emmie«, knurrt sie ihrem Spiegelbild zu. »Ist das zu schwer für dich? Was wirst du dagegen tun, hm? Hör auf mit deinem nutzlosen Gejammer. Du hast Glück, überhaupt hier zu sein. Dies ist jetzt dein Leben. Gewöhn dich daran. Du kannst dich hinlegen und aufgeben, wenn es zu schwer ist. Verkriech dich in ein Loch. Das kannst du doch am besten, stimmt's?

»Also, bist du mit dem Gejammer fertig? Denn ich hab die Nase voll davon.«

Sie starrt in den Spiegel, während Ärger und Traurigkeit in ihr um die Oberhand kämpfen.

Schließlich stößt sie einen verärgerten Seufzer aus. »Das dachte ich mir. Jetzt gehen wir da raus, essen das Mittagessen, das Riona serviert hat, und zeigen ihnen, dass wir uns nichts anmerken lassen.«

Sie wirft sich einen letzten Blick zu, richtet ihre Haare und glättet ihre Kleidung, bevor sie das Badezimmer verlässt.

\* \* \*

SOPHIE WACHTE auf und griff automatisch nach ihrem Tagebuch, bevor sie registrierte, wovon der Traum gehandelt hatte. Als das Tagebuch nicht an seinem gewohnten Platz auf ihrem Nachttisch lag, dauerte es einen Moment, bis sie sich daran erinnerte, dass sie es Emmie geliehen hatte. Bis zu diesem Traum hatte sie keine Träume gehabt, an die sie sich erinnern konnte, also hatte sie das Tagebuch bisher nicht gebraucht. Dann wurde Sophie bewusst, wovon der Traum gehandelt hatte. Sie hatte unabsichtlich einen privaten Moment von Emmie miterlebt.

Sophie setzte sich im Bett auf und drückte ihre Decke an die Brust, während sie über das nachdachte, was sie gerade beobachtet hatte. Nachdem Amira sie neulich Abend darüber belehrt hatte, dass sie Emmie bemutterte, hatte Sophie ihre Glucken-Haltung aufgegeben. Sie machten immer noch ihr Training und Sparring mit Paddy jeden Morgen und teilten sich oft das Frühstück und gelegentlich das Abendessen, aber Sophie hatte versucht, Emmie mehr Raum zu geben, um selbst in der Mythischen Welt Fuß zu fassen. Amira war sich sicher gewesen, dass Emmie mit all den Veränderungen, die auf sie zukamen, gut zurechtkam. Aber was Sophie gerade miterlebt hatte, sagte etwas anderes. Sie sollte später am Tag bei ihr nachfragen, ob Emmie jemanden zum Reden brauchte.

Es fiel ihr leicht, Emmies privaten Moment nicht aufzuschreiben. Jeder hatte Momente des Zweifels und der Angst, und Sophie hatte nicht das Gefühl, dass sie Emmies Ausraster hätte miterleben sollen, geschweige denn jemand anders. Auf keinen Fall wollte sie, dass Polizeichef Dunham, Marcella oder sonst jemand beim Conclave eine Schilderung von Emmies kurzem, verständlichem Nervenzusammenbruch las.

Sophie schaute auf die Uhr auf ihrem Nachttisch. Der Traum hatte sie ein paar Stunden früher als gewöhnlich geweckt. Allerdings gab es keine Möglichkeit, dass sie nach Emmies Kampf wieder einschlafen könnte.

»Ich kann genauso gut nachsehen, ob Birdie Zeit hat«, murmelte Sophie und warf ihre Decke beiseite.

* * *

ZWANZIG MINUTEN später klopfte Sophie an Birdies Tür, ihre Haare noch feucht von der Dusche. Birdies Stimme, die rief, wer auch immer am Eingang sei, solle »Nicht so schnell« machen, brachte Sophie zum Grinsen.

Die Tür öffnete sich einen Spalt, und eines von Birdies blassblauen Augen starrte sie misstrauisch an. Sophie konnte nicht verstehen, warum Birdie nie ihren Türspion benutzte, um zu überprüfen, wer im Flur war, bevor sie die Tür öffnete, aber sie akzeptierte einfach, dass Birdie die Dinge auf Birdies Art machte, und das war's.

»Na, welche bist du diesmal?« neckte Birdie und kniff die Augen zusammen, als würde sie versuchen, Sophie besser zu erkennen.

»Sehr witzig, Birdie. Als ob du das nicht wüsstest.«

»Die Kampfstiefel und das ausgewaschene T-Shirt sind ein deutliches Zeichen. Komm rein, bevor du die ganze Wärme rauslässt«, schimpfte Birdie und öffnete ihre Tür, um Sophie hereinzulassen.

Ginsberg versuchte zu entkommen und wollte zwischen Sophies Beinen hindurchflitzen, aber sie schaffte es, den temperamentvollen Kater zu packen und ihn in ihre Arme zu heben. Er miaute ungehalten, beruhigte sich aber schnell, als sie ihn unter dem Kinn kraulte. »Du bist aber ein frecher Kerl«, meinte Sophie, aber Ginsberg schien von ihrer Zurechtweisung unbeeindruckt.

Sophie betrat die Wohnung und ging zum Sofa. Ginsberg wand sich in ihren Armen, schon fertig mit dem Gekuschel. Sophie setzte ihn auf die Füße, und er rannte zu Birdie hinüber und schlängelte sich um ihre Knöchel, schnurrend wie ein aufheulender Motor.

Ohne zu fragen, ob Sophie welchen wollte, ging Birdie in die Küche, um Tee zu machen. »Hab ich dir erzählt, dass Colleen mit William Schluss gemacht hat? Sie zieht mit einem neuen Kerl zusammen, er ist gerade erst aus Irland angekommen. Er ist vor etwa einem Monat ins Stammhaus gezogen und sorgt schon für Aufruhr. Die ganze Bridgegruppe ist in Aufregung.«

»Wie heißt der Neue? Habe ich ihn schon getroffen?« Sophie hatte genug Zeit im Hauptquartier der Irischen Windhunde verbracht, dass sie alle Stammesältesten kannte, die fast jeden Morgen im Spielzimmer Karten spielten.

»Seamus«, antwortete Birdie. »Ich gebe zu, sein Akzent ist anziehend, aber ich würde deswegen nicht mit Milton Schluss machen.«

»Wow. Waren Colleen und William nicht ziemlich lange zusammen?«

»Fast sechs Jahre!« rief Birdie aus. »Heute Morgen haben sich William und Seamus im Spielzimmer geprügelt. Sie haben einen Tisch und ein paar Stühle kaputt gemacht, als sie sich in ihre zottigen Ungeheuerformen verwandelt haben! Fergal musste sie auseinanderreißen. Oh, er war so sauer. Ich hab ihn noch nie so schreien hören.«

»Wie hab ich das nicht mitbekommen? Ich war heute Morgen im Stammhaus«, fragte Sophie entsetzt, dass sie eine Prügelei unter alten Männern verpasst hatte.

»Du warst schon weg. Es ist erst nach dem Nachmittagstee passiert, als deine Trainingseinheit vorbei war. Emmie war aber da. Du musst sie nach allen Einzelheiten fragen. Colleen hat versucht, zwischen sie zu gehen, um sie zu trennen. Sie wollten sie aus dem Weg ziehen, aber sie stolperte und warf dabei eins der laufenden Spiele um, und jetzt spricht Dotty nicht mehr mit ihr. Ich dachte, Dotty würde Colleen am liebsten ohrfeigen. Oh, wie sehr ich mir gewünscht habe, dass sie es tut. Vielleicht hätte das Colleen wieder auf den Boden der Tatsachen zurückgeholt. Sie ist so hochnäsig geworden, mit William und Seamus, die ihr wie Hunde hinterherhecheln.«

»Du bist ganz schön blutrünstig. Guck dich an, wie du über eine Prügelei lachst.« Sophie schüttelte den Kopf in gespielter Enttäuschung.

Ein Klingeln von Sophies Telefon lenkte sie von Birdies lebhafter Nacherzählung der Prügelei ab. Es klang völlig lächerlich, und Sophie war enttäuscht, dass sie es verpasst hatte.

Sophies Herzschlag verdoppelte sich, als sie die Nachricht las, die auf sie wartete.

»Was ist los?« fragte Birdie. »Du hast den seltsamsten Gesichtsausdruck. Ist alles in Ordnung, oder brauchst du vielleicht ein Abführmittel?«

Sophie ignorierte den Seitenhieb und las die Nachricht noch einmal. »Larry denkt, er hat herausgefunden, wie er die Byangoma-Feder dazu bringen kann, die letzte Scherbe zu orten. Er will seinen neuen Zauber so schnell wie möglich testen.«

Sophies Telefon begann zu klingeln, als alle anderen in der Gruppennachricht anfingen zu antworten. Sophie tippte eine schnelle Nachricht, dass sie bei Birdie war, aber verfügbar sei, den Zauber zu machen, wenn sie es vor ihrer Schicht heute Nacht unterbringen könnten.

»Oh, Ruby sagt, sie will vorbeikommen. Sie ist zu Hause, also kann sie in ein paar Minuten hier sein. Nur, wenn es dir passt, natürlich«, meinte Sophie.

»Umso besser! Sag ihr, sie soll einfach vorbeikommen.«

Sophie tippte die Nachricht, vergaß dabei, dass sie immer noch in der Gruppennachricht war. Innerhalb von Momenten schrieben Mac, Larry, Ruby und Emmie Sophie, dass sie alle zu ihr kommen würden. Als sie Birdie wissen ließ, dass sie versehentlich alle eingeladen hatte, antwortete Birdie, dass sie, solange Mac einer von ihnen war, nichts dagegen hatte. Sophie verdrehte die Augen, kommentierte aber nicht weiter Birdies Wunsch, sie zu ärgern, indem sie mit Mac flirtete.

»Du hast kein Problem damit, dass Larry mitten in deinem Wohnzimmer einen Zauber wirkt?« fragte Sophie nach.

»Natürlich nicht. Der Junge hat einen Schutzzauber auf diese Wohnung gelegt, damit niemand jemals einbrechen und versuchen kann, mir zu schaden, ohne wie ein Krapfen in heißem Öl gebacken zu werden. Er kann hier jederzeit zaubern, wann er will.«

»Ich würde ihm das an deiner Stelle nicht sagen«, warnte Sophie sie. »Sonst wirst du ihn nie wieder los.«

Ein Klopfen an der Tür eine Minute später kündigte Rubys Ankunft an. Sophie lehnte sich zurück, nippte an ihrem Kamillentee und hörte zu, wie Birdie die Geschichte des Kampfes zwischen Seamus und William nacherzählte. Die Nacherzählung schien ausgeschmückter als die erste Version zu sein – nicht dass sie Birdie darauf ansprechen würde. Es war eine gute Ablenkung von den Nerven, die in ihrem Magen Wurzeln schlagen wollten bei dem Gedanken, die letzte Scherbe zu finden. Basierend auf Emmies privatem Moment könnte es sein, dass sie der Scherbe keinen Gefallen tat, wenn sie sie fand.

Etwa dreißig Minuten später klopften Emmie und Pieter an Birdies Tür. Mac und Larry kamen ein paar Minuten nach ihnen an, gingen zusammen in die Wohnung, nachdem sie von der Polizeistation eine Fahrgemeinschaft gebildet hatten. Birdie führte alle herein.

Mac trug das, was Sophie als seine Arbeitsuniform betrachtete: einen marineblauen Anzug mit einer dunklen passenden Krawatte und einem knackigen weißen Hemd. Er zog sein Jackett aus und zog Sophie vom Sofa hoch für eine Umarmung. Sie steckte ihre Nase in die Basis von Macs Hals und nahm den Duft seines Kölnischwassers auf.

Birdies kleines Wohnzimmer war voller Freunde bis zum Rand. Normalerweise wäre es eine laute, lebhafte Angelegenheit gewesen, aber abgesehen von ein paar gedämpften Unterhaltungen war der Raum von stiller Erwartung erfüllt.

Larry ließ seinen schwarzen Koffer auf Birdies Couchtisch fallen. Er begann, Zutaten herauszuholen und sie in ordentlichen Reihen aufzulegen. Sophie erkannte sofort den Koffer, der die Feder der Großen Mutter enthielt.

Sophie schlich sich neben Emmie, die Larry mit Interesse in den Augen beobachtete.

»Hey, wie geht es dir? Wirst du damit zurechtkommen?«

Emmie warf Sophie einen überraschten Blick zu. »Ja, warum sollte ich nicht?«

»Nun, ich weiß, dass wir dein Leben völlig auf den Kopf gestellt haben, als wir vor deiner Tür aufgetaucht sind. Ich mache mir nur Sorgen, wie du dich dabei fühlst, dass wir dasselbe mit der letzten Scherbe machen.« Sophie zuckte mit den Schultern, wusste nicht, wie sie ihre Sorge anders erklären sollte, ohne zu erwähnen, was sie in ihrem Traum gesehen hatte. Und sie war sich sicher, dass Emmie es nicht zu schätzen wissen würde zu erfahren, dass sie während ihrer Panik ausspioniert worden war.

»Du machst dir zu viele Sorgen«, meinte Emmie. Sie warf Sophie einen ernsten Blick zu, aber Sophie konnte immer noch Anspannung um ihre Augen erkennen. Sie fuhr fort: »Dass ihr aufgetaucht seid, war das Beste, was mir passiert ist. Erstens sind wir in Gefahr, und ich musste das wissen. Dieser Mann hat eine von uns getötet, und wer sagt, dass er bei Alexis aufhören wird? Und zweitens, bevor ihr aufgetaucht seid und die Dinge erklärt habt, hatte ich angefangen, mir Sorgen um meinen Verstand zu machen. Ich hatte all diese bizarren Träume, und etwas an ihnen fühlte sich zu real an. Ich dachte, ich würde anfangen, verrückt zu werden. Also war es eine Erleichterung herauszufinden, dass ich von echten Menschen geträumt hatte. Es war schön zu wissen, dass ich nicht verrückt bin. Allerdings ihr zwei mit euren seltsamen Leben und Jobs... Dafür kann ich nicht bürgen.«

»Hey, das werte ich mal als Kompliment«, scherzte Sophie.

Larry beendete das Anordnen seiner Zutaten und begann, Pulver in seinen Mörser zu mischen wie ein verrückter Professor. Nachdem er seinen Trank erstellt hatte, machte er gemessene Schritte durch das Wohnzimmer, während alle aus seinem Weg gingen. Er benutzte einen violetten Kristall, der an einer Schnur hing, und ließ ihn über verschiedene Bereiche im Raum baumeln.

»Was machst du?« fragte Sophie schließlich.

»Wenn ich euch genau richtig positioniere, kann ich die örtliche Kraftlinie nutzen, um unseren Zauber zu verstärken. Jetzt hört auf zu reden; ich versuche mich zu konzentrieren.«

Sophie machte eine Bewegung, als würde sie ihren Mund mit einem Reißverschluss verschließen.

Larry ging ein paar Minuten lang auf und ab, bevor er den perfekten Platz fand. Er wies Mac und Pieter an, die Möbel wegzurücken und Birdies Wohnzimmerteppich aufzurollen, wobei er Birdie versprach, dass er alles an seinen ursprünglichen Platz zurückbringen würde, wenn er fertig war. Nachdem der Teppich und die Möbel aus dem Weg waren, zeichnete er drei große Kreise auf den Hartholzboden, tauchte seinen Finger in das schwarze Pulver, das er in seinem Mörser erstellt hatte. Er verband jeden Ring mit einer Linie mit dem nächsten und bildete ein großes Dreieck mit einem Kreis an jeder Ecke.

Larry ließ die Schwestern auf dem Boden sitzen, jede in einem der Kreise. Er sagte ihnen, dass er den Aura-Verfolgungszauber von vor einer Woche nachstellen würde, aber er würde die Kreise benutzen, um die Feder mit ihren Auren zu durchdringen. Sie würde dann wie ein Kompass wirken, aber anstatt nach Norden zu zeigen, würde sie zur letzten Scherbe zeigen, wenn er fertig war.

In ihrem Kreis sitzend, beobachtete Sophie, wie Larry den Zauber von der Woche zuvor nachstellte. Der einzige Unterschied, den Sophie erkennen konnte, war, dass er sanft die Feder auf den Kopf jeder Schwester für einen Moment legte, während er hinter ihnen der Reihe nach chantierte. Er wies jeder von ihnen wieder dieselbe Farbe zu. Sophie leuchtete wieder grün wie eine Halloween-Gartenfigur. Die leuchtende Linie, die zur letzten Scherbe führte, verschwand in dieselbe allgemeine Richtung wie beim letzten Mal.

Durch die leuchtenden Auraseile gehend, vorsichtig darauf achtend, nicht auf seine gezeichneten Linien zu treten, ging Larry in die Mitte ihres Dreiecks. Er hielt die Feder in seinen nach oben gerichteten Handflächen, als würde er sie opfern. Als Larry wieder zu chantieren begann, erhob sich die Feder langsam von seinen Handflächen und schwebte in der Luft.

Larry trat zurück, weg von der Feder, und ließ seine Hände fallen. Weil sie damit beschäftigt war, Larry zu beobachten, bemerkte Sophie nicht, als die Feder anfing, sich in der Luft zu drehen. Emmies schockiertes Keuchen lenkte Sophies Aufmerksamkeit zurück zur Feder. Das Kielende der Feder zeigte auf Ruby, dann drehte sie sich langsam in der Luft und hielt bei Sophie an. Dann mit einer weiteren kurzen Pause setzte sie ihren Kurs fort und drehte sich, um auf Emmie zu zeigen. Die Feder würde sich drehen und für einen kurzen Moment pausieren, wobei das scharfe Ende der Feder auf eine der Schwestern zielte, bevor sie ihren Kurs fortsetzte und bei der nächsten anhielt. Die Feder begann sich schneller und schneller zu drehen, was Sophie an einen verrücktspielenden Kompass denken ließ.

Sie hielt sogar kurz bei jeder Drehung an, um in dieselbe Richtung zu zeigen wie die Auralinie der vermissten Schwester.

Larry trat zurück in den Kreis und pflückte die Feder mitten im Drehen aus der Luft. »Perfekt. Sie erkennt euch alle drei. Alles was ich jetzt tun muss, ist den Zauber so anzupassen, dass die Feder euch drei ignoriert. Wenn ich es richtig mache, sollte sie direkt auf die letzte Schwester zeigen wie ein Pfeil. Wir werden in der Lage sein zu folgen, wohin sie zeigt, und direkt zu ihr geführt werden.«

Larry ging wieder zu jeder Schwester, chantierte in derselben unbekannten Sprache, die Sophie vermutete, dass es Latein war. Er hielt hinter Sophie an. Er legte die Feder auf ihren Kopf und sprach eine weitere Beschwörung in einem langsamen, gemessenen Ton. Als er die Worte sagte, fühlte Sophie einen Schauer durch sie hindurchgehen, und ihr Auralicht erlosch, was sie dazu brachte, Flecken aus ihren Augen zu blinzeln. Dann tat er dasselbe mit Emmie und Ruby.

Er hob die Feder und ließ sie wieder in die Luft steigen. Sie pendelte einen Moment hin und her, als würde sie nach etwas suchen. Dann beruhigte sie sich und zeigte in dieselbe Richtung wie die Aura, die nach Südosten führte. Die Art, wie die Feder fast in der Luft zitterte, ließ Sophie an einen dieser Vorstehhunde denken, die auf einer heißen Fährte sind. Sophie hatte das Gefühl, dass die Feder es kaum erwarten konnte, ihr Ziel zu erreichen. Oder vielleicht bildete sie sich das nur ein.

Als Sophie aufstand und sich der Feder näherte, demonstrierte Larry, dass, wenn er versuchte, sie von ihrem Ziel wegzudrehen, sie sofort zu ihrer ursprünglichen Ausrichtung zurückschwang. Er konnte die Feder leicht bewegen, aber in dem Moment, in dem er sie losließ, kehrte sie zurück, um zur letzten Scherbe zu zeigen.

Sophie wedelte mit ihrer Hand vor der Spitze der Feder hin und her, aber ihre Anwesenheit beeinflusste die Feder nicht mehr. »Das ist ja der Wahnsinn. Sie bringt uns direkt zu ihr.«

Ruby sprang auf und umklammerte Larry wie ein kleines Äffchen. »Du bist ein Genie«, jubelte sie. Larry flüsterte Ruby etwas ins Ohr, was sie zum Kichern und Erröten brachte.

*Igitt*, dachte Sophie und wandte sich ab.

»Also, was passiert jetzt?« fragte Emmie und unterbrach Larrys und Rubys Kuschelei.

Larry räusperte sich, als Ruby aus seinen Armen glitt. »Nun, jetzt erzählen wir Marcella davon, und sie organisiert einen Roadtrip für uns. Ich stelle mir vor, dass sie uns vielleicht sogar wieder den Conclave-Jet nehmen lässt.«

»Wie würde das in einem Flugzeug funktionieren?« fragte Sophie. »Ich meine, müsst ihr nicht einen Flugplan einreichen oder so etwas? Können die Piloten zufällig einer magischen Feder-Kompass-Sache folgen, wohin sie auch führt? Würde das nicht, äh, den Kontrollturm stören?« Was Sophie über die Funktionsweise der Flugsicherung und Koordination wusste, passte auf die Spitze der Byangoma-Feder.

»Du solltest inzwischen wissen, dass das Conclave seinen eigenen Regeln folgt. Es wird in Ordnung sein, solange Marcella die Erlaubnis von dem Conclave bekommt, das die Region überwacht, in die wir uns begeben.«

»Aber wir wissen nicht einmal, wohin wir uns begeben, außer dass wir denken, es könnte südöstlich von hier sein.«

»Du machst dir zu viele Sorgen«, sagte Larry. »Marcella hat genug Einfluss, dass es kein Conclave in der westlichen Hemisphäre gibt, das ihr sagen wird, dass sie ihre Region nicht besuchen kann. Ich weiß, du machst dir Sorgen, aber du konzentrierst dich auf das Falsche.«

»Ach ja? Was ist denn das Richtige?« stichelte Sophie.

»Wie bringst du diese neue Schwester dazu, dass sie nicht aus allen Wolken fällt, wenn sie euch drei sieht?«

»Oh, stimmt. Tja, verdammt.« Sophie tauschte Blicke mit Ruby und Emmie aus, aber sie sahen genauso unsicher aus, wie sie sich fühlte. »Wie bringen wir sie überhaupt dazu, uns die Tür zu öffnen?«

In der beunruhigten Pause, die dieser Frage folgte, nahm Larry die Feder von dort, wo sie schwebte, und setzte sie in einen langen, eisenbeschlagenen Koffer. Er schnappte den Deckel zu und versteckte die knackige braune Feder vor der Sicht.

»Wir klopfen an und bitten freundlich darum, hereingelassen zu werden«, sagte Ruby schließlich, grinste und zuckte mit den Schultern. »Wir werden es schon herausfinden. Irgendwie schaffen wir's immer.«

# KAPITEL 23

Sophie stand in der Kühlkammer der Gerichtsmedizin und überprüfte zum dritten Mal die Nummer auf der Bahre. Sie konnte sich kaum konzentrieren. Sie hatte die Patientenakte zweimal falsch gelesen und die falsche Bahre in den Obduktionsraum gebracht. Sie vermutete, dass sie sogar Reggies endlose Geduld bis an ihre Grenzen strapazierte. Sie musste sich endlich zusammenreißen, bevor sie einen schweren Fehler machte.

Sophie versuchte immer wieder zu proben, was sie zur nächsten Schwester sagen würde, wenn sie vor ihrer Tür stehen würde. Sie musste einen Weg finden, sie behutsam darauf vorzubereiten, entschlossen, es besser zu machen als bei Emmie. Emmie sagte, es ginge ihr gut, aber Sophie konnte ihren Moment im Badezimmer des Stammhauses nicht aus dem Kopf bekommen.

Aus den wenigen Träumen, die Sophie von der letzten Scherbe gehabt hatte, dachte sie, dass diese neue Schwester nicht so zerbrechlich schien wie Emmie. Allerdings zeigten die meisten Träume, an die Sophie sich erinnern konnte, die zwei Katzen der letzten Schwester und nicht viel anderes. Der einzige

Hinweis, den sie auf den Geisteszustand der Frau hatte, war der kurze Traum, den sie auf dem Flug von Murias nach Hause gehabt hatte. Die Schwester hatte nicht gerade verängstigt gewirkt, aber durchaus vorsichtig und reserviert. Als der Lieferbote vor ihrer Tür erschien, war sie gerannt, um ihre Sicherheitsmonitore zu überprüfen. Dieses Maß an Sicherheit sprach für jemanden, der verängstigt war. Vielleicht hatte sie Agoraphobie oder so etwas.

Sophie schüttelte den Kopf über sich selbst und rollte die Bahre aus der Kühlkammer. »Du bist ein echtes Sorgenkind heute. Hör auf, dir solche Sorgen zu machen. Das bist du sonst doch gar nicht,« tadelte Sophie sich selbst.

»Was ist nicht deine Art?« meldete sich Fitz von hinten, woraufhin Sophie wie eine erschrockene Katze in die Luft sprang und einen undignifizierten Schrei ausstieß.

»Du hast mich zu Tode erschreckt!« beschwerte sich Sophie und presste eine beruhigende Hand auf ihr rasendes Herz.

»Ich habe bereits hallo gesagt. Es ist nicht meine Schuld, dass du so in deinen Gedanken versunken bist, dass du mich nicht gehört hast.«

»Hast du? Entschuldigung,« sagte Sophie, und ihre Entrüstung verpuffte.

»Ist schon okay. Du warst tief in Gedanken versunken. Geht es um die letzte Scherbe?«

Sophie nickte. In dem Moment, als sie früher zur Arbeit erschienen war, hatte sie das ganze Team zu einer Besprechung zusammengerufen, um sie über die Neuigkeiten zu informieren. »Ja, ich mache mir viele Gedanken darüber. Ich kann nicht aufhören zu denken, wie wir sie ansprechen werden. Kannst du dir vorstellen, wenn eines Tages drei Versionen von dir vor deiner Tür stehen würden? Wie zum Teufel gehst du damit um? Wie sollen wir den Schock abmildern?«

Fitz sah nachdenklich aus und faltete seine langen, geschickten Finger unter seinem Kinn. »Ich glaube nicht, dass man den Schock wirklich abmildern kann. Das ist wohl eher eine Sache, die man einfach schnell hinter sich bringen muss.«

Sophie verzog das Gesicht bei der Beschreibung, erkannte aber an, dass Fitz vielleicht recht hatte. Da fiel ihr auf, dass er einen neuen Patienten brachte. »Du hast einen neuen für uns?«

»Ja, gerade reingekommen. Ich muss die Aufnahme fertigstellen und lege ihn dann in die Kühlkammer für euch,« antwortete Fitz.

»Oh, danke, genau das, was ich gebraucht habe,« sagte Sophie sarkastisch.

»Gern geschehen,« neckte Fitz zurück.

Mit einem Grinsen drehte sich Sophie um und stieß durch die Tür zum Obduktionsraum.

»Hey, Chef,« rief Sophie. Reggie wartete auf sie, das Tablett mit den sterilisierten Instrumenten bereit an seinem Ellbogen. Sie rollte den Tisch in Position und öffnete den Reißverschluss der Tasche, um den Patienten zum ersten Mal zu sehen. Auf den ersten Blick war Sophie sich nicht sicher, was sie da sah. Alles, was sie sah, war rote, geschwollene, unregelmäßige Haut, die mit gelben, eitergefüllten Blasen bedeckt war. Die Haut war so roh und aufgebläht, dass sie nur an dem Schopf brauner Haare erkannte, dass es das Gesicht war. Dann stieg der Geruch von verbranntem Schwefel vom Körper auf, was Sophie instinktiv zurückweichen ließ.

»Oh Mann,« schnaufte Sophie und hielt sich die Nase zu, um den beleidigenden Geruch fernzuhalten. »Lass mich das Menthol-Gel holen.«

Sophie griff nach der kleinen Tube auf der Theke, strich sich etwas von dem Gel unter die Nase und reichte dann die Tube an Reggie weiter, damit er dasselbe tun konnte.

Sophie wandte sich wieder der Bahre zu und versuchte, ihre Atemzüge flach und oberflächlich zu halten – das Menthol half nur bedingt. Sie vergewisserte sich, dass Reggie aufnahm, und streckte eine Hand aus, um herauszufinden, wo die beste Stelle wäre, den Körper zu berühren. Schließlich entschied sie sich dafür, einen einzigen Finger auf eine kleine Stelle zu drücken, die nicht mit Beulen bedeckt war.

»Sie trägt ein Bündel Blätter oder Kräuter in den Armen und geht eine Treppe hinunter. Sie geht hinunter in eine Art Keller. Ah, es sieht aus wie ein Arbeitsplatz. Da ist ein Kessel. Ein großer. Er steht auf einem Dreifuß über einem Feuer. Das ist seltsam – es gibt keinen Rauch, und es ist drinnen. Sie legt ihre Bündel auf eine Werkbank und schiebt einige Päckchen herum. Es scheint, als würde sie nach einem bestimmten suchen. Sie findet es und greift nach einem Messer. Eine schwarze Katze springt auf den Tisch und miaut um ihre Aufmerksamkeit. Sie streichelt sie ein paar Mal, aber dann nimmt sie die Katze hoch und setzt sie zurück auf den Boden aus dem Weg. Sie wendet sich wieder dem Tisch zu, greift nach einem Bündel grüner Blätter und hackt sie klein. Die Katze fängt an, laut zu ihren Füßen zu miauen, und sie ermahnt sie, sich zu beruhigen – sie soll aufhören, sie abzulenken, und sie würde ihr nach der Arbeit Abendessen geben—«

Ein Signalton von Sophies Handy unterbrach sie. Sie öffnete die Augen und warf Reggie einen entschuldigenden Blick zu.

»Entschuldigung, wo war ich? Oh ja, also sie sagt der Katze—«

Ein zweites Klingeln, dicht gefolgt von einem dritten, unterbrach Sophie erneut. Ein Geräusch der Verärgerung stieg in ihrer Kehle auf. Jeder wusste, dass sie nicht während der Arbeit angeschrieben werden sollte. Sollten sie nicht alle schlafen?

*Das ist wahrscheinlich wieder Ruby*, dachte Sophie säuerlich.

»Musst du dich kurz sammeln? Wir machen weiter, wenn du fertig bist,« schlug Reggie vor.

Als das Telefon erneut klingelte, nickte Sophie zustimmend, plötzlich von Sorge überwältigt. Sie zog ihre Handschuhe aus und fischte ihr Telefon aus der Tasche. Sie öffnete die Nachrichten und starrte.

»Was ist es, Sophie?« fragte Reggie.

Sophie blickte von ihrem Telefon auf, um ihn anzusehen, dann zurück auf ihr Gerät, um die Nachrichten nochmals zu lesen. »Wir machen uns auf den Weg, um die letzte Scherbe zu finden, sobald meine Schicht hier vorbei ist. Marcella lässt den Jet für uns bereitmachen. Sie bestätigen gerade alle, die mitgehen: Ich, Mac, Ruby, Emmie, Larry und Marcella.«

»Wow, du musst so aufgeregt sein,« sagte Reggie.

Aufgeregt war nicht das richtige Wort, aber Sophie war sich nicht sicher, wie sie sich fühlte. Aufgeregt war eine von mehreren Emotionen, die in ihrem Bauch wirbelten. Sophie nickte nur zustimmend zu Reggie in abgelenkter Weise, zu beschäftigt damit, eine Antwort zu tippen, dass sie bereit sein würde zu gehen, um ihm richtig zu antworten. Marcella schlug vor, dass jeder eine kleine Tasche packen sollte, nur für den Fall, dass es länger als einen Tag dauern würde, die letzte Scherbe zu finden.

Sophie steckte ihr Telefon zurück in die Tasche und zog neue Nitrilhandschuhe an, wandte sich benommen der toten Frau zu.

»Willst du eine Minute für dich?« bot Reggie an.

»Nein, lass uns das erledigen,« antwortete Sophie und zwang sich, nicht mehr abgelenkt zu sein.

Der Rest von Sophies Schicht verging wie in einem Nebel. Glücklicherweise war die schwierigste Lesung von der Hexe, die sich versehentlich gekocht hatte, indem sie die falsche Zutat in ihren Kessel warf, so dass Sophie die Schicht ohne Zwischenfälle überstehen konnte.

Nachdem sie sich von ihren Freunden verabschiedet und versprochen hatte, sie alle über den Fortschritt bei der Suche nach der letzten Scherbe auf dem Laufenden zu halten, trat Sophie in die helle Morgensonne hinaus. Eine eisige Brise wehte über das Wasser von der Bucht und ließ das Wetter noch kälter erscheinen, als es war.

Der Winter hatte sich offiziell über die Stadt gelegt. Sophie war froh, dass sie daran gedacht hatte, ihre dickste Wollmütze mitzunehmen, als sie am Abend zuvor zur Arbeit gegangen war. Sie zog sie tief über die Ohren.

Sophie blickte auf ihr Telefon, um zu sehen, ob jemand weitere Informationen über den Spielplan geschickt hatte. Hoffentlich hatte sie genug Zeit, nach Hause zu kommen, zu duschen und eine Tasche zu packen. Sie konnte das Frühstück auslassen, da die Flugbegleiter im Jet immer Essen servierten. Sie biss sich auf die Lippe und fragte sich, ob sie noch etwas vergessen hatte.

Ein Räuspern riss Sophie aus ihren Gedanken. »Hör auf, an deinen Lippen zu knabbern, Höllenstifterin. Du wirst sie beschädigen, und ich bin ein zu großer Fan davon, um das zuzulassen.«

Sophie grinste, bevor sie es überhaupt bemerkte. Mac stand neben seinem Auto und hielt zwei Coffee-to-go-Becher. Sie konnte den Dampf von den Bechern aufsteigen sehen, was Mac wie den Helden aus einem romantischen Hallmark-Weihnachtsfilm aussehen ließ.

»Du musst mich wirklich lieben,« verkündete Sophie, glitt zwischen Macs kaffeebeladene Arme und drückte einen Kuss auf seine Lippen. »Hier draußen ist es saukalt.«

»Ich liebe dich, Soph,« murmelte Mac, seine Stimme warm und tief. Sein Ton zog an etwas tief in Sophies Bauch und ließ sie sich wünschen, die ganze Hol-eine-weitere-Scherbe-Mission zu vergessen und Mac stattdessen in ihr Bett zu bekommen. Sophie kuschelte sich in seine Arme und schmiegte sich an, als würde sie nicht planen, sich bald zu bewegen. Er schlang seine Arme um sie, vorsichtig, den Kaffee nicht zu verschütten. Es war kalt draußen, aber sie fühlte sich warm und sicher genau dort, wo sie war.

»Ich bin so froh, dass du hier bei mir bist. Ich würde das echt ungern ohne dich machen,« gestand Sophie. Mac drückte sie fester und führte sie dann zu seinem Auto, schimpfte sie, hineinzugehen und der Kälte zu entkommen. Auf dem Beifahrersitz wartete eine Tüte von einem nahegelegenen Bagel-Laden. Sie machte sich gierig über ihren Bagel mit Speck und Ei her, während sie Mac das Weizen-Bagel mit leichtem Frischkäse und Alfalfa-Sprossen reichte.

Es war eine ruhige Fahrt zu Streuselkuchen. Sophie war froh, etwas Zeit zu haben, um ihre Gedanken zu ordnen. Als sie vor ihrem Apartmentgebäude anhielten, ließ Mac Sophie wissen, dass er dort bleiben und den Motor und die Heizung laufen lassen würde. »Marcella will, dass wir in weniger als einer Stunde abheben, also pack schnell.«

Sophie sprintete in die Lobby und hinauf zu ihrer Etage. Anstatt direkt zu ihrem Apartment zu gehen, hielt sie an Birdies Tür an. Birdie ist Frühaufsteherin, also machte sich Sophie keine Sorgen, sie zu stören.

Als Birdie die Tür öffnete, erklärte Sophie schnell, wohin sie ging und warum.

»Ich dachte mir, dass du bald gehen würdest. Bring das neue Mädchen vorbei und lass mich sie kennenlernen, sobald sie sich eingelebt hat,« bat Birdie.

»Das werde ich,« versprach Sophie. »Aber ich muss jetzt gehen. Sie haben es alle eilig zu gehen.«

Nach einer schnellen Umarmung und einem »Viel Glück!« von Birdie rannte Sophie zu ihrem Apartment, um eine Tasche zu packen. Sie griff nach ihrer Reisetasche und stopfte ein paar Wechselklamotten und ihre Toilettenartikel hinein. Es dauerte nur wenige Minuten zu packen, bevor sie wieder draußen war.

Sie warf ihre Tasche auf den Rücksitz, kletterte in Macs graues Auto und hielt ihre Hände vor die Heizungsschlitze, um sie aufzutauen. Sie war erst eine Minute draußen gewesen, aber ihre Hände fühlten sich wie Eiszapfen an.

»Bist du bereit?« fragte Mac.

»So bereit wie möglich.«

\* \* \*

Aus der stürmischen Kälte herauszutreten und in die Wärme des wartenden Jets zu gelangen, fühlte sich für Sophie etwas wie ein Déjà-vu an. Als sie um das Innere blickte, bemerkte sie, dass sie und Mac die Letzten waren, die ankamen.

»Entschuldigung, ich bin so schnell gekommen, wie ich konnte,« entschuldigte sich Sophie bei Marcella, die vorne in der Kabine saß, umgeben von ihrem üblichen Gefolge von Leibwächtern. Sophie nickte grüßend zu Pieter und dem anderen Leibwächter, dessen Namen sie immer noch nicht erfahren hatte.

Marcella winkte ihre Entschuldigung weg. »Wir wissen, dass du direkt von der Arbeit gekommen bist. Mach dir keine Sorgen.«

Ruby und Emmie winkten, als sie Sophie und Mac den Gang entlanggehen sahen.

Sophie nahm den leeren Sitz gegenüber von Emmie, und Mac nahm den Fensterplatz neben ihr. »Wie geht es dir heute Morgen? Bereit für ein Abenteuer?« fragte Sophie und beobachtete aufmerksam, um zu bestimmen, ob es Emmie besser ging als am Tag zuvor.

Emmie nickte und sah aufgeregter und weniger nervös aus, als Sophie erwartet hätte. Vielleicht freute sie sich darauf, jemanden in der Gruppe zu haben, der verstand, wie sie sich fühlte. Sophie verbarg ihre Überraschung, als sie Mim auf der anderen Seite von Emmie sitzen sah.

Sophie betete, dass es keinen Grund geben würde, dass er sie für diese Reise ankleiden musste. Wenn sie nie wieder Formwäsche tragen müsste, wäre es immer noch ein Tag zu früh.

Ruby und Larry saßen in der Reihe hinter Emmie. Sophie sagte hallo, aber Larry blickte kaum von dem Ort auf, wo er mit der Byangoma-Feder herumfummelte.

Es dauerte nur wenige Momente, bevor die Piloten über die Lautsprecheranlage kamen und baten, dass alle ihre Plätze einnahmen. Sophie schnallte sich an und fischte ihren Stressball aus der Tasche, knetete ihn grob zwischen ihren Fingern, bevor das Flugzeug überhaupt anfing sich zu bewegen. Sie konnte bereits spüren, wie die scharfe Kante ihrer Nerven zu schwinden begann. Bis das Flugzeug in Position auf der Startbahn gerollt war, war Sophies Atem langsam und gleichmäßig. Ihr Herz raste nicht, und ihr Magen war ruhig, anstatt sich in ihrer Kehle zusammenzuziehen. Sie musste sich bei Larry mit einem tollen Geschenk bedanken.

Als das Flugzeug die Startbahn entlangzurasen begann, wandte sich Sophie an Mac. »Brauchen die Piloten nicht die Byangoma-Feder? Wie werden sie wissen, wohin sie gehen sollen?«

»Larry hat ihnen bereits einen Kurs zum Starten gegeben. Er wollte sicherstellen, dass das Flugzeug stabil und waagerecht war, bevor er die Byangoma-Feder wieder herauszog. Da es das Einzige ist, was wir haben, um deine Schwester zu finden, versucht er, es zu schützen. Wenn das Ding beschädigt wird, sind wir wieder bei null.«

Sophie nickte. Sie wären aufgeschmissen, wenn die Byangoma-Feder irgendwie ruiniert würde.

Als das Flugzeug die Startbahn entlangraste und abhob, schloss Sophie die Augen und konzentrierte sich darauf, ihre Angst und Nervosität in den Stressball zu senden. Als Sophie das Klingeln hörte, das ankündigte, dass sie sich abschnallen und in der Kabine bewegen konnten, öffnete sie die Augen und grinste Mac an. »Ich sollte ihm das wahrscheinlich nicht sagen, weil sein Ego bereits außer Kontrolle ist, aber Larry ist ein verdammtes Genie. Das Ding ist ein echter Lebensretter.«

Mac lachte und stimmte zu, dass Sophie die Komplimente an Larry auf ein Minimum beschränken sollte.

Mim stand von seinem Sitz auf und rutschte um Emmie herum. Er hielt an und kniete neben Sophies Sitz nieder, was sie fragend ansehen ließ. »Hey, entschuldige die Störung, aber als Marcella mich bat, bei dieser Reise zu helfen, erwähnte sie, dass wir auf dich warten müssten, bis du von deiner Nachtschicht kommst. Ich weiß, dass du gerade die ganze Nacht gearbeitet hast, und ich dachte, du könntest diese gebrauchen.« Sophie blickte hinunter und sah Mim eine Schlafmaske und ein Päckchen Ohrstöpsel halten.

»Mim,« keuchte Sophie und nahm die Gegenstände sanft aus seinen Händen. »Das ist so aufmerksam von dir. Vielen Dank.«

»Es ist meine Aufgabe, an solche Dinge zu denken,« wiegelte Mim ab.

»Nun, dann bist du großartig in deiner Arbeit,« konterte Sophie. »Aber im Ernst, danke. Das bedeutet mir viel.«

Mim sah so erfreut über den Dank aus, dass Sophie den großmütterlichen Drang hatte, eine seiner Wangen zu kneifen. Als Larry von seinem Sitz aufstand und zur Vorderseite des Flugzeugs ging, den Koffer mit der Byangoma-Feder in der Hand, wurde Sophie vor dem Drang gerettet.

Alle standen von ihren Stühlen auf und drängten sich in der Nähe der Tür zum Cockpit, um Zeuge der Großen Mutters Feder in Aktion zu werden. Sophie hatte es bereits einmal gesehen, wollte es aber trotzdem beobachten.

Mit großer Zeremonie öffnete Larry den Koffer und nahm die Byangoma-Feder heraus. Sie zitterte in seiner Hand, offenbar begierig darauf, zu arbeiten. Larry murmelte ein paar Worte über die Byangoma-Feder und ließ sie dann in die Luft frei. Sie schwebte zwischen den Piloten und zeigte leicht nach rechts.

Mit einigen Anpassungen an ihren Instrumenten brachten die Piloten das Flugzeug in dieselbe Richtung, in die die Byangoma-Feder zeigte. Wenn die Piloten das seltsam fanden, behielten sie diese Gedanken bei ihren stoischen Gesichtsausdrücken.

Alle beobachteten die Byangoma-Feder und die Piloten für ein paar Minuten, aber Sophie begann sich zu langweilen, als nichts anderes passierte. Sie nahm an, dass das Folgen des zeigenden Endes der Byangoma-Feder eine Sache langsamer, schrittweiser Anpassungen ihrer Richtung sein würde. Mac schien auch das Interesse an der Byangoma-Feder zu verlieren.

Mit einem leichten Ziehen an seiner Hand führte Sophie ihn zurück zu ihren Sitzen. »Ich werde versuchen, etwas zu schlafen. Weck mich auf, wenn etwas Interessantes passiert,« bat Sophie und zog ihre neue Schlafmaske auf und drehte die Stöpsel in ihre Ohren. Sie lehnte den Sitz so weit zurück, wie er ging – was fast horizontal war – schloss Sophie die Augen und hoffte, dass der Schlaf sie bald übernehmen würde.

* * *

SOPHIE WUSSTE NICHT, was sie geweckt hatte, aber sie zog den Rand ihrer Schlafmaske zurück und blickte benommen umher, um herauszufinden, was passierte.

Mac saß neben ihr mit einem offenen Laptop vor sich, beachtete ihn aber nicht. Er starrte zum Cockpit. Sophie zog ihren Stuhl hoch, damit sie seinem Blick folgen konnte. Ihre Bewegung lenkte Macs Aufmerksamkeit auf sie. »Soph, hast du genug geschlafen?«

»Wie lange war ich weg?«

Mac blickte auf seine Uhr. »Etwas über vier Stunden.«

»Vier Stunden!« rief Sophie aus und wurde vollständig wach. »Wo sind wir, dass wir vier Stunden geflogen sind? Alaska?«

»Wir sind irgendwo über Florida,« sagte Mac ihr und zeigte aus dem Fenster. Sophie blickte hinaus, konnte aber keine Strände oder Ozeane sehen, wie sie erwartet hätte. Für sie sah es mehr nach Wäldern aus, durchsetzt mit Ackerland.

»Nun, ich habe Palmen in einem meiner Träume gesehen, also ergibt das wohl Sinn.«

Aufruhr von der Vorderseite des Flugzeugs zog Sophies Aufmerksamkeit auf sich. Sie schnallte sich ab und stand unsicher auf, ging zum Cockpit. Sie konnte Macs beruhigende Anwesenheit direkt hinter sich spüren.

Alle drängten sich wieder um das Cockpit. Als Sophie sich zwischen Ruby und Emmie schob, um besser sehen zu können, was passierte, neigte sich das Flugzeug scharf nach links. Glücklicherweise legte Mac eine stützende Hand auf Sophies Schulter und hielt sie davon ab, umzufallen.

»Wow, schau es dir an,« murmelte Ruby. Sophie blickte zu ihrer Schwester und folgte dann ihrem Blick zurück ins Cockpit. Die Byangoma-Feder war zum ersten Mal, seit Sophie sie je gesehen hatte, vertikal und schwang fast wie ein Pendel.

»Sie ist irgendwo direkt unter uns,« flüsterte Emmie. Die Ehrfurcht in ihrem Ton spiegelte dieselben Gefühle wider, die Sophie hatte. Sie waren so nah.

Das Flugzeug neigte sich wieder und kreiste zurück. Es dauerte ein paar Minuten, um herumzukommen. Die Byangoma-Feder war in einem diagonalen Winkel, aber als sie sich ihren vorherigen Koordinaten näherten, begann sie sich mehr und mehr zu begradigen, bis sie schließlich vollständig vertikal war. Dann, als sie begannen, über das Gebiet zu fliegen, wo ihre Schwester sich befand, begann sie in die entgegengesetzte Richtung zu schwingen.

»Ich habe auf meiner Karte einen Pin gesetzt,« verkündete Mim und fummelte mit seinem Telefon. Er hielt das Gerät hoch und zeigte ein Bild einer Karte mit einer kleinen roten Flagge. »Es ist kein exakter Standort, aber wir können uns mit diesem annähern und dann die Byangoma-Feder verwenden, um sie zu lokalisieren.«

»Ausgezeichnete Arbeit, Mim,« lobte Marcella. Sie wandte sich an die Piloten und befahl ihnen, den nächsten Flughafen zu finden.

»Okay, ich werde das örtliche Conclave über unsere bevorstehende Ankunft informieren,« sagte Mim und tippte schnell in sein Telefon. Er blickte zu Marcella auf. »Soll ich uns ein Auto reservieren?«

»Ja,« Marcella blickte in der versammelten Gruppe umher und machte einige schnelle Berechnungen. »Sieh zu, ob du uns zwei Fahrzeuge besorgen kannst.«

Mim nickte und machte sich wieder an die Arbeit. »Ich werde auch einige Hotelzimmer buchen, nur für den Fall, dass das länger als einen Tag dauert.«

Sophie schätzte seine Effizienz. Sie begann zu glauben, dass einen persönlichen Assistenten zu haben eine gute Sache war, auch wenn er gelegentlich gerne Verkleiden spielte.

»Ich kann nicht glauben, dass sie in Orlando ist. Ich wollte schon immer nach Disney World. Wusstest du, dass ich als Schneewittchen in Disneyland gearbeitet habe?« fragte Ruby Emmie, die nickte.

»Sophie erzählte mir, dass Schneewittchen auch dein Serienmördername ist,« antwortete Emmie. Sie lächelte, als Ruby empört keuchte. »Entschuldigung, ich habe vergessen. Ich meine, es war dein Vigilanten-Name.«

Ruby grinste Emmie zurück, bekam aber dann einen nachdenklichen Ausdruck im Gesicht. »Glaubst du, diese letzte Schwester nach Disney World zu bringen wäre ein gutes gemeinsames Erlebnis für uns?«

»Nein, das glaube ich nicht,« warf Sophie ein. »Du benutzt sie nur als Ausrede, um in einen Themenpark zu gehen. Mit Boudreaux immer noch da draußen denke ich, dass die beste Vorgehensweise ist, so schnell wie möglich nach San Francisco zurückzukehren.«

Ruby sah enttäuscht aus, nickte aber. Sie fing Emmies Augen auf und flüsterte laut genug, dass Sophie sie hören konnte: »Siehst du, wie ich sagte, Musterkind.« Rubys Enttäuschung hielt nicht lange an, da sie abgelenkt wurde, indem sie sich fragte, wie die Persönlichkeit der neuesten Schwester wohl war. »Ich wette, sie ist die Ernste.«

»Vielleicht ist sie eine Fashionista,« warf Mim hoffnungsvoll ein.

»Hey, du hast mich,« argumentierte Ruby und stieß ihre Schulter in seine.

»Was werden wir zu ihr sagen, wenn wir dort ankommen? Sie

wird einen Blick auf uns drei werfen und für die Hügel rennen,« sagte Sophie. Ein Knoten der Angst griff nach ihrer Brust bei dem Gedanken.

»Vielleicht sollten nicht alle drei von uns zusammen vor ihre Tür gehen,« schlug Ruby vor. »Ich finde, Sophie sollte zuerst gehen.«

»Ich würde auch gerne mitkommen,« meldete sich Emmie leise.

Sophie nickte zustimmend. »Ich denke, das ist eine gute Idee. Du wirst am besten verstehen, was sie durchmacht, von allen hier. Du warst vor einer Woche an ihrer Stelle. Wenn jemand ihr helfen kann, sich in dieses neue Leben einzugewöhnen, dann du.«

Emmie sah aufgeregt und erfreut aus, helfen zu können.

»Ich komme auch mit euch mit,« schlug Mac vor. »Nur für den Fall, dass sie durchdreht oder angreift oder so. Ich werde mich im Hintergrund halten, aber ich möchte, dass ihr Rückendeckung habt, nur für den Fall, dass etwas schiefgeht.«

Sophie stimmte seinem Vorschlag zu und wusste, wie oft in ihrem Leben schon alles aus dem Ruder gelaufen war.

# KAPITEL 24

*M*im kehrte vom Mietwagenschalter mit verärgertem Gesichtsausdruck zurück. »Magistratsmitglied Venturi, tut mir leid, aber die Autovermietung hat unsere Reservierungen irgendwie verloren. Das könnte etwas dauern, aber ich kümmere mich darum.«

Marcella presste die Kiefer zusammen und warf den Leuten hinter dem Schalter einen finsteren Blick zu. »Wie kann man eine Reservierung verlieren? Das ist doch unfassbar. Es ist nicht deine Schuld, Mim. Solche Dinge passieren. Was müssen wir tun, um ein Auto zu bekommen?«

»Ich habe alles im Griff, Magistratsmitglied Venturi. Wenn Sie möchten, könnten Sie eines der Flughafenrestaurants aufsuchen, während ich das hier kläre. Genießen Sie ein spätes Mittagessen, bevor wir aufbrechen«, schlug Mim vor.

»Sehr gut. Schicken Sie mir bitte eine Nachricht, sobald wir unsere Autos haben«, sagte Marcella und drehte sich auf dem Absatz um, um einen Ort zum Essen zu suchen.

Sophie warf Mim einen mitleidigen Blick zu, bevor sie Marcella hinterhereilte, der Rest der Gruppe folgte ihr.

Marcella wählte ein Restaurant, das wie ein altmodisches Pub aussah, das mitten im modern wirkenden Flughafen platziert worden war. Es hatte einen Blick auf einen Kiosk, der Nackenkissen und Koffer verkaufte. Der Ort war zu dieser Tageszeit nicht sehr voll, so dass sie ein paar Tische finden konnten, an denen sie sich ausbreiten konnten.

Sophie bestellte Makkaroni mit Käse und Meeresfrüchten, aber nach ein paar Bissen lag das Essen ihr wie ein Bleigewicht im Magen.

»Du musst etwas essen. Das Letzte, was du gegessen hast, war heute Morgen nur ein Bagel«, tadelte Mac, als er sah, dass sie das Essen nur auf ihrem Teller herumschob.

Es dauerte fast eine Stunde, bis Mim eine Nachricht an Marcella schickte und ihr mitteilte, dass er Fahrzeuge für sie besorgt hatte. Sophie atmete erleichtert auf. Sie hatte ein belangloses Spiel auf ihrem Handy gespielt, um ihre Nervosität und Langeweile zu vertreiben.

Sie war etwas enttäuscht, als sie den Flughafen verließen und zu ihren wartenden Fahrzeugen gingen. Sie hatte gedacht, es würde sonnig und warm sein, aber es war ein trüber, bewölkter Tag. Florida war kein tropisches Paradies, wie man es versprochen hatte.

*Wenigstens ist es draußen warm*, dachte Sophie und war froh, ihren Mantel und ihre Strickmütze ablegen zu können.

Am Ausgang wartete Mim neben zwei identischen SUVs auf sie.

»Gut gemacht, Mim«, lobte Marcella.

Ruby ging zu ihm und gab ihm ein High Five, was Mim zum Lachen brachte.

Jeder ihrer Leibwächter setzte sich hinter das Steuer eines der Autos, um als Chauffeur zu fungieren. Larry stieg mit dem Federbehälter in der Hand in das erste Fahrzeug und war bereit, sie zur fünften Scherbe zu führen. Ruby gesellte sich zu ihm, zusammen mit Marcella und Mim. Sophie stieg in das zweite Fahrzeug, das Pieter fuhr. Mac und Emmie schlossen sich ihr an.

Bald fuhren die Autos vom Flughafen auf eine belebte Autobahn. Sophie beobachtete Marcellas Fahrzeug vor ihnen wie ein Habicht, besorgt, dass sie sich im verrückten Verkehr verlieren könnten. War jede Person in Orlando unterwegs? Warum war es so voll?

Sie waren etwa dreißig Minuten unterwegs, der Verkehr wurde weniger, je weiter sie sich vom Flughafen entfernten. Zuerst waren sie nach Osten gefahren, bogen aber bald nach Norden ab.

»Ich wusste gar nicht, wie groß Orlando ist«, murmelte Sophie und starrte aus dem Fenster. Sie war San Francisco gewöhnt, das sieben auf sieben Meilen maß. Zugegeben, die Stadt war bis zum Rand mit Menschen und Gebäuden vollgestopft; alles und jeder praktisch aufeinander. Orlando breitete sich mit Meilen ungezähmten Grüns zwischen kleinen Inseln der Zivilisation aus. Für Sophie war das seltsam. Es würde ewig dauern, irgendwohin zu gelangen.

Sie verließen schließlich die Autobahn und begannen, sich in ein Wohngebiet hineinzuschlängeln. Es fühlte sich an, als würden sie in einem immer kleiner werdenden Kreis fahren.

Larrys Auto verlangsamte sich vor ihnen und hielt langsam vor einem kleinen, beigefarbenen Bungalow an. Der weiße Lattenzaun mit Palmen, die das Tor rahmten, sah sofort vertraut aus. »Ich glaube, ich kenne diesen Ort.«

Nachdem Pieter das Auto in der Nähe des Hauses geparkt hatte, stieg Mac aus und joggte zum anderen SUV. Sophie beobachtete, wie er mit Larry sprach und auf den Bungalow zeigte. Nach ein paar Minuten kehrte Mac zu ihrem Auto zurück und stieg ein.

»Larry meint, das ist der Ort. Er war sich sicher, als ich ihm sagte, dass er dir vertraut vorkam«, erklärte Mac. »Willst du anklopfen? Ich habe ihnen gesagt, wir würden es an der Tür versuchen, und du würdest Ruby eine Nachricht schicken, sobald die neue Schwester bereit ist, alle anderen zu treffen.«

»Ich wünschte, wir hätten einen Namen für sie. Es fühlt sich seltsam an, sie die neue Schwester, die letzte Scherbe oder wie auch immer zu nennen«, meinte Sophie.

»Nun, das werden wir gleich ändern, oder?«, neckte Mac.

Sophie musterte Emmie und beobachtete, wie sie das Haus mit großen, hervorquellenden Augen anstarrte. »Bist du bereit? Brauchst du eine Minute?«

Emmie sah Sophie an und schüttelte den Kopf. »Ich glaube nicht. Ich bin bereit.«

Mac hielt Sophie und Emmie die Autotür auf. Als sie den Gehweg entlanggingen, starrte Sophie das Haus an und hoffte, ein Zeichen ihrer Schwester zu sehen.

Als sie das Tor öffneten und den Gehweg hinaufgingen, blickte Sophie nach oben und entdeckte eine winzige Kamera, die auf den gepflasterten Pfad gerichtet war. »In meinem Traum hatte sie eine Kamera, die diesen Bereich überwachte. Wenn sie zu Hause ist, hat sie uns wahrscheinlich schon gesehen«, warnte Sophie Emmie und Mac, während sie auf die Kamera zeigte.

Sophie ging zur Haustür und klingelte. Die Tür war tiefrot gestrichen mit einem kleinen halbkreisförmigen Fenster oben. Sie standen auf einer schmalen Veranda, die mit Stühlen, Kissen und kleinen Topfpflanzen vollgestellt war. Es sah gemütlich aus, wie der Ort, an dem Sophie gerne ihren Morgenkaffee trinken würde. Sie wartete einen Moment, aber niemand öffnete die Tür, also klingelte sie ein zweites Mal. Die Neugier überwältigte Sophie. Sie stellte sich auf die Zehenspitzen, um durch das Fenster der Tür zu spähen, was ihr einen perfekten Blick auf die letzte Scherbe ermöglichte, die aus der Hintertür stürmte, als wäre das Haus in Flammen.

»Sie läuft weg!«, rief Sophie aus.

»Verdammt!«, rief Emmie. Ohne zu zögern drehte sie sich um und rannte zum Hinterhof. Mac und Sophie folgten ihr dicht auf den Fersen, als sie um die Seite des Hauses rannten und in den Hinterhof stürmten. Als sie um die Ecke bogen, sah Sophie, wie die andere Schwester über einen niedrigen Zaun kletterte und in das bewaldete Gebiet hinter dem Haus verschwand. Dank seiner Wandlerfähigkeiten überholte Mac Sophie und Emmie schnell. Er sprang über den Zaun, als wäre er kaum ein Hindernis, und verschwand hinter ihr im Wald.

Einen Moment später ertönten Schreie, Getrampel und brechende Äste aus dem Wald. Sophie strengte ihre Augen an und versuchte zu sehen, was passierte. Eine Frauenstimme schrie, sie solle sie loslassen, und Sophie konnte Mac brüllen hören: »Aua! Hör auf! Wir sind hier, um dir zu helfen.« Dann gab es mehr krachende Geräusche. Ein paar Minuten später erschien Mac wieder aus dem Wald und trug eine sich sträubende Frau.

Sophie eilte hinüber, als Mac über den Zaun sprang mit der Frau, die er wie einen Sack Kartoffeln in seinen Armen hielt.

»Was zum Teufel! Was machst du da? Lass sie los!«, schrie Sophie und versuchte, ihn dazu zu bringen, sie abzusetzen.

»Sie hat mir auf die Nase geschlagen«, rief Mac. Sophie konnte blutige Kratzer sehen, die in Macs Gesicht bereits zu heilen begannen. »Ich konnte sie nicht dazu bringen, zurückzukommen, und sie hat wieder versucht wegzulaufen. Ich wusste nicht, was ich sonst tun sollte.«

Die Frau schrie und brüllte, aber Mac drückte seine Hand über ihren Mund und erstickte ihre Schreie. »Sie sorgt sonst noch dafür, dass die Polizei gerufen wird.«

Sophie sah sich um, besorgt, dass jemand sie bereits entdeckt hatte, aber alles schien für den Moment friedlich und ruhig zu sein. Die meisten Nachbarn waren wahrscheinlich bei der Arbeit.

Mac jaulte auf und schüttelte seine Hand, bevor er drohend zur letzten Schwester sagte: »Wenn du mich noch einmal beißt, beiße ich zurück.«

Die Schwester schien in seinen Armen etwas zu erschlaffen, also marschierte Mac zurück zum Haus. »Ich bringe sie hinein«, verkündete er, außer Atem und wütend klingend.

Sophie wechselte einen verwirrten Blick mit Emmie. Von all

den Szenarien, die sie sich in Vorbereitung auf diesen Moment im Kopf ausgemalt hatte, war eine Entführung nicht dabei gewesen.

»Kein besonders guter erster Eindruck«, sagte Emmie trocken, was Sophie zu einem unangebrachten Lachen brachte.

Sophie und Emmie folgten Mac ins Haus und schlossen die Hintertür, damit sie nicht leicht einen weiteren Fluchtversuch unternehmen konnte.

Mac setzte die Frau auf ihr Sofa und baute sich über ihr auf, als wolle er sie herausfordern, etwas zu versuchen. Die Frau krabbelte von ihm weg, bis ihr Rücken die Wand hinter dem Sofa berührte.

»Hey, wir sind nicht hier, um dir zu schaden, ich verspreche es«, erklärte Sophie, trat neben Mac und hielt ihre Hände flehend aus. Emmie stellte sich zwischen sie und nickte.

»Du hast sie in mein Haus gebracht! Sie wird uns alle umbringen«, kreischte die Frau. Sophie folgte ihrem anklagenden Finger zu Emmie, die an ihrer Schulter stand. Emmie hatte das seltsamste Lächeln im Gesicht und starrte die Frau mit einem fast glücklichen Gesichtsausdruck an.

»Was—«

Bevor Sophie ihre Frage beenden konnte, spürte sie, wie der Boden ihr entgegenkam, als die Welt zu schwarz verblasste. Gerade als sie das Bewusstsein verlor, roch sie Ozon in der Luft und spürte, wie sich etwas um sie schlang und sich wie eine Boa zusammenzog.

# KAPITEL 25

Sophies Augen schnellten auf, als sie vor Schmerz stöhnte. Es fühlte sich an, als hätte sie jemand mit einer Schaufel ins Gesicht geschlagen. Sie lag bäuchlings auf dem Boden, die Hände an den Seiten eingeklemmt. Sie versuchte mit einem schmerzerfüllten Keuchen, den Kopf zu drehen, um zu sehen, was passierte, aber alles, was sie sehen konnte, war ein Stück cremefarbener Fliesen unter ihrer Wange.

Grobe Hände drehten sie auf den Rücken, und das Erste, was Sophie sah, war Boudreauxs Gesicht, das auf sie hinabgrinste. Sophie versuchte, ihre Arme hochzureißen, um ihn anzugreifen, aber sie konnte sie nicht bewegen. Als sie hinunterblickte, erkannte sie, dass sie mit einem leuchtend weißen Seil gefesselt war, das sich auf ihrer Haut wie ein Kribbeln von Elektrizität anfühlte. Sie fühlte sich wie ein Insekt, das in Spinnenseide gewickelt ist und nur darauf wartet, von der Spinne gefressen zu werden.

»Sie hat einen Taser in ihrer linken Gesäßtasche und ein Messer am Knöchel befestigt,« sagte eine vertraute Stimme zu ihrer Linken. Sophie wirbelte ihren Kopf zur Stimme hin, ihr Mund klappte auf, als sie zusah, wie Mim methodisch Ruby absuchte und sie ihrer Vielzahl von Messern entledigte. Er sammelte alle Waffen ein und warf sie wahllos auf den Couchtisch. Ruby war in dasselbe Seil gewickelt wie Sophie. Sie wirkte bewusstlos.

Als Boudreaux sah, dass Sophie starrte, ihr Verstand voller Schock und Verrat, gab er ihr ein böses Grinsen. »Wir wären niemals rechtzeitig hier angekommen, wenn es nicht Mim gewesen wäre. Er hat uns mit dem Standort seines Telefons verbunden und eure Autos verzögert, damit wir aufholen konnten. Er gab uns diese genaue Adresse, als ihr vorgefahren seid. Wir waren fast direkt hinter euch auf der Autobahn.«

Sophie ignorierte ihn und ließ sich nicht anmerken, wie sehr seine Worte sie verletzten. Stattdessen blickte sie umher und suchte nach einem Ausweg aus diesem Schlamassel. Sophie konnte sehen, dass alle anderen ebenfalls gefangen und gefesselt waren. Zu ihrer Rechten war Larry, gefolgt von Marcella, ihren Leibwächtern, Mac und der neuen Schwester.

Moment. Wo war Emmie? Sophie geriet in Panik, weil sie ihre Schwester nicht sehen konnte.

Boudreaux entfernte grob das Messer. Er musste Sophie etwas anheben und das Seil benutzen, um sie vom Boden zu ziehen und den Taser aus ihrer Gesäßtasche zu holen. Sobald er ihn hatte, ließ er sie zurück auf den Boden fallen, wodurch ihr Atem hart aus ihren Lungen gepresst wurde. Sophie stöhnte, als ihr ohnehin schon pochender Kopf erneut auf die Fliesen prallte. Ihre Sicht begann sich für einen Moment zu verengen vor Schmerz, aber nach ein paar flachen Atemzügen verschwanden die Flecken aus ihrem Blickfeld. Sie beobachtete, wie Boudreaux ihre Waffen auf den Haufen mit Rubys Messern fallen ließ.

»Wo ist Emmie?« verlangte Sophie zu wissen.

»Ich bin hier,« sagte Emmie aus einer anderen Richtung. Den Hals verdrehend, beobachtete Sophie schockiert, wie Emmie aus der Küche spazierte, Bramwell an ihrer Seite.

»Tut mir leid wegen deinem Kopf. Du bist ziemlich hart mit

der Tischkante kollidiert, als du hingefallen bist,« sagte Emmie und sah dabei nicht im Geringsten entschuldigend aus.

»Was zum Teufel ist hier los? Warum verbündest du dich mit Bramwell und Boudreaux?« brüllte Sophie. Ihr Geschrei weckte alle anderen auf. Sophie konnte sie neben sich stöhnen und fluchen hören. Aber Sophie konnte nicht von Emmie wegblicken.

»Antworte mir,« verlangte Sophie, als Emmie sie mit einem wahnsinnig machenden Grinsen anstarrte. »Emmie, was machst du? Warum hilfst du Bramwell und Boudreaux? Sie sind gefährlich. Er war es, der Alexis getötet hat.« Sophie deutete mit dem Kinn auf Boudreaux, der ihr zuzwinkerte.

Emmie schnalzte mit der Zunge zu Sophie und gab ihr einen verächtlichen Blick. »Du hast es immer noch nicht kapiert, oder?« Sie schüttelte den Kopf und sah sie herablassend an. »Ich bin nicht Emmie. Ich bin Alexis.«

»Was? Das ist nicht möglich. Wir haben gesehen, wie Alexis erschossen wurde.« Die Welt verengte sich, bis Sophie dachte, sie würde ohnmächtig werden.

»Habt ihr das? Ihr habt gesehen, was wir euch sehen lassen wollten. Lass es mich dir erklären. Und keine Sorge – ich werde langsam sprechen. In einem Traum sah ich, wie du meinen ehemaligen Angestellten Gabriel Cortez aufspürst, was bedeutete, dass es nur eine Frage der Zeit war, bis du auch mich finden würdest. Ihr Arschlöcher habt mich Firmendrachen genannt, also wusste ich, dass ich Probleme haben würde, euch dazu zu bringen, mir zu vertrauen. Ich beschloss, meinen Tod vorzutäuschen und überredete Boudreaux, mir zu helfen; es hätte nicht einfacher sein können. Einen Hexenmeister auf deiner Seite zu haben, macht es sehr einfach, seinen Tod vorzutäuschen. Dann eilte ich nach North Carolina und übernahm Emmies Leben. Ich habe euch glauben lassen, dass ich die süße, schüchterne Emmaline Tallis sei.«

»Wo ist dann die echte Emmie?« verlangte Sophie zu wissen.

Alexis deutete auf ihre Schläfe. »Leider ist sie hier drin. Ich habe Boudreaux vor fast einem Jahr angeheuert, um mir zu helfen herauszufinden, wie ich uns alle wieder zusammenfügen kann. Glücklicherweise hatte ich Emmie bereits ausfindig gemacht. Als er mir half, uns wieder zusammenzufügen, hatten wir nicht erkannt, dass ihr Geist sich nicht wieder richtig mit meinem verbinden würde. Sie hatte eine separate Persönlichkeit entwickelt, nachdem wir getrennt worden waren. Trotz aller Versuche konnten wir sie nicht unterdrücken oder ausschalten.«

Sophie konnte alle anderen Ausrufe des Entsetzens und Schocks machen hören, aber sie starrte weiter ihre Schwester an. Sie konnte nicht glauben, dass sie es nie gesehen hatte; sie hatte nie etwas vermutet. Sie hatte Emmie bedingungslos vertraut, obwohl sie so selten jemandem vertraute. »Warum würdest du das überhaupt tun wollen?«

»Weil ich uns wieder vereinen will, sozusagen. Ich will – und verdiene – meine volle Macht zurück. Und Bramwell hat versprochen, sie mir zu geben, wenn ich ihm helfe.« Alexis gab ihr ein zufriedenes Grinsen, als würden sie ein besonderes Geheimnis teilen.

»Und was will Bramwell, dass du für ihn tust?« verlangte Ruby zu wissen. Sophie blickte zu Ruby hinüber, als sie Alexis Dolche anstarrte.

»Gott, ich bin so froh, dass es Emmie war, die ich zuerst geschnappt habe. Wenn ich eine von euch lautstarken Zicken in meinem Kopf hätte, würde ich durchdrehen. Zum Glück ist sie sanftmütig und still und kennt ihren Platz... wie eine kleine verängstigte Maus, die sich in ihrem Loch versteckt und kaum je ihren Kopf herausstreckt. Leicht zu ignorieren. Ich war noch nie so glücklich wie in dem Moment, als Boudreaux mir sagte, er habe den Zauber perfektioniert, sodass ich meine Macht zurückbekomme und euch beide für immer loswerden kann.«

»Du hast bereits eine der Scherben in deinen Körper zurückgeführt?« fragte Larry, der noch aufholte.

»Ja, vor euren Nasen. Es stand sogar in ihrem blöden Traumtagebuch, und sie hat es nie bemerkt.« Alexis deutete auf Sophie und zog dann Sophies knallrosa Notizbuch aus ihrer Tasche und begann darin zu blättern. Als sie fand, wonach sie suchte, begann sie zu lesen.

*»Die Frau konnte Flüstern hören, aber konnte die Worte nicht verstehen. Es klang, als wäre sie in einer Art unterirdischen Kammer, so wie die Geräusche widerhallten. Ich konnte nicht bestimmen, ob das Flüstern auf Englisch oder in einer anderen Sprache war – es war zu leise. Ein heller Schimmer mit grünem Stich begann um die Ränder des Tuchs zu sickern, das ihre Augen bedeckte. Das Flüstern wurde schneller und schneller.*

*Etwas Schweres wurde in ihre Brust gedrückt. Es war hart genug, dass es sich anfühlte, als würde es sie verletzen. Sie versuchte, das Objekt abzuschütteln, aber wer auch immer es hielt, drückte es härter in ihre Brust. Es gab mehr Gesänge in einer unbekannten Sprache, und dann sagte die Stimme das Wort 'Ligare'. Ein scharfer stechender Schmerz drang in ihre Brust direkt in ihr Herz. Die Frau schrie vor Schmerz, aber fühlte sich davongleiten. Es fühlte sich fast an, als würde ihre Seele aus ihrem Körper gesaugt und davonschweben.«*

Alexis blickte teilnahmslos auf Sophie hinab. »Ich bin fast überrascht, dass du das übersehen hast. Jetzt bin ich stärker als jede von euch. Und bis wir heute fertig sind, werde ich meine ganze Macht zurück haben, wie ich es verdiene.«

»Mim. Hilf uns, bitte. Tu das nicht,« bat Ruby und starrte flehend ihren Freund an.

Mim sah sie bedauernd an, zuckte dann aber mit den Schultern. »Es tut mir wirklich leid. Aber wenn ich Bramwell helfe, wird mir die Königin einen Platz in ihrem Hof geben.«

Marcella, die bis zu diesem Moment schweigsam gewesen war, schnaubte. »So funktioniert Königin Maeves Hof nicht, du dummer Junge. Du musst in eine adlige Familie hineingeboren werden. Und du musst Magie von einiger Bedeutung haben. Du kannst nicht einmal eine Flamme für mehr als eine Minute aufrechterhalten, Mim. Sie spielen mit dir.«

Sophie beobachtete, wie Bramwell und Alexis sich einen Blick zuwarfen.

Mim wandte sich an Bramwell und gab ihm einen anklagenden Blick. »Ist das wahr?«

»Nein. Sie lügt dich an und versucht, Zwietracht zu säen. Du kannst mir vertrauen,« antwortete Bramwell in beruhigendem Ton.

Sophie öffnete den Mund, um Mim zu warnen, als sie bemerkte, dass Alexis sich ihm leise näherte. Etwas an dem Ausdruck in Alexis' Gesicht ließ jedes Haar an Sophies Körper vor Alarm aufstehen. Bevor sie eine Warnung aussprechen konnte, legte Alexis ihre Hand auf Mims Schulter.

Mim erstarrte für eine Sekunde, dann rollten seine Augen in seinen Kopf zurück, und er brach in einem unwürdigen Haufen auf dem Boden zusammen.

Ruby begann Mims Namen zu schreien, aber Sophie wusste, dass es zu spät war. Er war neben sie gefallen, und sie starrte direkt in seine weit aufgerissenen, leblosen Augen. Mim war fort.

»Was hast du getan?« verlangte Marcella zu wissen.

»Ich habe seine Lebenskraft entfernt,« sagte Alexis gelassen, öffnete dann ihre Handfläche und hauchte einen Atemzug darüber, als würde sie sich etwas auf Löwenzahnflaum wünschen. »Keine losen Enden. Nicht wahr, Bramwell?« Der betreffende Hexenmeister gab Alexis ein Grinsen.

Sophie zappelte und versuchte, dem magischen Seil zu entkommen, das sie fesselte. Sie wollte Alexis mit bloßen Händen den Hals umdrehen. Sophie konnte alle anderen um sie herum ebenfalls kämpfen hören. Wut erfüllte sie, als Alexis kicherte.

Als Sophie nutzlos herumzappelte, spürte sie plötzlich, wie sich das Seil in der Nähe ihrer Hüfte lockerte. Sie erstarrte für eine Sekunde, um sicherzustellen, dass etwas passiert war. Ja – das Seil fühlte sich schwächer in der Nähe ihrer rechten Hüfte an... in der Nähe ihres Stressballs.

Sophies Atem stockte in ihrer Kehle, als sie sich daran erinnerte, was Larry gesagt hatte: Der Stressball absorbierte negative Gefühle, aber er absorbierte und *schwächte* auch Magie.

Sophie wackelte mit ihrer Hand, bis sie ihre Finger in ihre Jeanstasche schieben konnte. Während sie die Anstrengung von ihrem Gesicht fernzuhalten suchte, arbeitete Sophie daran, ihre Hand um den Ball zu bekommen und ihn herauszuziehen.

Sophie drehte ihren Kopf und blickte Larry an. Sie bewegte ihre Augen zu ihrer Hand, als er ihren Blick traf, und zeigte Larry den Stressball. Seine Augen weiteten sich vor Verständnis, und er gab Sophie ein festes Nicken, seine Augen voller Entschlossenheit und Hoffnung.

Ihn in ihrer Faust versteckend, drückte Sophie den kleinen Ball direkt gegen das Seil in der Nähe ihrer Hand.

»Lass uns mit ihr anfangen,« schlug Alexis Bramwell vor und deutete auf die letzte Schwester. »Sie war die größte Nervensäge zu finden. Wenn es nicht all die Hilfe von Sophie und Ruby gegeben hätte, hätte ich sie vielleicht nie gefunden. Danke dafür, übrigens.« Alexis gab Sophie einen selbstgefälligen Blick. »Ich will nicht, dass sie wieder entkommt. Holt ihr beiden bitte einen Tisch her und bringt ihn hierher. Ich möchte die Zeremonie durchführen, damit alle es miterleben können.«

Bramwell und Boudreaux verließen den Raum, um den Esstisch zu holen, während Alexis blieb, um die Gruppe im Auge zu behalten.

Alexis ging um die letzte Schwester herum und betrachtete sie wie ein interessantes wissenschaftliches Experiment. »Woher wusstest du es?«

»Woher wusste ich was?«

Bei dieser Antwort gab Alexis ihr einen trockenen Blick.

Die letzte Schwester sah nicht so aus, als würde sie antworten, aber dann seufzte sie. »Ich habe es geträumt, natürlich. Ich sah den Mord an der echten Emmie durch deine Augen. Und dann beobachtete ich, wie du und Boudreaux meinen Freund Morgan trafen. Du nanntest ihn meinen 'Beobachter'. Und ich hörte zu, wie ihr geplant habt, mich zu schnappen und zu töten, wie ihr es mit Emmie getan habt. Also bin ich gerannt.«

»Also, freust du dich darauf, wieder mit mir vereint zu werden?« fragte Alexis sie.

Als sie nicht antwortete, gab Alexis ihr einen Tritt in die Seite. »Antworte mir, Bridget,« verlangte sie und hob ihr Bein, als würde sie sich darauf vorbereiten, sie wieder zu treten.

»Leck mich am Arsch,« biss sie hervor und starrte Alexis an.

Sophie konnte spüren, wie das magische Seil schwächer wurde, wo sie ihren Stressball dagegen drückte, aber es fühlte sich an, als ginge es zu langsam. Als Larry verstohlen zu Sophie blickte, formte sie lautlos die Worte 'halt sie auf'.

»Was ist ein Beobachter?« fragte Larry und unterbrach Alexis, als sie sich darauf vorbereitete, Bridget wieder zu treten.

Alexis sah aus, als würde sie erwägen, nicht zu antworten, aber erklärte schließlich: »Nachdem wir getrennt und unsere neuen Erinnerungen eingepflanzt worden waren, wurden uns Beobachter zugewiesen, um uns im Auge zu behalten. Sie wussten, dass wir zu wichtig waren, um völlig aufgegeben zu werden.«

»Niemand hat mich beobachtet,« schnaubte Ruby. »Ich bin zu viel umgezogen. Ich hätte es bemerkt.«

»Ach? Es gab niemanden, der durchgehend da war? Niemanden überhaupt?«

Ruby machte einen leisen Laut des Schocks. »Moreen,« flüsterte sie, ihre Stimme voller Herzschmerz. Alexis sah positiv ekstatisch aus bei dem Schmerz in Rubys Gesicht.

Alexis' Aufmerksamkeit wurde von ihrem Gespräch weggezogen, als Bramwell und Boudreaux einen langen Trestle-Tisch hereinschleppten. Sie hüpfte zu den Männern hinüber und räumte ein paar Möbelstücke aus dem Weg, damit sie den Tisch in die Mitte des Raums stellen konnten. Sophie äugte zu den Waffen, die auf der Oberfläche des Couchtisches aufgehäuft waren, und wünschte sich, sie könnte ihre Hände auf eines der Messer legen.

»Bist du bereit?« fragte Bramwell Alexis und strich ihr über das Haar, als wäre sie eine Lieblings-Enkelin. Alexis nickte enthusiastisch.

Boudreaux packte Bridget, zerrte sie an ihren Seilen hoch und hievte sie auf den Tisch. Dann kletterte Alexis hinauf und legte sich neben sie, fast berührend. Als Bridget zu schreien begann und versuchte, vom Tisch zu springen, legte Bramwell seine Hand auf ihre Stirn, und sie beruhigte sich sofort. Sie sah fast katatonisch aus, mit der Angst und allem Ausdruck aus ihrem Gesicht gewischt.

»Das ist besser,« drawlte Bramwell und tätschelte Bridget den Kopf wie ein Haustier.

Larry gab Sophie einen panischen Blick. Sophie schüttelte den Kopf und ließ ihn wissen, dass der Stressball mehr Zeit brauchte. Larry gab ihr ein verständnisvolles Nicken und wandte sich dann an Boudreaux.

»Hast du den Zauber für diese Seile von Allister gestohlen, Henri? Hattest du jemals einen originellen Gedanken in deinem Leben?«

Boudreauxs Kopf schnellte mit einem verblüfften Ausdruck hoch, der sich schnell in rotgesichtige Wut verwandelte. Sein Gesicht lief vor Wut rot an.

»Du bist die armseligste Ausrede für einen Hexenmeister, der mir je untergekommen ist,« fuhr Larry fort. »Du kannst nicht einmal einen Versetzungszauber erstellen, ohne ihn von jemandem zu stehlen, der talentierter ist als du. Du würdest einen originellen Gedanken nicht erkennen, wenn er käme und dich küsste. Eine Mücke hat mehr Talent in einem Flügel, als ein Möchtegern-Hexenmeister wie du in seinem ganzen Körper besitzt.«

»Verpiss dich, Turner. Ich habe dich erwischt, oder nicht?«

»Nur weil Alexis uns täuschen konnte. Sie hat tatsächlich etwas Verstand, im Gegensatz zu dir. Du hättest mich nie zu Fall gebracht, es sei denn, du hättest uns überrascht. In einem echten Kampf würde ich den Boden mit dir wischen, mit einer Hand auf dem Rücken gebunden. Und willst du wissen warum? Weil du ein gruseliger, erbärmlicher, zweitklassiger, unorigineller Schwindler bist. Du könntest dich nicht aus einer Tüte herauszaubern, geschweige denn gegen das Kaliber von Hexenmeister bestehen, das ich bin. Du wirst immer nur eine billige Nachahmung bleiben.«

»Fick dich, Turner!« kreischte Boudreaux, stampfte zu Larry hinüber und trat ihm in die Rippen.

Sophie zuckte mitfühlend zusammen und drückte den Stressball so fest wie möglich gegen die Seile, in der Hoffnung, dass er sich beeilt und ihre Fesseln löst.

»Ist das alles, was du drauf hast, du Sack Scheiße?« höhnte Larry. »Du bist ein abgehalfterter Hochstapler, der nur geklaute Tricks kennt. Dein Ego ist so schwach wie dein Tritt. Mach mich los, und ich zeige dir, was ein echter Hexenmeister kann.«

Boudreaux wurde knallrot und trat Larry wieder. »Wie wär's, wenn ich deiner Freundin zeige, was ein echter Hexenmeister kann?« Er trat Larry ein drittes Mal, und Sophie hörte es knacken. Larry grunzte vor Schmerz und fluchte unter seinem Atem. Ruby schrie und drohte, Boudreauxs Eier mit einem rostigen Löffel zu entfernen. An diesem Punkt würde Sophie gerne den Löffel zur Verfügung stellen. Sie hasste all diese selbstsüchtigen Arschlöcher.

»Genug,« brüllte Bramwell. »Henri, er köder dich. Er versucht nur, das Unvermeidliche zu verzögern, und du lässt dich von ihm von unserer Mission ablenken. Lass uns anfangen. Jetzt.« Bramwell betonte, als es aussah, als wollte Boudreaux nicht aufhören, seine Brust hob und senkte sich wie ein wütender Stier.

Boudreaux stampfte zu einer Tasche hinüber und begann, Gegenstände herauszuziehen und sie auf eine Weise aufzureihen, die Sophie an Larrys Vorgehen erinnerte. Schließlich zog er ein schwarzes ledergebundenes Buch heraus und trat an den Esstisch.

Bramwell legte eine beruhigende Hand auf Boudreauxs Schulter. »Beruhige dich, mein Freund. Wir wollen das nicht überstürzen. Du weißt so gut wie jeder, dass du in einer guten Geistesverfassung sein musst, um diese Stufe der Magie zu wirken. Du hältst bereits alle ihre Fesseln an Ort und Stelle, also muss ich sicherstellen, dass du dich gleichzeitig auf die Seile und den Übertragungszauber konzentrieren kannst.«

Boudreaux atmete ein paar Mal langsam und nickte dann Bramwell zu.

»Bist du sicher, dass du diesem Stümper mit höherer Magie vertraust, Bramwell? Ich würde ihm nicht mit einem Mikrowellenessen vertrauen,« schrie Larry.

Boudreaux ignorierte Larrys Ködern und atmete ein letztes Mal lang, bevor er über Alexis und Bridget zu singen begann. Sophie konnte nicht wegblicken, als Boudreaux einen grünen Stein aus seinen Vorräten zog und ihn auf Bridgets Brust drückte. Er sah genauso aus wie der grüne Clavis-Stein, den Sophie und Mac vor Edwyn nach Atticus' Mord versteckt hatten.

Als Boudreauxs Gesänge an Lautstärke und Geschwindigkeit zunahmen, stieg ein wispiger weißer Rauch aus Bridgets Brust durch den Stein auf. Sophie wusste, dass ihnen die Zeit ausging. Es war jetzt oder nie.

Einen tiefen, beruhigenden Atemzug nehmend, spannte Sophie alle ihre Muskeln an.

Dann, mit einem Kriegsschrei, warf Sophie ihre Beine und Arme wie einen Seestern mit so viel Geschwindigkeit und Kraft aus, wie sie aufbringen konnte, betend, dass sie die Fesseln genug geschwächt hatte. Sie dachte, das Seil würde für einen Moment halten, aber im letzten Moment brach es auseinander und löste sich auf. Auf die Seite rollend, griff sie nach oben und schnappte sich die erste Waffe vom Couchtisch, die sie zu fassen bekommen konnte.

Wissend, dass Boudreaux auszuschalten der Schlüssel war, alle zu befreien, sprang sie auf die Füße und stürmte auf den Hexenmeister zu. Während sie rannte, riss sie die Scheide ab, die das Messer bedeckte, und schleuderte sie zur Seite.

Sie sprintete und sprang auf den Tisch, landete zwischen Bridget und Alexis mit einem Knall. Ohne eine Sekunde zu pausieren, tackelte sie Boudreaux und nutzte ihre Schwungkraft, um das Messer in seine Brust zu rammen. Die beiden gingen rückwärts über, Sophie ritt ihn zu Boden wie eine Rodeo-Reiterin. Auf seinem Bauch kniend, riss Sophie das Messer heraus, damit sie es wieder hineinstechen konnte, aber jemand hinter ihr packte ihr Handgelenk und stoppte ihre Schwungkraft.

Ohne nachzudenken wirbelte sie herum und schlug wer auch immer ihren Arm hielt. Blut spritzte, als ihre Faust Bramwells Nase traf. Er fiel zurück, seine Arme ruderten in der Luft und schlugen das Messer aus ihrer Hand. Sophie sprang ihm nach, bereit, das Leben aus Bramwell herauszuprügeln, aber er legte sich auf den Boden zurück und hob seine Hände über seinen Kopf in Unterwerfung.

Brüllen und Knurren erfüllte den Raum hinter Sophies Rücken und ließ sie wissen, dass ihre Freunde von ihren Fesseln befreit waren. Sophie konnte Marcellas bellende Befehle an ihre Leibwächter hören. Macs vertrautes Brüllen erfüllte Sophie mit Erleichterung und erneuerte ihre Entschlossenheit. Sophie spürte Bewegung über ihrem Kopf, und sie riskierte einen Blick nach oben. Ein rotpelziger Fuchs-Gestaltwandler sprang über sie hinweg und tackelte Boudreaux, brachte ihn zurück zu Boden. Sophie hatte nicht bemerkt, dass der Hexenmeister bereits wieder auf die Füße gekommen war. Bevor Mac ihn angriff, sah es so aus, als hätte Boudreaux einen Zauber vorbereitet.

Knurrend rang Mac mit einem kämpfenden, zappelnden Boudreaux. Sie rollten eine Minute herum, bevor Mac auf die

Füße kletterte mit Boudreaux in seinen Armen eingewickelt. Mac drehte ihn in seinen Armen auf den Kopf und rammte den Mann kopfüber in den Boden. Sophie hörte ein widerliches Knacken, als Boudreauxs Kopf auf den Boden aufschlug und sein Hals sich in einem seltsamen Winkel bog. Mac ließ den nun toten Mann fallen und trat zu Sophie hinüber. Ein Blitzschlag schoss durch den Raum und traf Bramwell, der versucht hatte, es zur Hintertür zu schaffen und zu entkommen. Mac ließ eine gekrallte Hand auf Sophies Schulter fallen und gab ihr einen beruhigenden Druck.

Eine Steinstatue sprang Bramwell nach, schwebte über ihm, wo er auf dem Boden ausgestreckt lag, immer noch zuckend von dem Elektrizitätsschlag, den Marcella ihm verpasst hatte. Ein Wasserspeier mit Flügeln, die fast die gesamte Breite des Raums überspannten, füllte den Raum aus. Seine Muskeln sahen aus, als wären sie buchstäblich aus grau marmoriertem Granit gemeißelt. Sophie konnte nur einen kurzen Moment aufwenden, um den Anblick zu verarbeiten, bevor sie sich umdrehte, um nach der nächsten Bedrohung zu suchen.

Sophie konnte Marcellas strenge Stimme hören, die nach Pieter rief.

Der Wasserspeier wirbelte zurück zu Marcella. Sophie konnte wegen seiner Flügelspannweite niemand anderen im Raum sehen. Als Pieter sich drehte, traf einer seiner Steinflügel den Esstisch und warf Bridget und Alexis auf den Boden. Als Bridget auf den Boden aufschlug, fiel der Clavis von ihrer Brust und rollte weg, unterbrach den Zauber. Ein animalisches, schmerzerfülltes Wimmern kam aus Bridgets Mund, und sie begann zu krampfen. Es geschah so schnell, dass Sophie fast nicht verarbeiten konnte, was sie miterlebte. Glücklicherweise flog ihr Körper in Aktion, bevor ihr Verstand aufholen konnte.

Sophie schrie um Hilfe und packte Bridget an der Schulter, rollte sie, bis sie flach auf dem Boden lag.

Larry schrie etwas über den Clavis. Die weißen Rauchschwaden strömten immer noch aus Bridgets Brust zu dem Stein. Der Wasserspeier hob den Clavis auf und zerdrückte ihn in seiner Faust.

»NEIN!« schrien Larry und Marcella gleichzeitig.

Blut begann aus Bridgets Mund und Nase zu laufen, während sie in Sophies Armen zitterte und zuckte. Sophie schrie nach Larry um Hilfe.

Abrupt wurde Bridget still auf dem Boden, der Krampf endete so schnell, wie er begonnen hatte. Ihren Namen schreiend, drückte Sophie ihren Kopf an Bridgets Brust. Sie war still und stumm unter ihrem Ohr.

Alexis sprang in die Luft und griff nach den weißen Rauchschwaden, als sie begannen wegzuschweben. »Nein! Nein nein nein,« schrie Alexis, setzte sich auf ihre Fersen zurück und starrte schockiert auf ihre leeren Hände.

Sophie begann Herzmassage an Bridget durchzuführen. »Komm schon, Bridget. Komm zurück,« flehte sie. Sie zählte die Kompressionen laut, gab ihr dann zwei langsame Atemzüge und beobachtete, wie sich ihre Brust mit jedem hob und senkte. Zurück zu ihrer Seite rutschend, bereitete sie sich darauf vor, mehr Herzmassage zu machen.

»Es ist sinnlos,« schrie Alexis. »Sie ist tot. Sie ist weg. Es ist vorbei.« Sie winkte mit ihrer Hand durch die Luft, als wollte sie zeigen, dass Bridgets Lebenskraft in die Luft verschwunden war.

Einen Moment später riss Mac Sophie von Alexis weg. Sie konnte sich nicht einmal erinnern, den ersten Schlag ausgeführt zu haben. Sophie schrie und brüllte, zerrte an den Händen, die sie von ihrem Ziel fernhielten. Sie würde sie töten. Sie wollte sie mit bloßen Händen zerreißen.

Plötzlich kehrte Sophie zu sich zurück und erkannte, dass sie Macs Arme mit ihren Nägeln aufkratzte und erschlaffte in seinem Griff. Sie drehte sich in seinen pelzigen Armen um, sang eine Entschuldigung und klammerte sich so fest wie möglich an ihn.

»Sie hat mir die Nase gebrochen,« beklagte sich Alexis, ihre Stimme gedämpft mit ihrer Hand, die auf ihre blutende Nase gedrückt war.

»Ach, fahr zur Hölle, du schreckliche Schlampe,« knurrte Ruby, ging hinüber und setzte sich auf den Boden neben Bridgets Körper. Sie starrte sie so verzweifelt an, dass Sophie Alexis am liebsten wieder ins Gesicht schlagen wollte.

»Pieter, Chris, verhaftet diese beiden. Und niemand berührt sie. Wir haben gesehen, was sie mit einer Berührung anstellen kann,« befahl Marcella und deutete auf Alexis. Larry beschwor ein leuchtendes Seil ähnlich Boudreauxs und benutzte es, um Alexis und Bramwell zu fesseln.

Marcellas anderer Leibwächter verwandelte sich von einem schwarzpelzigen Jaguar in einen nackten Mann und zerrte Bramwell vom Boden. Er kam hoch und ergab sich leicht, ging auf die Knie und hielt seine Hände beschwichtigend aus, als hätte er keine Sorge in der Welt. Als Sophie fragte, warum er nicht kämpfte, höhnte Marcella: »Er hat keine offensive Magie. Alles, was er kann, ist Menschen zu bezaubern, ihre Erinnerungen zu löschen und neue einzupflanzen.«

»Alles, was ich getan habe, habe ich im Dienst meiner Königin getan,« verkündete Bramwell feierlich.

\* \* \*

SOPHIE SASS AUF DEM BODEN, lehnte gegen die Wohnzimmerwand und beobachtete, wie die Szene abgearbeitet wurde. Ihr Geist fühlte sich taub und weit entfernt an. Sie war nach Bridgets Tod so ausgerastet, dass Larry etwas mit ihr gemacht hatte, das verdächtig nach magischer Sedierung aussah. Sie hatte es gebraucht, also war sie nicht wütend auf ihn.

Sie war sich nicht sicher, wie lange sie da saß und zusah, wie Marcella Anruf um Anruf führte und sich darauf vorbereitete, diese ganze Situation verschwinden zu lassen, damit keine

Menschen oder das örtliche Conclave je erfahren würden, was im kleinen braunen Bungalow passiert war. Marcella hatte irgendwie einige Conclave-Agenten herangezogen, die sie lokal eingebettet hatte. Sophie nahm an, es waren verdeckte Angelegenheiten, zu denen sie keinen Zugang hatte und um die sie sich ehrlich gesagt nicht kümmerte.

Sie beobachtete teilnahmslos, wie Pieter und der andere Leibwächter, Chris, das Haus in seinen vorherigen, unberührten Zustand zurückversetzten. Sophie dachte, dass das magische Mojo, das Larry auf sie gelegt hatte, zu schwinden begann, aber sie war jetzt beruhigt und in keiner Gefahr, wieder zu versuchen, Alexis oder Bramwell zu ermorden. Alexis hatte großes Glück, dass Macs Reflexe so schnell waren – sonst hätte eine Bonbonschale in ihrer Stirn gesteckt. Als Paddy ihr anfangs beigebracht hatte, wie man alltägliche Gegenstände als Waffen benutzt, hatte sie gedacht, die Lektion wäre übertrieben. Sie müsste daran denken, ihm zu danken. Der Angstausdruck in Alexis' Gesicht war es wert gewesen, auch wenn es bedeutete, dass sie eine Auszeit bekam.

Nach einer Weile gesellte sich Ruby zu ihr und nahm einen Platz auf dem Boden neben ihr ein. Sie starrten auf Bridgets Körper, der neben Boudreaux und Mim lag.

Eine leichte Berührung an Sophies Achsel erschreckte sie so sehr, dass sie fast in Rubys Schoß gesprungen wäre. Hinüberblickend, schossen zwei kleine pelzige Körper weg, verschwanden um eine Ecke und außer Sicht. Sophie tauschte einen Blick mit Ruby und begann aufzustehen, als ein oranges Katzengesicht um die Ecke zurücklugte.

Ruby hielt eine Hand aus und machte ein Kussgeräusch zu der Katze. Ein schwarzpelziges Gesicht tauchte auf, direkt über dem Kopf der orangen Katze eingenistet. Beide Katzen gaben den Schwestern passende Blicke der Neugier und Verwirrung. Sophie nahm an, es war, weil sie und Ruby das Gesicht ihrer Besitzerin hatten, aber anders rochen. Ruby machte mehr Kussgeräusche zu den Katzen, und beide schlichen langsam um die Ecke, hielten ihre Körper niedrig zum Boden, als sie vorsichtig näher kamen.

Mit langsamen Bewegungen hielt Sophie den beiden Katzen ihre Hand hin, damit sie daran schnuppern konnten. Beide Katzen schnüffelten an ihren und Rubys Fingern, und dann trat der orangefarbene Kater vor. Er rieb sein Gesicht an Sophies Finger, trat dann vor und drückte seinen Rücken gegen Sophies Hand in einer offensichtlichen Forderung nach Streicheleinheiten.

»Wer seid ihr Kerle?« murmelte Ruby und streichelte die schwarze Katze, während Sophie die orange unter dem Kinn kratzte.

»Obie und Titania,« antwortete Sophie und erinnerte sich an den Traum mit Bridget und ihren Katzen. Das fühlte sich an, als wäre es vor tausend Jahren passiert. Sophie fing das Halsband der orangen Katze in ihren Fingern und bestätigte, dass sie Oberon streichelte, was die schwarze Katze zu Titania machte.

»Was machen wir jetzt mit ihnen?« fragte Ruby.

Sophie blickte zu Bridgets stiller Gestalt hinüber und traf eine sofortige Entscheidung. »Ich nehme sie mit zu mir nach Hause.«

Ruby nickte und kuschelte sich an Sophies Seite, beobachtete Pieter, wie er einige Leichensäcke hereinbrachte.

Gerade als Sophie bei dem Anblick der Säcke zusammenzuckte, hielt Mac an, um nach ihr und Ruby zu sehen.

»Wer sind diese Kerle?« fragte Mac, kniete neben Sophie und gab Obie ein sanftes Kratzen unter dem Kinn.

»Obie und Titania. Sie gehörten Bridget. Ich behalte sie.«

»Natürlich,« antwortete Mac und zuckte nicht mit der Wimper bei Sophies Erklärung.

Sophie spürte, wie jemand sie beobachtete. Sie blickte auf und traf Alexis' Augen. Sie starrte zurück und ließ Alexis sehen, wie sehr Sophie wünschte, sie könnte ein paar Minuten allein mit ihr bekommen. »Ich hasse sie. Wenn ich jetzt meine Hände an sie legen könnte, würde ich ihr das Leben aus dem Leib würgen,« gestand Sophie Ruby.

Ruby blickte von der schwarzen Katze auf, die sie in ihren Armen kuschelte. »Du vergisst... Emmie ist da drin mit ihr. Du würdest auch die echte Emmie töten.«

Sophie hielt in den langen Strichen inne, die sie über Obies Rücken führte, und starrte Ruby entsetzt an. Es registrierte erst jetzt richtig, was das bedeutete – Emmie war in dem Verstand dieser Schlampe gefangen ohne Ausweg. Ihr ursprünglicher Körper war weg. Sophie wollte sich übergeben.

Larry muss den Horror in Sophies Gesicht gesehen haben, weil er herübereilte, seine Hand auf ihre Stirn legte und unsinnige Zauberworte murmelte. Sophie fühlte sich schlaff werden, und ihre drohende Panikattacke glitt weg.

Sophie erinnerte sich nicht an viel vom Rest des Tages. Sie wusste, dass sie Vorräte und Kisten für die Katzen gefunden hatten. Sie packten die Körper ein und wischten jede Spur von Bridget und sich selbst aus dem Haus. Ihre einzige klare Erinnerung war, als die Wachen buchstäblich Viehtreiber benutzt hatten, um Alexis zu bewegen, ohne sie zu berühren. Jedes Mal, wenn sie daran dachte, brachte es Sophie zum Lächeln. Das machte Sophie wahrscheinlich zu einem schlechten Menschen, aber es war ihr egal.

Sophie war so erschöpft, dass sie nicht einmal in Panik geriet, als der Jet abhob und nach Hause zurückflog. Nicht lange nach dem Start fiel Sophie in einen erschöpften Schlummer.

* * *

ALS SOPHIE das nächste Mal die Augen öffnete, waren wohl mehrere Stunden vergangen. Sie blickte umher und erkannte, dass alle außer Pieter und Chris schliefen. Es war dunkel vor den Fenstern des Jets. Sie achtete darauf, Mac nicht zu wecken, stand auf und ging zur Toilette des Jets. Sie nickte Pieter zu, der wieder in seiner menschlichen Form war, als sie an ihm vorbeiging. Er erwiderte ihr Nicken mit einem eigenen.

Das Licht in der Toilette anmachend, starrte Sophie eine lange Minute in den Spiegel. Der Drang, ihr Spiegelbild zu schlagen, war so stark, dass sie merkte, dass sie ihre Faust geballt hatte, bevor sie erkannte, dass sie es getan hatte.

Sie setzte sich auf den Boden und legte den Kopf auf die Knie. Sie konnte die Wut und Trauer, die auf ihrem Herzen lastete, nicht loswerden. Und die Schuld. Sie bemerkte nicht, wann sie zu weinen begann, aber sie konnte nicht aufhören.

Selbst als sich ihre Brust zusammenzog, drückte sie ihre Faust in ihre Augenhöhlen und versuchte, die Tränen zurückzudrängen. Sie versuchte, ihre Atmung zu verlangsamen, ein und aus zu zählen, um die Kontrolle wiederzuerlangen. Sie spürte den Zug des Stressballs, der ihren Schmerz wegzog. Mit einem erstickten Schluchzen zog Sophie ihn aus ihrer Tasche und drückte ihn an ihr Herz. »Nimm dieses Gefühl weg, bitte,« bat sie leise.

Es dauerte lange, bis die Tränen vertrockneten, aber als sie sich ausgeweint hatte, fühlte sich Sophie geringfügig besser. Sie fühlte sich auch bis in die Knochen erschöpft.

Aus der Toilette tretend, sah Sophie, dass Marcella wach war. Als Sophie an ihr vorbeiging, um zu ihrem Platz zurückzukehren, hielt Marcella eine Hand hoch, um sie zu stoppen.

»Geht es dir gut?« fragte Marcella, Sorge färbte ihre leise gestellte Frage.

»Ja, mir geht es gut,« antwortete Sophie. »Ich bin traurig. Und ich bin wütend. Ich glaube nicht, dass ich jemals jemanden so gehasst habe, wie ich sie hasse.«

Sophie musste nicht einmal sagen, wen sie meinte. Sie war froh, dass sie ihre Gefangenen irgendwo außer Sicht verstaut hatten. Es wäre ihr recht, wenn sie Alexis und Bramwell nie wieder zu Gesicht bekäme.

Marcella gab ihr einen mitfühlenden Blick, bevor sie nachdenklich den Kopf neigte. »Weißt du, ich will sie auch hassen.

Aber sie hat mir meinen Bruder zurückgegeben. Das kann ich nicht vergessen.«

Wenn Marcella anfing, über Vergebung oder Rechtfertigungen für Alexis' Handlungen zu sprechen, würde Sophie wahrscheinlich etwas sagen, was sie nicht zurücknehmen könnte, also schnitt sie das Gespräch kurz ab und erklärte, dass sie mehr Schlaf brauche, um zu funktionieren.

Als sie in San Francisco ankamen, wartete eine Flotte von Conclave-Dienstwagen auf sie. Sophie beobachtete, wie Wachen Bramwell und Alexis wegschleppten, jeder mit einem Viehtreiber in der Hand.

Dann mussten sie nach Treasure Island. Sophie wollte ihr Bett im Streuselkuchen mehr als alles andere auf der Welt. Jedoch erklärte Marcella, dass sie Berichte über den Vorfall machen mussten, und sie dachte, es wäre dort bequemer als im Polizeirevier.

Sophie schaffte es irgendwie durch die Nachbesprechung des Conclave-Hauptquartiers ohne einen Zusammenbruch. Von ihrer Gefangennahme und dem Kampf bis zu Bridgets Tod ging sie jeden qualvollen Moment des Tages mit Conclave-Schreibern durch. Der Hauptschreiber ließ sie die Geschichte mehrmals wiederholen, um sicherzustellen, dass nicht ein einziger Moment verpasst wurde. Dann besorgte Marcella ihr und Mac ein Zimmer auf derselben Etage, wo Nicolo untergebracht gewesen war.

Als sie auf der unglaublich weichen, bequemen Matratze in den Schlaf glitt, war ihr letzter Gedanke, sich zu fragen, wie es Nicolo ging.

* * *

MACS STIMME WECKTE SIE. »Soph, wach auf.«

»Häh?« Sie öffnete ein Auge einen Spalt. Das Zimmer, in dem sie sich befand, sah nicht vertraut aus; Macs besorgtes

Gesicht versperrte ihre Sicht, bevor sie weiter umherblicken konnte.

»Sophie, steh auf. Etwas passiert.«

Die Dringlichkeit in Macs Stimme trieb Sophie aus dem Bett. Mac eilte aus dem Zimmer, und Sophie folgte ihm dicht auf den Fersen, ohne sich darum zu kümmern, dass sie barfuß war und geliehene Pyjamas trug. Mac übersprang den Aufzug und ging direkt zur Treppe. Er nahm zwei Stufen auf einmal, als er hinuntereilte. Als sie näher zum Erdgeschoss kamen, konnte Sophie die Geräusche von rennenden Füßen und Geschrei hören.

»Findet sie!« Marcellas brüllende Stimme erhob sich über die anderen Geräusche, die vom untersten Stockwerk kamen. Sophie hatte Marcella noch nie so wütend klingen hören.

Sophie und Mac eilten aus dem Treppenhaus, um Marcella in einen seidenen Morgenmantel gehüllt zu finden, aussehend wie das Herz eines Sturms. Sophie begann zu ihr hinüberzueilen, aber Mac hielt sie zurück, blickte hin und her nach unmittelbarer Gefahr und drückte sie fast an die Wand und aus dem Weg. Sophie stieß gegen seine Schulter, aber er bewegte sich nicht.

Ein Mann kam mit schnellen, fast panischen ruckartigen Bewegungen zu Marcella gerannt. Er kniete wie ein Ritter vor seiner Königin und bat um ihre Vergebung.

Als Mac feststellte, dass sie nicht in Gefahr waren, ließ er Sophie los und schritt zu Marcella hinüber. Als sie näher kamen, konnte Sophie den Mann sagen hören: »Es tut mir leid, Magistratsmitglied. Sie hatten Hilfe von innen. Sie sind weg. Das Coit Tower-Portal war von der Feenseite geöffnet worden, bevor wir mobilisieren konnten, um sie zu stoppen.«

Ein Gefühl des Grauens breitete sich in Sophies Bauch aus. »Was ist passiert?« fragte sie.

»Bramwell und Alexis sind ins Feenreich entkommen,« sagte Marcella.

»Nun, warum gehen wir nicht einfach und holen sie?« schlug Sophie vor, bereit, den Angriff zu führen. Sophie war gesagt worden, dass der Pfad zwischen dem Feenreich und der Erde eine Einbahnstraße war, aber offensichtlich war das eine Lüge gewesen.

»Wir können nicht. Nur Königin Maeve kann das Portal auf ihrer Seite öffnen. Bramwell und Alexis wurden dorthin gebracht, weil die Königin sie wollte. Wir haben keine Möglichkeit, sie zurückzubekommen. Sie sind jetzt außer unserer Reichweite.«

# EPILOG

*I*n den nächsten Wochen schleppte sich Sophie wie ein Zombie durch die Tage. Sie merkte, dass ihre Freunde sich Sorgen um sie machten, aber sie wusste nicht, wie sie sie beruhigen könnte. Es ging ihr nicht gut, nicht einmal ein bisschen.

Sie dachte immer wieder an jede Begegnung mit Emmie – auch bekannt als Alexis – zurück und versuchte herauszufinden, wie sie so gründlich getäuscht worden war. Sie ließ die Ereignisse von Bridgets Tod immer wieder Revue passieren und wünschte sich, sie hätte Bridget retten können. Vielleicht hätte sie Bridgets Tod verhindern können, wenn ihr der Stressball eher eingefallen wäre. Oder sie hätte Bridgets Lebenskraft zurückleiten können, wenn sie Pieter irgendwie am Zerstören der clavis gehindert hätte. »Was wäre wenn« wurde zu einem Mantra, an das Sophie sich klammerte – ein Weg, sich immer wieder für ihr Versagen zu bestrafen, weder Bridget noch Emmie gerettet zu haben.

Noch schlimmer war, dass es für Bridget keine Gerechtigkeit gab. Ihre Mörder trieben im Feenreich ihr Unwesen, unerreichbar und unantastbar. Es ließ Sophie etwas zerstören wollen.

Marcella war so besorgt um Sophies psychische Gesundheit, dass sie darauf bestand, dass Sophie einen auf Traumata spezialisierten Therapeuten aufsucht. Es hatte geholfen, mit einem Profi über ihr Versagen zu sprechen, aber Sophie schaffte es trotzdem nicht, sich aus dem Nebel des Schmerzes zu befreien, in dem sie sich befand. Sie hatte endlich ihre Kurse für das Programm zur Zertifizierung als Medizinische Assistentin begonnen, konnte sie aber nicht genießen, obwohl sie schon immer heimlich zur Schule gehen wollte.

Die einzigen Lichtblicke in ihrem Tag waren Bridgets Katzen. Und Mac.

Wenn sie es nicht schon vorher gewusst hätte, dass sie ihn liebte, war sie sich jetzt sicher. Mac war während der Nachwirkungen von Bridgets Tod ihr Fels in der Brandung gewesen. Er war praktisch bei ihr im 'Streuselkuchen', ihrem Haus, eingezogen, nachdem Bramwell und Alexis geflohen waren.

Die Situation mit 'Streuselkuchen', ihrem Haus, war eine weitere seltsame Veränderung in Sophies Leben, auch wenn es vielleicht eine gute war. Marcella entdeckte schnell, dass Moe, Sophies Vermieter, ihr Beobachter war. Sophie fragte nicht, wie sie es herausfand. Moe und Moreen kamen in Conclave-Gewahrsam, und Sophie sah sie nie wieder. Sie nahm an, dass sie irgendwo in den Tiefen des Conclave-Schlosses waren und in einem Kerker oder so wohnten. Das Conclave kaufte dann 'Streuselkuchen' und versprach, dass Sophie und Birdie niemals zum Auszug gezwungen würden. Sophie ließ sie einen notariell beglaubigten Vertrag aufsetzen.

Als Sophie aus der Vordertür des Gerichtsmedizinischen Instituts trat, begrüßte sie die helle Morgensonne – ein Kontrast zu der Dunkelheit, die sie in sich spürte. Mit der Sonne in den Augen bemerkte sie den Mann nicht, der direkt vor dem Eingang auf sie wartete. Sie wäre beinahe mit ihm zusammengestoßen, konnte aber im letzten Moment noch ausweichen.

»Entschuldigung«, murmelte Sophie und wich ihm aus.

»Miss Feegle, ich hatte gehofft, dich sprechen zu können.«

Sophie wirbelte zu dem Mann zurück und hob unbewusst die Fäuste. Als sie sah, dass er ein großer, knochendürrer Mann war, der sich schwer auf einen Stock stützte, senkte sie beschämt die Hände. Sophie blinzelte ihn an, fand ihn irgendwie vage bekannt. »Kenne ich dich?«

»Wir sind uns einmal begegnet, aber ich erinnere mich nicht mehr so gut daran. Mein Name ist Nicolo Venturi. Du kennst meine Schwester Marcella.«

*Wow.* Nicolo sah immer noch schwach und zerbrechlich aus, aber nicht mehr wie ein Skelett. Das letzte Mal, als Sophie ihn gesehen hatte, hatte er kaum am Leben gewirkt.

Sophie riss sich aus ihren Gedanken und bemerkte, dass sie den Mann unhöflich anstarrte. »Oh, ja. Es ist schön, dich kennenzulernen, Nicolo.«

»Nenn mich ruhig Nicolo oder Nick, wenn du willst.«

Sophie schüttelte vorsichtig seine knochige Hand und achtete darauf, nicht zu fest zuzudrücken. »Schön, dich kennenzulernen, Nick. Obwohl ich das Gefühl habe, dass du aus einem anderen Grund hier bist, als einfach nur Hallo zu sagen. Was kann ich für dich tun?«

»Ich brauche deine Hilfe.«

\* \* \*

EINE HALBSTÜNDIGE FAHRT brachte Sophie wieder zurück zum Conclave-Hauptquartier. Anstatt zum Hauptgebäude hinaufzugehen, führte Nick Sophie zu einem der kleineren Steingebäude, in dem sie noch nie gewesen war. Die Größe des Gebäudes erinnerte Sophie an das mittelalterliche Gegenstück eines Geräteschuppens.

Sie folgte seinem langsamen, zögerlichen Schritt. Sophie machte sich Sorgen, dass der Mann in seinem Zustand überhaupt unterwegs war; er sah aus, als könnte er jeden Moment umfallen.

Als sie das schummrige Innere des Gebäudes betrat, erkannte Sophie, dass es innen viel größer war, als sie zuerst gedacht hatte. Es sah ein wenig wie ein Pferdestall oder eine Scheune aus, aber es war zu dunkel, um viel zu erkennen. Mit einem Klick schaltete Nick das Licht an und bestätigte, dass Sophie sich in einer Scheune befand. Die Luft war staubig und abgestanden, als würde das Gebäude kaum genutzt. Sophie konnte sich nicht vorstellen, dass das Conclave heutzutage noch viel für Pferde übrig hatte.

Sie folgte Nick weiter hinein und fühlte sich, als würde sie leichtsinnig einem Fremden in eine dunkle Gasse folgen, aber sie hatte sich entschlossen, es durchzuziehen. Er führte sie zu einer der geschlossenen Stalltüren. Sophie fragte sich, ob er ihr gleich eine Kuh oder Ziege vorstellen würde. Aber hier war das Conclave, und wenn es hier Tiere gab, dann wahrscheinlich einen Widder mit goldenem Vlies.

Als er die Stalltür öffnete, verstand Sophie, warum er sie gebeten hatte zu kommen.

In der Mitte des schattigen Verschlags stand ein Tisch mit einem in Tuch gehüllten Körper darauf. Sophie blieb stehen und blickte erwartungsvoll zu Nick zurück.

»Du brauchst ein Lesen?«, fragte Sophie und blickte zu Nick, der nickte. »Warum ist Marcella nicht hier? Weiß sie nichts davon?«, fragte Sophie, und Misstrauen stieg in ihr auf.

»Sie weiß es noch nicht. Bevor ich es ihr bringe, brauche ich eine Bestätigung für das, was du meiner Meinung nach gleich sehen wirst.« Als Sophie skeptisch die Augenbrauen senkte, seufzte Nick. »Ich verspreche es. Das ist wichtig. Ich würde nicht hinter dem Rücken meiner Schwester handeln, wenn es nicht ernst wäre. Wir holen sie dazu, sobald wir mit diesem Lesen fertig sind.«

Sophie seufzte, da sie nicht wusste, was sie sonst tun sollte.

Nick half Sophie, das Tuch zurückzuschlagen, um den Kopf der Person freizulegen. Sophie musste sich zusammenreißen, als

Cordelias Gesicht zum Vorschein kam. Sie sah ziemlich mitgenommen aus. Das letzte Mal, als Sophie sie gesehen hatte, hatte sie ein geblümtes Teekleid getragen, und ihr Haar lag in perfekten grauen Locken. Jetzt war ihr Haar platt und fettig. Dreck war in die Falten ihrer Haut eingebrannt, und sie sah deutlich dünner aus als zuvor.

*Was ist mit dir passiert?* dachte Sophie und starrte die tote Frau an.

Bevor sie zu viel nachdenken konnte, berührte Sophie Cordelias kalte Wange, entschlossen, das Lesen durchzuziehen.

»Sie blickt auf ihre Füße und schwankt vor Erschöpfung. Sie ist so müde und schwach. Eine Frauenstimme sagt: 'Bringt uns noch einen. Lasst es uns noch einmal machen. Ich will sicherstellen, dass wir es perfekt hinkriegen. Dann könnt ihr euch ausruhen.' Cordelia blickt zu der Frau auf, die spricht.

»Wahnsinn. Sie ist wunderschön. Wie nicht von dieser Welt. Dunkelrotes Haar, makellose Haut, elegant. Sie trägt ein altmodisches goldenes Kleid, wie aus einer vergangenen Epoche, mit Korsett und Reifrock. Sie sieht aus wie eine Filmschauspielerin. Ich schätze, sie ist Ende zwanzig, vielleicht Anfang dreißig.«

Ein Schnauben von Nick ließ Sophie ihre Augen öffnen und ihn verärgert anblicken. »Entschuldigung, ich werde nicht wieder unterbrechen«, versprach er.

Sophie schloss die Augen und begann von Neuem. »Die Frau ruft, zwei weitere Probanden zu bringen. Die Tür öffnet sich und... Bramwell.« Sophie knurrte leise, hasste schon den bloßen Anblick von ihm, aber sie machte weiter. »Es ist Bramwell. Er hat seine Hände auf den Schultern von zwei Männern. Einer ist ein stämmig aussehender Mann mit dunklen Haaren. Der andere ist ein schmächtiger blonder Mann. Bramwell führt die Männer zu zwei langen Tischen und lässt sie sich darauf legen. Cordelia geht zu einem kleinen Arbeitstisch an der Seite, um sich vorzubereiten. Sie nimmt eine clavis und wendet sich an die rothaarige Frau. 'Welchen, meine Königin?' fragt sie. Die Frau zeigt auf den größeren der beiden Männer. Cordelia stellt sich an ihre Köpfe.

»'Wartet', unterbricht die Königin. 'Ich habe das genug beobachtet. Ich denke, ich kann es jetzt selbst. Lasst mich versuchen.' Cordelia tritt zurück und reicht der Frau den Stein. Die Königin begibt sich dorthin, wo Cordelia gestanden hatte, und beginnt zu singen. Cordelia muss sie nur einmal korrigieren, um eine Aussprache zu verbessern. Cordelia beobachtet, kaum in der Lage, ihre Augen offen zu halten. Sie weiß nicht mehr, wann sie das letzte Mal gefüttert wurde, und glaubt nicht, dass sie das Tempo noch lange durchhalten kann. Die Königin drückt die clavis auf die nackte Brust des kleineren Mannes und beendet die Beschwörung mit 'Ligare et furari'. Weißer Rauch steigt aus der Brust des kleineren Mannes und zieht in den größeren. Sobald der Rauch aufhört, von einem Mann zum anderen zu strömen, wendet sich die Königin an Bramwell. 'Weckt ihn auf, und lasst uns sehen, ob es funktioniert hat.'

»Bramwell tritt vor und berührt die Schulter des größeren Mannes. Der Mann öffnet seine Augen und setzt sich auf. Er blickt die Königin anbetend an, und die Königin schenkt ihm ein wohlwollendes Lächeln. 'Wie fühlst du dich, Roderick?' fragt sie. Er sagt, er fühle sich gut. Dass er sich stärker fühlt, als würde Kraft durch seine Adern strömen. Die Königin sagt allen, sie sollen zurücktreten, um Roderick die Chance zu geben, sich zu verwandeln. Es dauert ein paar Minuten Stöhnen und Anstrengung, aber der Mann beginnt, sich zu verwandeln. Äh... Ich kann gar nicht beschreiben, was ich da sehe.«

Sophie öffnete die Augen und blickte zu Nick. »Ich weiß nicht, was das ist. Ich weiß nicht, wie ich es beschreiben soll.«

Nick warf ihr einen geduldigen Blick zu. »Tu einfach dein Bestes.«

»Okay. Es ist ein riesiges, haarloses, dunkelgrünes Ungeheuer, das einem Minotaurus ähnelt, mit Hörnern wie ein Longhorn-Stier und Stoßzähnen, die aus seinem Unterkiefer ragen. Er muss fast drei Meter groß sein. Als er seine Verwandlung beendet, jubelt die Königin und klatscht wie ein kleines Mädchen, das gerade sein erstes Pony bekommen hat.

»Sie wendet sich an Bramwell, seufzt und sagt...« Sophie seufzte. »Sie sagt: 'Es hat funktioniert. Jetzt kann mich niemand mehr aufhalten.' Bramwell stimmt zu und wirkt zufrieden. Die Königin strahlt vor Glück, als sie Cordelia bemerkt, die versucht, mit der Wand zu verschmelzen.

»'Danke', sagt die Königin zu Cordelia. 'Gute Arbeit. Aber ich brauche dich jetzt nicht mehr, oder?' Die Königin nickt jemandem hinter Cordelias Schulter zu. Cordelia schaut über ihre Schulter und sieht—«

Sophie hielt inne, öffnete die Augen und blickte auf Cordelias fahles Gesicht hinunter.

»Wen hat sie gesehen?«, fragte Nick.

Sophie knirschte mit den Zähnen. Sie sah von Cordelia auf und begegnete Nicks Blick über den Tisch hinweg. »Meine Schwester.«

Nick nickte, als wüsste er, was das bedeutete. Wahrscheinlich wusste er es. Sophie war sicher, dass Marcella ihrem Bruder erzählt hatte, wie Alexis Menschen nur durch eine Berührung töten konnte.

»Seht ihr, ich hab's euch gesagt«, sagte eine vage bekannte Stimme von außerhalb des Stalls.

Sophie griff nach ihrem Messer, bevor sie es bemerkte, als die Tür sich öffnete und Edwyn hereintrat.

»Was zum—«, begann Sophie zu schreien, als Nick sich zwischen sie und Edwyn stellte. »Er sollte eingesperrt sein.«

»Ich kann das erklären«, sagte Nick und hob abwehrend die Hände, um Sophie davon abzuhalten, anzugreifen.

Sophie zog eine skeptische Augenbraue hoch und bedeutete ihm, fortzufahren, bevor sie zu dem Schluss kam, beide umzulegen.

»Königin Maeve hat schon sehr, sehr lange gierige Augen auf

die Erde geworfen«, begann Nick. »Unser Volk beobachtet sie schon länger, als ich lebe. Bevor der Seelenfresser mich angriff, habe ich mit Edwyn zusammengearbeitet, um zu verhindern, dass sie versucht, unser Reich zu erobern. Edwyn war bis vor etwa zehn Jahren Teil des Hofes der Königin. Er ist ihr Cousin. Er war mit ihren Plänen, unser Reich zu überfallen, nicht einverstanden, und zur Strafe dafür, dass er sie infrage stellte, schickte sie ihn hierher. Doch sie wusste, dass sie der gesamten Menschheit, besonders mit menschlichen Waffen, nicht gewachsen war. Sie schmiedet und plant seit Jahren. Ich vermute, die Kreatur, die du gesehen hast, war ein Oger gekreuzt mit einem Minotaurus. Nichts wird sie jetzt davon abhalten, die mächtigsten mythischen Wesen aller Zeiten zu erschaffen.«

Nick sah bei diesem Gedanken krank aus. Er wandte sich an Edwyn. »Du hattest recht. Jetzt müssen wir diese Informationen Marcella präsentieren. Mit Sophies Vision und meiner Unterstützung für dich wird sie dir deine Verbrechen vergeben. Sie wird deine Hilfe brauchen. Niemand versteht Maeve so gut wie du.«

Sophie konnte nicht glauben, was sie hörte. »Er hat Atticus ermordet! Er hat seine Schläger auf ihn gehetzt, bis er halb tot war, und dann einen Brieföffner durch seine Hand getrieben. Eigentlich war er hinter den Morden an vielen Leuten her – alles, damit er die Kontrolle über die Ley-Linie und den Coit Tower übernehmen konnte. Und ihr denkt, Marcella wird das vergeben?«

»Ich tat, was ich tun musste«, knurrte Edwyn durch zusammengepresste Lippen.

»Nein, das ist Unsinn. Ich war bei Atticus' letzten Momenten dabei. Ich habe dich gesehen. Ich habe gesehen, wer du wirklich bist. Ich habe einen Blick hinter diese charmante Maske geworfen, die du trägst. Du hast jeden Moment seines Schmerzes und seiner Qual genossen. Es ist egal, ob Marcella dir vergibt, denn ich tue es nicht. Es gibt nichts, was du sagen könntest, damit ich mit dir zusammenarbeite, du verdammter Mörder.«

»Du weißt nicht, wie sie ist! Wenn Maeve in dieser Welt Fuß fasst, sind alle verloren. Alle. Sie ist Gift. Sie zerstört alles, was sie berührt. Sie beginnt Kriege aus einer Laune heraus. Menschen sind für sie nur Spielzeug und Werkzeuge. Ich versuche, diese Welt zu beschützen. Niemand im Conclave würde die Bedrohung ernst genug nehmen. Ich bin mit ihr aufgewachsen; ich weiß genau, wozu sie fähig ist.«

»Der Zweck rechtfertigt nicht die Mittel. Du hast alle, die mir etwas bedeuten, in Gefahr gebracht. Zwei deiner korrupten Polizisten haben versucht, mich auf dem Parkplatz des Coit Tower zu ermorden. Wenn nicht ein Freund mich gerettet hätte, wäre ich tot. Es gibt nichts, was du sagen könntest, damit ich mit dir zusammenarbeite.«

»Ich glaube nicht, dass du das noch sagen würdest, wenn Maeve alle, die dir je wichtig waren, getötet hätte, nur weil du nicht mit ihr einverstanden warst. Sobald sie alle deine Freunde und Familie ermordet oder versklavt hat, würdest du anders reden, aber dann wäre es zu spät. Du brauchst mich. Ich kenne sie besser als jeder andere in dieser Welt«, erwiderte Edwyn. Der leere Blick in Edwyns Gesicht zeigte, dass dieses Wissen einen hohen Preis hatte.

»Du vertraust diesem Mann?«, fragte Sophie ungläubig Nick.

»Was sein Wissen über die Königin und seinen Wunsch, sie zu stoppen, betrifft, ja. Aber keinen Schritt weiter. Er wird an einer sehr kurzen Leine gehalten, und es wird ihm nicht erlaubt sein, frei herumzulaufen und mit seinen kleinen Spielchen Unfug zu treiben. Ich garantiere das persönlich. Und nichts davon geschieht ohne Marcellas ausdrückliche Zustimmung.« Edwyn wollte protestieren, verstummte aber bei Nicks scharfem Blick.

Edwyn war der Cousin der Königin. Er war Feen-Royalty.

»Du bist der Cousin der Königin?«, fragte Sophie und trat um Nick herum, um direkt vor Edwyn stehenzubleiben. Sie vertraute ihm überhaupt nicht, aber er könnte Informationen haben, die niemand sonst hatte.

Als Edwyn nickte, sah Sophie ihn eindringlich an. »Kannst du die alte Feensprache lesen? Die, die nur Feenadelige sprechen und verstehen können?«

»Wie ist das jetzt relevant?«, fragte Edwyn.

»Es ist relevant«, versprach Sophie. »Antworte einfach: Kannst du es?«

Als Edwyn wieder nickte, zog Sophie ihr Handy hervor und öffnete das Foto, das sie von der Sigilltätowierung auf Rubys Schädel gemacht hatte. Sie drehte das Handy um und zeigte Edwyn das Bild. »Was steht da?«

Edwyn nahm das Handy und betrachtete das Bild, seine Augen wurden groß. »Wo hast du das her?«

Sophie deutete auf die Seite ihres Kopfes. »Ich bin eine Scherbe – so werden wir hier genannt – und das ist auf der Seite meines Kopfes tätowiert. Ich würde gern wissen, was es sagt.«

Edwyn warf ihr einen langen Blick zu, bevor er seine Aufmerksamkeit wieder dem Handy zuwandte. Er zoomte das Bild heran und begann zu lesen. »*Yrrda feena blooiduin terreesh fluun annh.*«

Sophie wiederholte die Worte langsam und sorgfältig. Beide Männer wichen zurück, als sie das letzte Wort ausgesprochen hatte.

Sophies Kopf fühlte sich plötzlich an, als würde er zwei Fuß über ihren Schultern schweben, und die Welt drehte sich unter ihren Füßen weg. Es floss so viel Macht durch ihren Körper, dass sie sich ausgedehnt fühlte. Sie konnte die Anwesenheit der Leiche auf dem Tisch hinter sich scharf spüren. Aber sie konnte auch die beiden Körper im nahen Erdreich spüren. Sie spürte ein Nagetier, das langsam starb, gefangen in einer Falle ein paar Blocks entfernt. Die Echos jedes Todes auf dieser Insel riefen nach ihr, neue wie alte. Es waren Hunderte, und sie konnte sie alle spüren.

Edwyn begann zu lachen; das Geräusch war laut und beinahe wahnsinnig. »Du bist es.«

Sophie blickte ihn an. »Was willst du damit sagen? Wer bin ich?«

»Du warst die Attentäterin der Königin – die tödlichste Waffe in ihrem Arsenal. Ich kann mir nicht vorstellen, was du getan hast, um hinausgeworfen zu werden. Die Königin muss schließlich die Kontrolle über ihre Lieblings-Attentäterin verloren haben. Hast du endlich aufgehört, Befehle zu befolgen und blind Unschuldige zu töten?«

»Die Attentäterin der Königin«, wiederholte Sophie mit belegter Stimme.

»Ja. Du bist die Wiegenlied-Dame.«

Das nächste, was Sophie wusste, war, dass Nick sie auf den Boden gesetzt hatte, den Kopf zwischen den Knien, und sie aufforderte, zu atmen. Er half ihr, ihre Atemzüge zu zählen, bis sie nicht mehr das Gefühl hatte, gleich ohnmächtig zu werden oder einen Herzinfarkt zu bekommen.

»Du solltest deine Macht zurückziehen, bevor es jemand bemerkt«, schlug Edwyn vor.

»Wie ...«, Sophie schluckte und versuchte es erneut. »Wie mache ich das?«

»Für den Moment musst du den Satz von deiner Tätowierung wiederholen, bis du besser die Kontrolle lernst.«

Sophie sprach die fremden Worte langsam aus und spürte, wie die Macht sich zurückzog und in ihrem Körper verblasste. Sie fühlte sich wie die gute alte Sophie. Aber sie wusste, dass das nicht mehr stimmte.

Edwyn lief manisch an der Stalltür auf und ab, ein manisch-freudiger Ausdruck auf seinem Gesicht. »Ich habe mich immer über dich gewundert. Als sie mich hierher warf, hatte mein Netzwerk einen geheimen Spion, jemanden aus ihrem inneren Kreis, der uns Informationen zuspielte. Niemand wusste, wer es war, und diese Quelle verschwand vor etwas mehr als fünf Jahren. Ist das nicht ungefähr die Zeit, als du zur Scherbe wurdest und hierher geschickt wurdest?« Als Sophie das bestätigte, nickte Edwyn, als würde alles für ihn zusammenpassen.

»Wie hast du mich dann nicht sofort erkannt?«, fragte Sophie.

»Sie hat deine Identität immer verborgen. Soweit ich weiß, hat niemand jemals auch nur dein Gesicht gesehen. Du warst immer in ein rotes Leichentuch gehüllt, wenn du mit ihr in der Öffentlichkeit warst.«

»Wie kannst du dann sicher sein, dass ich die Wiegenlied-Dame bin?«

»Weil deine Aura unverwechselbar ist. Es gibt keinen Zweifel an diesem Todesgefühl.« Sophie verzog das Gesicht, mochte diese Beschreibung gar nicht. »Sie muss irgendwie erkannt haben, dass du der Spion warst, und hat dich bestraft, indem sie dich hierher schickte. Aber warum dich nicht einfach töten? Du bist zu gefährlich, um am Leben gelassen zu werden...« Edwyn hielt in seinem Laufen inne, ein nachdenklicher Blick in seinen Augen, bevor er den Kopf schüttelte. »Egal, warum. Was zählt, ist, dass du hier bist und auf unserer Seite. Ich glaube, du wirst der Schlüssel sein, um diese elende Frau ein für alle Mal zu besiegen.«

Sophie starrte Edwyn entsetzt an. Er grinste triumphierend, bemerkte entweder nicht oder kümmerte sich nicht darum, dass Sophie kurz davor war, die Fassung zu verlieren.

»Ich? Du glaubst, ich könnte irgendwie die Feenkönigin besiegen? Wie um alles in der Welt soll ich dir helfen, Maeve und ihre Armee zu besiegen?«, fragte Sophie. Bevor Edwyn antworten konnte, begann ihr Handy zu klingeln. Sophie entschuldigte sich, zog ihr Handy heraus und prüfte die Nummer. Sophie ließ den Anruf der unbekannten Nummer auf die Mailbox gehen, bevor sie sich wieder Edwyn zuwandte, bereit, seinen großen Plan zu hören.

Dann klingelte ihr Handy erneut. »Verdammt. Entschuldigung.«

Edwyn warf ihr einen genervten Blick zu. »Vielleicht solltest du rangehen. Es könnte wichtig sein.«

Sophie sah aufs Handy und sah, dass es dieselbe unbekannte Nummer war. »Es ist wahrscheinlich jemand, der mir eine erweiterte Autogarantie verkaufen will – obwohl ich gar kein Auto habe. Ich sage diesen Idioten, sie sollen mich in Ruhe lassen.«

Sophie drückte auf Annehmen und hielt das Handy ans Ohr. »Ja?«, knurrte sie.

»Sophie, ich hoffe wirklich, dass du nicht denkst, ich wäre ein Arschloch«, sagte die sanfte Stimme der Großen Mutter in Sophies Ohr.

»Große Mutter?«, stammelte Sophie.

»Das ist richtig, verlorenes Kind«, sagte die Große Mutter mit einem Lachen in der Stimme. »Entschuldige, dass ich euer wichtiges supergeheimes Treffen unterbreche, aber ich musste mit dir sprechen. Ich habe eine Nachricht für dich.«

»Eine Nachricht?«, wiederholte Sophie wie eine Idiotin, unfähig, einen vollständigen Satz zu bilden.

»Ja. Und das ist sehr wichtig…« Die Große Mutter hielt inne und wartete wie üblich auf den dramatischen Effekt. »Du musst gehen und mit deiner Mutter sprechen.«

»Meiner… Mutter?«, echote Sophie, ihre Stimme quietschte. »Meine Mutter lebt?«

»Nein, Liebes. Sie lebt nicht mehr. Aber das wird dich nicht aufhalten.«

# DANKSAGUNG

Zunächst möchte ich mich bei dir bedanken, meine liebe Leserin, mein lieber Leser! Danke, dass du mich auf Sophies Reise begleitet hast. Und ich habe das Gefühl, ich sollte mich für den Cliffhanger entschuldigen. Sorry (aber eigentlich nicht wirklich, haha). Allerdings stehen große Dinge für Sophie und die Sonderlinge bevor, und ich wollte dir einen Vorgeschmack geben. Ich bin sehr gespannt, wie es weitergeht.

Ich muss auch meinen Beta-Lesern danken. David, Jessica, Jillian, Joanne, Karen, Paige, Pam, Rachel und Susan – ihr seid großartig! Danke an meine Lektorin Arundhati Subhedar und meine Buchcover-Designerin Rebecacovers.

Ich lasse gerne Orte, die mir viel bedeuten, in meine Bücher einfließen. Dieses Buch war keine Ausnahme.

Als ich geheiratet habe, bin ich mit meinem Mann nach Las Vegas durchgebrannt und habe dort heimlich geheiratet. Und nein, die Trauung wurde nicht von einem Elvis-Imitator durchgeführt – im Nachhinein ein Fehler, muss ich zugeben (war nur Spaß, obwohl es lustig gewesen wäre). Ich mochte Las Vegas schon immer, obwohl ich nicht gerne spiele. Ich denke, ich mag einfach die Gegensätze dieses Ortes: brennend heiß am Tag und kalt in der Nacht, die bunte Partystadt mitten in der Wüste, umgeben von blühenden familienorientierten Vororten. Es ist einfach ein etwas seltsamer Ort, und ich mag Seltsames. Die Location 'Body Shots' basiert auf 'Cheapshots', einer Drag- und Kabarettbühne.

Es gibt eine wirklich interessante Geschichte über den Chakki-Tisch. Diese niedrigen, runden Tische wurden als Tische zum Mahlen und Sortieren von Getreide in indischen Dörfern verwendet. Für mich steht das für die harte Hausarbeit von Frauen, besonders in ländlichen Gegenden früherer Zeiten. Und jetzt sind sie als Möbel extrem beliebt, schau einfach bei Wayfair oder Amazon nach. Was ich verstehen kann – sie sind wirklich schön.

Was das viel gesuchte geheimnisvolle Wandgemälde angeht, habe ich ein Kunstwerk von Nils Westergard als Inspiration verwendet, obwohl es nicht in Las Vegas angesiedelt ist. Das Wandgemälde heißt »Girl with Flowers«. Es befindet sich in Greensboro, North Carolina (https://www.graffitistreet.com/stencil-artist-nils-westergard-says-it-with-flowers-2018/). Ich liebe den hyperrealistischen Stil im Gesicht der Frau. Ihre sanften, aber traurigen Augen ließen mich vermuten, dass sie die perfekte Zeugin für den Mord an Cooper Voss wäre.

Ich habe uns nach Orlando geführt, wo ich zurzeit lebe. Und wie eine echte Floridianerin war das Einzige, was ich über die Stadt gesagt habe, eine Beschwerde über den Verkehr. Allerdings hat Orlando Besuchern und Bewohnern eine Menge zu bieten – vorausgesetzt, man hält den Verkehr aus.

Ich hoffe, das Buch hat dir gefallen. Ich arbeite hart am nächsten Buch. Wenn dir das Buch gefallen hat, hinterlasse bitte eine Rezension. Ich lese jede einzelne wie die obsessive Autorin, die ich bin. Und Rezensionen helfen Indie-Autorinnen wie mir sehr. Wenn du benachrichtigt werden möchtest, sobald das nächste Buch erscheint, trage dich bitte in meine Mailingliste auf meiner Website www.gwendemarco.com ein.

# ÜBER DEN AUTOR

Gwen DeMarco ist eine begeisterte Leserin, Wein- und Kaffeetrinkerin, Gärtnerin und liebt alles Nerdige. Gwen schreibt gerne paranormale Liebesromane mit Fokus auf das Seltsame und Wunderbare. Sie liebt es, eine schlagfertige Heldin und einen mürrischen männlichen Protagonisten zu schreiben. Sophie Feegle ist ihr erster Ausflug in die Welt der Gestaltwandler, Feen, Oger und Vampire.

Gwen ist glücklich mit ihrer Jugendliebe verheiratet und hat zwei Teenager-Kinder. Man kann sie oft mit der Nase in einem Buch und einem Glas Wein oder einer Tasse Kaffee in der Hand antreffen.

Melden Sie sich für ihren Newsletter an und erhalten Sie eine **kostenlose** Kopie einer Novelle aus Macs Sicht vom ersten Treffen mit Sophie aus "Sophie and The Odd Ones".

Um mehr zu erfahren, besuchen Sie bitte meine Website und melden Sie sich für meinen Newsletter an, um Updates zu erhalten unter www.GwenDeMarco.com